Diogenes Taschenbuch 229

Stephen Crane

Das blaue Hotel

Ausgewählte Geschichten
Neu übersetzt und
mit einem Essay
von Walter E. Richartz

Diogenes

Die Neuübersetzung vom *Blauen Hotel* erschien zuerst
im *Diogenes Lesebuch amerikanischer Erzähler*, 1976;
die von der *Braut* zuerst in den *Liebesgeschichten
aus Amerika*, 1979; das Nachwort von Walter E. Richartz
stand zuerst in seinem Essayband
Vorwärts ins Paradies, 1979.
Umschlagzeichnung von
Tomi Ungerer

Originalausgabe

80/81/8/1
ISBN 3 257 20789 1

Inhalt

Das blaue Hotel

I

Das Palace Hotel in Fort Romper war hellblau gestrichen, in einem Farbton, wie ihn die Beine einer bestimmten Reiherart haben, wodurch dieser Vogel sich von jedem Hintergrund abhebt. So auch das Palace Hotel, das immerzu brüllte und schrie, wogegen die blendende Winterlandschaft von Nebraska nur noch als dumpfe graue Stille erschien. Es stand allein in der Prärie, und wenn der Schnee fiel, war die zweihundert Meter entfernte Stadt nicht sichtbar. Wenn jedoch ein Reisender an der Eisenbahnstation ausstieg, mußte er am Palace Hotel vorbei, bevor er in die Gesellschaft der niedrigen Holzhäuser gelangte, aus denen Fort Romper sich zusammensetzte, und es war nicht zu erwarten, daß irgendein Reisender am Palace Hotel vorbeigehen könnte, ohne es zu bemerken. Pat Scully, der Eigentümer, hatte sich als Meister der Strategie erwiesen, als er seine Farben aussuchte. An klaren Tagen, wenn die großen transkontinentalen D-Züge mit langen Reihen schwingender Pullmanwagen durch Fort Romper glitten, wurden die Passagiere von diesem Anblick überwältigt; und der kultivierte Reisende aus dem Osten, der an Töne von Braunrot und die Schattierungen von dunklem Grün gewöhnt ist, drückte seine Beschämung, sein Mitleid, seinen Schrecken aus – durch ein Lachen. Für die Bürger dieser Prärie aber, und für die Leute, die hier natürlicherweise anhielten, hatte Pat Scully etwas Tolles vollbracht. Mit dieser Pracht und diesem Überschwang konnten all die Sekten, Klassen und Egoismen, die Tag für Tag Romper auf Schienen durcheilten, sich in ihrer Blaßheit nicht vergleichen.

Als seien die zur Schau gestellten Freuden eines solchen blauen Hotels noch nicht Anreiz genug, war es Scullys Gewohnheit, jeden Morgen und jeden Abend zum Bahnhof zu gehen, wenn die gemächlicheren Züge in Romper anhielten, und seine Verführungskünste auf Menschen loszulassen, die er, mit der Reisetasche in der Hand, vielleicht noch unschlüssig stehen sah.

Eines Morgens, als eine schneeverkrustete Lokomotive ihre lange Kette von Güterwagen und den einen Personenwagen in den Bahnhof schleppte, vollbrachte Scully das Wunder, gleich drei Männer auf einmal einzufangen. Einer war ein etwas zitteriger Schwede mit unruhigen Augen, mit einem großen, glänzenden billigen Koffer; einer war ein großer gebräunter Cowboy, der auf dem Weg zu einer Ranch nahe der Grenze nach Dakota war; und einer war ein kleiner schweigsamer Mann aus dem Osten, der nicht danach aussah und es auch nicht mitteilte. Scully nahm sie praktisch gefangen. Er war so flink und lustig und freundlich, daß wahrscheinlich jeder einen Fluchtversuch als einen Gipfel an Brutalität empfunden hätte. Sie trotteten über die quietschenden Planken des Fußwegs, hinter dem emsigen kleinen Iren her. Er trug eine schwere Pelzmütze, die stramm über den Kopf gezogen war. Dadurch standen seine beiden roten Ohren steif zur Seite ab, als seien sie aus Blech.

Endlich geleitete Scully sie umständlich und mit überschwenglicher Gastfreundschaft durch die Pforten des blauen Hotels. Der Raum, in den sie traten, war klein. Er schien kaum mehr als ein angemessener Tempel für einen ungeheuren Ofen, der in der Mitte gewaltig wie ein Gott brummte. Neben dem Ofen spielte Scullys Sohn Johnnie *High Five* mit einem alten Farmer, der einen breiten, graubraunen Schnurrbart trug. Die beiden stritten sich. Der alte Farmer wandte sein Gesicht häufig einer Sägemehlkiste zu, die, vom Tabaksaft braun gefärbt, hinter dem Ofen stand, und spuckte mit einem Ausdruck großer Erregung und Ungeduld hinein. Mit einer lauten Schimpfkanonade machte Scully dem Kartenspiel ein Ende und jagte seinen Sohn mit einem Teil des Gepäcks der neuen Gäste die Treppe hoch. Er selbst geleitete sie zu drei Waschbecken mit dem kältesten Wasser der Welt. Der Cowboy und der Mann aus dem Osten rieben sich mit diesem Wasser feuerrot, bis es so etwas wie ein Metallschleifmittel zu sein schien. Der Schwede jedoch tauchte nur eilig und ängstlich seine Finger ein. Man muß feststellen, daß während all dieser kleinen Zeremonien den Reisenden das Gefühl gegeben werden sollte, daß Scully äußerst wohlwollend war. Er erwies ihnen außerordentliche Vergünstigungen. Das Handtuch reichte er von einem zum anderen mit Gesten heftiger Menschenliebe.

Danach gingen sie in den ersten Raum zurück, setzten sich um den Ofen und hörten sich an, wie Scully übereifrig seine Töchter bei der Zubereitung des Mittagsmahls anfeuerte. Sie verharrten schweigend wie lebenskluge Männer, die sich unter neuen Genossen mit Vorsicht bewegen. Dennoch wandte sich der alte Farmer, der unerschütterlich auf seinem Stuhl am wärmsten Platz am Ofen blieb, sein Gesicht des öfteren von der Sägemehlkiste den Fremden zu und servierte ihnen irgendeinen brühwarmen Gemeinplatz. Dieser wurde gewöhnlich, entweder vom Cowboy oder von dem Mann aus dem Osten, mit einem kurzen, aber angemessenen Satz beantwortet. Der Schwede sagte nichts. Er schien damit beschäftigt, jeden Mann im Zimmer heimlich zu taxieren. Man hätte denken können, daß er jenes Gefühl unsinnigen Mißtrauens hatte, das eine Schuld begleitet. Er wirkte wie ein furchtbar ängstlicher Mensch.

Später, beim Mittagessen, redete er ein wenig, wobei er sich ausschließlich an Scully hielt. Er erzählte, daß er aus New York gekommen sei, wo er zehn Jahre lang als Schneider gearbeitet habe. Diese Erklärung schien Scully besonders zu fesseln, und später erzählte er selbst, daß er seit vierzehn Jahren in Romper lebe. Der Schwede fragte, was hier angebaut würde, und nach den Preisen für Lohnarbeit. Er schien jedoch Scullys ausführlichen Antworten kaum zuzuhören. Unablässig wanderten seine Blicke von einem zum anderen.

Schließlich lachte er, zwinkerte und sagte: einige dieser Gemeinden im Westen seien voller Gefahren; nach dieser Feststellung streckte er seine Beine lang unter dem Tisch aus, lehnte sich zurück und lachte erneut – lachte laut. Es war klar, daß diese Aufführung den anderen nicht begreiflich war. Sie betrachteten ihn mit stiller Verwunderung.

II

Als die Männer sich mit schweren Schritten wieder in das vordere Zimmer begaben, sah man durch die beiden kleinen Fenster ein tumultuarisches Schneetreiben. Die Riesenarme des Windes bemühten sich – gewaltig, umgreifend, vergebens – der wirbelnden Schneeflocken habhaft zu werden. Ein Torpfosten stand wie ein Mann mit weißem Gesicht entsetzensstarr in diesem ausschweifenden Wüten. Mit herzhafter Stimme verkündete Scully, es sei ein Blizzard. Die Gäste des blauen Hotels zündeten ihre Pfeifen an, pflichteten ihm mit einem Grunzen träger männlicher Befriedigung bei. Keine Insel im Meer konnte ein so sicherer Zufluchtsort sein wie dieser kleine Raum mit dem summenden Ofen. Johnnie, Scullys Sohn, forderte den alten Farmer mit dem graumelierten Schnurrbart zu einer Runde *High-Five* heraus – der Klang seiner Stimme verriet, welche Meinung er von seiner eigenen Kartenspielkunst hatte. Der Farmer ließ sich – mit bitterem und verächtlichem Spott – darauf ein. Sie saßen dicht am Ofen, und stemmten ihre Knie unter ein großes Brett. Der Cowboy und der Mann aus dem Osten beobachteten das Spiel mit Interesse. Der Schwede blieb nahe beim Fenster, seine Haltung war reserviert, doch mit Anzeichen einer unerklärlichen Aufgeregtheit.

Plötzlich endete das Spiel von Johnnie und dem Graubart mit einer weiteren Streiterei. Der alte Mann erhob sich mit einem Blick voll hitziger Wut auf seinen Gegner. Langsam knöpfte er sich den Mantel zu, dann stelzte er mit immenser

Würde aus dem Zimmer. In das diskrete Schweigen der anderen fuhr das Lachen des Schweden. Sein Lachen klang etwas kindisch. Allmählich fingen die Männer an, ihn von der Seite anzusehen, als wollten sie herausfinden, was mit ihm los war.

Unter Scherzen kam nun ein neues Spiel zustande. Der Cowboy war bereit, Johnnies Partner zu werden, und nun wandten sie sich alle an den Schweden und fragten ihn, ob er sich auf die Seite des Kleinen aus dem Osten schlagen wollte. Er erkundigte sich ein wenig über das Spiel, erfuhr, daß es viele Namen hatte, und da er merkte, daß er es unter einem anderen Namen schon gespielt hatte, war er einverstanden. Er näherte sich den Männern voller Nervosität, als erwartete er einen Angriff. Schließlich nahm er Platz, starrte der Reihe nach die Gesichter an, und lachte schrill. Dieses Lachen war so seltsam, daß der Mann aus dem Osten schnell aufblickte, der Cowboy angespannt, mit offenem Mund dasaß und Johnnie, mit den Karten in den Fingern, erstarrte.

Danach entstand eine kurze Stille. Schließlich sagte Johnnie: »Also, fangen wir an. Los geht's!« Sie zogen ihre Stühle vor, so daß ihre Knie unter dem Brett spitz angewinkelt waren. Sie fingen zu spielen an, und ihr Interesse am Spiel ließ die anderen die Eigenart des Schweden vergessen.

Der Cowboy war ein Tisch-Knaller. Immer, wenn er besonders gute Karten hatte, knallte er sie, eine nach der anderen, mit übermäßiger Kraft auf den behelfsmäßigen Tisch und nahm die Stiche mit einer so ostentativen Gebärde des Hochmuts an sich, daß die Herzen seiner Gegner vor Wut zitterten. Ein Spiel mit dem Tisch-Knaller mußte auf jeden Fall hitzig werden. Die Mienen des Oststaatlers und des Schweden waren trübselig, wenn der Cowboy seine Asse und Könige hindonnerte, während Johnnie, mit freudig funkelnden Augen, fortlaufend kicherte.

Infolge des fesselnden Spiels achtete niemand auf die absonderliche Art des Schweden. Sie achteten ausschließlich auf das Spiel. Schließlich, als ein neues Spiel gegeben wurde, und eine kleine Pause eintrat, redete der Schwede plötzlich Johnnie an: »Ich nehme an, in diesem Raum sind schon viele getötet worden.« Den anderen blieben die Münder offen stehen.

»Wovon reden Sie denn, zum Teufel?« fragte Johnnie.

Wieder lachte der Schwede sein brüllendes Lachen, ein Lachen voll gespieltem Mut und Verachtung. »Oh, Sie wissen genau, was ich meine«, antwortete er.

»Ein Lügner will ich sein, wenn ich's weiß!« fuhr Johnnie auf. Die Männer hörten zu spielen auf und starrten den Schweden an. Als Sohn des Hoteliers glaubte Johnnie offenbar, er müßte geradezu fragen. »Also, worauf wollen Sie hinaus, Mann?« fragte er. Der Schwede zwinkerte ihn an. Es war ein Zwinkern voll heimlicher Gerissenheit. Seine Finger bebten an der Kante des Brettes. »Oh, vielleicht denken Sie, ich kenne mich nicht aus. Vielleicht denken Sie, ich bin ein Greenhorn.«

»Ich weiß überhaupt nichts über Sie«, antwortete Johnnie, »und es ist mir schnurzegal, wo Sie gewesen sind. Ich kann nur sagen, ich weiß überhaupt nicht, worauf Sie hinauswollen. Kein Mensch ist in diesem Raum hier getötet worden.«

Der Cowboy, der die ganze Zeit den Schweden starr angeblickt hatte, fing jetzt an: »Was is'n mit Ihnen los, Mann?«

Offenbar hatte der Schwede den Eindruck, daß er erheblichen Drohungen ausgesetzt war. Er zitterte und wurde um die Mundwinkel weiß. Er warf einen hilferufenden Blick in Richtung des Mannes aus dem Osten. Auch in diesen Augenblicken vergaß er nicht, seine irre, hochmütige Haltung hervorzukehren. »Die sagen, Sie wüßten nicht, was ich meine«, sagte er spöttisch zu dem Ostmann.

Nach längerer und sorgsamer Überlegung sagte dieser gleichmütig: »Ich verstehe Sie nicht.«

Darauf machte der Schwede eine Bewegung, aus der sein Gedanke abzulesen war, daß ihm nun Verräterei gerade von jenen entgegenschlug, von denen er Mitgefühl erwartet hatte, wenn nicht sogar Hilfe. »Ach, ich sehe schon, Sie sind alle gegen mich. Ich sehe ...«

Der Cowboy war in einem Zustand vollständiger Verwirrung: »Sag mal«, rief er und schmiß die Karten heftig auf das Brett: »Sag mal, was willst'n du eigentlich, was?«

Der Schwede schnellte hoch, mit der Behendigkeit eines Mannes, der vor einer Schlange am Boden flieht. »Ich will mich nicht schlagen!« brüllte er. »Ich will mich nicht schlagen!«

Gleichmütig und ruhig streckte der Cowboy seine langen Beine von sich. Seine Hände steckten in den Taschen. Er spuckte in die Sägemehlkiste. »Na, und wer zum Teufel hat denn das erwartet?« fragte er.

Der Schwede zog sich eilig in eine Zimmerecke zurück. Seine Hände hielt er wie ein Schutzschild vor seine Brust, doch machte er eine sichtbare Anstrengung, seine Angst im Zaum zu halten. »Meine Herren«, sagte er mit bebender Stimme. »Ich glaube, daß ich getötet werde, bevor ich dieses Haus verlasse! Ich glaube, daß ich getötet werde, bevor ich das Haus verlasse!« In seinen Augen lag ein Sterbender-Schwan-Blick. Durch die Fenster sah man, wie der Schnee im Schatten der Dämmerung blau wurde. Der Wind zerrte an dem Haus, und irgendwas Loses schlug regelmäßig gegen die Schindeln wie ein Poltergeist.

Die Tür öffnete sich, und Scully trat ein. Er hielt überrascht an, als er die tragische Haltung des Schweden bemerkte. Dann sagte er: »Was is'n hier los?«

Der Schwede antwortete rasch und eifrig: »Diese Leute wollen mich umbringen.«

»Sie umbringen!« rief Scully aus. »Sie umbringen! Was reden Sie denn da?«

Der Schwede machte die Geste eines Märtyrers.

Scully wandte sich ingrimmig seinem Sohn zu. »Was soll das, Johnnie?«

Der Bursche war jetzt nur noch mürrisch. »Was weiß ich«, antwortete er. »Ich begreif das nicht.« Er fing an, Karten zu mischen, indem er sie mit zornigem Geräusch ineinanderschnarren ließ. »Er sagt, eine Menge Leute sind hier drin getötet worden oder sowas Ähnliches. Und das sagt er: er würde auch hier umgebracht werden. Ich weiß nicht, wo's bei dem nicht stimmt. Wundern tät's mich nicht, wenn der verrückt wär!«

Nun warf Scully einen fragenden Blick auf den Cowboy, um eine Erklärung zu bekommen, aber der zuckte einfach mit den Achseln.

»Sie umbringen?« sagte Scully jetzt wieder zu dem Schweden. »Sie umbringen? Mensch, ich glaub bei Ihnen is ne Schraube locker.«

»Oh, ich weiß«, brach es aus dem Schweden hervor, »ich weiß, was passiert. Jaja, ich bin verrückt. Ja, natürlich, ich bin verrückt. Aber eines weiß ich –« Auf seinem Gesicht stand sowas wie der Schweiß des Elends und des Schreckens. »Ich weiß, daß ich hier nicht lebend rauskomme.«

Der Cowboy tat einen tiefen Atemzug, so, als befände sein Geist sich soeben im letzten Stadium der Auflösung. »Also, ich krieg die Motten«, flüsterte er zu sich.

Scully schoß plötzlich herum und blickte seinen Sohn an: »Hast du diesen Mann belästigt?«

Johnnies Stimme war überlaut unter der Last der Kränkung: »Ach, um Gottes Willen, ich hab dem überhaupt nichts getan!«

Der Schwede fiel ein. »Meine Herren, lassen Sie sich nicht stören. Ich werde dieses Haus verlassen. Ich werde weggehen, weil« – er klagte sie mit einem dramatischen Blick an –, »weil ich nicht umgebracht werden will.«

Scully kochte vor Zorn gegen seinen Sohn: »Wirst du mir jetzt sagen, was hier los ist, du Teufelsbraten? Was ist denn überhaupt hier los? Sag es!«

»Verflucht nochmal!« rief Johnnie verzweifelt, »ich sag dir doch, ich weiß es nicht! Er – er redet, wir wollen ihn killen, das is alles, was ich weiß. Ich weiß auch nicht, was ihm fehlt.«

Der Schwede wiederholte aufs neue: »Lassen Sie's gut sein, Mr. Scully; schon gut. Ich werde das Haus verlassen. Ich werde fortgehen, weil ich nicht getötet werden möchte. Ja, natürlich,

ich bin verrückt – sicher. Aber eines weiß ich! Ich gehe jetzt fort. Ich werde dieses Haus verlassen. Lassen Sie es gut sein, Mr. Scully. Ich gehe jetzt weg.«

»Sie werden nicht fortgehen«, sagte Scully. »Sie werden hier nicht weggehen, bevor ich nicht den Grund für die ganze Geschichte gehört habe. Wenn irgendwer Sie belästigt hat, dann knöpfe ich ihn mir vor. Das ist mein Haus. Sie sind unter meinem Dach, und ich erlaube nicht, daß man hier einen friedlichen Mann belästigt.« Er warf einen schrecklichen Blick auf Johnnie, den Cowboy und den Oststaatler.

»Schon gut, Mr. Scully; lassen Sie's gut sein. Ich gehe fort. Ich möchte nicht umgebracht werden.« Der Schwede bewegte sich auf die Tür zu, die zum Treppenhaus führte. Es war augenscheinlich seine Absicht, sofort sein Gepäck zu holen.

»Nein, nein«, rief Scully gebieterisch; doch der Mann, mit weißem Gesicht, schlüpfte an ihm vorbei und verschwand. »Also bitte«, sagte Scully streng, »was soll das heißen?«

Johnnie und der Cowboy riefen gleichzeitig. »Aber wir ham ihm garnix getan!«

Scullys Augen waren kühl. »Aha«, sagte er, »nichts getan.«

Johnnie schwur einen heiligen Eid. »Mensch, das ist der größte Spinner, den ich getroffen hab! Wir ham gar nichts gemacht. Wir ham bloß hier gesessen und ham Karten gespielt, und er –«

Der Vater redete plötzlich den Mann aus dem Osten an. »Mr. Blanc«, fragte er, »was ham die Jungs gemacht?«

Der aus dem Osten überlegte wieder. »Ich habe nichts Schlimmes bemerkt«, sagte er schließlich langsam.

Scully fing an zu brüllen. »Aber was soll denn das Ganze?« Er starrte zornbebend auf seinen Sohn. »Ich würde dir am liebsten ein paar überziehen, mein Junge.«

Johnnie war außer sich. »Aber, was hab ich denn getan?« brüllte er seinen Vater an.

III

»Ich glaube, euch ist die Zunge festgewachsen«, sagte Scully schließlich zu seinem Sohn, zum Cowboy und dem Mann aus dem Osten; und nach diesen abfälligen Worten verließ er den Raum.

Im Oberstock war der Schwede dabei, eilig die Riemen an seinem großen Koffer festzuzurren. Einmal war sein Rücken zufällig halbwegs der Tür zugekehrt, da hörte er von dort ein Geräusch, schoß herum und schnellte mit einem lauten Schrei hoch. Scullys Faltengesicht machte einen gräßlichen Eindruck im Licht der kleinen Lampe, die er trug. Dieser gelbliche Lichtschein, der aufwärts waberte, erleuchtete nur die vorspringenden Gesichtszüge – die Augen, zum Beispiel, blieben in mysteriösem Dunkel. Er sah aus wie ein Mörder.

»Mann! Mann!« rief er aus. »Sind Sie durchgedreht?«

»O nein! O nein«, erwiderte der andere. »Es gibt Leute auf dieser Welt, die fast ebensoviel wissen wie Sie – verstehen Sie?«

Einen Augenblick lang standen sie da und starrten sich an. Auf den bleichen Wangen des Schweden standen zwei hellrosa Flecken mit scharfen Rändern, als hätte man sie sorgfältig gemalt. Scully stellte die Lampe auf den Tisch und setzte sich auf die Bettkante. Er redete grüblerisch vor sich hin. »Lieber Himmel, mein Leben lang hab ich sowas nicht gehört. Ein großes Durcheinander, das Ganze. Bei meiner Seele, ich kann nicht verstehen, wie Sie sich diese Idee in den Kopf gesetzt haben.« Nun hob er seine Augen und fragte: »Haben Sie denn wirklich geglaubt, daß die sie umbringen wollten?«

Der Schwede ließ seine Blicke über den alten Mann schweifen, als wollte er in sein Inneres schauen. Dann sagte er: »Ja.«

Offensichtlich befürchtete er, daß seine Antwort eine Attacke auslösen könnte, während er einen Riemen festzog bebte sein Arm, und der Ellenbogen flatterte wie ein Stück Papier.

Scully vollführte einen eindrucksvollen Schlag mit der Hand gegen das Fußbrett des Bettes. »Lieber Mann, im nächsten Frühjahr kriegen wir hier in dieser Stadt ne Linie mit elektrischen Straßenbahnen!«

»Ne Linie mit elektrischen Straßenbahnen«, wiederholte der Schwede stumpfsinnig.

»Außerdem«, sagte Scully, »wird eine neue Eisenbahn von Broken Arm hierher gebaut. Ich rede gar nicht von den vier Kirchen und der tollen großen Backstein-Schule, die wir haben. Außerdem gibt es die große Fabrik. Mann, in zwei Jahren, da is Romper ne richtige Großstadt!«

Nachdem er seine Vorbereitungen an seinem Gepäck beendet hatte, richtete der Schwede sich auf. »Mr. Scully«, sagte er, mit plötzlicher Rauheit, »wieviel bin ich Ihnen schuldig?«

»Sie sin mir gar nichts schuldig«, sagte der Alte ärgerlich.

»Doch, doch«, erwiderte der Schwede. Er zog fünfundzwanzig Cent aus seiner Tasche und streckte sie Scully hin; aber der schnippte die Finger, abweisend und geringschätzig. Doch ergab es sich, daß sie nun voreinander standen und auf seltsame Weise die drei Silbermünzen in der offenen Hand des Schweden betrachteten.

»Ich werd Ihr Geld nicht nehmen«, sagte Scully schließlich. »Nach dem, was hier passiert ist, schon gar nicht.« Plötzlich schien ihm etwas einzufallen. »He«, rief er, ergriff seine Lampe und bewegte sich zur Tür hin. »He, jetzt kommen Sie mal mit!«

»Nein!« sagte der Schwede, fast überwältigt von Todesangst.

»Doch«, drängte der alte Mann. »Los! Sie sollen doch nur mitkommen und 'n Bild anschaun, da gegenüber, in meinem Zimmer!«

Der Schwede muß wohl zur Überzeugung gekommen sein, daß sein letztes Stündchen geschlagen hatte. Der Unterkiefer sank ihm herunter, er bleckte die Zähne wie ein Toter. Schließlich folgte er Scully über den Gang, doch hatte er den Schritt eines Menschen in Ketten.

Scully richtete den Strahl seiner Lampe auf die Wand seines Zimmers. Dort erschien nun ein lachhaftes Foto von einem kleinen Mädchen. Sie lehnte sich gegen ein üppig dekoriertes Geländer, der gewaltige Aufbau ihres Haares fiel auf. Die Gestalt war so reizvoll wie ein senkrechter Schlittenpfosten, und über dem ganzen lag ein bleierner Farbton. »Hier«, sagte Scully, »das is'n Bild von meiner Kleinen, die gestor'm is. Carrie hat se geheißen. Sie hatte das hübscheste Haar, das Sie je gesehn ham. Ich hab sie gern gehabt, sie . . .«

Er drehte sich um und merkte, daß der Schwede das Bild garnicht betrachtete, sondern statt dessen mit höchster Wachsamkeit in die dunkle Hälfte des Zimmers blickte.

»Sehen Sie doch her, Mensch!« rief Scully gebieterisch. »Das is das Bild von meim klein' Mädchen, das gestor'm is. Sie hieß Carrie. Un hier is ein Bild von meim ältesten Jung, Michael. Er is 'n Rechtsanwalt in Lincoln, und ihm geht's gut. Ich hab dem Jungen 'ne tolle Ausbildung bezahlt, un jetz bin ich froh deswegen. Er is ein prima Junge. Sehn Sie ihn an. Isser nicht ein toller Kerl, wo er jetzt dort in Lincoln is, un is ein achtbarer und angesehner feiner Herr! Ein achtbarer und angesehner feiner Herr!« schloß Scully mit Aplomb. Bei diesen Worten klopfte er den Schweden gemütlich auf den Rücken.

Der Schwede lächelte schwach.

»So«, sagte der alte Mann, »ich hab da noch was.« Er ließ sich plötzlich auf den Boden nieder und steckte seinen Kopf unters Bett. Der Schwede hörte seine gedämpfte Stimme. »Ich würd sie ja unters Kissen stecken, wenn Johnnie nicht wäre. Und dann kommt auch noch die alte Frau – wo is sie denn nun? Jedesmal tu ich sie an eine andere Stelle. Ach, hier, – jetzt mal raus mit dir!«

Nun kroch er schwerfällig wieder unter dem Bett hervor und zog einen alten Mantel hinter sich her, der zu einem Bündel gerollt war. »Ich hab sie erwischt«, murmelte er. Er kniete auf dem Boden, rollte den Mantel auf und zog aus dem Inneren eine große gelbbraune Whiskyflasche.

Seine erste Handlung war, daß er die Flasche hochhielt, gegen das Licht. Offensichtlich wollte er sich vergewissern, daß sich niemand daran zu schaffen gemacht hatte; dann hielt er sie mit einer großherzigen Geste dem Schweden hin.

Der knieweiche Schwede wollte schon eifrig das stärkende Element ergreifen, aber plötzlich zog er seine Hand zurück und warf einen Blick des Schreckens auf Scully.

»Trink!« sagte der alte Mann freundlich. Er hatte sich erhoben und stand nun dem Schweden gegenüber.

Eine Stille trat ein. Wieder sagte Scully: »Trink!«

Der Schwede lachte wild. Er packte die Flasche, legte sie sich an den Mund; und während sich seine Lippen auf bizarre Weise um die Flaschenöffnung krümmten und sein Adamsapfel arbeitete, ruhte sein Blick voll brennendem Haß auf dem Gesicht des alten Mannes.

IV

Nachdem Scully verschwunden war, verharrten die drei Männer, das Spielbrett noch immer auf den Knien, lange Zeit in verblüfftem Schweigen. Dann sagte Johnnie: »Das ist der gottverdammteste Schwede, den ich je gesehen hab!«

»Der is kein Schwede«, sagte der Cowboy verächtlich.

»Was isser denn dann?« schrie Johnnie. »Was is er dann?«

»Nach meiner Meinung«, sagte der Cowboy nachdenklich, »ist das so ne Art von Holländer.« Es war eine alte Sitte in diesem Land, daß man alle Leute, die mit schwerer Zunge redeten, als Schweden bezeichnete. Folglich war die Idee des Cowboys nicht ohne einen gewissen Wagemut. »Jawohl«, wiederholte er. »Nach meiner Meinung is der Kerl so ne Art Holländer.«

»Also, er sagt ja, er is ein Schwede«, murmelte Johnnie trübsinnig. Er wandte sich an den Mann aus dem Osten: »Was meinen Sie, Mr. Blanc?«

»Ach, ich weiß nicht«, antwortete der Oststaatler.

»Was glaubt Ihr denn, weswegen er so komisch is?« fragte der Cowboy.

»Na, der hat Angst.« Der aus dem Osten klopft seine Pfeife gegen eine Kante des Ofens. »Sieht man doch, daß der halbtot ist vor Angst!«

»Wovor denn?« riefen Johnnie und der Cowboy gleichzeitig. Der Mann aus dem Osten brütete über einer Antwort.

»Wovor denn?« riefen die anderen wieder.

»Ach, ich weiß nicht, aber mir kommt's so vor, wie wenn der Groschenromane gelesen hat, und er meint, er ist hier mitten drin – wo sie schießen und stechen und alles.«

»Aber«, sagte der Cowboy, tief entrüstet, »wir sind hier nicht in Wyoming, wir sind nicht irgendwo da hinten. Wir sind in Nebraska.«

»Jawohl«, fügte Johnnie hinzu, »warum wartet er nicht, bis er richtig in den Westen kommt!«

Der weitgereiste Mann aus dem Osten lachte. »Da ist es auch nicht anders als hier – jedenfalls heutzutage. Aber der glaubt, er ist mitten drin in der Hölle.«

Johnnie und der Cowboy verharrten in langem Nachdenken.

Schließlich bemerkte Johnnie: »Es ist wahnsinnig komisch.«

»Ja«, sagte der Cowboy. »Das ist ein idiotisches Spiel. Ich hoffe bloß, daß wir nicht einschneien, sonst müssen wir uns die ganze Zeit mit diesem Kerl hier herumschlagen. Das wär nicht gut.«

»Ich hoffe, daß Paps ihn rausschmeißt«, sagte Johnnie.

In diesem Augenblick hörten sie ein lautes Trampeln auf der Treppe, dazu den witzigen Klang in der Stimme vom alten Scully, und Gelächter, offenbar von dem Schweden. Die Männer am Ofen starrten sich leer an. »Mein Gott!« sagte der Cowboy. Die Tür flog auf, und der alte Scully, mit rotem Gesicht und Witze reißend, kam ins Zimmer. Er quasselte auf den Schweden ein, der ihm folgte und tapfer lachte. Es war der Eintritt zweier Prahlhänse, die von einem Festmahl kamen.

»Los jetzt«, fuhr Scully die drei sitzenden Männer an, »rückt zusammen und laßt uns auch einen Platz am Ofen.« Der Cowboy und der Oststaatler rückten gehorsam ihre Stühle zur Seite, um für die Ankömmlinge Platz zu machen. Aber Johnnie nahm nur eine etwas flegelhaftere Haltung ein und rührte sich nicht weiter.

»Na los! Rück mal 'n bißchen«, sagte Scully.

»Genug Platz auf der anderen Seite vom Ofen«, sagte Johnnie.

»Meinst du, wir wollen in der Zugluft sitzen?« brüllte der Vater.

Doch der Schwede schaltete sich selbstbewußt, mit großkotziger Geste ein: »Nein, nein. Lassen Sie den Jungen sitzen, wo er will«, rief er befehlerisch dem Vater zu.

»Also gut! Also gut!« sagte Scully unterwürfig. Der Cowboy und der Oststaatler wechselten erstaunte Blicke.

Die fünf Stühle wurden in Halbmondform um den Ofen gestellt. Der Schwede begann zu sprechen; er sprach hochmütig, böse und lästerlich. Johnnie, der Cowboy und der aus dem Osten bewahrten ein mürrisches Schweigen, während der alte Scully aufmerksam und eifrig wirkte und immer wieder mit freundschaftlichen Zurufen unterbrach.

Schließlich erklärte der Schwede, daß er durstig sei. Er machte eine Bewegung auf seinem Stuhl und sagte, er wolle sich einen Schluck Wasser holen.

»Ich bring's Ihnen«, rief Scully sofort.

»Nein«, sagte der Schwede verächtlich. »Ich hol's mir schon selbst.« Er erhob sich, und stelzte in der Haltung eines Besitzers zu den Küchenräumen des Hotels.

Sobald der Schwede außer Hörweite war, sprang Scully auf die Füße und flüsterte den anderen heftig zu: »Da oben hat er geglaubt, ich will ihn vergiften!«

»Also hör mal«, sagte Johnnie, »das ist doch zum Kotzen. Warum schmeißt du ihn nicht raus, in den Schnee?«

»Ach was, der ist jetzt schon in Ordnung«, erklärte Scully.

»Es war eben das, daß er aus dem Osten war, und er dachte, hier geht's wild zu. Das ist alles. Er ist jetzt in Ordnung.«

Der Cowboy blickte bewundernd auf den Mann aus dem Osten. »Sie ham recht gehabt«, sagte er. »Ham Sie richtig gelegen mit diesem Holländer da.«

»Na ja«, sagte Johnnie zu seinem Vater. »Vielleicht ist er jetzt in Ordnung, bloß ich merke nichts davon. Zuerst hat er Angst gehabt, un jetz is er zu kibich . . .«

Scullys Sprache war immer ein Gemisch von irischem Dialekt und irischen Redensarten, dem Singsang des Westens und Redensarten des Westens, und Brocken von eigentümlich gestelzten Phrasen, die er aus Almanachen und Zeitungen bezog. Nun überschüttete er seinen Sohn mit einem seltsamen Wust von Reden. »Was führe ich? Was führe ich? Was führe ich?« fragte er mit donnernder Stimme. Er schlug sich eindrucksvoll aufs Knie, um anzukündigen, daß nun eine Antwort folgen würde, die hier sorgfältig zu beachten sei: »Ich führe ein Hotel«, schrie er. »Ein Hotel, verstehst du? Ein Gast unter meinem Dach genießt heiliges Gastrecht. Er soll von niemand belästigt werden. Kein Wort soll er hören, das ihm irgendeinen Anlaß geben könnte, daß er fortgeht. Das will ich nicht haben. In dieser Stadt gibts keinen Ort, wo einer sagen kann, er hat von mir einen Gast aufgenommen, weil der Angst hatte, hier zu bleiben.« Er wirbelte plötzlich herum zu dem Cowboy und dem aus dem Osten:

»Hab ich recht?«

»Ja, Mr. Scully«, sagte der Cowboy. »Ich glaube, Sie haben recht.«

»Ja, Mr. Scully«, sagte der Mann aus dem Osten. »Ich glaube, Sie haben recht.«

V

Beim Abendessen um sechs Uhr sprudelte der Schwede vor Erregung und hektischer Laune. Manchmal schien es, als würde er jeden Augenblick in wilden Gesang ausbrechen, und in diesem ganzen Irrsinn wurde er vom alten Scully auch noch ermutigt. Der kleine Oststaatler hielt sich still zurück; der Cowboy saß mit vor Erstaunen weit offenem Mund und vergaß zu essen, während Johnnie voller Wut Riesenteller voll Essen vertilgte. Als die Töchter des Hauses Brot nachfüllen sollten, näherten sie sich vorsichtig wie Indianer und flohen, nachdem sie es erledigt hatten, mit kaum verhohlener Angst. Während des ganzen Mahles gab der Schwede den Ton an, und er verlieh der Veranstaltung den Anschein einer grausamen Orgie. Er schien auf einmal größer geworden zu sein, und starrte, voll brutaler Verachtung, ringsum alle Gesichter an. Seine Stimme dröhnte im Zimmer. Einmal, als er mit seiner Gabel wie mit einer Harpune einen Zwieback aufspießen wollte, ritzte er mit seiner Waffe fast die Hand des Oststaatlers, die zu dem gleichen Zweck sanft ausgestreckt worden war.

Nach dem Nachtmahl, während die Männer einer nach dem anderen in den anderen Raum gingen, schlug der Schwede Scully müde auf die Schulter. »Na, alter Knabe, das war mal ein gutes, solides Essen!« Johnnie warf einen hoffnungsvollen Blick auf seinen Vater; er wußte, daß die Schulter, von einem früheren Sturz her, empfindlich war, und es sah wirklich für einen Moment so aus, als würde Scully deswegen aufbrausen, aber dann lächelte er ein kränkliches Lächeln und schwieg. Die anderen erklärten sich sein Verhalten damit, daß er sich für verantwortlich für die neuere Einstellung des Schweden hielt.

Aber Johnnie zog seinen Vater zur Seite und sagte: »Warum erlaubst du nicht, daß ihn mal jemand die Treppe runterwirft?« Scully, anstatt zu antworten, grollte nur finster.

Sie waren nun alle um den Ofen versammelt, da verlangte der Schwede ein weiteres Spiel *High-Five*. Zuerst wollte Scully nichts davon wissen, aber der Schwede bedachte ihn mit einem bösartigen Blick. Der alte Mann gab nach, und darauf bedrängte der Schwede die anderen. In seiner Stimme lag eine fortwährend starke Drohung. Der Cowboy und der Mann aus dem Osten erklärten gleichgültig, sie würden mitspielen. Scully sagte, daß er gleich zum Zwei-vor-sieben-Zug gehen müsse; darauf wandte sich der Schwede drohend an Johnnie. Einen Augenblick lang begegneten sich ihre Blicke wie Messer, dann lächelte Johnnie und sagte: »Ja, ich spiel mit.«

Sie setzten sich zu einem Quadrat zusammen, auf den Knien das Spielbrett. Der Oststaatler und der Schwede spielten wieder zusammen. Während das Spiel ablief, war es auffallend, daß der Cowboy jetzt nicht wie sonst auf die Platte knallte. Währenddessen setzte Scully sich, in der Nähe der Lampe, die Brille auf und las die Zeitung; er hatte eine merkwürdige Ähnlichkeit mit einem alten Geistlichen. Nach einiger Zeit ging er hinaus, um seinen Zwei-vor-sieben-Zug zu erreichen; trotz seiner Vorsicht wirbelte ein heftiger, eiskalter Windstoß zur Tür herein, als er öffnete. Er streute die Karten herum und ließ die Spieler bis aufs Mark frieren. Der Schwede fluchte furchterregend. Als Scully wieder zurückkehrte, zerstörte er durch seinen Eintritt eine gemütliche und freundliche Szene. Wieder fluchte der Schwede. Und sogleich waren alle wieder sehr angespannt, streckten die Köpfe vor und ihre Hände bewegten sich eilig. Jetzt hatte der Schwede die Gewohnheit des Kartenknallers angenommen.

Scully griff wieder zur Zeitung und war lange Zeit in Angelegenheiten versunken, die ungeheuer weit von ihm entfernt waren. Die Lampe brannte schlecht, einmal unterbrach er sich und brachte den Docht in Ordnung. Während er Seite um Seite blätterte, raschelte die Zeitung mit einem mäßigen und angenehmen Geräusch. Plötzlich hörte er drei schreckliche Worte: »Sie spieln falsch!«

Solche Szenen beweisen immer wieder, daß eine dramatische Atmosphäre kaum von der Umgebung abhängt. Jeder Raum kann tragische Züge gewinnen, und jeder Raum kann auch Komödie spielen. Diese kleine Stube war nun abscheulich wie eine Folterkammer. Durch die neuen Gesichter der Männer war sie so verwandelt worden. Der Schwede hielt eine riesenhafte Faust vor Johnnies Gesicht, während dieser darüber hinweg unverwandt in die sprühenden Augen seines Anklägers blickte. Der Mann aus dem Osten war blaß geworden; die Kinnlade des Cowboys hing herab und verlieh ihm jenen Ausdruck ochsenhafter Verblüffung, der in seinem Repertoire eine so wichtige Rolle spielte. Nach den drei Worten kam das erste Geräusch von Scullys Zeitung, die unbeachtet zu seinen Füßen sank. Auch die Brillengläser waren ihm von der Nase gerutscht, doch hatte er sie durch einen raschen Griff in der Luft gefangen. Seine Hand, die die Brille erfaßt hatte, schwebte in unnatürlicher Haltung in Schulternähe. Er starrte auf die Kartenspieler.

Vielleicht eine Sekunde währte das Schweigen. Dann schien es, als sei der Boden mit einem Ruck unter ihnen weggezogen, so schnell bewegten sie sich. Die fünf hatten sich alle kopfüber auf dasselbe Ziel gestürzt. Es traf sich, daß Johnnie, als er aufstand, um sich auf den Schweden zu werfen, infolge seiner merkwürdigen instinktiven Besorgtheit um die Karten und das Brett, ein wenig stolperte. Der verlorene Augenblick genügte, daß Scully zur Stelle war, und gab auch dem Cowboy die Zeit, dem Schweden einen starken Stoß zu versetzen, so daß dieser zurücktorkelte. Zu gleicher Zeit fanden die Männer ihre Stimmen wieder, und aus allen Kehlen fuhren rauhe Schreie der Wut, bittende Rufe, Schreie der Angst. Der Cowboy stieß und rempelte fieberhaft gegen den Schweden, Scully und der Ostmann hängten sich mit aller Macht an Johnnie; doch durch die rauchige Luft, über den schwankenden Körpern der Friedenstifter, suchten sich die Augen der beiden Krieger immer wieder mit herausfordernden Blicken, die zugleich hitzig und stahlhart waren.

Natürlich wurde das Spielbrett umgeworfen, und nun war

die ganze Kartengesellschaft über den Boden zerstreut; die Stiefel der Männer trampelten auf den fetten und bemalten Königen und Königinnen herum, deren einfältige Augen auf den Krieg, der über ihnen tobte, gerichtet waren.

Scullys Stimme übertönte die Schlachtrufe. »Aufhören! Hört auf, sage ich! Aufhören!«

Johnnie, der sich heftig bemühte, die Kette zu durchbrechen, die Scully und der Mann aus dem Osten gebildet hatten, heulte: »Der sagt, ich hab falsch gespielt! Er sagt, ich hab falsch gespielt! Kein Mensch darf sagen, daß ich falsch spiele! Wenn er sagt, ich habe falsch gespielt, ist er ein . . .«

Der Cowboy redete auf den Schweden ein: »Schluß jetzt! Verstehst du, jetzt is Schluß!«

Das Kreischen des Schweden hörte nicht auf: »Er hat doch falsch gespielt! Ich hab's gesehen! Ich hab ihn gesehen!«

Was den Mann aus dem Osten betrifft: der redete beharrlich mit einer Stimme, auf die keiner achtete: »Warte mal 'n Moment, nicht wahr? Also, warte mal 'n Moment. Was hat's für einen Sinn, sich wegen einem Kartenspiel zu schlagen? Warte doch 'n Moment –«

In diesem Tumult hörte man keine ganzen Sätze. »Gespielt« – »Schluß« – »sagt er« – diese Bruchstücke drangen durch den Aufruhr und waren klar vernehmbar. Es war bemerkenswert, daß Scully, obgleich er zweifellos den größten Lärm machte, von der ganzen wilden Gruppe am wenigsten zu hören war.

Dann trat auf einmal eine große Unterbrechung ein. Es war, als ob jedermann Luft holen wollte; und obwohl der Raum noch immer vom hellen Zorn der Männer erfüllt war, konnte man sehen, daß kein unmittelbarer Zusammenstoß drohte; sogleich drängelte sich Johnnie weiter vorwärts, und fast wäre es ihm gelungen, dem Schweden gegenüberzustehen. »Was hast du gesagt, von mir und vom Falschspielen? Was hast du gesagt, von mir und vom Falschspielen? Ich spiel nicht falsch, und das soll keiner sagen!«

Der Schwede sagte: »Ich hab Sie gesehen! Ich hab Sie gesehn!«

Johnnie schrie: »Ich schlag mich mit jedem, der sagt, daß ich falschspiele!«

»Nein, das machst du nicht«, sagte der Cowboy. »Hier nicht.«

»Du gibst Ruhe, hörst du?« sagte Scully, indem er zwischen sie trat.

Durch die Ruhe wurde nun die Stimme des Mannes aus dem Osten hörbar. Er sagte immer wieder: »Jetzt wart mal 'n Moment, nicht wahr? Was hat's denn für'n Sinn, sich wegen eim Kartenspiel zu schlagen? Wart mal ein Moment!«

Johnnies rotes Gesicht tauchte wieder über der Schulter seines Vaters auf, und wieder rief er dem Schweden zu: »Hast du falschspielen gesagt?«

Der Schwede zeigte seine Zähne. »Ja.«

»Wenn's so ist«, sagte Johnnie, »müssen wir uns schlagen.«

»Jawohl, schlagen«, brüllte der Schwede. Er war wie ein irrwitziger Teufel. »Jawohl! Kämpfen! Ich werde dir zeigen, was für ein Mann ich bin! Ich werde dir zeigen, gegen wen du kämpfen willst! Vielleicht meinst du, ich kann gar nicht kämpfen! Vielleicht meinst du, ich kann's nicht! Ich werd's dir zeigen, du Gauner, du Zinker! Jawohl! Du hast falschgespielt! Du hast betrogen! Du hast betrogen!«

»Gut, mein Herr, dann tragen wir's jetzt aus«, sagte Johnnie kühl.

Von der Stirn des Cowboys perlte nun der Schweiß vor Anstrengung, die immer neuen Attacken zu verhindern. Verzweifelt wandte er sich an Scully. »Was wollen Sie denn jetzt machen?«

Eine Veränderung war in dem keltischen Gesicht des alten Mannes vor sich gegangen. Nun war er voller Eifer; seine Augen leuchteten.

»Sie sollen jetzt kämpfen«, sagte er mit Festigkeit. »Ich kann es jetzt nicht länger aushalten. Ich hab's lang genug probiert.

Der verdammte Schwede macht mich krank. Sie sollen jetzt kämpfen.«

VI

Die Männer trafen ihre Vorbereitungen, um vor die Tür zu treten. Der Mann aus dem Osten war so nervös, daß es ihm schwerfiel, mit den Armen in die Ärmel seines neuen Ledermantels zu finden. Als der Cowboy seine Pelzmütze über die Ohren zog, zitterten ihm die Hände. Johnnie und der alte Scully waren die einzigen, die keinerlei Aufregung zeigten. Diese Handlungen wurden wortlos ausgeführt.

Scully stieß die Tür auf. »Also, kommt jetzt«, sagte er. Augenblicklich war da ein schrecklicher Wind, in dem die Flamme am Docht der Lampe kämpfte, während eine kleine schwarze Rauchwolke oben aus dem Kamin hervorschoß. Der Ofen war mitten im besten Brennen, und seine Stimme schwoll zu gleicher Lautstärke wie der Sturm. Einige der beschädigten und betrampelten Karten wurden vom Boden gehoben und hilflos zur gegenüberliegenden Seite getrieben. Die Männer senkten die Köpfe und tauchten in den Sturm wie in ein Meer.

Es fiel kein Schnee, aber große Flockenwirbel und -wolken wurden durch die heftigen Windstöße vom Boden aufgeweht und bewegten sich mit der Geschwindigkeit von Gewehrkugeln nach Süden. Das schneebedeckte Land war blau, es schimmerte geisterhaft wie Satin, sonst sah man keine andere Farbe, außer in der Senke, wo in der schwarzen Eisenbahnstation – scheinbar unglaublich fern – ein einziges Licht wie ein kleines Juwel blinkte. Als die Männer in den hüfthohen Schnee stapften, hörte man, daß der Schwede irgend etwas brummelte. Scully trat zu ihm hin, legte ihm eine Hand auf die Schulter und hielt ihm sein Ohr hin: »Was war das? Was ham Sie gesagt?« schrie er.

»Ich sage«, knurrte der Schwede wieder, »gegen diese Bande

kann ich nicht viel ausrichten. Weiß genau, daß ihr alle über mich herfallt.«

Scully klopfte ihm vorwurfsvoll auf den Arm. »Ruhig, Mann!« schrie er. Der Wind riß die Worte von Scullys Lippen und wehte sie weit dahin.

»Ihr seid eine Bande von . . .« dröhnte der Schwede, aber der Sturm griff sich auch hier den Rest.

Gleich darauf hatten die Männer dem Wind den Rücken zugekehrt und waren um die Ecke zur windgeschützten Seite des Hotels gelangt. Das kleine Haus diente hier – mitten in dieser weiten Schneewüstenei – zum Schutz eines unregelmäßigen dreieckigen Platzes aus stark vereistem Gras, das unter ihren Füßen knisterte. Man hatte hier eine Vorstellung, ein Gefühl von den großen Mengen Schnee, die sich auf der Windseite des Hauses auftürmten. Als die Gesellschaft dieses relativ friedliche Fleckchen erreicht hatte, stellte es sich heraus, daß der Schwede noch immer murrte.

»Oh, ich weiß schon, was das für eine Sache ist! Ich weiß, ihr werdet alle über mich herfallen. Gegen alle komm ich nicht an.«

Scully stellte sich vor ihn, wie ein Panther. »Sie brauchen hier nicht alle zu schlagen. Sie brauchen nur meinen Sohn Johnnie zu schlagen. Der Mann, der Ihnen dabei dazwischenkommt, kriegt's mit mir zu tun.«

Die Vorkehrungen wurden schnell getroffen. Die beiden Männer standen sich gegenüber und erwarteten die scharfen Befehle Scullys; in seinem Gesicht, mit sublimem düsterem Glanz, konnte man sich gut jene strengen, zeitlosen Züge vorstellen, welche die Gesichter römischer Veteranen charakterisiert haben müssen. Die Zähne des Mannes aus dem Osten klapperten, er hüpfte auf und nieder wie ein mechanisches Spielzeug. Der Cowboy stand versteinert.

Die Widersacher hatten nichts von ihrer Kleidung abgelegt. Jeder steckte in seinem gewöhnlichen Anzug. Ihr Fäuste waren erhoben, und sie beäugten einander mit einer Ruhe, die etwas von katzenhafter Grausamkeit hatte.

Während dieses Intermezzos bildete sich im Kopf des Oststaatlers, wie auf einem Film, ein bleibender Eindruck dieser drei Männer – der Sekundant mit den stählernen Nerven; der Schwede – blaß, bewegungslos, schrecklich; und Johnnie, gelassen und doch wild, grobschlächtig und doch heldenhaft. In diesem Vorspiel steckte eine Tragödie, die größer war als die Tragödie der Tat selber, und dieser Eindruck wurde noch verstärkt durch den langanhaltenden sanften Schrei des Schneesturms, der die taumelnden und schwankenden Flocken gegen den scharfen Hintergrund des Südens trieb.

»Jetzt!« sagte Scully.

Die beiden Kämpfer sprangen vor und stießen aufeinander wie Stiere. Man hörte das gedämpfte Geräusch von Schlägen und einen Fluch zwischen den Zähnen des einen.

Was die Zuschauer betraf: der aufgestaute Atem des Oststaatlers entlud sich mit einem Ausbruch der Erleichterung, absoluter Erleichterung nach der Anspannung des Vorspiels. Der Cowboy machte einen Luftsprung und stieß ein Geheul aus. Scully war bewegungslos, wie gelähmt durch das äußerste Erstaunen und die Furcht vor der Wildheit eines Kampfes, den er selbst zugelassen und ausgerichtet hatte.

Eine Zeitlang war dieses Treffen in der Finsternis eine solche Wirrnis von fliegenden Armen, daß man es ebensowenig im einzelnen verfolgen konnte, wie ein schnell rotierendes Rad. Gelegentlich zeichnete sich ein Gesicht ab, wie von einem Lichtstrahl erleuchtet, geisterhaft und von rosa Flecken bedeckt. Einen Augenblick später hätte man die Männer für Schatten halten können, hätten sie nicht unwillkürlich Flüche ausgestoßen, die als Geflüster herüberwehten.

Plötzlich ergriff den Cowboy eine urgewaltige Kampfeslust, und er schoß, schnell wie ein Mustang, vorwärts. »Mach los, Johnnie, mach los! Schlag ihn tot! Schlag ihn tot!«

Scully trat ihm entgegen. »Du hältst dich raus!« sagte er; und an dem Ausdruck seiner Augen erkannte der Cowboy, daß dieser Mann Johnnies Vater war.

Für den Mann aus dem Osten war das Ganze gleichförmig, unveränderlich eine Rauferei, ein Greuel. Das wirre Durcheinander empfand er als eine Ewigkeit, nach deren Ende – dem unausdenkbaren Ende – man sich sehnte. Einmal gerieten die Kämpfer in seine Nähe, und während er sich hastig zurückzog, hörte er sie stöhnen, wie Menschen in der Folter.

»Schlag ihn tot, Johnnie, schlag ihn tot, schlag ihn tot, schlag ihn tot!« Das Gesicht des Cowboys war verzerrt wie eine jener Leidensmasken im Museum.

»Sei still«, sagte Scully eisig.

Dann kam ein plötzliches lautes Grunzen, unvollständig, abgehackt, und Johnnies Körper flog von dem Schweden fort und landete mit einer übelkeitserregenden Wucht im Gras. Mit knapper Not gelang es dem Cowboy, zu verhindern, daß der wahnwitzige Schwede sich über seinen ausgestreckten Gegner warf. »Nicht! Das nicht!« sagte der Cowboy und hielt ihn am Arm fest. »Warte 'n Moment.«

Scully war jetzt neben seinem Sohn. »Johnnie! Johnnie, mein Jung!« Seine Stimme hatte etwas trauervoll Zärtliches. »Johnnie! Kannst du noch weiter?« Ängstlich blickte er hinunter auf das blutige, gedunsene Gesicht seines Sohnes.

Einen Augenblick war Schweigen, dann antwortete Johnnie mit seiner gewöhnlichen Stimme. »Ja, ich – es – ja.«

Mit Hilfe seines Vaters rappelte er sich wieder auf. »Warte 'n bißchen, bis du wieder Luft hast«, sagte der alte Mann.

Ein paar Schritte weiter predigte der Cowboy: »Du wirst nicht! Du wartest eine Sekunde!«

Der Oststaatler zupfte Scully am Ärmel. »Oh, das genügt jetzt«, flehte er. »Das genügt! Laßt es jetzt gut sein. Das genügt!«

»Bill«, sagte Scully, »geh aus dem Weg.« Der Cowboy trat zur Seite. »Jetzt.« Die beiden Gegner machten es vorsichtiger jetzt, als sie wieder aufeinander losgingen. Sie funkelten einander an, dann holte der Schwede blitzartig zu einem Schlag aus, in dem sein gesamtes Gewicht lag. Johnnie war offensichtlich halb verblödet vor Schwäche, doch auf wunderbare Weise duckte er sich und brachte mit seiner Faust den Schweden, während er durch den Schwung aus dem Gleichgewicht kam, zu Fall.

Der Cowboy, Scully und der Mann aus dem Osten brachen in einen Jubelschrei aus, der wie ein Chor triumphierender Soldaten klang, doch bevor sie noch verstummten, war der Schwede schon wieder gelenkig auf die Füße gesprungen und hatte seinen Feind angenommen, wie ein Berserker außer sich vor Wut. Ein neues Gewirr fliegender Arme, und wieder wurde Johnnies Körper herausgeschleudert und fiel, wie irgendein Bündel vom Dach fällt. Zugleich taumelte der Schwede zu einem kleinen windgebeugten Baum, lehnte sich an ihn, keuchend wie eine Lokomotive; während die Männer sich über Johnnie beugten, wanderten seine wilden, flammensprühenden Augen von Gesicht zu Gesicht. Eine grandiose Einsamkeit ging von ihm aus; der Oststaatler spürte es, als er einmal seine Blicke von dem Menschen am Boden zu der geheimnisvollen und isolierten Gestalt hob, die dort wartete.

»Bist du noch halbwegs in Ordnung, Johnnie?« fragte Scully mit brüchiger Stimme.

Der Sohn atmete schwer und öffnete langsam die Augen. Nach einem Moment antwortete er: »Nein – bin nicht – in Ordnung – nicht mehr.« Darauf begann er zu weinen; er weinte wegen der Schande und wegen des schmerzenden Körpers, und die Tränen zogen Furchen durch sein blutbeflecktes Gesicht. »Er war zu – zu schwer für mich.«

Scully richtete sich auf und sprach die wartende Gestalt an. »Fremder«, sagte er mit klarer Stimme, »du hast es geschafft.« Dann nahm seine Stimme die vibrierende Heiserkeit an, mit der gewöhnlich jene allereinfachste tödliche Nachricht bekanntgemacht wird: »Johnnie ist geschlagen.«

Der Sieger antwortete nicht und entfernte sich in Richtung der Vordertür des Hotels.

Der Cowboy erfand neue und unaussprechlich blasphemische Flüche. Der Mann aus dem Osten machte die verblüffende

Entdeckung, daß sie in einem Wind standen, der anscheinend direkt aus der Polarregion kam. Wieder hörte er das Klagelied des Schnees, der in sein südliches Grab getrieben wurde. Jetzt merkte er, daß die ganze Zeit über die Kälte immer tiefer in ihn eingedrungen war; er wunderte sich, daß er nicht erfroren war. Für den Zustand des besiegten Mannes empfand er Gleichgültigkeit.

»Johnnie, kannst du gehen?« fragte Scully.

»Hab ich ihn verletzt – irgendwie verletzt?« fragte der Sohn.

»Kannst du gehen, Junge? Kannst du gehen?«

Plötzlich war Johnnies Stimme kräftig. Eine robuste Ungeduld klang in ihr mit. »Ich hab gefragt, ob ich ihn irgendwie verletzt habe!«

»Ja, ja, Johnnie«, antwortete der Cowboy tröstend; »er ist ganz schön verletzt.«

Sie richteten ihn vom Boden auf, und sobald er auf den Beinen war, schwankte er los und wies alle Versuche zurück, ihm zu helfen. Als die Gesellschaft um die Ecke bog, wurde sie von dem prasselnden Schnee ziemlich geblendet. Er brannte wie Feuer in ihren Gesichtern. Der Cowboy schob Johnnie durch das Schneetreiben zur Tür. Als sie eintraten, flogen einige der Karten vom Boden auf und schlugen gegen die Wand.

Der Mann aus dem Osten eilte zum Ofen. Er war so durchgefroren, daß er am liebsten den glühenden Ofen umarmt hätte. Der Schwede war nicht im Raum. Johnnie ließ sich auf einen Stuhl sinken, legte seine Arme auf die Knie und vergrub sein Gesicht in den Händen. Scully wärmte sich erst den einen, dann den anderen Fuß an der Ofenkante und murmelte dabei zu sich selbst mit keltischer Melancholie. Der Cowboy hatte die Pelzmütze abgenommen und strich sich zerstreut und bekümmert mit der Hand durch sein zerzaustes Haar. Von der Decke her konnten sie am Knarren der Bodenbretter hören, wie der Schwede sich mit schweren Schritten in seinem Zimmer hin und her bewegte.

Die traurige Stille wurde unterbrochen, als plötzlich die Tür aufflog, die zur Küche führte. Die Frauen liefen eilends herein. Sie stürzten sich sogleich auf Johnnie – ein einziger Klage-Chor. Bevor sie ihre Beute hinüber in die Küche schafften, um sie dort in jener Mischung von Sympathie und Vorwürfen zu baden und auszuschimpfen, die diesem Geschlecht eigentümlich ist, stellte sich die Mutter steil auf und fixierte den alten Scully mit Augen voll strengem Tadel: »Schäm dich, Patrick Scully!« rief sie. »Das deinem eigenen Sohn! Schäm dich!«

»Schluß jetzt! Sei still!« sagte der alte Mann schwächlich.

»Schäm dich, Patrick Scully!« stimmten jetzt die Mädchen ein und rümpften hochmütig ihre Nasen in Richtung auf die zitternden Mitschuldigen, den Cowboy und den Mann aus dem Osten. Gleich darauf schleppten sie Johnnie fort und überließen die drei Männer ihren trübseligen Betrachtungen.

VII

»Am liebsten würde ich mich selber mit diesem komischen Holländer schlagen«, sagte der Cowboy nach einer langen Stille.

Scully wiegte traurig seinen Kopf. »Nein, das hilft auch nichts. Das wäre nicht in Ordnung. Nicht in Ordnung.«

»Wieso? Warum denn nicht?« beharrte der Cowboy. »Ich seh da nichts Falsches drin.«

»Nein«, antwortete Scully, mit mannhaftem Kummer. »Richtig wär das nicht. Das war Johnnies Kampf, und jetzt müssen wir den Mann nicht schlagen, bloß weil er Johnnie geschlagen hat.«

»Ja, stimmt schon«, sagte der Cowboy; »aber – er soll sich lieber mit mir nicht anlegen, sowas kann ich jetzt nicht mehr vertragen.«

»Du sagst kein Wort zu ihm«, befahl Scully, und da hörten sie auch schon die Schritte des Schweden auf der Treppe. Sein

Auftritt war das reinste Theater. Er stieß die Tür mit einem Knall auf, stapfte in die Mitte des Raumes. Keiner sah ihn an. »So«, schrie er Scully an, »jetzt werden Sie mir wohl sagen, was ich Ihnen schulde.«

Der alte Mann blieb ungerührt. »Sie schulden mir gar nix.«

»Oho«, sagte der Schwede, »oho! Schulde ihm garnix!«

Der Cowboy redete den Schweden an. »Fremder, ich versteh nicht ganz, weswegen Sie hier so lustig sind.«

Der alte Scully fuhr sofort hoch. »Schweig!« brüllte er und streckte die Hand aus, mit hochgereckten Fingern. »Bill, du hältst dein Maul!«

Der Cowboy spuckte nachlässig in die Sägemehlkiste. »Ich hab doch gar nichts gesagt, oder?« fragte er.

»Mr. Scully«, tönte der Schwede. »Wieviel schulde ich Ihnen?« Man konnte sehen, daß er zur Abreise gerüstet war, er hielt seinen Koffer in der Hand.

»Sie schulden mir garnix«, wiederholte Scully, er war nicht aus der Ruhe zu bringen.

»Oho«, sagte der Schwede. »Ich glaub Sie ham recht. Ich glaub, wenn es richtig zuginge, würden eher Sie mir was schulden. Das glaube ich.« Er wandte sich an den Cowboy. »Schlag ihn tot, schlag ihn tot, schlag ihn tot!« äffte er ihn nach, dann brach er in ein Siegerlachen aus. »Schlag ihn tot!« Er schüttelte sich vor ironischer Heiterkeit.

Aber er hätte ebensogut die Toten aufreizen können. Die drei Männer blieben unbeweglich und stumm, und starrten mit gläsernen Blicken den Ofen an.

Der Schwede öffnete die Tür und trat hinaus in den Sturm; nur noch einen schnellen spöttischen Blick warf er zurück auf die ruhige Gruppe.

Sobald die Tür geschlossen war, sprangen Scully und der Cowboy auf und fingen zu fluchen an. Sie stampften auf und nieder, fuchtelten mit den Armen in der Luft und schlugen mit den Fäusten in die Luft. »Oh, das war ein schlimmer Augenblick«, jammerte Scully. »Was war das für ein böser Augenblick!

Der da spottet und hänselt! In dieser Minute hätt ich für einen Schlag auf die Nase vierzig Dollar gezahlt! Wie hast du's nur ausgehalten, Bill?«

»Wie ich's ausgehalten hab?« rief der Cowboy mit bebender Stimme. »Wie ich's aushielt? Oh Gott!«

Der alte Mann verfiel auf einmal in irischen Dialekt. »Ich däd am liebsten den Schweden nehm'«, jammerte er, »un drick ihn auf 'n Steinbodn und klopf ihm mit 'm Stock zu Mus!«

Der Cowboy stöhnte vor Sympathie. »Ich möcht ihn am Hals packen und mit dem Kopf« – er schlug mit der Hand auf einen Stuhl mit einem Geräusch wie ein Pistolenknall – »mit dem Kopf wogegen haun, daß er selber nicht mehr weiß, dieser Holländer, ist er's oder ein toter Koyote.«

»Ich würd den zwiebeln ...«

»Ich würd dem ein paar Sachen zeigen ...«

Dann alle zusammen in einem verlangenden, fanatischen Aufschrei: »Oh, wenn wir ihn nur ...«

»Jawohl!«

»Jawohl!«

»Und dann würde ich ...«

»Ooooh!«

VIII

Der Schwede hielt seinen Koffer fest am Griff und ging vor dem Sturm, als ob er Segel hätte. Er folgte einer Reihe von kleinen, nackten, in den Boden geklammerten Bäumen, die, wie er wußte, den Verlauf des Weges anzeigten. Sein Gesicht, von Johnnies Fausthieben noch gerötet, fühlte mehr Lust als Schmerz durch den Wind und den wehenden Schnee. Schließlich tauchte vor ihm eine Reihe viereckiger Umrisse auf, und er erkannte sie als Häuser der eigentlichen Stadt. Er fand eine Straße und folgte ihr; wenn an den Ecken ein heftiger Windstoß auf ihn losfuhr, beugte er sich tief dagegen.

Es war wie in einem verlassenen Dorf. Wir sehen die Welt gern von einer eroberungslustigen, hochgemuten Menschheit bevölkert, doch hier, wo die Hörner des Sturmes tönten, konnte man sich eine bevölkerte Erde kaum vorstellen. Man betrachtete das menschliche Dasein hier als Wunder, man billigte ihm einen gewissen Glanz zu – diesem Dasein von Läusen, die sich unbedingt an solch eine kreisende, vom Feuer verbrannte, eisverkrustete, von Krankheit heimgesuchte, im Raum verlorene Zwiebel klammern müssen. Der Sturm jetzt zeigte, daß der Hochmut des Menschen der eigentliche Antrieb des Lebens ist. Man war ein Narr, hier nicht sterben zu wollen. Aber der Schwede fand ein Wirtshaus.

An der Straßenseite brannte eine unbesiegbare rote Lampe, und die Schneeflocken färbten sich blutig rot, wenn sie durch den scharfen Lichtkegel flogen. Der Schwede stieß die Tür des Lokals auf und trat ein. Eine sandbedeckte Fläche öffnete sich vor ihm, an deren Ende vier Männer um einen Tisch saßen und tranken. Entlang einer Seite des Raumes erstreckte sich eine hell erleuchtete Theke. Der Barmann hatte sich auf die Ellbogen gestützt und lauschte dem Gespräch der Männer am Tisch. Der Schwede stellte seinen Koffer auf den Boden, lächelte dem Barmann brüderlich zu und sagte: »Gib mir Whisky, ja?« Der Mann stellte eine Flasche, ein Whiskyglas und ein Glas voll dickem Eiswasser auf die Theke. Der Schwede goß sich eine übergroße Portion Whisky ein und trank sie in drei Schlucken. »Ziemlich böse Nacht«, bemerkte der Barmann gleichgültig. Mit der Gewohnheit, die seine Klasse auszeichnet, stellte er sich blind; doch hätte man bemerken können, daß er heimlich die halb abgewischten Blutflecken im Gesicht des Schweden studierte. »Böse Nacht«, sagte er wieder.

»Oh, für mich ist sie gut genug«, antwortete der verwegene Schwede und goß sich noch etwas Whisky ein. Der Barmann nahm seine Münze, schob sie durch die entsprechende Öffnung in die stark vernickelte Kasse. Eine Glocke klingelte.

Eine Karte mit Aufdruck ›20 Cent‹ war herausgekommen.

»Nein«, fuhr der Schwede fort, »so bös ist das Wetter nicht. Gut genug für mich.«

»Ach so?« murmelte der Barmann gedehnt.

Die reichlichen Whiskyportionen machten dem Schweden die Augen wäßrig, und er atmete etwas schwerer. »Jawohl, ich mag dieses Wetter. Ich mag es. Es paßt zu mir.« Es war offenbar seine Absicht, diesen Worten eine tiefe Bedeutung zu verleihen.

»Ach so?« murmelte der Barmann wieder. Er wandte sich um, um träumerisch die verschnörkelten Vögel oder vogelartigen Schnörkel zu betrachten, die jemand mit Seife auf die Spiegel hinter der Theke gemalt hatte.

»Ich glaub, ich nehm noch einen Schluck«, sagte der Schwede jetzt. »Sie auch ein'?«

»Nein, danke; ich trinke nicht«, antwortete der Barmann. Dann fragte er. »Wie haben Sie Ihr Gesicht verletzt?«

Sogleich fing der Schwede laut zu prahlen an. »Na, bei einem Zweikampf! Da unten, in Scullys Hotel, hab ich einem Kerl den Geist rausgeprügelt.«

Nun erwachte auch bei den vier Männern am Tisch das Interesse.

»Wer war's denn?« sagte einer.

»Johnnie Scully«, lärmte der Schwede. »Der Sohn vom Besitzer. Ein paar Wochen lang wird der ziemlich kaputt sein, das sage ich euch. Hab ihn ganz schön fertig gemacht, bestimmt. Er konnte nicht mehr aufstehen. Sie ham ihn ins Haus getragen. Was zu trinken?«

Sofort gingen die Männer auf eine kaum merkliche Weise auf Distanz. »Nein, danke«, sagte einer. Es war eine sonderbar gemischte Gruppe. Zwei waren wichtige Geschäftsleute des Ortes, einer war Bezirks-Staatsanwalt; einer war ein berufsmäßiger Spieler, von der Art, die dort als ›ehrlich‹ gilt. Bei genauer Betrachtung allerdings hätte ein Beobachter den Spieler von den Herren mit reputierlicherer Stellung unterscheiden können. Tatsächlich war er ein Mann von so feiner Art, wenn er in guter Gesellschaft war, und suchte sich seine Opfer so sorgfältig aus, daß er, in diesem durch und durch männlichen Teil des Stadtlebens hier als ein außerordentlich vertrauenswürdiger und bewunderter Mensch galt. Die Leute nannten ihn hier ein Vollblut. Die Angst und Verachtung, mit der seine Kunst hier angesehen wurde, waren zweifellos die Ursache, warum seine Würde sich so auffällig von jener stillen Würde von Leuten abhob, die vielleicht nur Hutmacher, Markköre oder Angestellte in einem Kaufladen waren. Außer gelegentlich einen ahnungslosen Reisenden, der mit der Eisenbahn kam, nahm sich der Spieler höchstens die senilen und leichtsinnigen Farmer vor, die, nach einer guten Ernte, mit dem ganzen Stolz und dem Selbstvertrauen einer völlig unerschütterlichen Dummheit in die Stadt kamen. Wenn sie gelegentlich auf Umwegen hörten, wie so ein Farmer ausgeplündert worden war, dann hatten die wichtigen Leute von Romper stets nur ein verächtliches Lachen für das Opfer; wenn sie überhaupt einen Gedanken an den Räuber verschwendeten, so war es mit einem gewissen Stolz im Bewußtsein, daß er sich nie unterstehen würde, *ihre* Weisheit oder *ihren* Mut aufs Korn zu nehmen. Außerdem schätzte man es allgemein, daß dieser Spieler eine richtige Frau und zwei richtige Kinder in einem sauberen kleinen Haus in der Vorstadt besaß, wo er ein beispielhaftes Familienleben führte; sollte also irgend jemand eine Andeutung über seinen fragwürdigen Charakter machen, so ergingen sich die übrigen sogleich in Berichten über sein tugendhaftes Familienleben. Schließlich fanden sich die Männer, die ein beispielhaftes Familienleben führten, und diejenigen, die kein beispielhaftes Familienleben führten, alle zusammen und stellten fest, daß weiter nichts dazu zu sagen wäre.

Wenn man sich jedoch von ihm abgrenzte – zum Beispiel, wenn eine starke Clique von Mitgliedern des neuen Pollywog Clubs ihm – sogar als Zuschauer – den Zutritt zu ihrer Organisation verweigerte –, so wirkte die offene und vornehme Art, mit der er diesen Beschluß akzeptierte, auf viele seiner Feinde entwaffnend, und machte seine Freunde zu noch glühenderen Parteigängern. Jedesmal zog er den Trennungsstrich zwischen sich selbst und einem angesehenen Mann aus Romper so rasch und freimütig, daß sein Benehmen tatsächlich wie ein fortwährend weitergetragenes Kompliment wirkte.

Man sollte auch nicht vergessen, die eigentliche Basis seiner Position in Romper darzulegen. Unbestreitbar war dieser räuberische Kartenspieler, abgesehen von seinen Geschäften, in allen Dingen, die immer und überall eine Rolle spielten, so großzügig, ehrenhaft und moralisch, daß er in einem Wettstreit das Gewissen von neun Zehnteln der Bürger von Romper hätte in die Flucht schlagen können.

So war es möglich, daß er in diesem Lokal mit zwei hervorragenden Geschäftsleuten und dem Bezirks-Staatsanwalt sitzen konnte.

Der Schwede trank weiterhin Whisky pur, redete dazwischen auf den Barmann ein und versuchte ihn dazu zu bewegen, auch was zu trinken. »Na los. Nimm auch ein'. Los. Was heißt Nein? Dann nimm einen kleinen. Mein Gott, ich hab heut abend einen Mann geschlagen, und das will ich feiern. Ich hab ihn ganz schön fertiggemacht. Meine Herrn«, rief der Schwede den Männern am Tisch zu, »wolln Sie ein' trinken?«

»Pscht«, sagte der Barmann.

Die Gruppe am Tisch, obgleich sie verstohlen zugehört hatte, war vorgeblich tief im Gespräch versunken; doch nun hob einer seine Augen, blickte den Schweden an und sagte kurz: »Danke. Wir wollen nichts mehr.«

Auf diese Antwort wölbte der Schwede seine Brust heraus wie ein Gockel. »So«, brach es aus ihm heraus, »anscheinend will in dieser Stadt keiner mit mir was trinken. Sieht so aus, was? Na schön!«

»Pscht!« sagte der Barmann. »Hör mal«, fauchte der Schwede, »versuch bloß nicht, mir das Maul zu verbieten. Nicht mit mir. Ich bin ein Gentleman, und ich möchte, daß jemand mit mir trinkt. Ich will, daß sie jetzt mit mir trinken. *Jetzt* – verstehst du das?« Er pochte mit dem Fingerknöchel auf die Theke.

Durch jahrelange Erfahrung hatte der Barmann ein dickes Fell bekommen. Er wurde nur verdrießlich. »Ich höre Sie«, antwortete er.

»Schön«, schrie der Schwede, »dann hör genau zu. Siehst du diese Leute da drüben? Gut. Die werden jetzt mit mir trinken, merk dir das. Und jetzt paß auf.«

»He«, schrillte der Barmann. »So geht's nicht!«

»Wieso geht das nicht?« fragte der Schwede. Er stapfte hinüber zu dem Tisch, und zufällig kam seine Hand auf der Schulter des Spielers zu liegen. »Was ist los?« fragte er zornig. »Ich hab Sie zu einem Drink eingeladen.«

Der Spieler verdrehte seinen Kopf ein wenig und redete über die Schulter. »Lieber Freund, ich kenne Sie nicht.«

»Verdammt«, antwortete der Schwede, »los, trink mit mir!«

Der Spieler gab ihm einen freundlichen Rat. »Also, mein Junge – du nimmst jetzt mal deine Hand von meiner Schulter, machst dich fort und kümmerst dich um deine Angelegenheiten.« Es war ein kleiner, schmaler Mann, und es war merkwürdig, ihn in diesem Ton heroischer Herablassung mit dem stämmigen Schweden reden zu hören. Die anderen Leute am Tisch sagten nichts.

»Was! Du willst nicht mit mir trinken, du kleiner Stenz? Ich bring dich schon dazu! Ich bring dich dazu!« In blinder Wut packte der Schwede den Spieler an der Kehle und zerrte ihn von seinem Stuhl. Die anderen Männer sprangen auf. Der Barmann schoß um die Ecke seiner Bar. Ein großer Tumult entstand, und schließlich erblickte man ein langes Messer in der Hand des Spielers. Es schoß nach vorne, und ein menschlicher Körper, diese Festung der Tugend, der Weisheit und der Kraft, wurde so leicht durchbohrt, als sei es eine Melone gewesen. Der Schwede stürzte mit einem Ausruf höchsten Erstaunens nieder.

Die angesehenen Kaufleute und der Bezirks-Staatsanwalt müssen den Ort unverzüglich rückwärts wankend verlassen haben. Der Barmann kam zu sich, schlaff an eine Stuhllehne geklammert und in die Augen eines Mörders starrend.

»Henry«, sagte dieser, während er sein Messer an einem der Handtücher abputzte, die unter der Thekenstange hingen, »du kannst ihnen sagen, wo ich bin. Ich werde zu Hause sein und auf sie warten.« Dann verschwand er. Einen Augenblick später war der Barmann draußen auf der Straße und schrie durch den Sturm um Hilfe, und, vor allem, nach Gesellschaft.

Der Leichnam des Schweden, der da allein im Wirtshaus lag, hatte seine Augen auf die furchtbare Inschrift gerichtet, die oben an der Registrier-Kasse angebracht war: ›Ihr Einkaufspreis ist hier angezeigt.‹

IX

Einige Monate später briet sich der Cowboy gerade ein Stück Schweinefleisch auf dem Herd einer kleinen Ranch nahe der Grenze nach Dakota, als man draußen einen raschen Hufschlag hörte; gleich darauf trat der Mann aus dem Osten ein, mit Briefen und Zeitungen in der Hand.

»So«, sagte der Oststaatler, »der Bursche, der den Schweden getötet hat, hat drei Jahre bekommen. Nicht viel, wie?«

»Wirklich? Drei Jahre?« Der Cowboy hielt seine Bratpfanne hoch und grübelte über die Nachricht. »Drei Jahre. Is nich viel.«

»Nein. Es war ein mildes Urteil«, antwortete der aus dem Osten, während er sich die Sporen abschnallte. »Anscheinend hatte er viel Sympathie da in Romper.«

»Wenn der Barmann was getaugt hätte«, bemerkte der Cowboy nachdenklich, »dann wäre er hingegangen und hätte diesem Holländer da mit 'ner Flasche auf'n Kopf geknallt, gleich zu Anfang, und hätte es gar nicht zu diesem Morden da kommen lassen.«

»Jaja, tausend Dinge hätten anders sein können«, sagte der Mann aus dem Osten spitz.

Der Cowboy stellte seine Pfanne wieder aufs Feuer, aber mit seinem Philosophieren ging es weiter. »Komisch, was? Wenn er nich gesagt hätt, daß Johnnie betrügt, würd er jetzt noch leben. So 'n furchtbarer Idiot. So 'n Spiel spielt man zum Spaß. Nicht für Geld. Ich glaube, er war verrückt.«

»Mir tut der Spieler leid«, sagte der Mann aus dem Osten.

»Oh, mir auch«, sagte der Cowboy. »Dafür, daß er den umgebracht hat, verdient er sowas nicht.«

»Der Schwede wär nicht umgekommen, wenn alles in Ordnung gewesen wäre.«

»Wär nicht umgekommen?« rief der Cowboy. »Alles in Ordnung? Wo er doch gesagt hat, daß Johnnie falschgespielt hat und wo er sich wie ein Esel aufgeführt hat? Und dann in dem Wirtshaus, wo er es direkt drauf anlegte, daß ihm was passierte?« Mit diesen Argumenten fuhr der Cowboy auf den Oststaatler los und brachte ihn in Wut.

»Du bist ein Idiot!« schrie der Oststaatler böse. »Du bist noch ein größerer Esel als der Schwede, millionenfach größer! Ich will dir mal was erzählen. Ich will dir was sagen. Hör zu! Johnnie *hat* falsch gespielt!«

»Johnnie ...«, sagte der Cowboy tonlos. Es folgte eine Minute des Schweigens, dann fing er sich wieder und sagte: »Ach was. Das Spiel war nur Spaß.«

»Spaß oder kein Spaß«, sagte der Mann aus dem Osten, »Johnnie hat falschgespielt. Ich hab ihn gesehen. Ich weiß es. Ich hab ihn gesehen. Und ich hab's nicht fertiggebracht, für ihn einzustehen. Ich habe zugelassen, daß der Schwede es allein ausgetragen hat. Und du – du hast dich bloß aufgeblasen und wolltest dich schlagen. Und dann der alte Scully! Wir hängen alle mit drin! Dieser arme Spieler ist nicht mal ein Hauptwort. Er ist ein Beiwort. Jede Sünde entsteht durch das Zusammenwirken. Und wir, wir fünf, wir haben gemeinsam die Ermordung dieses Schweden herbeigeführt. Meistens sind in Wirklichkeit zwischen einem Dutzend und vierzig Weibern an jedem Mord beteiligt, aber in diesem Fall waren es anscheinend nur fünf Männer – du, ich, Johnnie, der alte Scully; und dieser Idiot von einem unglückseligen Spieler war dann nur noch der Höhepunkt, der Gipfel einer Pyramide von menschlichen Übeltätern, und er bekommt die ganze Strafe.«

Der Cowboy fühlte sich gekränkt und aufsässig; blindlings brüllte er hinaus in den Nebel dieser geheimnisvollen Theorie: »Aber ich habe doch gar nichts getan, oder?«

Die Braut kommt nach Yellow Sky

I

Der große Pullmanwagen eilte mit einer so würdevollen Bewegung voran, daß man beim Blick durch das Fenster glauben konnte, das texanische Flachland ströme nach Osten. Gewaltige grüne Grasländer, stumpffarbene Mesquit- und Kakteen-Bezirke, kleine Ansammlungen von Holzhäusern, Wälder voll heller und zarter Bäume, alles fegte nach Osten und stürzte sich über den Horizont in den Abgrund.

Ein jungverheiratetes Paar war in San Antonio in den Zug gestiegen. Das Gesicht des Mannes war von vielen Tagen in Wind und Sonne gerötet, und seine neue schwarze Kleidung bewirkte, daß seine ziegelroten Hände sich dauernd auf eine äußerst unbehagliche Weise bewegten. Von Zeit zu Zeit warf er einen respektvollen Blick auf seine Kleider. Er saß da, auf jedem Knie eine Hand, wie ein Mann, der beim Friseur wartet. Die Blicke, die er den anderen Reisenden zuwarf, waren verstohlen und scheu.

Die Braut war nicht hübsch, sie war auch nicht sehr jung. Sie trug ein Kleid aus blauer Kaschmirwolle, hier und da mit Samtbesätzen und reichlich mit Stahlknöpfen versehen. Andauernd verdrehte sie den Kopf, um ihre Puffärmel zu betrachten; sie war sehr steif, aufrecht, mit einem langen Oberkörper. Sie waren ihr peinlich. Es war offensichtlich, daß sie Küchenarbeit getan hatte und daß sie auch wieder zur Küchenarbeit zurückkehren würde. Das Erröten, das die sorglos prüfenden Blicke einiger Reisender verursacht hatten, nahm sich seltsam auf diesem einfachen Unterklassen-Gesicht aus, das mit stillen, fast fühllosen Strichen gezeichnet war.

Augenscheinlich waren sie sehr glücklich. »Schon mal in so nem Salonwagen gewesen?« fragte er und lächelte vergnügt.

»Nein«, antwortete sie, »noch nie. Schön isses, nicht?«

»Großartig isses! – Und nachher, dann gehen wir nach vorne zum Dinner und kriegen ne große Festtafel. Bestes Essen von der Welt. Sie berechnen einen Dollar.«

»Ach wirklich?« rief die Braut. »Einen Dollar wollen die? Aber das ist zu viel, für uns – oder nicht, Jack?«

»Auf dieser Reise nicht, jedenfalls«, antwortete er tapfer. »Wir leisten uns alles hier.«

Später erklärte er ihr das mit den Zügen. »Verstehst du, es sind tausend Meilen von einem Ende von Texas zum anderen; und dieser Zug geht quer durch und hält bloß viermal an.« Er zeigte den Stolz des Eigentümers. Er wies auf die glänzende Ausstattung des Wagens hin, und wahrhaftig, ihre Augen weiteten sich, als sie den seegrünen Samt betrachtete, das glänzende Messing, das Silber, das Glas und das Holz, das einen dunklen Glanz hatte, als sei es die Oberfläche eines Teiches voll Öl. An dem einen Ende stützte eine stramme Bronzefigur den Zugang zum Nebenraum, und überall an den zugänglichen Stellen waren Fresken in Olivegrün und Silber.

In den Gedanken des Paares spiegelte diese Umgebung die ganze Herrlichkeit ihres Hochzeitsmorgens in San Antonio wider; dies war nun die Umgebung ihres neuen Ehestandes; vor allem das Gesicht des Mannes strahlte derart in seinem Hochgefühl, daß er dem schwarzen Schaffner lächerlich vorkam. Der Mensch beobachtete sie mit einem belustigten und überlegenen Grinsen aus der Ferne. Bei anderen Gelegenheiten schikanierte er die beiden geschickt auf eine Weise, daß ihnen nicht ganz klar wurde, daß sie schikaniert wurden. Er ließ raffiniert alle Arten eines ungreifbaren Snobismus an ihnen aus. Er behandelte sie tyrannisch; aber von dieser Art von Tyrannei begriffen sie kaum etwas, und sie vergaßen schnell wieder, wenn ein paar der Reisenden sie hin und wieder mit höhnischer Belustigung bedachten. Von Anfang an war klar, daß ihre Situation etwas unendlich Komisches hatte.

»Um 3:42 sollen wir in Yellow Sky sein«, sagte er und schaute ihr zärtlich in die Augen.

»Ach wirklich?« sagte sie, als sei ihr das noch gar nicht klar gewesen. Es gehörte zu ihrer fraulichen Liebenswürdigkeit, auf eine Bemerkung ihres Gatten Überraschung zu zeigen. Sie zog eine kleine silberne Uhr aus einer Tasche; während sie sie vor sich hielt und sie mit aufmerksamem Stirnrunzeln betrachtete, strahlte das Gesicht des jungen Ehemannes.

»Ich hab sie in San Antonio von einem Freund gekauft«, erzählte er ihr mit glücklicher Miene.

»Es ist siebzehn Minuten nach zwölf«, sagte sie und schaute mit einer Art von scheuer und schwerfälliger Koketterie zu ihm auf. Ein Reisender, der dieses Spielchen beobachtete, wußte sich vor Sarkasmus kaum zu lassen und zwinkerte sich selbst in einem der zahlreichen Spiegel zu.

Schließlich gingen sie zum Speisewagen. Zwei Reihen von schwarzen Kellnern und strahlend weißen Fräcken beobachteten ihren Eintritt mit dem Interesse, aber auch der Gleichgültigkeit von Menschen, die vorgewarnt worden waren. Das Paar fiel in die Hände eines Kellners, dem es nun einmal Spaß machte, ihnen als Führer durch ihre Mahlzeit zu dienen. Er hatte sie im Auge wie ein väterlicher Steuermann, und seine Miene strahlte vor Wohlwollen. Die Herablassung, die hier so eng mit der üblichen Unterwürfigkeit verflochten war, nahmen sie nicht wahr. Und doch hatten ihre Gesichter, als sie in ihr Abteil zurückkehrten, den Ausdruck von glücklich Entkommenen.

Nach links hin, am Fuße einer mehrere Meilen breiten violetten Senke, sah man einen kleinen Dunststreifen, wo der Rio Grande sich dahinschlängelte. Der Zug näherte sich ihm schräg, in einem Winkel, und an der Spitze dieses Winkels lag Yellow Sky. Nun war ersichtlich, daß der Gatte, je mehr die Entfernung bis Yellow Sky sich verkürzte, immer unruhiger wurde. Seine ziegelroten Hände machten sich noch nachdrücklicher bemerkbar. Manchmal war er sogar recht geistesabwesend und in Gedanken, wenn seine Braut sich vorbeugte und ihn ansprach.

Um die Wahrheit zu sagen, fühlte Jack Potter den Schatten einer Untat auf sich lasten wie einen Bleiklotz. Er war Stadtpolizist in Yellow Sky, ein bekannter, beliebter und in dieser Gegend auch gefürchteter Mann, eine angesehene Persönlichkeit – und nun war er nach San Antonio gefahren, hatte das Mädchen getroffen, das er zu lieben glaubte, hatte sie, nach den üblichen Gebeten, tatsächlich dazu gebracht, ihn zu heiraten, ohne jedoch zu irgendeiner Zeit Yellow Sky in sein Vorhaben einzuweihen und um Rat zu fragen. Nun brachte er seine Braut mit, brachte sie mit in eine unschuldige und ahnungslose Gemeinde.

Natürlich heirateten die Leute von Yellow Sky, sofern es mit der allgemeinen Sitte vereinbar war, wie es ihnen gefiel; aber Potters Vorstellung von seiner Pflicht gegen seine Freunde, oder von *ihrer* Vorstellung von dieser Pflicht, oder von einer gewissen unausgesprochenen Höflichkeit, wenn sie auch für Männer in solchen Angelegenheiten nicht verbindlich sein mußte, führte dazu, daß er sich wie ein Bösewicht fühlte. Er hatte ein außerordentliches Verbrechen begangen. Beim Anblick dieses Mädchens in San Antonio, und von einem plötzlichen Impuls angetrieben, hatte er sich Hals über Kopf über die Regeln der Gesellschaft hinweggesetzt. In San Antonio war er wie ein Mensch gewesen, der im Dunkel verborgen ist. Ein Messer, um Freundschaftspflichten zu zerschneiden, war leicht bei der Hand in dieser fernen Stadt. Nun aber rückte die Stunde von Yellow Sky heran – die Stunde des Tagesanbruchs.

Er wußte ganz genau, daß seine Heirat in seiner Stadt eine wichtige Angelegenheit war. Höchstens der Brand des neuen Hotels könnte wichtiger sein. Seine Freunde würden ihm nicht verzeihen können. Er hatte des öfteren überlegt, ob es ratsam wäre, es ihnen in einem Telegramm mitzuteilen; aber eine neue Art von Feigheit hatte ihn da überfallen. Er hatte Angst davor gehabt. Und nun näherte sich der Zug eilends dieser Szene der Verblüffung, der Belustigung und der Vorwürfe. Er schaute durch das Fenster auf den Dunststreifen, der sich in sanfter Kurve auf den Zug zu bewegte.

Yellow Sky hatte eine Art Blaskapelle, die etwas mühsam, aber durchaus zur Freude der Leute spielte. Wenn er daran dachte, mußte er freudlos lachen. Wenn die Mitbürger sich seine Ankunft mit Braut auch nur im Traum ausdenken könnten, würden sie die Kapelle am Bahnhof aufmarschieren lassen und sie beide unter Hochrufen und lachenden Glückwünschen zu seinem Adobe-Ziegelhaus eskortieren.

Die Braut schaute ihn ängstlich an. »Worüber machst du dir Sorgen, Jack?«

Er lachte wieder. »Ich mach mir keine Sorgen, Mädchen; ich denk bloß an Yellow Sky.«

Sie verstand und errötete.

Ein Gefühl gemeinsamer Schuld drängte sich in ihre Gedanken und ließ eine zartere Zuneigung entstehen. Sie schauten einander an, und ihre Augen leuchteten sanft. Aber Potter stieß noch öfters sein nervöses Lachen aus, und die Röte auf dem Gesicht der Braut schien recht dauerhaft anzuhalten.

Der Mann, der die Gefühle von Yellow Sky verletzt hatte, beobachtete mit verkniffenen Augen die rasende Landschaft. »Wir sind fast da«, sagte er.

Nun erschien der Schaffner und verkündete, daß Potters Heimatstadt nahe sei. Er hielt eine Bürste in der Hand, und während sein ganzer luftiger Hochmut verflog, bürstete er Potters neue Kleider, wobei dieser sich hin und her drehte. Potter wühlte nach einer Münze und gab sie dem Schaffner, wie er es von anderen gesehen hatte. Es war ein mühsamer, angestrengter Vorgang, so wie wenn ein Mann sein erstes Pferd beschlägt.

Der Schaffner nahm ihre Tasche, und sie bewegten sich, während der Zug langsamer wurde, zu der überdachten Plattform des Wagens. Und nun eilten die beiden Lokomotiven und die lange Wagenkette in die Bahnstation von Yellow Sky.

»Die müssen hier Wasser übernehmen«, sagte Potter mit eingeschnürter Kehle und trauerndem Tonfall, wie jemand, der eine Todesnachricht überbringt. Noch bevor der Zug angehalten hatte, hatte sein Blick den ganzen Bahnsteig abgesucht, und er war froh und erstaunt, als er sah, daß niemand da war außer dem Stationsvorsteher, der eilig und mit etwas beflissenem Gehabe zu den Wassertanks hinging. Als der Zug hielt, stieg der Schaffner zuerst aus und klappte ein kleines Hilfstrittbrett aus.

»Komm her, Mädchen«, sagte Potter mit heiserer Stimme. Während er ihr herunterhalf, lachten sie beide mit einem falschen Ton. Er nahm von dem Neger die Tasche in Empfang und ließ seine Frau sich bei ihm einhängen. Als sie mit einem schaukelnden Gang forteilten – mit hängenden Köpfen und hündischem Blick –, bemerkte er, daß zwei Schrankkoffer ausgeladen wurden und daß der Stationsvorsteher weit vorne am Gepäckwagen sich umgedreht hatte und gestikulierend auf ihn zulief. Er lachte, er lachte und stöhnte, als er zum ersten Mal den Eindruck bemerkte, den sein eheliches Glück auf Yellow Sky machte. Er packte den Arm seiner Frau fester und zog sie an sich; dann eilten sie davon. Hinter ihnen stand der Schaffner mit albernem Kichern.

II

Der California Expreß der Southern Railway sollte in zwanzig Minuten in Yellow Sky eintreffen. Sechs Männer standen an der Theke des »Weary Gentlemen Saloon«. Einer war ein Trommler, der viel und schnell redete; drei waren Texaner, die im Augenblick nicht reden wollten; zwei waren mexikanische Schafhirten, die im »Weary Gentlemen Saloon« grundsätzlich den Mund nicht auftaten. Der Hund des Wirts lag auf dem Trottoir vor der Tür. Sein Kopf ruhte auf den Pfoten, schläfrig ließ er seine Augen hin und her wandern – mit der Wachsamkeit eines Hundes, der manchmal einen Tritt bekommt. Jenseits der sandigen Straße waren ein paar Rasenflecken von lebhaftem Grün; wunderbar sahen sie aus, mitten zwischen dem Sand und unter der gleißenden Sonne, die darauf herabsengte, daß einem Zweifel kamen; sie sahen genauso aus wie die Grasmatten, die im Theater Rasen vorstellen sollen. Am kühleren Ende der Eisenbahnstation saß ein Mann ohne Jacke auf einem Stuhl, den er nach hinten gekippt hatte, und rauchte seine Pfeife. Das frisch abgemähte Ufer des Rio Grande machte einen Halbkreis um die Stadt, und auf der anderen Seite war weites, pflaumenfarbenes Mesquit-Land zu sehen.

Abgesehen von dem eifrigen Trommler und seinen Genossen im Saloon dämmerte Yellow Sky vor sich hin. Der Neuling lehnte graziös an der Theke und gab mit der Selbstsicherheit eines Sängers in neuer Umgebung viele Geschichten von sich.

»– und in dem Augenblick, wo der alte Mann mit seinem Schreibpult im Arm die Treppe runterrollte, kam die alte Frau mit zwei Eimern Kohle herauf, und natürlich –«

Die Geschichte des Trommlers wurde von einem jungen Mann unterbrochen, der plötzlich in der offenen Tür erschien. Er rief: »Scratchy Wilson is besoffen, un jetz is er raus und knallt beidhändig herum!« Sogleich setzten die beiden Mexikaner ihre Gläser ab und verschwanden durch den Hinterausgang des Saloons.

Darauf sagte der Trommler naiv und scherzhaft: »Na schön, alter Junge. Wird wohl so sein. Dann komm mal rein und trink einen.«

Aber die Nachricht hatte in allen Köpfen im Raum einen tiefen Eindruck gemacht, und der Trommler mußte bemerken, daß sie schwerwiegend war. Augenblicklich waren alle ernst geworden. »Hört mal«, sagte er verwirrt, »was ist denn los?« Seine drei Genossen machten Handbewegungen, mit denen man eine wortreiche Rede einleitet, aber der junge Mann an der Tür kam ihnen zuvor.

»Das heißt, mein Freund«, antwortete er und trat in den

Saloon ein, »daß die Stadt für die nächsten zwei Stunden kein Kurort sein wird.«

Der Wirt ging zur Tür, schloß sie ab und verriegelte sie; er langte aus dem Fenster, zog die schweren Holzläden zu und verriegelte sie. Es herrschte nun ein feierliches Dämmerlicht im Raum, wie in einer Kapelle. Der Trommler schaute von einem zum anderen.

»Hört mal!« rief er. »Was soll denn das, um Himmels willen? Ihr wollt doch nicht sagen, daß es hier eine Schießerei gibt?«

»Weiß nicht, ob's ne Schießerei gibt oder nicht«, sagte der eine Mann finster. »Aber 's wird geschossen, 's wird ganz nett geschossen.«

Der junge Mann, der sie gewarnt hatte, wedelte mit der Hand herum. »Da gibt's ganz schnell einen Kampf, wenn's jemand drauf anlegt. Jeder kann hier seinen Kampf haben, da draußen auf der Straße. Der wartet bloß drauf.«

Der Trommler schien zwischen der Neugier eines Fremden und dem Gefühl der Gefahr, die ihm drohte, hin- und herzuschwanken.

»Was habt ihr gesagt, wie der heißt?« fragte er.

»Scratchy Wilson«, antworteten sie im Chor.

»Und wird er jemanden umbringen? Was macht ihr denn dann? Passiert das hier öfter? Läuft er jede Woche so Amok? Kann er die Tür hier aufbrechen?«

»Nein, die Tür bricht der nicht auf«, antwortete der Wirt. »Er hat's schon dreimal versucht. Aber leg dich besser auf den Boden, wenn er kommt, Fremder. Er wird bestimmt auf die Tür schießen, und eine Kugel könnte durchgehen.«

Der Trommler heftete seine Augen fest auf die Tür. Noch war es nicht soweit, daß man ihm zurief, in Deckung zu gehen, aber ein wenig vorsorglich rückte er der Wand näher. »Bringt er jemanden um?« fragte er nochmal.

Der Mann lachte tief und verächtlich über die Frage.

»Er will schießen, er will Streit anfangen. Besser, wenn man sich gar nicht mit ihm einläßt.«

»Aber was macht ihr in so einem Fall? Ich meine, was macht ihr?«

Ein Mann antwortete: »Naja, er und Jack Potter –«

Die anderen Männer unterbrachen ihn im Chor: »Aber Jack Potter is in San Antonio!«

»Wer ist denn der? Was hat denn der damit zu tun?«

»Oh, der ist der Stadtpolizist. Er geht raus und trägt es mit Scratchy aus, wenn's den mal wieder juckt.«

»Meine Herrn!« sagte der Trommler und tupfte sich die Stirn ab. »Da hat er ja einen guten Job!«

Die Stimmen waren zu einem bloßen Flüstern abgesunken. Der Trommler, in seiner wachsenden Angst und Verwirrung, wollte weitere Fragen stellen, aber als er dazu ansetzte, schauten ihn die Männer bloß verärgert an und bedeuteten ihm, daß er still sein sollte. Eine Stille des angespannten Wartens hatte sich auf sie gesenkt. Ihre Augen glänzten in den Schattenhöhlen des Raumes, während sie nach Geräuschen von der Straße horchten. Ein Mann machte drei Handbewegungen zu dem Barkeeper hin, und der reichte ihm mit geisterhaften Bewegungen ein Glas und eine Flasche. Der Mann goß sich ein volles Glas Whisky ein und setzte die Flasche fast geräuschlos wieder ab. Er schüttete den Whisky mit einem Schluck in sich rein und wandte sich dann wieder der Tür zu, schweigend und bewegungslos. Der Trommler sah, daß der Barkeeper ohne einen Laut eine Winchester unter der Theke hervorgezogen hatte. Später bemerkte er, daß der Mensch ihn zu sich winkte; er ging auf Zehenspitzen hin.

»Kommen Sie lieber zu mir, hinter die Theke.«

»Nein, danke«, sagte der Trommler schwitzend. »Ich bleib lieber dort, wo ich durch die Hintertür rauskommen kann.«

Der Herr der Flaschen machte nun eine freundliche, aber entschiedene Handbewegung. Der Trommler befolgte sie nun und sah sich auf einmal auf einer Kiste sitzen, den Kopf unter Thekenhöhe, und der Anblick der verschiedenen Zink- und Kupferarmaturen, die Ähnlichkeit mit einer Rüstung hatten, senkte sich auf seine Seele wie tröstlicher Balsam. Der Barkeeper setzte sich bequem auf eine Kiste daneben.

»Wissen Sie«, flüsterte er, »dieser Scratchy Wilson ist ein Wunderschütze, wirklich, er ist ein Wunderschütze; wenn der auf dem Kriegspfad ist, dann verkriechen wir uns natürlich in unsere Löcher. Er ist so ungefähr der letzte von der alten Bande, die sich hier am Fluß entlang rumgetrieben hat. Ein Schreckensmann, wenn er besoffen ist. Wenn er nüchtern ist, ist er in Ordnung, irgendwie simpel – tät keiner Fliege was zuleid – der netteste Kerl in der Stadt. Aber wenn er besoffen ist – oh je!«

Es folgten Zeiten des Schweigens. »Ich wollte, Jack Potter wäre von San Antonio zurück«, sagte der Barkeeper. »Der hat dem Wilson mal eine verpaßt – ins Bein; der nahm den Stier bei den Hörnern und brachte die Sache in Ordnung.«

Sie hörten jetzt aus der Entfernung einen Schuß knallen, danach drei wilde Juchzer. Das machte die Männer in dem verdunkelten Saloon sofort gelöster. Sie sahen sich an. »Jetzt kommt er«, sagten sie.

III

Ein Mann in einem kastanienbraunen Flanellhemd, so wie es von ein paar Jüdinnen in der New Yorker East Side für Schaufensterdekorationen gemacht wird, kam um die Ecke und marschierte in der Mitte der Main Street von Yellow Sky. In jeder Hand hielt er einen langen, schweren blauschwarzen Revolver. Hin und wieder brüllte er, und dieses Brüllen schallte durch eine scheinbar verlassene Stadt, es sprang schrill über die Dächer, in einer Lautstärke, die in keinem Verhältnis zu der gewöhnlichen Lautstärke eines Mannes zu stehen schien. Es war, als ob das Schweigen, das ihn umgab, sich wie eine Grabkuppel über ihm wölbte. Die rasenden Herausforderungs-Schreie schallten gegen Mauern des Schweigens. Und seine Stiefel hatten rote Ränder mit Goldprägung, von der Sorte, die bei den Jungen in Neu-England beliebt ist, wenn sie von ihren Hügeln Schlitten fahren.

Im Gesicht des Mannes flammte eine Wut, deren Vater der Whisky war. Seine Augen, die hin und her rollten und doch wachsam nach Hinterhälten forschten, glitten über stille Hauseingänge und Fenster. Er ging mit den schleichenden Bewegungen einer Mitternachtskatze. Wenn ihm was einfiel, dann brüllte er, stieß drohende Ankündigungen aus. Die langen Revolver waren in seinen Händen leicht wie Strohhalme; sie wurden mit einer elektrischen Behendigkeit gehandhabt. Die kleinen Finger der beiden Hände bewegten sich manchmal wie Musikerfinger. Deutlich sah man, wie über dem tiefsitzenden Hemdkragen die Sehnenstricke sich spannten und lockerten, wenn die Raserei ihn packte und losließ. Die einzigen Geräusche waren seine schrecklichen Herausforderungen. Die stillen Backsteinhäuser bewahrten ihre distanzierte Haltung, während das kleine Ding sich zwischen ihnen in der Straßenmitte vorwärtsbewegte.

Es gab keine Forderung zum Kampf, keine Kriegserklärung. Der Mann schrie zum Himmel. Nichts zog seine Aufmerksamkeit besonders an. Er schäumte und bellte und richtete seine Revolver hierhin, dorthin, überallhin.

Der Hund des Barkeepers des »Weary Gentlemen Saloon« hatte die Entwicklung der Ereignisse noch nicht recht wahrgenommen. Er döste noch immer vor der Tür seines Herrn. Als er den Hund erblickte, blieb der Mann stehen und hob scherzhaft den Revolver. Der Hund sprang auf und lief fort, schräg über die Straße, mißmutig, knurrend. Der Mann schrie, und der Hund fing an zu galoppieren. Als er in eine Seitengasse einbiegen wollte, kam ein lautes Geräusch, ein Pfiff, und irgend etwas prallte gerade vor ihm auf den Boden. Der Hund jaulte, kreiselte in seinem Schrecken, galoppierte kopflos in eine neue Richtung. Noch einmal kam das Geräusch, dieses

Pfeifen, und der Sand spritzte bösartig vor ihm auf. Der Hund drehte sich angstvoll wie ein gefangenes Tier. Der Mann stand da und lachte; er hatte seine Waffen auf die Hüften gestemmt.

Schließlich wurde der Mann von der verschlossenen Tür des »Weary Gentlemen Saloon« angezogen. Er ging hin, pochte mit seinem Revolver dran und forderte was zu trinken.

Die Tür blieb unbewegt. Darauf klaubte er einen Fetzen Papier vom Trottoir und nagelte ihn mit seinem Messer an den Türrahmen. Verächtlich kehrte er der beliebten Stätte der Erholung den Rücken zu, wobei er sich mit großer Leichtigkeit rasch auf den Absätzen drehte, und feuerte auf den Fetzen. Er verfehlte ihn um einen Zentimeter. Er fluchte leise und ging fort. Später bombardierte er in aller Seelenruhe die Fenster seines vertrautesten Freundes. Der Mann vergnügte sich mit seiner Stadt, sie war sein Spielzeug.

Noch immer gab es keine Forderung zum Duell. Der Name Jack Potters, seines alten Gegenspielers, kam ihm in den Sinn, und er dachte, was es für ein Spaß wäre, wenn er zu Potters Haus ginge und ihn durch eine Beschießung herauslocken und zu einem Kampf verleiten könnte. Er bewegte sich zu diesem Ziel seiner Wünsche und summte dabei die Skalp-Musik der Apachen.

Als er dort ankam, bot Potters Haus die gleiche ruhige Vorderfront wie die anderen Ziegelhäuser. Der Mann nahm eine strategische Stellung ein und trug brüllend seine Herausforderung vor. Aber das Haus schaute ihn an, wie ein großer Steingötze ihn anschauen würde. Kein Lebenszeichen. Nach einer angemessenen Wartezeit stieß der Mann weitere Beleidigungen aus und versah sie mit ganz wundervollen Beiwörtern.

Nun aber folgte das Schauspiel eines Mannes, der sich über die Ungerührtheit des Hauses in äußerste Wut steigerte. Er schäumte und raste dagegen an, wie der Wintersturm ein Blockhaus in der Prärie des Nordens anfällt. Aus der Entfernung müßte sich der geräuschvolle Tumult wie zweihundert kämpfende Mexikaner angehört haben. Wenn es sich als notwendig erwies, legte er eine Pause ein, um Atem zu schöpfen oder die Revolver aufzuladen.

IV

Potter und seine Braut wanderten eilig, mit unbeholfenem Gang. Ab und zu lachten sie, kicherten sie schamhaft und leise.

»An der nächsten Ecke, Liebes«, sagte er schließlich.

Sie gingen angestrengt, wie ein Paar, das vornübergebeugt gegen einen starken Sturm angeht. Gerade wollte Potter einen Finger ausstrecken, um auf das nun auftauchende Haus zu zeigen, als ihnen an der Ecke plötzlich ein Mann gegenüberstand, der mit fieberhafter Eile Patronenstreifen in einen großen Revolver schob. Augenblicklich ließ der Mann den Revolver zu Boden fallen und riß blitzartig einen anderen aus dem Halfter. Die zweite Waffe wurde auf die Brust des Bräutigams gerichtet.

Ein Schweigen trat ein. Potters Mund schien nur noch das Grab seiner Zunge. Er entzog instinktiv seinen Arm der Umklammerung der Frau und ließ die Reisetasche in den Sand fallen. Was die Braut anging, so war ihr Gesicht so gelb wie altes Leinen geworden. Sie war die Sklavin eines gräßlichen Ritus geworden und starrte die Erscheinung an wie eine Schlange.

Die beiden Männer standen einander mit drei Schritt Entfernung gegenüber. Der Revolvermann lächelte nun ein Lächeln von ruhiger Wildheit.

»Wolltest mir wohl auflauern«, sagte er. »Wollt'st mir auflauern, was?« Seine Augen wurden bösartig. Als Potter eine winzige Bewegung machte, ließ der Mann den Revolver giftig vorwärtsschnellen. »Neinein, tu's nicht, Jack Potter. Du machst keine Bewegung zu deiner Kanone – nicht mit *einem* Finger. Du rührst kein Augenlid. Es ist die Zeit gekommen, daß ich mit dir abrechne, und das mache ich auf meine Art, da kommt mir keiner dazwischen. Also, wenn du nicht willst, daß auf dich abgedrückt wird, dann paß genau auf, was ich dir sage.«

Potter schaute seinen Feind an. »Ich habe keine Kanone bei mir, Scratchy«, sagte er. »Ehrlich, ich habe keine.« Er stand steif und ruhig, aber irgendwo hinten in seinem Kopf, vor seinem inneren Auge schwamm eine Vision des Pullmanwagens: der meergrüne Samt, das schimmernde Messing, Silber, Glas, das Holz, das so einen dunklen Glanz hatte wie die Oberfläche einer Öllache – die ganze Pracht der Heirat, alle Begleitumstände seines neuen Familienstandes. »Wenn es sein muß, kämpfe ich mit dir, Scratchy Wilson, das weißt du; aber ich habe keine Kanone bei mir. Du mußt die ganze Schießerei allein erledigen.«

Das Gesicht seines Feindes wurde blau. Er tat ein paar Schritte auf ihn zu und schwenkte seine Waffe heftig vor Potters Brust. »Erzähl mir nicht, daß du keine Kanone bei dir hast, du Jammerlappen. Erzähl mir nich solche Lügen. In Texas hat dich noch kein Mann ohne Kanone gesehen. Halt mich bloß nicht für so einen Kindskopf!« Seine Augen sprühten Feuer, und seine Kehle arbeitete wie eine Pumpe.

»Ich halt dich für kein' Kindskopf nich«, antwortete Potter. Seine Absätze waren um keinen Zentimeter zurückgewichen. »Ich halte dich für einen Narren. Ich sage dir, ich habe keine Kanone, und ich habe eben keine. Wenn du mich abknallen willst, fang lieber gleich damit an; so eine Chance kriegst du nie wieder.«

Argumente von diesem Gewicht wirkten dämpfend auf Wilsons Wut; er wurde ruhiger. »Wenn du keine Kanone hast, warum hast du dann keine Kanone?« sagte er verächtlich. »Warst du in der Sonntagsschule, oder was?«

»Ich hab keine Kanone, weil ich grade erst mit meiner Frau von San Antonio zurückgekommen bin. Ich bin verheiratet«, sagte Potter. »Und wenn ich dran gedacht hätte, daß sich hier solche Tölpel rumtreiben würden, wenn ich meine Frau nach

Hause bringe, dann hätt ich ne Kanone bei mir, da kannst du Gift drauf nehmen.«

»Verheiratet!« sagte Scratchy und verstand überhaupt nichts mehr.

»Ja, verheiratet. Ich bin verheiratet«, sagte Potter nachdrücklich.

»Verheiratet?« sagte Scratchy. Zum erstenmal, so schien es, bemerkte er nun die wie betäubt zusammengesunkene Frau an der Seite des anderen Mannes. »Nein!« sagte er. Er war wie ein Wesen, dem sich ein Blick in eine andere Welt auftut. Er machte einen Schritt zurück, sein Arm mit dem Revolver sank herab. »Und das ist die Dame?« fragte er.

»Jawohl, das ist die Dame«, antwortete Potter.

Es folgte eine weitere Periode des Schweigens.

»Tja«, sagte Wilson schließlich langsam, »dann wird's jetzt wohl nichts werden.«

»Es wird nichts draus, wenn du es sagst, Scratchy. Du weißt, *ich* hab keinen Streit angefangen.« Potter nahm die Tasche auf.

»Gut, dann sag ich, es ist vorbei«, sagte Wilson. Er schaute zu Boden. »Verheiratet!« Als Kavalier war er nicht stark; es war eben so, daß er angesichts so fremdartiger Umstände zum Kind wurde – zum einfältigen Kind der alten Prärie. Er griff sich seinen Steuerbord-Revolver vom Boden, schob sich die beiden Waffen in die Pistolenhalfter und zog ab. Seine Füße machten trichterförmige Spuren in dem schweren Sand.

Georges Mutter

I

Der Sprühregen, der mit der Dämmerung kam, verlieh dem breiten Boulevard jenen bläulichen Schimmer, der auf Gemälden vielfach verpönt ist. Lange Reihen von Läden säumten ihn, deren Schaufenster mit goldenem Licht erfüllt waren. Hier und da wurde aus einer Apotheke, oder von den roten Lampen, welche die Feuermelder anzeigten, ein ungewisses karmesinrotes Flackern auf das nasse Pflaster geworfen.

Die Lichter erzeugten Schatten, aus denen die Gebäude in einer neuen und furchtbaren Massigkeit, wie Burgen und Festungen, aufragten. Darauf bewegten sich endlose Menschenzüge wie mächtige Heerscharen, und Schirme schwankten darüber wie Standarten. Neu lackierte und glänzende Pferdewagen rollten als gleichförmige Kette zwischen den Pfeilern, auf denen die Hochbahn fuhr. Die ganze Straße hallte von ihrem Glockengetön wider, vom Dröhnen der eisenbereiften Räder auf dem Pflaster, dem unaufhörlichen Getrappel vieler hundert Füße. Und das alles wurde noch von den lauten Rufen der Zeitungsjungen übertönt, die in alle Richtungen schwärmten. An den Ecken standen viele Müßiggänger herum und suchten Schutz vor den tropfenden Regenrinnen; es waren Menschen aus einer Welt, die jeder Prachtentfaltung mit Unterwürfigkeit begegnet.

Ein gebräunter junger Mann wanderte die Straße entlang. Er hatte sich einen Henkelmann auf eine sichtlich unbequeme Weise unter den Arm geklemmt. Er paffte an einer Maiskolbenpfeife. Seine Schultern verrieten Selbstsicherheit; die locker herabhängenden Arme und die auf den Händen vortretenden Adern bezeugten: Da war ein Mann, der mit den Muskeln arbeitete.

Als er an einer Straßenecke vorbeikam, stieß dort ein

Mensch in alten Kleidern einen Überraschungsruf aus, stürzte ungestüm auf ihn los und ergriff seine Hand.

»Hallo Kelcey, alter Junge«, rief der Mensch in alten Kleidern, »wie geht's dir, alter Junge? Wo in Dreiteufelsnamen hast du bloß in den letzten siebzehn Jahren gesteckt? Ich will tot umfallen, wenn ich lüge, aber du warst bestimmt der letzte, mit dem ich hier gerechnet hab.«

Der gebräunte junge Mann stellte sein blechernes Gefäß ab und grinste. »Na, wenn das nicht der alte Charlie Jones ist«, sagte er, während er dem anderen überschwenglich die Hand schüttelte. »Wie gehts dir denn immer? Wo hast du dich rumgetrieben? Ich hab dich Jahre nich gesehn!«

»Kann man wohl sagen! S' letzte Mal, wo ich dich gesehn hab, wars oben in Handyville!«

»Genau! Sonntags sind wir . . .«

»Genau! Draußen in Bill Sickles Kneipe. Komm, gehen wir einen trinken.«

Sie wandten sich einer Bar zu, deren gläserne Frontseite dem Menschengedränge wohlwollend zublinkte. Mit einer freudigen Bewegung der beiden breit lächelnden Türlippen wurden die beiden aufgenommen.

»Was willst du trinken, Kelcey?«

»Ich nehm wohl 'n Bier.«

»Mir n klein' Whisky, John.«

Die beiden Freunde standen an die Theke gelehnt und betrachteten einander mit lebhafter Freude.

»Mensch, freut mich ungeheuer, dich zu sehen«, sagte Jones.

»Mensch, das will ich meinen«, antwortete Kelcey. »Dann mal Prost, alter Junge!«

»Runter damit!«

Sie hoben die Gläser, warfen einander feurige Blicke zu und tranken.

»Hast dich nich viel verändert, bloß gewachsen bist du mordsmäßig«, sagte Jones nachdenklich und stellte sein Glas ab. »Aber erkennen würd ich dich sofort!«

»Na klar«, sagte Kelcey, »und ich hab dich auch sofort erkannt, wie ich dich gesehen hab. Aber du hast dich verändert.«

»Ja«, gab Jones zu – wenn auch etwas gleichgültig; »hab ich mich wohl.« Er betrachtete sich in dem Spiegel, der die Flaschen, die auf dem Regal hinter der Theke standen, verdoppelte. Was er hätte sehen müssen, war ein grinsendes Gesicht mit ziemlich rosa Nase. Seine Melone saß nachlässig auf dem Hinterkopf. Zwei dünne Haarsträhnen hingen unordentlich über seine hohlen Schläfen. Irgendwie hatte er etwas Weltkluges an sich. Das Leben brachte ihn scheints nicht aus dem Gleichgewicht. Offenbar verstand er sich auf dessen Schwierigkeiten. Seine Hand, die in den Hosentaschen mit den Schlüsseln klimperte, und sein auf dem Hinterkopf thronender Hut wiesen ihn als einen jungen Mann von großer Erfahrung aus. Die intensiven Bekanntschaften mit Barkeepern trugen viel zu seinem wissenden Gesichtsausdruck bei.

Als er ausgetrunken hatte, wandte er sich dem Barmann zu. »John, war schon jemand von der Clique da, heut am'd?«

»Nee, noch nich«, sagte der Barmann. »Der alte Bleecker war heut nachmittag da, so um vier. Er sagte, wenn ich welche von den Burschen seh, soll ich sagen, sie solln heut am'd herkommen, wenns geht. Connor und die anderen Jungen hab ich ungefähr vor ner Stunde die Straße runtergehn sehn. Die wern wohl bald mal wieder reinkommen.«

»Das ist hier die Stammkneipe vonner ganz prima Clique«, sagte Jones, und drehte sich wieder zu Kelcey. »Prima Blase, kann ich dir sagen. Wir machen hier die Musik, wenn wir in Fahrt sind. Komm doch mal abends her. Irgendwann abends. Komm doch heut Am'd, mein Lieber. S'sind fast alle hier, und ich führ dich gern ein. Es is ne prima Clique, ganz prima!«

»Würd ja gern kommen«, sagte Kelcey.

»Na, dann komm doch«, rief der andere herzhaft. »Die wern dir gefallen! Das is ne Clique, wie sie's nich nochmal gibt! Komm mal her heut am'd!«

»Wenns geht, komm ich.«

»Na, du hast doch weiter nix zu tun, oder?« fragte Jones. »Dann komm doch. Kannste dir die Zeit mit ner Bande von prima Burschen vertreiben. Es is wirklich ne prima Bande. Prima, ganz prima!«

»Also, jetzt muß ich langsam nach Hause«, sagte Kelcey. »Es ist schon verdammt spät. Was willst'n nochmal, alter Junge?«

»Gib mir noch'n bißchen Whisky, John.«

»Ich nehm wohl noch'n Bier.«

Jones kippte den Whisky in seinen großen Mund und stellte das Glas auf die Theke. »Schon lange hier in der Stadt?« fragte er. »Naja, drei Jahre, das is ja schon genug für 'n Kerl mit Grips. Gehts dir gut? Ach ja – heutzutage gehts keinem gut.« Er warf einen melancholischen Blick auf seine schäbige Kleidung. »Der Vater is tot, stimmts? Tatsächlich? Is vom Gerüst gefallen, stimmts? Jemand hats mir erzählt. Und die Mutter lebt natürlich noch? Hab ich mir gedacht. Is ne prima Frau. Prima! Und du bist also der letzte Sohn. Es warn doch mal fünf, stimmts? Vier hab ich noch gekannt. Fünf, jawohl. So hab ichs im Kopf. Und alle tot außer dir, was? Na, da mußt du dich aber am Riemen reißen und deiner alten Mutter beistehen. Mensch Mensch Mensch, wer hätt das gedacht, daß bloß du übrig bleiben würdst, von seinem Haufen von flachsköpfigen Burschen. Mensch Mensch, was fürne irre Welt, stimmts nicht?«

Wenn er das bedachte, wurde er traurig. Er seufzte und beobachtete trübsinnig, wie der andere sein Bier schlürfte.

»Mensch Mensch, was fürne irre Welt, eine verdammt irre Welt.«

»Ja«, sagte Kelcey, »ich bin der einzige, der übrig is.« In seiner Stimme lag ein Unterton des Mißbehagens. Er überließ sich nicht gern einem Gefühl, das mit ihm selbst zu tun hatte.

»Wie gehts ihr eigentlich, der alten Dame?« fragte Jones. »Das letzte Mal, wo ich sie gesehn hab, da war sie so munter wie ein Vögelchen, und jachterne in der Gegend herum und hielt Vorträge für die Blaustrümpfler oder sowas.«

»S geht ihr ganz gut«, sagte Kelcey.

»Un bloß einer übrig von fünf Kindern! Mann Mann! Komm, trinken wir noch ein bevor du gehst.«

»Ich will eigentlich nicht mehr.«

Ein schmerzlicher Ausdruck trat in Jones' Augen. »Na komm schon, noch einen!« sagte er.

»Naja, dann nehm ich nochn Bier.«

»Un mir nochn klein Whisky, John!«

Nachdem sie die feierliche Handlung beendet hatten, begleitete John seinen Freund zur Kneipentür. »Machs gut, alter Junge«, sagte er leutselig. Sein schlichtes Gesicht strahlte vor Freundlichkeit. »Aber du kommst auch bestimmt, heut am'd, ja? Es is ne prima Clique. Prima!«

II

Ein Mann mit rotfleckigem Gesicht steckte seinen Kopf durchs Fenster und fluchte wild. Er schleuderte in hohem Bogen eine Flasche über zwei Hinterhöfe nach dem Fenster eines gegenüberliegenden Mietshauses. Sie zersplitterte an der Backsteinwand des Hauses, die Scherben fielen klirrend auf den Steinboden. Der Mann schüttelte seine Faust.

Eine Frau mit bloßen Armen, die in einem der Hinterhöfe Wäsche auf eine Leine reihte, warf einen beiläufigen Blick auf den Mann und horchte auf seine Reden. Sie folgte seinen Blikken auf das andere Mietshaus. In einem entfernteren Fenster hing ein junger Kerl mit einer Pfeife und gröhlte ein paar Bemerkungen über die dürftige Treffsicherheit. Unten im Hof sammelten zwei Kinder die Glasscherben auf, und freuten sich über ihr neues Spielzeug.

Aus dem Fenster, dem die Wut des Mannes galt, drangen die Laute einer alten Stimme – ein Singsang. Sie schwebte schwankend und zitternd ins Freie, wie der Geist der Töne mit gebrochenen Flügeln.

Sollt man mich einst zum Himmel tragen
Auf luftigem Diwan,
Wo andre um den Preis sich schlagen
Im blutgen Ozean?

Der Mann in dem Fenster gegenüber war außerordentlich erbost. Er fluchte weiter.

Die Stimme gehörte einer kleinen alten Frau. In einem Zimmer im dritten Stock des schwarz-roten Mietshauses war sie mühselig in Bewegung. Sie schleppte Arme voller Töpfe und Pfannen, und manchmal einen Besen und eine Schaufel. Sie schwang sie wie Waffen. Es schien als habe das Gewicht ihren Rücken gebeugt und die Arme gebogen, bis sie nur noch schwerfällig gehen konnte. Oft tauchte sie die Hände in das Wasser des Ausgußbeckens. Sie planschte darin, ihre zusammengeschnurrten Muskeln lösten und spannten sich unter der lockeren Armhaut. Dampfend wandte sie sich vom Becken ab, durchnäßt, als sei sie durchs Hochwasser gewatet.

In dem Zimmer herrschte das Getümmel einer Schlacht. Durch die Staub- oder Dampfwolken sah man die magere Gestalt mächtige Hiebe austeilen. Immer schien ihre Bahn voller Hindernisse. Der Besen war wie eine Lanze fortwährend gegen die Staub-Dämonen gerichtet. Man hörte das Klatschen und Klingen ihres Kampfes mit dem unermüdlichen Feind.

Es war ein Bild unbezähmbaren Mutes. Und während sie ihre Bahn zog, erhob sich immer wieder ihre Stimme zu jenem langgedehnten Schrei, jenem seltsamen Kriegsruf, jenem trotzigen Kriegsgesang, der kreischend an- und abschwoll und die Ohren des Mannes mit dem rotfleckigen Gesicht aufs äußerste reizte.

Sollt man miich einst zum Hiimmel tragen
Auf luuftigem Diwaaan . . .

Schließlich unterbrach sie sich für einen Augenblick, trat ans

Fenster, setzte sich und trocknete sich das Gesicht mit ihrer Schürze. Es war ein Moment der Ruhe, des Kräftesammelns. Auch jetzt sah man, daß sie noch immer Attacken, Gefechte und Schlachten plante. Gedankenvoll blickte sie sich im Zimmer um und verzeichnete die Stellung und die Stärke des Feindes. Sie war hellwach.

Schließlich warf sie einen Blick zum Kamin. »Fünf Uhr« murmelte sie, während sie die kleine Nickeluhr beäugte, die ihr Perpendikel großspurig wie einen Spazierstock schwenkte.

Sie schaute auf die dichtgedrängten Schornsteine auf den Dächern hinaus. Der Mann, der an einem von ihnen arbeitete, sah wie eine Biene aus. Unten, in den verwinkelten Hinterhöfen sah man Wäscheleinen voll Wäsche wie rankenden Wein. Das Gebrüll des Mannes mit dem rotfleckigen Gesicht drang an ihre Ohren. Er war jetzt in einen wütenden Streit mit dem Jungen verwickelt, der ihn auf seine dürftige Treffsicherheit aufmerksam gemacht hatte. Wie Tiere im Dschungel waren sie.

In der Ferne überragte eine riesige Brauerei die anderen Gebäude. Große Goldbuchstaben priesen eine Biermarke an. Daneben kam dicker Rauch aus den Fabrikschornsteinen und breitete seine Flügel aus. Das ganze Gebäude sah aus wie ein großer Vogel im Flug. Die Lettern der Inschrift wurden zu einer goldenen Kette, die an seinem Hals hing. Die kleine alte Frau betrachtete die Brauerei. Einen Augenblick lang fesselte es sie, undeutlich, als etwas Gewaltiges, als eine Maschinerie von gewaltiger Kraft.

Abrupt beendete sie ihre Ruhepause und begann mit ihren eingeschrumpelten Armen wieder um sich zu schlagen. Sofort war die Schlacht wieder in vollem Gang. Schreckliche Streiche wurden empfangen und ausgeteilt. Es erhob sich der rasselnde Aufruhr eines neuen Kampfes. Dieser zähe kleine Krieger wich und wankte nicht. Sie kämpfte mit starker und nie nachlassender Entschlossenheit. Auf ihrer Stirn perlte und floß der Schweiß.

Auf dem Bord über dem Herd waren drei blaue Teller

nebeneinandergelehnt. Irgendwo hatte die kleine alte Frau gesehen, daß man das so machte. Vor ihnen stelzte die runde Nickeluhr auf und ab. In den Rahmen des Spiegels, der daneben hing, hatte ihr Sohn viele Zigarettenbildchen gesteckt. An die vergilbten Wände waren ein paar Farbdrucke geheftet. Einer hatte einen Goldrahmen. Es war eine rechte Pracht, mit viel Rot und Grün. Die Bilder sahen wie Siegestrophäen aus.

Es begann dunkel zu werden. Nebel kreiselte heran. Regen platschte weich aufs Fenstersims. Im gegenüberliegenden Mietshaus war eine Lampe angemacht worden; in dem starken orangenen Licht war der Mann mit dem rotfleckigen Gesicht zu sehen. Er saß an einem Tisch, rauchte und döste.

Die kleine alte Frau schaute wieder zur Tür hin. »Viertel vor sechs.«

Sie hatte einen Augenblick geruht, aber nun wandte sie sich mit wilder Energie dem Ofen zu, der mit roten Augen wie ein Drachen in der Dämmerung lauerte. Es kam ein Zischen, dann kamen wieder metallische Geräusche. Die kleine alte Frau schoß hin und her.

III

Als es auf sieben zuging, wurde die kleine alte Frau unruhig. Sie ließ sich des öfteren auf einen Stuhl fallen und starrte auf die kleine Uhr.

»Möcht wissen, warum er nich kommt«, sagte sie immer wieder. Ein seltsamer, schwacher Verzweiflungston lag in ihrer Stimme. Wie sie da saß, grübelte, und immer wieder die Uhr anschaute, wechselte oft ihr Gesichtsausdruck. Alle Arten von Gefühlen flackerten in ihren Augen und um ihre Lippen. In ihrer Vorstellung folgte sie augenscheinlich dem Weg einer geliebten Person. Sie malte sich seine Hindernisse und Unglücksfälle aus. Irgendetwas Peinigendes und Schreckliches hielt ihn davon ab, zu ihr zu kommen.

Sie hatte ein Öllämpchen angemacht. Ein lebhafter gelber Lichtschein ergoß sich ins Zimmer. Vorher hatte der Tisch mit der Wachstuchdecke wie ein Stück kahler brauner Wüste ausgesehen. Jetzt wars ein weißer Garten, auf dem die Früchte ihrer Mühe wuchsen.

»Sieben Uhr«, murmelte sie schließlich. Sie war entsetzt.

Dann hörte sie plötzlich einen Schritt auf der Treppe. Sie sprang auf und machte sich im Zimmer zu schaffen. Rasch wichen die kleinen Ängste aus ihrem Gesicht. Jetzt schien sie eher zum Schimpfen aufgelegt.

Der junge Kelcey trat ins Zimmer. Er stieß einen Erleichterungsseufzer aus und stellte seinen Henkelmann in der Ecke ab. Offensichtlich war er sehr erschöpft von einem harten Arbeitstag.

Die kleine alte Frau lief eilig zu ihm, und hob ihre runzligen Lippen, als wollte sie in Tränen und Vorwürfe ausbrechen.

»Hallo!« rief er mit fröhlicher Stimme. »Du hast dir doch keine Sorgen gemacht?«

»Doch!« sagte sie und trippelte um ihn herum. »Wo warst du denn nur, George? Was hastn du so spät gemacht? Ich hab ja so lang gewartet! Hier, schmeiß doch deine Jacke nicht einfach so hin. Häng sie mal an der Tür auf.«

Der Sohn hängte die Jacke an den richtigen Haken; dann schüttete er Wasser in ein Blechwaschbecken im Ausguß.

»Weißt du, ich hab Jones getroffen – kannst du dich erinnern, Jones? Den alten Kumpel aus Handyville. Un da haben wir eben zusammengestanden und von den alten Zeiten geredet. Der Jones, das is schon n Kerl.«

Der Mund der kleinen alten Frau wurde zu einem Strich. »Ach, der Jones«, sagte sie. »Den mag ich nicht.«

Der junge Mann hörte auf, mit dem weißen Handtuch herumzuwirbeln, und machte ein ärgerliches Gesicht. »Was soll denn das, was redst du'n da?« sagte er zu ihr. »Was weißt du denn schon von ihm? Hast überhaupt schon mal mit ihm geredet?«

»Naja, ich glaub nicht, seitdem er erwachsen is«, antwortete die kleine alte Frau. »Aber das weiß ich: Daß er nich der Mann is, mit dem ich dich gern zusammenseh. Das is kein guter Mensch. Bestimmt nicht. Der trinkt.«

Ihr Sohn fing an zu lachen. »Was? Sowas macht der?« Er schien erstaunt, aber nicht bestürzt über diese Mitteilung.

Sie nickte. Sie hatte einen Gesichtsausdruck wie jemand, der etwas Grauenhaftes enthüllt. »Ich weiß es! Einmal hab ich ihn aus Simpsons Hotel rauskommen sehn, da oben in Handyville, und er konnte kaum gehen. Er trinkt! Sicher trinkt er!«

»Heiliger Strohsack!« sagte Kelcey.

Sie setzten sich an den Tisch und brachten den kleinen weißen Garten in Unordnung. Der junge Mann lehnte sich, in der Art eines Mannes, der alles bezahlt, in seinen Stuhl zurück. Seine Mutter beugte sich eifrig vorwärts und achtete auf jeden in seinem Mund verschwindenden Bissen. Sie saß auf dem Stuhlrand, immer bereit, aufzuspringen, um zum Schrank oder zum Herd zu rennen, falls er noch etwas brauchte. Sie war so besorgt, wie eine junge Mutter um ihr Baby. In der sorglosen und lässigen Haltung ihres Sohnes lag etwas sehr Würdevolles.

»Essen tust du ja nicht viel heut abend, George.«

»Ehrlich gesagt, ich bin nicht sehr hungrig.«

»Schmeckt dir das Essen nicht? Du mußt doch was essen! Du kannst doch nicht so ohne Essen bleiben!«

»Na, ich esse doch was, oder?«

Er stocherte sich ziellos durch das Mahl. Sie hockte gegenüber hinter einem kleinen schwärzlichen Kaffeetopf, und betrachtete ihren Sohn liebevoll.

Etwas später wurde sie allmählich unruhig. Ihre abgearbeiteten Hände verkrampften sich. Man sah, daß ein gewichtiger Gedanke in ihr rumorte. Sie war im Begriff, etwas zu riskieren. Und nun kam der Moment der größten Spannung. »George«, sagte sie, »komm doch mit mir zum Beten, heut a'md.«

Der junge Mann ließ die Gabel sinken. »Ich glaub, du spinnst«, sagte er in seiner Verblüffung.

»Doch, Lieber«, fuhr sie eilig, mit einer dünnen, bittenden Stimme fort, »ich hätte es so gern, daß du ab und zu mit mir kommst. Du bist schon so lang nicht mehr mit mir wohin gegangen.«

»Naja«, sagte er, »aber was um Himmelswillen ...«

»Ach bitte«, sagte die kleine alte Frau. Sie trat zu ihm hin und legte ihre Arme um seinen Hals. Sie begann, ihn zärtlich zu umschmeicheln.

Der junge Mann grinste. »Was habe ich denn, zum Kuckuck, in einer Betstunde verloren!« sagte er.

Die Mutter betrachtete das als Zusage. Sie vollführte einen komischen kleinen Freudensprung.

»Du kannst auch mal ein bißchen auf deine Mutter aufpassen«, rief sie freudig bewegt. »Es ist immer so ein langer Weg so allein, donnerstags – und schließlich, wenn ich schon so einen hübschen, großen, strammen Jungen habe, dann kann er ruhig mal mein Kavalier sein, oder? – Na, siehst du, ich hab doch gewußt, daß du mitkommst!«

Einen Augenblick lang lächelte er und gab ihrer Stimmung nach. Aber gleich darauf kam ein unbehaglicher Ausdruck in sein Gesicht. »Aber –« wollte er protestieren.

»Ach bitte«, sagte sie noch einmal.

Jetzt wurde er verdrießlich. Er blickte weg und runzelte die Stirn. Er sah etwas trostlos Schwarzes vor sich, in feierlichem Ernst aufgereiht. Schon die Vorstellung war bedrückend.

»Aber –« begann er wieder. Er mußte mühsam nach Gründen suchen. Schließlich kam er damit heraus: »Himmel noch mal – was mach denn ich in ner Betstunde!«

Er hatte den Klang eines Kirchenliedes in den Ohren, es tönte aus dem Mund von Menschen, die ihre Köpfe im vorschriftsmäßigen Andachtswinkel gebeugt hatten. Es würde nur allzu offenbar sein, daß sie alle besser waren als er. Wenn er eintrat, würden sie die Köpfe wenden und ihn argwöhnisch betrachten. Das würde die Sache nur noch schlimmer machen, denn das war sicher, daß er genau so gut war wie sie.

»Jetzt hör mal«, sagte er sanft, »ich will nicht mit, und es bringt doch nichts ein, wenn ich wo hingehe, wo ich nicht will.«

Die Miene seiner Mutter veränderte sich schnell. Sie stieß einen tiefen Seufzer aus, wie er ihn bei entsprechenden Gelegenheiten schon gehört hatte. Sie setzte ein schwarzes Hütchen auf, hüllte sich in einen alten Shawl. Sie warf einen Märtyrer-Blick auf ihren Sohn und brach kummervoll auf. Sie war wie ein ganz kleiner Leichenzug.

Der junge Mann fühlte sich ziemlich unbehaglich dabei. Er trat mißmutig gegen das Tischbein. Als das Geräusch ihrer Schritte verhallte, war ihm deutlich leichter.

IV

Als Kelcey an diesem Abend in der freundlichen kleinen Kneipe eintraf, fand er seinen Freund Jones an der Theke vor. Er war soeben in einen heftigen Streit mit einem beleibten Menschen verwickelt.

»Is ja gut«, sagte der letztere. »Du machst einen Haufen Lärm, Charley, dafür, daß du nie was sagst! Trinken wir einen.«

Jones gestikulierte heftig und machte schneidende Einwände gegen irgendwelche abseitigen Theorien. Der Dicke gab ein fettes Glucksen von sich und zwinkerte dem Barmann zu.

Für einen Augenblick unterbrach sich der Redner und sagte: »Gib mir n klein Whisky, John.« Da bemerkte er den jungen Kelcey. Mit einem Begrüßungsschrei sprang er auf ihn zu. »Hallo, alter Junge, ich hab kaum geglaubt, daß du kommst.« Er geleitete ihn zu dem Dicken.

»Mr. Bleecker – mein Freund, Mr. Kelcey!«

»N' Abend.«

»Mr. Kelcey, es freut mich, Sie kennenzulernen. Bitte, trinken Sie doch was mit uns.«

Sie stellten sich nebeneinander an die Theke und warteten. In den Händen des emsigen Barmannes klirrten die Gläser. Mit großer Höflichkeit unterbrach Mr. Bleecker die erwartungsvolle Stille.

»Ich glaube, Sie waren hier noch nie, Mr. Kelcey?«

Der junge Mann suchte nach einer vornehm klingenden Antwort. »Nein, – äh – ich hatte noch nicht – äh – das Vergnügen«, sagte er.

Nach einer Weile legte sich die vorsichtige, höfliche Steifheit ihrer Umgangsformen. Bleecker bemerkte, daß seine Wichtigkeit einigen Eindruck auf den jungen Mann machte. Er wurde freundlicher. Offenbar gehörte der Junge zu den Menschen mit empfindlichem Wahrnehmungsvermögen. Er begann deshalb gleich von vergangenen Zeiten zu erzählen, als die Welt besser war. Er hatte alle Großen jener Zeit gekannt. Er wiederholte die Gespräche, die sie einst geführt hatten. Spuren von Stolz und Trauer waren in seiner Stimme, er sonnte sich im Ruhm der verblichenen Geister. Er beklagte sich über die Jugend im allgemeinen und über die Leichtfertigkeit der jetzigen. Er lebte mit dem Kopf in den Wolken der Vergangenheit und schien unbedingt berichten zu müssen, was er dort sah.

Jones versetzte Kelcey begeisterte Rippenstöße. »Wegen dir is der Alte zu großer Form aufgelaufen«, flüsterte er.

Kelcey war stolz, daß der bedeutendste Mann des Lokals mit ihm redete und in seinen Augen nach Bestätigung dafür suchte, daß seine Subtilitäten dort ankamen.

Danach verließen sie die Theke und begaben sich in ein kleines Hinterzimmer, wo sie sich um einen Tisch herumsetzten. Eine Gaslampe mit einem farbigen Glaszylinder warf einen rosigen Schein auf sie. Auf dem polierten Holz der Wände spielten schwache rosa Glanzlichter. Eine dicke Schicht Sägemehl lag auf dem Boden.

Nun erschienen noch zwei andere Männer. Nach drei Geschichten aus Bleeckers großer Vergangenheit hatte Kelcey so ziemlich mit jedem Bekanntschaft geschlossen.

Er bewunderte Bleecker ungemein. Ein brüderliches Gefühl für die anderen stieg in ihm auf – sie hatten alle so sanfte Stimmen. Er hatte allmählich das Gefühl, daß er den glücklichsten Abend seines Lebens verbrachte. Seine Genossen waren so aufgeräumt und gutherzig, und ihr ganzes Verhalten war von so großer Höflichkeit.

Eine Zeitlang wollten die beiden Männer, die später gekommen waren, ihn nicht direkt ansprechen. Sie sagten: »Jones, will dein Freund uns nicht dies, oder jenes –« Und Bleecker begann seine Ansprachen mit: »Nun, Mr. Kelcey, glauben Sie nicht –«.

Er war jetzt schon fast überzeugt, daß er ein besonders bemerkenswerter, toller Kerl war, der jetzt endlich seinen Platz in einer Clique von besonders bemerkenswerten, tollen Kerlen gefunden hatte.

Hin und wieder flüsterte Jones ihm eine Bemerkung ins Ohr.

»Ich sag dir, Bleecker is'n alter Hase. Zu seiner Zeit war der ein Mordskerl. Der war mal einer der bekanntesten Männer in New York. Du müßtest ihn mal davon erzählen hören –«

Kelcey lauschte aufmerksam. Er war fasziniert von den vertraulichen Erzählungen dieser Männer, die im Strahlenglanz der alten Zeit gelebt hatten.

»O'Connor is wirklich n feiner Kerl«, flüsterte Jones einmal über einen von den anderen. »Er is einer der besten Kerle, die ich kenne. Er is immer genau richtig. Un er is immer genauso, wie du'n jetzt siehst – immer guter Laune.«

Kelcey nickte. Er wollte das gerne glauben.

Wenn er die anderen zu einer Runde einladen wollte, kam lauter und einhelliger Protest. »Nein, nein, Mr. Kelcey«, rief Bleecker. »Nein, nein. Heute sind Sie unser Gast. Ein anderes Mal . . .«

»Hier«, rief O'Connor, »jetzt bin ich dran!«

Er rief und trommelte nach dem Barmann. Dann hockte er da mit einem Geldstück in der Hand, und hatte die anderen wachsam im Auge. Er wollte den anderen zuvorkommen, falls sie etwa zahlen wollten.

Nach einiger Zeit zeigte Jones seine Gaben der Beredsamkeit und des Witzes vor. Seine Kumpane lachten. »Jetzt redet der Whisky«, sagte Bleecker.

Er wurde nun ernst und leidenschaftlich, hielt Reden über die verschiedensten Gegenstände. Seine Vorträge erschienen ihm sehr eindrucksvoll. Die Kraft seiner Worte bewegte ihn. Manchmal war er überwältigt.

Stets waren die anderen mit ihm einer Meinung. Bleecker wurde beinahe zärtlich, hin und wieder half er ihm sorgsam mit Worten aus. Während Jones immer heftiger und nachdrücklicher wurde, stimmten ihm die anderen immer fügsamer zu. Sie besänftigten ihn mit freundlichen Zwischenrufen.

Und schon wandelte sich seine Stimmung. Voller Begeisterung fing er an, Schlager zu singen. Er beglückwünschte seine Kumpane dazu, in seiner Gesellschaft zu sein. Seine Hochstimmung versetzte sie in Erregung. Alle verbrüderten sich auf das herzlichste. Man war sich einig, daß sie alle voller Ehrlichkeit und Zartgefühl waren. Sie hatten sich von der Mühlstein-Welt und ihren harten Menschen befreit.

Als einer von ihnen die Stelle entblößte, wo die Welt ihn verwundet hatte, erhob sich ein Chor von lebhaftem Mitgefühl. Sie genossen es, daß sie einstweilen so abgeschieden und sicher waren.

Einmal stolperte ein völlig betrunkener Mann durch den Gang in der Kneipe. Er öffnete die Tür zu dem kleinen Hinterzimmer und schien eintreten zu wollen. Augenblicklich sprangen die Männer auf. Sie waren bereit, jeden, der hier zu ihrer Insel vordrang, zu erwürgen. Sie machten einander mit dem Ellenbogen das Vorrecht streitig, als erster den Kampf aufzunehmen.

»Oh!« machte der betrunkene Mann, schwankte auf seinen Beinen und blinzelte der Gesellschaft zu, »oh – dasch wohl privat hier?«

»So isses, Willie«, sagte Jones. »Un du machst dich besser auf die Socken, sonst schmeißen wir dich raus.«

»Jawohl, das machen wir«, sagten die anderen.

»Oh«, sagte der Betrunkene. Er blinzelte ihnen mit gekränkter Miene zu und machte sich fort.

Sie setzten sich wieder. Irgendwie hatte Kelcey das Gefühl, daß er den Eindringling am liebsten verprügelt hätte, um den anderen seine Treue zu beweisen.

Der Barmann kam des öfteren. »Mensch, Ihr Burschen seid vielleicht Löcher«, sagte er in seiner scherzhaften Art, während er die leeren Gläser einsammelte und den Tisch mit seinem kleinen Lappen abwischte.

Durch die Bemühungen von Jones wurde der Lärm in dem kleinen Zimmer immer größer. Der Tabaksqualm wälzte sich wie Reifen oder Stricke um die Gestalten der Männer. Unter der Decke hing eine dicke graue Wolke.

Jeder der Männer erklärte auf seine Art, daß er in die eben erwähnte Welt überhaupt nicht hineinpasse. Sie rühmten sich verschiedener Tugenden, die von denen, mit denen sie gewöhnlich umgehen mußten, nicht gewürdigt wurden; ihre Bestimmung war es eigentlich, in einem baumbeschatteten Land zu leben, wo eitel Friede herrschte. Da nun diese fünf Männer zusammengefunden hatten, durften sie ihre innersten Gedanken aussprechen, ohne Furcht, mißverstanden zu werden.

Als er mehr Bier trank, spürte Kelcey, wie seine Brust von männlichen Gefühlen schwoll. Er war erhabener Dinge fähig, das wußte er. Er wünschte sich, daß einer seiner jetzigen Genossen ihn einmal um Hilfe bäte. Er malte sich eine kleine Szene aus. Darin verhielt er sich großartig in seiner Freundschaft.

Er blickte in die strahlenden Gesichter und in diesem Moment wußte er: Wenn einmal die Zeit für ein großes Opfer kam, so würde er es freudig bringen. Still würde er dem Unbekannten entgegengehen, oder in den Bankerott, und ringsum würden die bewundernden Rufe seiner Gefährten über seine vielen Tugenden erschallen.

Sie hatten den ganzen Abend keinen Streit. Wenn einer mal glaubte, seine Meinung durchsetzen zu müssen, so gaben die anderen sofort nach.

Sie tauschten Komplimente aus. Einmal ruhten die Augen vom alten Bleecker einige Augenblicke auf Jones. Plötzlich rief er: »Jones, du bist einer von den feinsten Menschen, die ich kenne!« Über das Gesicht des anderen ging eine freudige Röte, dann machte er eine bescheidene Handbewegung – Protest eines einfachen Mannes. »Schmier mir mal kein Honig um'n Bart, alter Junge«, sagte er ernsthaft. Aber Bleecker rief lauthals, er meine es ernst. Die beiden erhoben sich und schüttelten sich gefühlvoll die Hände. Dabei taumelte Jones gegen den Tisch und stieß ein Glas runter.

Danach begann ein allgemeines Händeschütteln. Brüderliche Gefühle durchzogen den Raum. Mitmenschliches schäumte auf.

Jones fing an zu singen. Er schlug mit würdigen, präzisen Gesten den Takt. Er schaute den Gefährten in die Augen, als wollte er Musik aus ihren Seelen locken. O'Connor fiel herzhaft ein, jedoch mit einer anderen Melodie. Etwas weiter, in einer Ecke, versuchte der alte Bleecker eine Rede zu halten.

Der Barmann erschien in der Tür. »Na, Ihr Burschen macht hier vielleicht einen Spektakel! Es ist jetzt Zeit, ich muß jetzt vorne zu machen, und ihr Süffel zieht jetzt auch besser Leine. Es ist ein Uhr!«

Sie begannen mit ihm zu debattieren. Aber Kelcey sprang plötzlich auf. »Ein Uhr!« rief er. »Heiliger Himmel, ich muß machen, daß ich fortkomm!«

Nun kam ein Protestschrei von Jones. Bleecker unterbrach seine Ansprache. »Mein lieber Junge –« begann er. Kelcey suchte nach seinem Hut. »Ich muß um sieben zur Arbeit«, sagte er.

Die anderen schauten ihm mit behaglichem Gesicht zu. »Naja«, sagte O'Connor. »Wenn einer geht, dann können alle gehn.« Trübselig nahmen sie ihre Hüte und trotteten hinaus.

Die kühle Luft auf der Straße verblüffte Kelcey auf eine undeutliche Weise. Dagegen fühlte sich sein Kopf heiß an. Was die Beine anging, so waren sie Weidenruten.

Ein paar gelbe Lichter zwinkerten. Vor einem Restaurant, das die ganze Nacht geöffnet war, sprühte eine elektrische Lampe ein rotes Licht. Die Schellen von Pferdewagen schepperten weiter vorn auf der Straße. Ein Zug donnerte über ihm auf dem Hochgleis.

Auf dem Trottoir nahmen die Männer inbrünstig Abschied. Sie drückten einander kräftig die Hände und versicherten einander ein letztes Mal ihre glühende und bewunderungsvolle Freundschaft.

Als er zu Hause ankam, bewegte sich Kelcey mit Vorsicht. Seine Mutter hatte die Lampe mit kleiner Flamme brennen lassen. Einmal stolperte er auf seiner Reise durch den Flur. Als er horchend stehen blieb, hörte er aus ihrem Zimmer dünne Schnarchtöne.

Ein paar Augenblicke lag er noch wach und dachte an den Abend zurück. Er hatte das angenehme Gefühl, daß er einen guten Eindruck auf diese großartigen Menschen gemacht hatte. Für sein Gefühl hatte er den beglückendsten Abend seines Lebens verbracht.

V

Am Morgen war Kelcey mürrisch. Seine Mutter hatte ihn mächtig rütteln müssen, und das war ihm als großes Unrecht erschienen. Außerdem hatte sie, als er blinzelnd in die Küche eingetreten war, zu ihm gesagt: »Du hast die ganze Nacht die Lampe brennen lassen, George. Wie oft muß ich dir noch sagen, daß du nie die Lampe anlassen sollst?«

Er verzehrte sein Frühstück größtenteils schweigend, rührte düster in seinem Kaffee und starrte in die gegenüberliegende Ecke – mit Augen, die sich wie geröstet anfühlten. Wenn er seine Augenlider bewegte, hatte er den Eindruck, daß sie sich spalteten. Er hatte einen eigentümlichen Geschmack im Mund. Es kam ihm vor, als habe er am Stiel eines Holzlöffels gelutscht. Außerdem raste die Wut in ihm und suchte nach einem Opfer.

Schließlich stieß er aus: »Verdammt, dieses Frühaufstehen!«

Seine Mutter fuhr hoch, wie von einem Geschoß getroffen. »Aber George –« fing sie an.

Kelcey fiel ihr ins Wort. »Jaja, ich weiß schon – aber diese Frühaufsteherei macht mich krank. Grad, wenn man sein Morgenschläfchen macht, muß man hoch. Ich –«

»Mein lieber George«, sagte seine Mutter, »du weißt, ich kann es nicht haben, wenn du fluchst. Bitte laß das.« Sie blickte ihn beschwörend an.

Er machte eine rasche Geste. »Naja, ich fluch ja auch nicht, oder?« sagte er. »Ich sag ja bloß, es steht mir bis hier, diese Wirtschaft mit dem Aufstehen. Weiter nix.«

»Du weißt, wie das Fluchen mir weh tut«, beharrte die kleine alte Frau. Fast schien es, als wollte sie schluchzen. Sie schaute in die Vergangenheit. Sie dachte wohl an andere Menschen, die unchristlich geendet hatten.

»Ich weiß nicht, wo du das her hast, dieses Herumfluchen auf alles und jedes«, fuhr sie gleich fort. »Fred und John und Willie, die haben alle nie geflucht. Und Tom auch nicht, höchstens, wenn er mal richtige Wut hatte.«

Wieder machte der Sohn eine Handbewegung. Seine Hand stieß in die Luft, als erblickte er da den Geist des Unrechts. »Ach, zum Teufel nochmal«, sagte er mit verzweifeltem Ton. Dann versank er wieder in seine schweigsame Stimmung. Seine Blicke ruhten düster auf seinem Teller.

Seine Hilflosigkeit besänftigte die Mutter rasch. Als sie wieder redete, hatte ihre Stimme einen versöhnlichen Klang. »George, mein Lieber, könntest du heut abend etwas Zucker mitbringen?« Man hätte denken können, daß sie um eine goldene Krone bat.

Kelcey erwachte aus seinem Halbschlaf. »Ja, wenn ich dran denk«, sagte er.

Die kleine alte Frau stand jetzt auf, um das Essen für ihren Sohn in den Henkelmann zu füllen. Nachdem er sein Frühstück eingenommen hatte, stelzte er würdevoll im Zimmer herum. Dann zog er den Rock an, setzte den Hut auf, ergriff den Eßbehälter und ging zur Tür. An der Tür hielt er an und sagte steif, ohne den Kopf zu wenden: »Also – Wiedersehn.«

Da sah die kleine alte Frau, daß sie ihren Sohn gekränkt hatte. Sie suchte nicht nach einer Erklärung. Dieses Verhalten war ihr wohlbekannt. Sie lenkte eiligst ein.

»Willst du mir keinen Abschiedskuß geben?« fragte sie mit dünner, kummervoller Stimme.

Der junge Mann schien kühlen Herzens fortgehen zu wollen, er hatte die würdevolle Haltung eines gekränkten Fürsten.

Die kleine alte Frau rief noch einmal mit kläglichen Tönen: »George, ach George, willst du mir denn keinen Abschiedskuß geben?« Als er sich weiterbewegte, spürte er, daß sie an seinem Rockschoß hing.

Schließlich wandte er sich um und murmelte mit einer Art von Zärtlichkeit: »Doch doch, natürlich.« Er küßte sie. In seiner Stimme war noch ein überlegener Beiklang, als erwiese er eine beachtliche Gefälligkeit. Vorwurfsvoll, dankbar, liebevoll schaute sie ihn an.

Sie stand dann oben an der Treppe und beobachtete, wie seine Hand auf dem Geländer abwärts glitt, während er hinunterging. Ab und zu sah sie seinen Arm und etwas von seiner Schulter. Als er unten angekommen war, rief sie ihm nach »Auf Wiedersehen!«

Die kleine alte Frau ging wieder an ihre Arbeit in der Küche; ihre Stirn war leicht gerunzelt, sie war ratlos. »Möcht wissen, was mit George los war heut morgen«, grübelte sie. »Er war nicht wie sonst.«

Während sie herumwerkelte, stellte sie Vermutungen an. Sie machte sich große Sorgen. Undeutlich spürte sie, daß er an einer ernsten inneren Krankheit litt. Zweifellos war es etwas, was an den Nieren zehrte und sich leise in die Lungen fraß. Später stellte sie sich eine Frau vor, ein Wesen von sündiger Schönheit, das ihn betörte und sein Leben in Bitternis verwandelte. In ihrer Phantasie erschuf sie zauberische Kräfte, die sich wie grüne Drachen auf ihn stürzten. Sie machten einen verdrossenen Menschen aus ihm, der lautlos litt. Sie wünschte sich, daß sie ihnen auf die Spur käme, um dann ihrem Heldensohn tapfer beistehen zu können. Sie zermarterte sich den Kopf, um dahinterzukommen.

Aber als er am Abend nach Hause kam, war er außerordentlich vergnügt. Er benahm sich wie ein Zehnjähriger. Er sprang ganz närrisch in der Küche herum. Als die Mutter die Kaffeekanne vom Herd zum Tisch trug, tat er, als wolle er mit ihr tanzen, so daß sie etwas von dem Kaffee verschüttete. Sie mußte ein bißchen mit ihm schimpfen.

Während des ganzen Essens machte er Späße. Sie mußte manchmal lachen, obwohl sie meinte, über die Witze des eigenen Sohnes dürfe sie nicht lachen. Hin und wieder tadelte sie ihn, aber er achtete nicht darauf.

»Donnerwetter«, sagte er einmal, »wie ist mir so wohl. Ich hätt nicht gedacht, daß ich so schnell über die miese Laune wegkommen würde. Es –« Plötzlich schwieg er.

Den ganzen Abend saß er zufrieden da. Er rauchte seine Pfeife und las aus der Abendzeitung vor. Sie werkelte rastlos herum. Sie schien sehr beglückt, ihn bei sich zu haben, während er seine Pfeife paffte und allerlei glänzende Kommentare zu den Tagesneuigkeiten von sich gab. Sie kam sich wie eine Muster-Mutter vor, da sie so einen Sohn hatte, der abends zu ihr nach Hause kam und es zufrieden war, nach des langen Tages Arbeit die Muskeln zu strecken. Welch ein Kunststück, daß sie ihn so weit gebracht hatte!

Auch die ganze Woche danach war sie glücklich, denn er blieb jeden Abend zu Hause und war in sonniger Stimmung. Sie war mehr und mehr davon überzeugt, daß sie eine vollkommene Mutter war, die einen vollkommenen Sohn aufzog. Oft leuchteten ihre Augen vor Liebe. Auf ihr gelbes, runzliges Gesicht trat oft ein warmes Lächeln, wie es ein Mädchen einem Mann schenkt, der ihr erster und vielleicht letzter ist.

VI

Die kleine alte Frau hatte die Gewohnheit, allen Eitelkeitsausbrüchen ihres Sohnes einen Dämpfer aufzusetzen. Sie fürchtete, er könnte sich zu viel auf sich einbilden, und sie wußte, daß nichts ihm mehr schaden würde. Ein starkes Selbstgefühl macht immer faul, dachte sie, und wenn er sich angewöhnte, den Glanz seiner vielen geistigen Qualitäten zu bewundern, so würde er sich zur Ruhe setzen und nicht die Wunder tun, die sie von ihm erwartete. Immer lag sie wachsam auf der Lauer, um so was schon im Ansatz zu unterdrücken. Er wiederum brütete darüber mit der bitteren wilden Rachsucht eines jungen Mannes; er war der Meinung, daß sie ihn nicht verstand.

Trotz ihrer Vorsicht bemerkte er immer wieder, daß sie ihn für den herrlichsten jungen Mann auf Erden hielt. Er brauchte nur auf diese beiden Augen zu schauen, die von der Glut ihres Herzens erleuchtet wurden, wenn er wieder mal etwas besonders Brillantes geleistet hatte. Bei solchen Gelegenheiten beobachtete er ihren triumphierenden Blick zur Nachbarin, oder wer sonst grade da war. Mit der Zeit legte er es planvoll auf solche Blicke an. Es gab ihm dann eine tiefe Befriedigung, wenn er sie feststellen und vereinnahmen konnte.

Dennoch konnte er nicht begreifen, wie es seine Mutter fertigbrachte, gleich nach einer solchen Szene ihm zuzurufen: »Häng doch deinen Rock an den Haken unterm Sims!« – und zwar mit einem Verzweiflungston, als benehme er sich dumm und nachlässig in einer Sache, die schließlich das einzig Wichtige im Leben sei.

»Wenn du dir das bloß mal angewöhnen könntest! – Es wär

doch genauso einfach, wie wenn du ihn so hinschmeißt«, sagte sie dann weiter zu ihm. »Wenn du ihn irgendwo hin schmeißt, dann muß ihn ja einer aufheben, und sicher wirds wieder deine arme alte Mutter sein. Du kannst ihn doch selber aufhängen, mußt eben nur dran denken.« Sie war unerträglich. Gewöhnlich ging er dann hin und warf ihn heftig über den Haken. Es war zum Verrücktwerden, da sie ja recht hatte.

Er fand, daß jemand, der einen Sohn von so einleuchtenden Qualitäten hatte, es ruhig übersehen sollte, wenn er seinen Rock nicht an den Haken hängte. Aber es war unmöglich, das seiner Mutter zu erklären. Sie war unaussprechlich engstirnig. Er wurde mürrisch.

Es zeigte sich auch, daß er, auch wenn seine Mutter ihn noch so sehr bewunderte, nicht völlig mit ihr einig war. Es machte ihm Vergnügen, wenn ihr seine Witzigkeit gefiel. Aufgrund dieser Zustimmung bemühte er sich um immer neue und sprühende Effekte. Doch mußte er meist feststellen, daß seine Mutter auf eine andere Art stolz auf ihn war als er selbst. Es beglückte sie, wenn es sich abzeichnete, daß er einmal ein strahlender, alle überragender Fürst unter den Menschen sein würde. Darauf wieder malte sie sich Phantasiebilder aus, auf denen er als eine gütige Persönlichkeit erschien, gesegnet von den Händen der Armen, die er gefüllt hatte, ein Mensch mit einem Kopf voller mächtiger Gedanken, der gewisse andere Männer, von denen sie gelesen hatte, in Erstaunen setzen konnte. Man feierte sie als die Mutter dieses gewaltigen Mannes. Diese Träume waren ihr Trost. Sie sprach darüber mit niemandem, denn sie wußte, daß sie, einmal ausgesprochen, lächerlich sein würden. Aber sie trug sie immer in sich, und sie warfen einen goldenen Glanz auf ihre langen Tage, auf ihre traurige Mühsal. Auf dem Toten-Altar ihres Lebens hatte sie ein kleines Feuer entzündet – ein Feuer der Hoffnung auf ein neues Leben.

Soweit er diese Gedanken seiner Mutter begriff, war er mit ihnen vollkommen einverstanden. Sie waren voller Weisheit, und er bewunderte ihre Voraussicht. Was ihn selbst betraf, so galten seine Träume meist einer näherliegenden Zeit. Er träumte auch viel von der Zukunft, wenn er ein Mann sein würde, der seine Sanftmut und seine Fehler hinter äußerlicher Kälte verbergen würde, einer, vor dem Männer und vor allem die Frauen Hochachtung haben würden. Er war sich mit seiner Mutter einig: Was für andere ein Hindernis war, würde er im Fluge überwinden wie ein geworfener Stein. Und mächtig würde er sein, würde genußvoll seine Milde und seinen Zorn über jene ausgießen, die unter ihm waren. Sie würden ihn mit Ehrfurcht betrachten. Und vor allem: Er würde ihnen ein Rätsel sein.

Aber die näherliegenden Träume überwogen. Nun hatte er einmal einen Blick auf die Welt geworfen, die sich da unter seiner Nase drehte. Er war voller Neugier auf diese Stadt, in deren Labyrinth er hauste. Ein undurchdringliches Geheimnis war sie, diese Stadt. Viele verführerische Farben waren darin gemischt. Er sehnte sich danach, sie durch und durch zu verstehen, damit er sich einsichtsvoll zwischen ihren größten Wundern, ihren machtvollsten Lebenskräften und ihren Sünden bewegen konnte. Er erträumte sich ein Verstehen, für das er die Bewunderung eines erfahrenen Mannes einheimsen konnte. Er dachte dabei an Jones. Er konnte einen Mann nur bewundern, der so viele Barkeeper kannte.

VII

In allen Träumen Kelceys gab es eine unbestimmte Frau. Dabei stellte er sich nicht einmal vor, daß er sie heiraten würde. Er hatte eine großartigere Vorstellung von sich, eine schönere, eine schrecklichere. So stellte er sich selber vor. In Szenen, die er vor allem von Abbildungen hernahm, entwarf er diese Idee von sich, ein Werben, Herumstolzieren, ein Schauspielern und Täuschen – mitten in einem Drama von großartiger, tiefroter

Glut. Dazwischen er selbst – eiskalt und selbstsicher. Sie jedoch, die Traumfrau, verzehrt von wilder, stürmischer Leidenschaft. Diese sollte sie vor allen Leuten zur Schau stellen. Er sah, wie sie alle über seine Ruhe rätselten. Es erstaunte sie unendlich, daß er angesichts der großartigen Liebe dieser unvergleichlichen Frau so kalt bleiben konnte. Sie drängte sich zu ihm wie ein Schoßtier, doch er hielt sich im Zaum, und niemand erfuhr von seiner tiefen, hingebungsvollen Liebe. Eines Tages, zum entscheidenden romantischen Zeitpunkt, würde er sie kundtun. Als Beiwerk in diesen ausgedehnten Träumen gab es schloßähnliche Häuser, Ländereien, Dienstboten, Pferde und Gewänder.

Sie begannen irgendwann in seiner Kindheit. Danach, als er nicht mehr als strenger General sein Schwert gegen eine furchtsame und gedemütigte Ferne richtete, wurde er der edle Herrscher über ein unbestimmtes Frauenherz. Nachdem er dann später ein paar Bücher gelesen hatte, bekam das alles mehr Deutlichkeit. Durch sie erfuhr er von einer Göttin der Welt, deren alleiniger Daseinsgrund es war, zu warten, bis sich seine und ihre Blicke gefunden hatten. Allmählich wurde dieser Glauben immer feiner und stärker. Er bewahrte ihn und einige Frauen, die an ihm vorüberschwebten, vor Ungelegenheiten. Die Göttin war sein Maßstab.

Oft erkannte er die Tragik dieser langen Wartezeit, aber sein Glaube wankte nicht. Eines Tages mußte die Welt zu Gold werden. Sein Leben mußte edel und heroisch sein, sonst wäre er nie geboren worden. Das Schicksal der Alltäglichkeit, so glaubte er, mußte die Strafe und das Verhängnis gewisser Menschen sein, die kein tiefes Gefühl kannten. Sein Blut war ein zärtlicher Lebensstrom. Er glaubte, das Los der Gewöhnlichkeit müsse anderen zufallen, die bleierne Nerven hatten. Er fragte sich manchmal, wie es das Schicksal wohl anstellte, etwas Außergewöhnliches aus ihm zu machen; aber am Endergebnis zweifelte er nicht. Ein Gefährt von rosa Wolken würde für ihn kommen. Sein Glaube war sein Existenzgrund.

Bis dahin konnte er von der unbestimmten Frau träumen, und von dem Rosenduft, der aus ihrem Haar aufstieg.

Eines Tages traf er Maggie Johnson auf der Treppe. Sie hatte eine Kanne Bier in der einen Hand und im anderen Arm ein braun eingeschlagenes Paket. Sie blickte ihn an. Er entdeckte, daß es sein Herz zerfressen würde, müßte er in ihrem Lächeln ein Zeichen für den Erfolg eines anderen Mannes erkennen. Der Blick, den sie ihm zuwarf, war so gleichgültig und entsprach so gar nicht der plötzlichen Bewunderung in seinen eigenen Augen, daß er daraus sogleich etwas Großartiges in ihrem Wesen ableitete – großartig auf doppelte Art.

Als sie den Treppenabsatz erreichte, strich ein Silberschimmer vom Fensterlicht über die mädchenhafte Rundung ihrer Wange. Das war etwas, das er im Kopf behielt.

An diesem Abend blieb er fast wortlos während des Essens. Wenn er redete, dann in besonders unfreundlichem Ton. Seine Mutter, die ihn aufmerksam beobachtete, suchte sich vergebens das neue schreckliche Verhängnis auszumalen. Schließlich meinte sie, daß ihm die Fleischsuppe nicht schmeckte. Sie tat etwas Salz hinein.

Nach der Begegnung auf der Treppe sah er Maggie recht oft. Er veränderte seine Traumwelt und gab ihr den vollen Glanz der neuen Sonne. Die Traumfrau, die Göttin, war von ihrem Sockel gestoßen und lag nun unbeachtet davor; er beachtete sie nicht mehr, außer daß er sie, verglichen mit dem neuen Idol, kindisch und fade nannte.

Manchmal war er fast glücklich, wenn Maggies Mutter sich betrank und schrecklich aufführte. Er kauerte dann im Dunkeln und dachte sich Szenen aus, in denen er das Mädchen aus ihrer gräßlichen Umwelt befreite.

Er traf schlaue Anstalten, um ihr auf einem der Korridore, an der Tür oder auf der Straße zu begegnen. Wenn er sie dann wirklich traf, war er immer von der Vorstellung durchdrungen, daß die ganze Sache für sie offenkundig war. Er spürte, wie die Scham brennend sein Gesicht und seinen Hals überzog. Um ihr zu zeigen, daß sie im Irrtum waren, drehte er den Kopf weg, oder starrte sie steinern an.

Nach einiger Zeit machte ihn die Distanz zwischen ihnen ungeduldig. Er sah übermächtige Prinzgemahle, die sie ihm entführten. Er verbrachte Stunden seiner Freizeit und auch manche Arbeitsstunden mit dem Plänemachen. Der Schatten des Mädchens war ständig um ihn. Er entwarf mit ihr großartige Schauspiele, so daß er in den Wolken schwebte und die Dinge des täglichen Lebens in einem Nebel verschwammen und untergingen.

In seinen Augen brauchte er nur die Schranken der Gewohnheit niederzureißen, damit sie sein edles Wesen entdeckte. Manchmal sah er es schon alles in sich. Alles sehr geschickt eingerichtet. Aber dann, im entscheidenden Augenblick, flog sein Mut davon. Vielleicht erschien ihr die ganze Sache nur komisch. Vielleicht beobachtete sie insgeheim seine Verrenkungen. Vielleicht lachte sie darüber. Er hatte das Gefühl, daß er dann entweder sterben oder sie töten würde. Er fürchtete sich vor diesem Augenblick. Oft schreckte er vor der Schwelle der Erkenntnis zurück. Unmittelbar nach solchen Gelegenheiten mied er sie gewöhnlich, um zu zeigen, daß sie für ihn nur eine Nummer war.

Er überlegte sich, daß dieses ganze Drama schnell in Gang käme, wenn er nur eine Gelegenheit hätte, sie vor irgendetwas zu erretten.

Eines Abends begegnete er einem jungen Mann im Flur, der zu ihm sagte: »Hörmal, Freundchen, wohnen hier diese Johnsons? Ich find meine eigenen Füße nicht mehr in diesem verdammten Loch. Ich tapp jetzt schon ne halbe Stunde hier rum.«

»Zwei Treppen rauf«, sagte Kelcey eisig. Plötzlich hatte er ein Zucken seines Herzens verspürt. Die prachtvolle Kleidung, das weltmännische Gehabe, die Erfahrung, die Selbstsicherheit und der Mut, die die ganze Gestalt des anderen jungen Mannes ausstrahlte, stürzte ihn plötzlich in tiefstes Unglück. Er stand und horchte im Flur, er war rot geworden, und er schämte sich darüber, als er sie dann zusammen die Treppe herunterkommen hörte. Dann schlich er sich davon. Es wäre ihm schrecklich gewesen, wenn sie ihn hier entdeckt hätte. Sie hätte womöglich Mitleid mit ihm gehabt.

Vielleicht gingen sie aus, vielleicht ins Varieté. Dieses Oberschwein mit seinem aufgemotzten Mantel würde ihr mit dieser Pracht einen mächtigen Eindruck machen. Er versank in Betrachtungen darüber, wie ungerecht es war, daß andere Männer manchen Frauen durch ihr prächtiges Äußeres Eindruck machten.

Als ihm seine Mängel klar wurden, fluchte er voll wilder, rachsüchtiger Bitterkeit. Zuhause erhob seine Mutter ihre Stimme und wurde schrill von immer gleicher Reizbarkeit. »Häng endlich mal deinen Rock auf, George«, schrie sie ihn an. »Ich kann doch nicht dauernd hinter dir herlaufen. Es ist genauso leicht, wenn du ihn aufhängst, wie wenn du ihn bloß so hinschmeißt. Wirds dir nicht endlich zuviel, wenn ich hinter dir her bin?«

»Doch!« platzte er heraus. Plötzlich legte er seine ganze abgründige Wut in dieses Wort. Er wandte seiner Mutter ein rotes Gesicht zu, das voller Falten war, verhärtet von Haß und Wut. Einen Augenblick lang starrten sie sich wortlos an. Dann drehte sie sich um und wankte ihrem Zimmer zu. Auf dem Weg rannte sie blindlings, mit voller Wucht mit der Hüfte gegen eine Tischecke. Im nächsten Augenblick schloß sich die Tür.

Kelcey versank in einem Sessel, die Füße lang ausgestreckt und die Hände in den Hosentaschen vergraben. Er hatte sein Kinn auf die Brust gelegt und starrte vor sich hin. Er wurde überschwemmt von jenem Selbstmitleid, das sich immer regt, wenn man einer Seele den Weg versperrt.

Während der nächsten paar Tage litt Kelcey zum erstenmal an der Überzeugung, daß die Erde ihm für sein Wandeln auf ihr nicht dankbar war. Wenn er scharfe Worte zu hören bekam, so erklärte er sie sich mit einer, wie es schien, neuerworbenen Einsicht. Es war ihm nun klar, daß das Universum ihn haßte. Er ließ sich in die köstlichsten Tiefen der Verzweiflung sinken.

Eines Abends in dieser Zeit traf er Jones, der begeistert auf ihn losstürzte: »Ja sowas! Grad heute abend wollte ich dich mal sehen! Ich hatte schon vor, dich zu Hause zu besuchen. So ein Glück, daß ich dich grade treffe. Der alte Bleecker will morgen eine Fête machen. Willst du mal was Besonderes trinken? Alle Kumpel wern da sein und alles. Er hat mir ausdrücklich gesagt, daß er dich dabei haben will. Das wird ein prima Spaß! Ganz prima! Kannst du kommen?«

Voller Inbrunst ergriff Kelcey die Hand des anderen. Nun hatte er das Gefühl, daß es doch irgendwo noch Trost und Freundschaft gab. »Na sicher bin ich da, mein Alter«, sagte er heiser. »Nichts auf der Welt mach ich lieber!«

Auf dem Weg überlegte er, was er für eine finstere Gestalt sei. Nun würde er also köstliche Rache nehmen – durch ein wenig Selbstzerstörung. Die Welt würde ihre Haltung noch bereuen, wenn sie ihn betrunken sah.

Es war schon etwas spät, als er in Bleeckers Behausung eintraf. Die Verzögerung entstand, weil seine Mutter laut den Brief eines alten Onkels vorlas, der an einer Stelle schrieb: »Gott segne den Jungen! Zieh ihn so auf, daß er wie sein Vater wird!« Bleecker wohnte in einem alten dreistöckigen Haus in einer Seitenstraße. In einem Laden zur Straße hin wohnte und arbeitete ein jüdischer Schneider; der alte Bleecker wohnte in einem Hinterzimmer. Ein Deutscher, dessen Familie sich um das Haus kümmerte, wohnte im Souterrain. Ein weiterer Deutscher mit Frau und acht Kindern hatte das Eßzimmer gemietet. Die beiden oberen Stockwerke wurden von Schneidern,

Näherinnen, einem Straßenhändler und einigen geheimnisvollen Leuten bewohnt, die man selten sah. Die Tür des kleinen Flurzimmers am Fuß der Treppe zum zweiten Stock stand immer offen; darin waren stets zwei gebeugte Männer beim Reparieren von Operngläsern zu sehen. Die deutsche Frau im Eßzimmer war der kleinen Näherin im Hinterzimmer des dritten Stocks gar nicht grün, und sie schrien des öfteren die schlimmsten Schimpfnamen die Treppe hinauf und herunter. Alles, was aus Holz war, war durch die Berührung zahlloser Personen zerkratzt und abgeschabt. In einer Wand klaffte ein langer Spalt mit schartigen Kanten zur Feier des Tages, an dem ein Mann mit einem Beil nach seiner Frau geworfen hatte. Im untersten Flur kniete immer eine Frau mit Putzlappen und einem Eimer Seifenlauge über dem abgenutzten Linoleum. Der alte Bleecker war der Meinung, er habe eine noble und respektable Wohnung. Er lud seine Freunde nur zu gerne dahin ein.

Bleecker begrüßte Kelcey im Flur. Er trug einen Kragen, der höher und sauberer war als sonst. Das veränderte sein Aussehen beträchtlich. Er wirkte jetzt ungeheuer vornehm. »Wie gehts Ihnen, alter Junge!« rief er, faßte Kelcey unter dem Arm und geleitete ihn, aufgeräumt schwatzend, durch den Flur in den ehemaligen Salon.

Die Gruppe von Männern, die dort stand, warf große Schatten im gelben Schein der Lampe. Als die beiden eintraten, wandten sie ihre Köpfe. »Hallo, Kelcey, alter Junge!« rief Jones aus und trat schnell auf ihn zu. »So ists recht! Schön, daß du kommst! O'Connor kennst du ja. Und Schmidt und Woods! Und das hier is Zeusentell! Mr. Zeusentell – mein Freund, Mr. Kelcey! Gebt euch die Hand – sin alles gute Kumpel, verdammt nochmal! Un das hier is – meine Herren: Mein Freund, Mr. Kelcey! Er is ein guter Kerl, jawohl, isser! Kenn ihn von Kind auf! Komm, hier is was zu trinken!« – Sie waren alle außerordentlich herzlich. Kelcey hatte das Gefühl, daß er hier angesehen war. Die fremden Leute waren behutsam und achtungsvoll zu ihm.

»Aber bitte«, sagte der alte Bleecker, »Mr. Kelcey, hier – was zu trinken! Und übrigens, meine Herren, wo wir schon dabei sind: Trinken wir doch alle mal was!« – Es gab viel Gelächter, Bleecker konnte manchmal so komisch sein.

Mit ruhigen und höflichen Bewegungen traten sie nun alle zum Tisch. Auf dem Tisch standen ein kleines Bierfaß, eine lange Reihe Whiskyflaschen, ein kleiner Haufen Maiskolbenpfeifen, ein paar Beutel Tabak, eine Kiste Zigarren und eine gewaltige Ansammlung von Gläsern, Bechern und Krügen. Der alte Bleecker hatte es alles so geschickt arrangiert, daß es wie eine einfache Bar aussah. Es entstand ein beträchtliches Gerangel um die angeschlagenen Becher. Höflich, aber deutlich beharrte Jones darauf, aus dem miserabelsten Gefäß der Sammlung zu trinken. Die anderen machten ruhige Einwendungen. Alle brachten zum Ausdruck, daß sie von Bleeckers großzügiger Gastfreundschaft beeindruckt waren. Ihr ganzes Verhalten zeigte ihre Bewunderung angesichts einer so kostspieligen Einladung.

Kelcey nahm sich einen zweiten Krug Bier und setzte sich damit in eine Ecke. Er sehnte sich nach Bekanntschaft und Geselligkeit. Drüben in einer Ecke erzählte ein Mann eine Geschichte, in deren Verlauf er von Zeit zu Zeit wie ein Schwein grunzte. Ein halbes Dutzend Männer hörte ihm zu. Zwei oder drei andere saßen für sich, jeder an einem anderen Platz. Sie strahlten vor freudiger Erwartung und waren zu herzlichstem Entgegenkommen bereit, wenn jemand sie ansprach. Die Reihe der Flaschen warf absonderliche Schatten auf den Tisch, und das Bierfäßchen erzeugte einen behäbigen schwarzen Umriß auf der Wand, der sich bis zur Decke erstreckte und geisterhaft über dem Zimmer und seinen Insassen schwebte. Tabakrauch lag in trägen Schwaden über den Köpfen.

Jones und O'Connor blieben in der Nähe des Tisches und machten hin und wieder leutselige Gebärden nach allen Richtungen. Kelcey beobachtete, wie der alte Bleecker zu ihnen trat, und hörte ihn flüstern: »Los, wir müssen anfangen. Fangt jetzt mal an damit!« Kelcey bemerkte die Besorgnis des Gastgebers, daß sich vielleicht nicht alle gut amüsierten. Jones beratschlagte sich mit O'Connor, dann ging O'Connor zu dem Mann namens Zeusentell hinüber. Er machte ihm offenbar einen Vorschlag. Zeusentell lehnte sofort ab. O'Connor bedrängte ihn, aber Zeusentell blieb unbeugsam. Schließlich beendete O'Connor sein Zureden, er trat in die Mitte des Zimmers und hob die Hand. »Meine Herren«, rief er laut, »wir werden jetzt eine kleine Darbietung von Mr. Zeusentell hören, die den Titel hat: ›Patrick Clancy's Schwein‹!« Dann warf er Zeusentell einen triumphierenden Blick zu und sagte: »Jetzt los!« Zeusentell hatte sich dabei gewunden und hatte beschwörende Gesten gemacht. Er murmelte vorwurfsvoll »Verdammter Kerl«.

Die Männer wandten ihre Köpfe, um Zeusentell für einen Moment ins Auge zu fassen, und brachen dann in lärmende Zurufe aus: »Hurra! Mach ma los! Na komm schon, komm schon über! Schieß los! Raus damit!« Und als Zeusentell keine Anstalten machte, drängten sie ihn direkter. »Komm jetzt, alter Junge, laß mal hören! Wovor haste'n Angst? Jetzt komm raus damit! Mach schon! Los!«

Zeusentell widersetzte sich mit fast panischer Bescheidenheit. O'Connor nahm ihn am Kragen und versuchte ihn vorwärts zu zerren, aber er lehnte sich nach hinten, riß sich mit der Jacke von ihm los und schüttelte den Kopf. »Nein nein, ich kann nicht, ich sags dir doch, ich kann nicht! Ich sags dir doch, ich kann nicht! Ich habs vergessen! Nein nein nein nein. Hör mal, laß mich doch los, bitte! Was is denn los mit euch? Ich sag euch doch, ich kann es nicht!« – Die Männer klatschten wild in die Hände. O'Connor gab nicht auf. Es wurde ein kleiner Kampf ausgetragen, bis Zeusentell plötzlich sonderbar ernst wurde. Ein Schweigen senkte sich auf die Männer. Er machte Anstalten anzufangen. Er stellte sich schweigend in die Mitte des Zimmers und zupfte nervös seinen Kragen und Schlips zurecht. Die Zuhörer nahmen eine würdevolle Haltung ein. Mit schrillem, trocknem, unnatürlichem Ton kündigte Zeusentell nun an: »Patrick Clancy's Schwein«. Er begann sofort mit eiligem Sing-Sang:

Clancy's Patrick hatt' ein Schwein
Den Stolz vom ganzen Land
Die Hälft' davon war halb so klein
Wie'n halber Elefant –

Als er geendet hatte, schauten sich die anderen an, um einander zu zeigen, wie gut sie es gefunden hatten. Dann klatschten sie wild in die Hände und klopften an die Gläser. Als Zeusentell wieder an seinen Platz ging, beugte sich ein Mann zu ihm runter und fragte: »Kannst du mir sagen, wo ich den Text kriegen kann?« – Er hatte großen Erfolg gehabt. Nach weiterem starken Drängen ließ er sich dazu bewegen, zwei weitere Geschichten vorzutragen. Am Ende zog der alte Bleecker ihn in die Mitte und versprach ihm einen großen Schluck zu trinken. Er erklärte, das sei das Beste gewesen, was er je gehört hätte.

Zeusentells Bemühungen erfüllten die Gesellschaft mit Frohsinn. Nachdem die Männer miteinander gelacht hatten, waren sie vertrauter mit einander geworden, und jetzt gab es auch ein allgemeines Gesprächsthema. Allmählich wurden einige der Gäste ziemlich betrunken.

Der unschätzbare O'Connor förderte nun einen Mann zutage, der auf der Mundharmonika spielen konnte. Der spielte, nachdem er sein Instrument mit dem Ärmel abgewischt hatte, alle möglichen populären Melodien. Die Köpfe der Männer schaukelten in den Rauchwolken hin und her. Sie grinsten und stampften im Takt mit den Füßen. In ihrer Haltung und ihren Mienen lag nun eine wilde und barbarische Furchtlosigkeit, die Gesichter waren rot und schweißglänzend. Die Unterhaltung steigerte sich zu rauhem Gegröle. Für Jones lief das Bier nicht schnell genug, und er stellte sich deshalb hinter das Fäßchen und kippte es. Dadurch sank der schwarze Schatten an der

Wand, um dann wieder hochzusteigen, er versank geheimnisvoll, um dann wieder drohend über ihnen zu schweben, wie eine dunkle Riesengestalt, die von unbekannten Kräften bewegt wurde. Die Gläser, Krüge und Tassen bewegten sich rasch und regelmäßig, orangerote Reflexe des Lampenlichts leuchteten dabei darin auf. Einige der Männer waren jetzt so sorglos und gleichgültig, daß sie fortwährend ihr Getränk verschütteten. Der alte Bleecker gluckste vor Vergnügen. Hin und wieder warf er Jones einen triumphierenden Blick zu. Seine Party war geglückt.

IX

Ganz plötzlich hatte Kelcey den erhebenden Gedanken, daß er glücklich war. Er war jetzt so von Begeisterung erfüllt, als ob er sich in einer religiösen Feierlichkeit befände. Er spürte, daß in dieser Geselligkeit etwas Schönes und Erregendes lag, fern von der gestrengen Welt, und das Gelächter erhob sich wie Weihrauch. Er erfuhr jenes alte Gefühl der Brüderlichkeit für alle, die um ihn waren. Er begann eine freundliche Unterhaltung mit ihnen. Wohin seine Gedanken schwebten, dessen war er sich nicht sicher, aber er wußte, er fühlte, daß er einer von ihnen war. Er erfreute sich an ihren Gesichtern, die rosig strahlten und von Falten des Lächelns durchzogen waren. Er war jetzt zu jeder Heldentat fähig.

Seine Pfeife irritierte ihn, sie ging öfters aus. Er war zu eifrig um freundschaftliche Gespräche bemüht, um darauf zu achten. Als er aufstand, um Streichhölzer zu holen, entdeckte er, daß seine Beine unter ihm ein wenig unsicher waren. Sie gaben nach und wollten ihm nicht gehorchen. Wieder zurück am Tisch zündete er ein Streichholz an, aber dann lachte er über einen Witz und vergaß, die Flamme an den Pfeifenkopf zu halten. Mit dem nächsten Streichholz hatte er Erfolg, wenn auch nach einiger ärgerlicher Mühe. Er schwankte derart, daß das Streichholz mal an der einen, mal an der anderen Seite des Pfeifenkopfes auftauchte. Schließlich brachte er es glücklich über den Tabak. Er hatte sich die Finger verbrannt und lachte undeutlich.

Da kam Jones dazu und schlug ihm auf die Schulter. »Komm, alter Junge, trinken wir einen auf das alte Handyville!«

Kelcey war tief gerührt, er sah Jones mit feuchten Augen an. »Ich mach mit!« sagte er. Mit einer tieftraurigen Miene goß Jones den Whisky ein. Andächtig tranken sie. Sie wechselten Blicke voll zarter Erinnerungen, dann gingen sie zu Bleecker hinüber, der in einem Kreis von kichernden Zuhörern eine lustige Geschichte erzählte. Der alte Mann saß da wie ein dikker gemütlicher Gott. ». . . un grad in dem Moment steckte die Alte ihrn Kopf ausm Fenster und sagte ›Mike du verdammichter Faulpelz, was mußt'n du grad in mei'm neuen Geranienbeet schlafen!‹ Un Mike wacht auf un sagt: ›Verdammte Waschfrau, wäscht nich mal ihr eignes Bettzeuch. Un ich schlaf bloß immer im Dreck un im Morast.‹« Die Männer schlugen sich vor Lachen auf die Schenkel, sie brüllten vor Lachen. Sie bettelten, daß er noch eine erzählen sollte. Die Kommentare zu der Anekdote nahmen eine solche Lautstärke an, daß keiner darauf achtete, als Bleecker mit einer neuen anfing.

Nun überkam Jones die Sangeslust. Er gab auf einmal eine Ballade zum besten, die einen wogenden Walzerteil enthielt; er ergriff Kelcey und machte einen wilden Versuch zu tanzen. Sie fielen über ein paar ausgestreckte Beine und flogen hin. Kelcey landete mit einem hellen Krachen. Er sah blendende Blitze vor sich zucken. Aber er stand sofort wieder auf und lachte. Er spürte keinerlei Verletzung. Der Schmerz im Kopf war ihm recht angenehm.

Der alte Bleecker, O'Connor und Jones, der jetzt humpelte, wollten ihn vorsichtig zum Tisch geleiten, um ihm dort noch etwas einzuflößen, aber er stieß sie lachend fort und wollte keine Hilfe. Bleecker sagte zu ihm: »Lieber Himmel, so wie du auf dein' Kopf geknallt bist, hättst du n ganzen Schrank kaputtgeschlagen!«

Wieder lachte er, und demonstrierte Sicherheit und Mut, indem er sich eine übergroße Portion Whisky eingoß. Kaltblütig setzte er das Glas an die Lippen und trank. Aber dieser Extra-Schluck betäubte ihn jetzt wie ein mächtiger Schlag. In einem Augenblick überfiel es ihn mit lähmender und betäubender Gewalt. Er geriet plötzlich aus dem Gleichgewicht, und ihm war, als schwankte der Raum. Sein verschwimmendes Augenlicht konnte nur taumelnde Schatten unterscheiden, durch die die Lichtstrahlen wie Flammenschwerter schossen. Der Lärm der vielen Stimmen war wie das Brüllen eines fernen Flusses. Trotzdem hatte er das Gefühl, wenn er nur den Griff dieser Millionen sich krümmenden Finger aufheben könnte, die seine Sinne umschlossen, so wäre er zu den blendendsten und amüsantesten Taten fähig.

Zuerst war er überzeugt, daß diese Gefühle vorübergehend waren. Er wartete, daß sie vorübergingen, aber die geistige und körperliche Ruhe brachte ihn nur aufs neue zum Rollen und Schaukeln. Vor ihm lagen Abgründe mit steilen Zugangspfaden, Berggipfel neigten sich ihm zu. Und er war mitten drin, blind und taub vor Verblüffung. In seiner Betäubung begriff er undeutlich, daß es schimpflich wäre, so in den Abgrund zu stürzen.

Schließlich gewahrte er einen Schatten, eine Gestalt, von der er wußte, daß es Jones war. Der anbetungswürdige Jones, dieser Jones, der so voll von höchster Weisheit war, schritt furchtlos durch das seltsame Land – achtlos, aufrecht und ruhig. Kelcey murmelte etwas Bewunderndes und Gefühlvolles, und taumelte gegen seinen Freund. Jones' Stimme hatte einen Klang wie von den Küsten des Unbekannten. »Na los jetzt, alter Junge, so gehts doch nicht. Nimm dich mal zusammen.« Es zeigte sich also, daß Jones doch nicht so ganz von Weisheit durchdrungen war. »Wasch'n, Jones, mir gehtsch gut. Chwill nurn Lied sing, sons nix. Willn Lied sing!«

Jones war blöd. »Also jetzt bitte! Setz dich hin und halts Maul!«

Da wurde Kelcey feuerrot vor Wut. »Laß mich in Ruh, Jones. Ich sag dir du sollst mich in Ruh lassn. Ich will was sing un erzähln. Ich lieb nämlich n Mädchen weiter vor bei uns. Drum bin ich besoffn, darum! Sie –«

Jones packte ihn und schleifte ihn zu einem Stuhl. Er hörte ihn lachen. Er konnte diese Beleidigungen von einem Freund nicht ertragen. Er fühlte ein brennendes Verlangen, den Genossen zu würgen. Er streckte heftig die Hand aus, aber Jones erwischte ihn gleich und er war für ihn nichts als ein trockenes Blatt. Er war verblüfft, als er bemerkte, daß Jones die Kraft von zwanzig Pferden besaß. Er wurde regelrecht zu Boden gedrückt.

Wie er da lag, dachte er mit großem Staunen über Jones' Muskeln nach. Kaum zu glauben, daß er das vorher nie entdeckt hatte. Der ganze Vorfall machte ihm einen Rieseneindruck. Er verfiel auf die Idee, daß er Jones anklagen könnte. Das wäre was Schlaues. Das wäre ein erregender und dramatischer Augenblick, in dem er einen blendenden Eindruck auf alle anderen machen würde. Aber in diesem Augenblick überfiel ihn ein mächtiges Verlangen nach Schlaf. Düstere und sanfte Wolken des Schlummers senkten sich schwer auf ihn nieder. Mit dem Seufzer eines Säuglings schloß er die Augen.

Als er aufwachte, herrschte noch immer der Schlachtenlärm des Gelages. Er erhob sich und wollte auch mitmachen, aber da kam O'Connor daher und drückte ihn wieder zu Boden; dabei nahm er vorwurfsvoll sein Kinn in die Hand und sagte: »Na na!«, wie zu einem Kind.

Die Veränderung, die mit diesen Männern vorgegangen war, verwirrte Kelcey erheblich. Noch nie hatte er etwas so Dummes gesehen wie die Vorstellung von dem Zustand, in dem er sich befand. Er beschloß, ihnen zu beweisen, daß sie es mit einem zu tun hatten, dessen Geist völlig klar war. Er schlug um sich und wand sich in O'Connors Armen, bis er mit einer letzten Anstrengung auf die Füße kam und schwankend in der Mitte des Raumes stand. Er würde ihnen schon zeigen, daß er die Lage mit einer besonderen Klarheit erfaßt hatte. »Maine Herrn, isch lieb die Frau! Isch bin voller als ihr! Sie –«

Er spürte, wie sie ihn in eine Zimmerecke stießen und Stühle und Tische über ihn türmten, bis er unter einem gewaltigen Berg begraben war. Ganz oben, wie über einem Minenschacht, waren Stimmen, Lichter, undeutliche Gestalten. Er war nicht am Körper verletzt, aber sein Selbstgefühl war unsagbar hart getroffen. Er der Glänzende, der Gute, Mitfühlende, er war brutal aus dieser Gesellschaft verstoßen worden. Sie begriffen nicht mehr als ein Haufen gekochter Krebse. Es war eine unbeschreibliche Barbarei. Jämmerliche Tränen quollen aus seinen Augen. Er dachte sich lange, teuflische Verlautbarungen aus.

X

Zuerst sickerte das graue Tageslicht nur zaghaft ins Zimmer, es hielt sich nahe dem Fenster und scheute vor gewissen finsteren Ecken zurück. Schließlich aber ergoß sich die Sonne in sanften Kaskaden herein. Sie schob die Schatten beiseite und entblößte die Fäulnis – und enthüllte sie mitleidlos. Kelcey erwachte mit einem Stöhnen des ziellosen Elends. Einen Augenblick lang vergrub er den Kopf in den Händen und schaute dann, auf die Ellenbogen gestützt, blinzelnd um sich, betrachtete seine Umgebung. Der Tag, mit strenger Wahrheitsliebe, zeigte Unglück und Tod. Nach dem Tumult der letzten Nacht glich das Zimmer einem verrottenden Schlachtfeld. Die Luft war schwer von den erstickenden Dünsten des Tabaks, von Männeratem, von vergessenen halbvollen Gläsern. Überall lagen zerbrochene Krüge, Pfeifen, verschütteter Tabak und Zigarrenstummel. Kreuz und quer lagen Tische und Stühle herum, wie nach einem schrecklichen Kampf. Mitten drin lag der alte Bleecker in tiefstem Schlaf auf einem Sofa ausgestreckt, und er sah so verlassen und still, so schrecklich bleich aus, als habe man eine Leiche da hingeworfen.

Ganz allmählich erschien die Erinnerung in Kelceys Augen. Er blickte um sich mit dem Ausdruck äußersten Leids, Bedauerns und Abscheus. Er mußte sich wieder hinlegen. Ein Schmerz über seinen Augenbrauen war wie von einer Eisenklammer.

Als er so da lag und brütete, erwuchs eine bittere Lehre aus seiner Körperverfassung, er erkannte die Vergeblichkeit jeder lebenden Existenz. Seine Lebensprobleme sah er vor sich wie Riesen aus Granit, und er trat ihnen nicht mehr aufrecht entgegen. In diesem Krieg hatte er einen verhängnisvollen Rückzug angetreten. Dämonen standen vor ihm wie riesige Wolken.

Unter dem Eindruck des gnadenlosen Schmerzes in seinem Kopf war er nun bereit zur Einkehr und zu einem anständigen Leben. Sein Magen belehrte ihn, daß nur der gute Mensch weise war. Dennoch war das Bild, das er sich von der Zukunft machte, trostlos. Die Aussicht des alten gewohnheitsmäßigen Lebens bedrückte ihn. Es war unmöglich. Er zitterte vor seinen Forderungen.

Er wandte sich um und erkannte, daß die goldenen Pforten des Lasters ihn nicht mehr verlockten. Die Klänge der verführerischen Musik – er hörte sie nicht mehr. Die Sirenen mit ihren lockenden Gebärden hatten den Schmerz in seinem Kopf getötet. Seine Lebenswünsche lagen auf einmal tot da wie Wollkrautstengel. Beim Nachdenken wurde ihm klar, daß er durchaus zur Tugend bereit war, wenn nur jemand käme und es ihm leicht machte.

Als er zum alten Bleecker herüberschaute, fühlte er plötzlich Verachtung und Abneigung gegen ihn. In seinen Augen war er nun eine alte torkelnde Mißgestalt. Es war abscheulich, einen älteren Menschen in dieser sündigen Schwäche sehen zu müssen. Ihm graute davor, ihn aufwachen zu sehen, denn dann müßte er so halbwegs höflich zu ihm sein.

Kelcey hatte ein Verlangen nach einem Schluck Wasser.

Schon eine Weile hatte er von dieser Flüssigkeit geträumt, den Traum von einer köstlichen Kühle. Es war etwas Unwirkliches, Unbezähmbares, was nun in ihn eindrang, was ihn aufwühlte und, wie durch eine Operation den Schmerz, von ihm fortnahm. Er stand auf und schwankte langsam zu einem kleinen Waschbecken in einer Zimmerecke. Er war überzeugt, daß jede schnelle Bewegung seinen Kopf zum Platzen bringen würde.

Das kleine Waschbecken war mit einem wüsten Salat aus zerbrochenem Glas und vergossener Flüssigkeit gefüllt. Es grauste ihn vor dem Anblick, dennoch spülte er sich mit peinlicher Sorgfalt ein Glas, füllte es und nahm einen Riesenschluck. Das Wasser war eine unerträgliche Enttäuschung. Es schmeckte fade, viel zu schwach für seine versengte Kehle, und überhaupt nicht kühl. Mit einer verzweifelten Geste setzte er das Glas ab. Sein Gesicht erstarrte zu der steinernen, mürrischen Miene eines Menschen, der auf die heilende Kraft des Morgens wartet.

Der alte Bleecker erwachte. Er wälzte sich herum und stöhnte laut. Eine Zeit lang warf er sich hin und her, zornig vor Mißbehagen über seinen steifen Körper und den Schmerz. Kelcey beobachtete es, wie er einen Todeskampf beobachtet hätte. »Lieber Himmel«, sagte der alte Mann, »Bier und Whisky, das is ne höllische Mischung. Haste gesehn, wie die sich geschlagen haben?«

»Nein«, sagte Kelcey gleichgültig.

»Na, Zeusentell und O'Connor, die hatten ne Mords-Schlägerei. Die prügelten sich durchs ganze Zimmer. Ich dachte schon, jetzt kriegen wir alle was ab. Aber der Thompson, der Kerl, der da drüben in der Ecke saß, der hat wieder alles ins Lot gebracht. War ein Schatz war der! Der hat dem Zeusentell vielleicht eine verpaßt! N toller Vogel! Mensch, ich wollte, ich hätte ein Manhattan!«

Kelcey schwieg verbissen, während der alte Bleecker sich anzog. »Komm, nimm dir mal n Cocktail!« sagte er munter. Das war eben das, was so großartig an ihm war: Er war der einzige von allen, der was über Cocktails wußte. Er redete dauernd davon. »Das wird dich aufmöbeln! Auf, los! Weißt du, du bist zu schnell duhn. Du mußt dir n bißchen mehr Zeit lassen. Du hast es zu eilig!« – Kelcey verlor sich in vagen Gedanken darüber, was aus dem Hang des anderen zu verfeinerten Ausdrükken, zu brillanten Manieriertheiten geworden war.

»Na los jetzt!« sagte Bleecker.

Kelcey machte eine Geste, die seine Verachtung für Cocktails ausdrückte, aber dann folgte er doch dem anderen auf die Straße. An der Ecke trennten sie sich. Kelcey zwang sich zu einem freundlichen Abschiedslächeln und ging weiter, die Straße entlang. Er mußte seinen Kopf anstrengen, um sicher zu sein, daß er sich aufrecht fortbewegte und daß er dabei die eigenen Muskeln gebrauchte. Er fühlte sich wie eine Papierfigur, die von einem Lüftchen verweht wurde. Außerdem schmeckte ihm der Straßenstaub bitter in der Kehle, er brannte ihm in den Augen und Nasenlöchern, und der Verkehrslärm spaltete ihm den Kopf. Aber er war froh, daß er den alten Bleecker los war. Bleeckers Anblick war wie der Anblick einer Krankheit gewesen.

Seine Mutter war nicht zu Hause. In seinem Zimmer zog er sich mechanisch aus und ließ Wasser über seinen Kopf, die Arme und die Schultern laufen. Als er zwischen die beiden weißen Bettlaken kroch, spürte er, wie das Elend langsam von ihm wich. Das Kissen war von beruhigender Weichheit, es war wie der Klang zarter Stimmen.

Als er wieder aufwachte, war seine Mutter über ihn gebeugt; sie stieß abwechselnd Laute des Schmerzes und der Freude aus. Ihre Hände zitterten derart, daß sie ihr den Dienst versagten. »Oh George, George, wo warst du nur? Was war los mit dir? Oh George, ich hab mir solche Sorgen gemacht! Ich habe die ganze Nacht kein Auge zugetan!«

Kelcey war gleich hellwach. Mit leidvollem Ächzen drehte er sein Gesicht zur Wand bevor er sprach. »Schon gut, Mutter, ich bin ja in Ordnung. Quäl dich nicht mehr. Gestern abend auf der Straße hat mich ein Lastwagen angefahren, und sie haben mich ins Krankenhaus gebracht; aber jetzt ist alles in Ordnung. Ich bin vorhin erst herausgekommen. Sie haben zu mir gesagt, ich soll lieber heimgehen und mich ausruhen.«

Seine Mutter schrie auf vor Mitleid, Schrecken, Freude und Selbstvorwürfen – weswegen, wußte sie selbst nicht. Aufgeregt fragte sie nach Einzelheiten. Er seufzte vor unbeschreiblicher Müdigkeit. »Nicht jetzt, nicht jetzt«, sagte er und schloß die Augen, als litte er an der gnadenlosen Gleichförmigkeit des Schmerzes. »Nicht jetzt – bitte später. Ich kann jetzt nicht reden. Ich will Ruhe haben.«

Seine Mutter gab einen kleinen Schrei von sich; sie klagte sich selber an. Sie schob ihm die Kissen zurecht, ihre Hände zitterten vor Liebe und Zärtlichkeit. »Ja ja, schon gut, liebster Junge! Aber du kannst dir nicht denken, was für Sorgen ich mir um dich gemacht habe – ich bin fast verrückt davon geworden. Ich bekam fast die Panik. Ich bin runter zur Fabrik, und sie sagten, sie hätten dich noch nicht gesehen. Der Vorarbeiter war furchtbar nett zu mir. Er sagte, ich soll mir keine Sorgen machen. Bist du auch bestimmt in Ordnung? Kann ich irgendwas für dich holen? Was hat denn der Doktor gesagt?«

Kelceys Geduld war fast am Ende. Er machte abwehrende Gesten und redete verdrossen. »Jetzt laß mal, Mutter, is ja schon gut jetzt, ich bin schon in Ordnung, ich sags dir doch! Ich brauch bloß ein bißchen Ruhe und dann gehts mir wieder so gut wie immer. Aber es wird bloß alles schlimmer, wenn du hier stehst und dauernd fragst und ich denken muß. Laß mich doch mal ne Zeitlang in Ruh, dann komm ich schon wieder in Ordnung, so wie immer. Bitte, geh jetzt.«

Die kleine alte Frau zog auf eine komische Art ihre Lippen kraus. »Gott, was für ein alter Brummbär der Junge ist.« Sie küßte ihn gütig. Dann ging sie hinaus. Auf ihrem Gesicht lag ein helles und freudiges Lächeln – vielleicht der Abglanz einer hübschen Mädchenzeit.

XI

Kelcey hatte mal einen Freund gehabt, der von einer aus einem Lastwagen herausragenden Stange am Kopf getroffen wurde und danach bewußtlos gewesen war. Man hatte ihn ins Krankenhaus gebracht, aus dem er am nächsten Morgen wieder herauskam – noch immer verblüfft und mit einer ziemlich blassen Erinnerung an den Unfall. Er hatte die Gewohnheit, sich eine Bruyèrepfeife auf eine ganz eigene Art zwischen die Zähne zu stecken, und er hatte eine braune Melone, die stets schräg auf seinem Hinterkopf thronte; und so sah er aus, wenn er von seiner merkwürdigen Erfahrung erzählte. Kelcey hatte das immer als eine kuriose kleine Begebenheit im Gedächtnis behalten. Als seine Mutter ihn nun wegen der Unfallsache ins Kreuzverhör nahm, erzählte er fast unverändert diese Geschichte. Unbestreitbar entsprach sie der Wahrheit.

In der Fabrik wurde er am folgenden Tag mit großem Hallo empfangen. Der Vorarbeiter hatte die Geschichte schon erzählt, und es wurden Witze darüber gemacht. Mike O'Donnell, der für seinen Humor berühmt war, hatte sich ein Spiel ausgedacht, wobei er Kelcey Dinge vorhielt, die in der Tat beinahe stimmten. Als er das hörte, schaute ihn Kelcey plötzlich argwöhnisch an, blieb aber sonst ungerührt. O'Donnell gab es schließlich auf. »Man kriegt ihn nicht zu fassen, den Jungen. Will nix wissen von Weibern und Schnaps.« Kelcey erzählte die Geschichte danach noch öfter, und dabei hatte er seine Pfeife auf eine eigene Art im Mund und die Melone auf dem Hinterkopf.

Er blieb dann ein paar Abende zu Hause, zufrieden beim Zeitungslesen und bei Unterhaltungen mit seiner Mutter. Sie überlegte hin und her, was es wohl für einen tieferen Grund dafür gäbe. Sie vermutete, die kürzliche Nähe des Todes bei dem Unfall hätte ihn ernüchtert und seinen Sinn auf höhere Dinge gelenkt. Unablässig brütete sie darüber nach. Wenn er in düstere Gedanken versunken da saß, beobachtete sie ihn. Sie sagte sich, daß sie das Licht sähe, das seinen Geist erleuchtete. Sie fühlte, daß jetzt ein kritischer Abschnitt in seinem Leben gekommen war. Sie war entschlossen, alle Kraft und List zusammenzunehmen, damit er seine Augen dem Licht des Himmels zuwandte. Dementsprechend sprach sie ihn eines Abends an: »Du gehst doch mit mir zum Abendgebet, George, nicht wahr?«

Überrascht, verblüfft schaute er sie an: »Was?«

Als sie ihre Bitte wiederholte, zitterte ihr die Stimme. Sie fühlte, daß dies ein großer Augenblick war. »Bitte komm heut a'md zur Gebetstunde, bitte komm!«

Er schien verwundert. »Ach, ich weiß nicht«, fing er an und suchte tastend in seinem Kopf nach einem Grund zur Ablehnung. »Ich mag nicht. Ich bin heut abend so höllisch müd.« Seine gehorsamen Schultern senkten sich matt. Sein Kopf hing leicht vornüber.

Die kleine alte Frau, die schnell ihre Machtlosigkeit erkannte, fühlte einen mütterlichen Zorn gegen ihren Sohn aufsteigen. Es war ihr unerträglich, daß sie ihn nicht in die gewünschte Richtung lenken konnte. Die Wogen ihrer Wünsche schwappten kraftlos gegen die Felsen seiner Trägheit. Sie hatte große Lust, ihn zu schlagen. »Ich weiß nicht, was ich mit dir noch anstellen soll«, sagte sie mit erstickter Stimme. »Nichts, was ich dir sage, tust du. Du kümmerst dich nicht im mindesten darum, was ich wünsche. Für dich bin ich nicht wichtiger als ne Fliege. Was soll ich bloß mit dir machen?« Sie blickte ihn kampflustig an und ihre Augen sprühten dunkel vor verzweifeltem Zorn.

Er schaute sie spöttisch an. »Ich weiß auch nicht«, sagte er sehr ruhig. »Was hast'n?« – Er hatte ihren Gefühlen nachgespürt und ihre Furcht vor seiner Auflehnung entdeckt. Mit dem verächtlichen Gleichmut eines Messerhelden streckte er seine Beine von sich. »Was hast'n?«

Da fing die kleine alte Frau zu weinen an. Es waren Tränen des Kummers, und sie schämte sich ihrer nicht. Sie ließ sie achtlos über die Wangen rinnen. Als sie ins Leere blickte, erkannte ihr Sohn, daß sie an ihre Kraft zurückdachte, an den Einfluß, den sie in früheren Zeiten gehabt hatte. Nun beugte sie sich dem Schicksal, daß sie jetzt nur noch welkes Gras war, kraftlos bis auf die Kraft, die Winde zu fühlen. Eine plötzliche Scham ergriff ihn. Außerdem hatte er sich in den letzten Tagen wegen seiner Freundlichkeit einen guten Ruf erworben. So fand er, es sei eine großartige Geste, jetzt nachzugeben. »Na schön«, sagte er und versuchte den mürrischen Unterton aus seiner Stimme zu tilgen, »wenn du's dir mal innen Kopf gesetzt hast, daß ich mitkommen soll, dann muß ich wohl mit.«

Mit einem seltsam starren Gesicht trat seine Mutter zu ihm hin und küßte seine Stirn. »Recht so, George!« In ihren feuchten Augen lag ein Gefühl, das er nicht ermessen konnte.

Sie nahm den Shawl und setzte ihr Hütchen auf, und dann gingen sie zusammen los. Sie war ungewöhnlich schweigsam, und es verwunderte ihn, daß sie über sein Mitkommen nicht glücklicher schien. Er ärgerte sich darüber, daß sie ihm ihre Anerkennung für sein Opfer nicht deutlicher zeigte. Mehrmals dachte er daran, stehen zu bleiben und sich zu weigern, weiterzugehen, um irgendeine Anerkennung aus ihr herauszupressen.

Die kleine Kirche duckte sich bescheiden zwischen zwei hohen Mietshäusern in einer dunklen Straße. Eine rote Straßenlaterne stand davor. Sie warf einen kostbaren Widerschein auf dem nassen Pflaster. Das sah aus wie ein dämonisches Todeszeichen. Weiter vorn wölbten sich die glänzenden Lichter einer Geschäftsstraße wie eine goldene Brücke über die Straße. Irgendwie wirkte es gegen das einfache und würdige kleine Gebäude wie eine freche Herausforderung. Man mußte an einen barbarischen Heerhaufen denken, der heranrückte. Die kleine Kirche würde getroffen werden, sie würde hinsterben – in sanfter, und doch grenzenloser Verachtung für ihre Mörder.

Als Kelcey mit seiner Mutter eintrat, schauderte er, und seine Knie bebten. Der Ort flößte ihm Furcht ein. Von dem weichen roten Teppich ging eine Drohung aus, und die kleinen Messingnägel, mit denen er beschlagen war, durchbohrten seine Seele mit ihren mitleidlosen Blicken. Was seine Mutter betraf, so hatte ihr Gesicht jetzt einen so neuartigen Ausdruck bekommen, daß er sich fürchtete, sie anzusprechen. Er fühlte sich ganz allein und isoliert in dieser furchtbaren Zeit.

Im Vorraum stand ein Mann, der einen sanften Blick auf sie warf. Von drinnen kam Gesang – für Kelcey war es eine Million Stimmen. Es graute ihn vor dem schrecklichen Moment, wenn die Türen sich öffnen würden. Er wollte einen Rückzieher machen, aber in diesem Augenblick stieß der gütige Mann die Türen zur Seite und folgte seiner Mutter durch den Mittelgang des kleinen Kirchenraumes. Es kam ihm vor, als machte die Lichtflut ihn durchsichtig. Eine Vielzahl von Augenpaaren drehten sich ihm zu; sie waren unerbittlich in ihrer abschätzigen Kühle.

Sie hatten gerade zu singen aufgehört. Der Mann, der die Versammlung leitete, zeigte durch Gesten an, daß der Gottesdienst unterbrochen würde, bis die Neuankömmlinge ihren Platz gefunden hätten. Die kleine alte Frau wanderte langsam zu den ersten Reihen. Manchmal hielt sie an und faßte leere Plätze ins Auge, aber sie schienen ihren Ansprüchen nicht zu genügen. Es war eine Tortur für Kelcey. Er dachte, der Moment ihrer Entscheidung werde nie kommen. In seinem unaussprechlichen Drang nach Beschleunigung ging er ein wenig schneller als seine Mutter. Einmal blieb sie stehen und betrachtete in ihrer abwägenden Art einige Plätze, während er weiter vorpreschte. Er hielt abrupt an und drehte sich um, aber da hatte sie ihren gedankenvollen Weg durch den Gang schon wieder aufgenommen. Er hätte sie ermorden können. Er meinte, es müsse jeder seine Qual bemerken, während ihm seine Hände wie dickgeschwollene Hautsäcke vorkamen. In ihm wütete ein Zorn, der seine Lippen ein wenig blau werden ließ. Er war soweit, daß er eine heillose Untat hätte begehen können.

Als die kleine alte Frau endlich Platz nahm, setzte sich ihr Sohn steif neben sie. Er widerstand einem starken Bedürfnis, vornüber zu sinken.

Als durch den Nebel seiner Schande und Demütigung die Umgebung für ihn erkennbar wurde, war er erstaunt festzustellen, daß nicht alle Augen auf seinem Gesicht ruhten. Als einziger schien ihn der Vorbeter der Versammlung im Auge zu haben. Er blickte streng, ernst und sorgenvoll. Er war ein blasser, dicklicher junger Mann in einem schwarzen Rock, der bis zum Kinn zugeknöpft war. Es war Kelcey klar, daß seine Mutter mit dem jungen Geistlichen über ihn gesprochen hatte und daß dieser ihm nun die Bekümmerung zu spüren geben wollte, die bei der Betrachtung seiner Sünde entstand. Kelcey haßte diesen Menschen.

Ein Mann, der ganz allein drüben in einer Ecke saß, fing zu singen an. Er schloß die Augen und lehnte den Kopf zurück. Andere, die dünn über die vielen hellen Kirchenbänke verstreut waren, stimmten ein, sobald sie den Ton trafen. Kelcey hörte den schwachen, piepsenden Sopran seiner Mutter. Nur der Kronleuchter in der Mitte war erleuchtet, und am fernen Ende des Raumes war die Kanzel auszumachen, die wie eine Bahre von Düsternis, Ernst und Geheimnis umgeben war. Um sie herum waren undeutlich dunkle Umrisse, auf denen zeitweise ein Messingglitzern lag, ein Blinken von Glas, das wie stählern aufschien, bis man spürte, daß dort ein Heer von Unbekannten stand, von Besitzern der großen ewigen Wahrheiten, den schweigenden Zeugen dieser Zeremonie. Hoch oben schwebten in bleierner Ordnung die bunten Glasfenster wie düstere Standarten, die nur gelegentlich von dunkel weinfarbenen Lichtspritzern getroffen wurden. Kelcey verfiel in ein Brüten über dieses Unbegreifliche, das er in der Kirche spürte.

Einer nach dem anderen standen die Menschen auf und erzählten kleine Geschichten über ihren religiösen Glauben. Einige standen in Tränen, andere ganz ruhig, nüchtern und überzeugend. Eine Weile hörte Kelcey genau zu. Diese Leute erfüllten ihn mit Neugier. Diese Art war ihm unvertraut.

Schließlich redete der junge Priester eine Weile. Kelcey war verblüfft, denn, nach dem Äußeren des jungen Mannes, hätte er bei ihm keine solche Geschliffenheit vermutet; aber die Ansprache berührte Kelcey überhaupt nicht, nur daß sie ihm erneut bewies, daß er ein Verdammter war.

XII

Manchmal fragte sich Kelcey, ob er Bier überhaupt mochte. Er hatte sich genötigt gesehen, eine Fähigkeit zum Biertrinken zu entwickeln. Geboren war er mit einem Widerwillen dagegen, mit dem er ständig gekämpft hatte, bis er es schließlich so weit gebracht hatte, daß er zehn bis zwanzig Glas Bier trinken konnte, ohne sich beim Schlucken zu schütteln. Er erkannte, daß das Trinken für die Lebensfreude nötig war und wichtig für die begehrte Position eines Mannes von Welt und Straßenbummlers. Für ihn enthielten die Bierkneipen das Geheimnis der Straße. Wenn er die Kneipen kannte, verstand er die Straßen. Das Trinken und alles, was dazu gehörte, war für ihn wie stolze grüne Drachenaugen. Er folgte einem betörenden Glitzern, und dieses Glitzern forderte keine Erklärung.

Direkt nach der Party beim alten Bleecker war er fast zur Besserung bekehrt. Er war müde und ausgelaugt von diesem Durcheinander, und er betrachtete es, wie man vielleicht ein Gerippe betrachtet, vor dem ein purpurroter Mantel sich öffnet. Dann wünschte er, er könnte den Blick abwenden. Allmählich aber erlangte er wieder sein geistiges Gleichgewicht. Er kam wieder zu der Meinung, daß die Sache so schlimm nicht war. Es war sein Kopfschmerz, der ihn zu dieser übertriebenen Reaktion veranlaßt hatte. Ein Rausch war nicht so ein giftiger Pfuhl, wie er ihm in seiner Zerknirschung erschienen war. Im Gegenteil, er war nichts als ein unangenehmer Zwischenfall. Aber er nahm sich vor, vorsichtiger zu werden.

Als der Abend für die Betstunde wieder heranrückte, wandte sich die Mutter ihm hoffnungsvoll zu. Sie lächelte wie jemand, dessen Bitte von vorneherein erfüllt ist. »Na, gehst du heut abend wieder mit in die Betstunde?«

Mit rascher Ungeduld drehte er sich nach ihr um, dann heftete er seine Augen auf eine Ecke des Bodens. »Ich glaub nicht«, sagte er.

Den Tränen nahe versuchte seine Mutter seinen inneren Zustand zu begreifen. »Was ist denn mit dir los?« fragte sie bebend. »So bist du noch nie gewesen, George. Du bist nie so bös und eklig zu mir gewesen –«

»Ich bin doch gar nicht bös und eklig zu dir«, unterbrach er sie aufgebracht.

»Doch doch, du bist es! So lang hab ich schon kein gutes Wort mehr von dir gehört! Du bist so bös und eklig, wie man nur sein kann! Ich weiß nicht, was ich davon halten soll. Es kann doch nicht –« – in ihre Augen trat ein Ausdruck, der ankündigte, daß sie ihn jetzt mit ihrem schwersten Vorwurf treffen und aufstören würde: »– es kann doch nicht sein, daß du trinkst!«

Kelcey machte ein Geräusch des Abscheus über so etwas Lächerliches. »Mein Gott, was bist du für eine dumme Gans!«

Sie mußte ein bißchen lachen, wie ein Kind unter Tränen über seine Wehwehchen lacht. Sie hatte es nicht ernst gemeint. Sie wollte ihm nur zeigen, wie schrecklich ihr seine Verfassung erschien. »Ach du – ich hab das natürlich nicht ernst gemeint, aber ich finde, du hast so ein schlechtes Benehmen, als ob du trinkst. Ich wünschte, du würdest dich ordentlicher benehmen, George!«

Ihr Tadel klang jetzt weniger kalt und streng, so daß Kelcey die Gelegenheit wahrnahm, ihn ins Scherzhafte zu wenden. Er lachte sie an, aber sie schüttelte den Kopf und sprach weiter. »Wirklich, ich wünschte du würdest dich ordentlicher benehmen. Ich weiß nicht, was aus dir noch werden soll. Du kümmerst dich so wenig um das, was ich sage, als obs ein Lüftchen im Schornstein wär. Dich interessiert nichts anderes, als abends auszugehen. Nie krieg ich dich dazu, daß du mal in der Kirche beten gehst; nie gehst du irgendwohin mit mir, höchstens, wenns gar nicht zu vermeiden ist; du fluchst und führst dich manchmal dermaßen auf, und nie –«

Er unterbrach sie mit einer ärgerlichen Handbewegung. »Hör mal, fällt dir bloß immer was Schlechtes über mich ein?«

Aber sie beendete ihre Ansprache auf die übliche Weise »– ich weiß auch nicht, was aus dir noch mal werden soll.«

Sie setzte ihr Hütchen auf, legte den Shawl um und stellte sich dann erwartungsvoll vor ihn. In ihrer Haltung war eine feine Drohung, als sei es unabänderlich. Er tat, als sei er in seine Zeitung versunken. Die kleine Uhr mit dem schwingenden Perpendikel auf dem Sims tickte plötzlich überdeutlich, laut und monoton. Die Mutter sagte mit fester Stimme: »Also, kommst du jetzt?«

Er las.

»Was ist, kommst du jetzt?«

Er schmiß die Zeitung wütend zu Boden. »Jetzt geh doch endlich und laß mich in Ruh!« rief er mit höchster Ungeduld. »Weshalb plagst du mich andauernd? Man könnte meinen, da wären Räuber auf der Straße. Entweder gehst du allein, oder du bleibst zu Hause. Du willst hin, und ich will nicht hin, und die ganze Zeit willst du mich unbedingt dahin schleifen. Aber ich will einfach nicht!« Schließlich sagte er, verletzend und voller Trotz: »Was gehn mich diese alten Schaumschläger an? Die falln mir aufn Wecker!«

Seine Mutter wandte ihr Gesicht ab und ging fort. Er saß da und starrte stirnrunzelnd vor sich hin. Dann sammelte er seine Zeitung wieder auf.

An diesem Abend erzählte ihm Jones, sie hätten alle so viel Spaß auf Bleeckers Party gehabt, daß sie nun einen Club gründen wollten. Sie saßen alle in der freundlichen kleinen Kneipe, und später trugen sie sich alle begeistert in die Mitgliederliste ein. In der selben Nacht wurde der alte Bleecker in einer tumultuarischen Abstimmung zum Präsidenten gewählt. Die übrige Zeit der Versammlung füllte er mit Ansprachen des Dankes und der Genugtuung. In freudiger Stimmung ging Kelcey nach Hause. Auf jeden Fall, dachte er, hatte er treue Freunde. Der Mitgliedsbeitrag betrug einen Dollar pro Woche.

Er nahm lebhaften Anteil. Für eine Reihe von Abenden schlang er sein Essen herunter, um rechtzeitig in der freundlichen kleinen Kneipe an den Diskussionen über die neue Vereinigung teilzunehmen. Die Männer waren alle in wilder Hochstimmung. Eines Abends verkündete der Kneipenwirt, er würde ihnen einen großen Raum über der Gaststätte für die halbe Miete zur Verfügung stellen. Das war eine Gelegenheit für ein großes Freudenfest. Kelceys Beine waren wie Walfischknochen, als er beim Nachhausekommen die Treppe zu ersteigen versuchte; die Kanten der Stufen schoben sich sonderbar schräg nach vorn.

Die Fragen seiner Mutter beantwortete er scharf und knurrend. »Ach, nirgends!« Ein anderes Mal sagte er zu ihr: »Na, ein paar Freunde von mir besuchen! Was hast du'n gedacht?«

Einige Frauen des Mietshauses kamen schließlich zur Ansicht, daß die kleine alte Mutter einen liederlichen Sohn hatte. Sie besuchten sie, um ihr Beileid zu bezeugen. Sie saßen stundenlang in der Küche, und sie erzählte ihnen von seinem Witz, seiner Klugheit und seinem freundlichen Herzen.

XIII

Eines Tages entdeckte Kelcey, daß ein paar junge Männer, die neben der Hintertür der Eckkneipe, auf dem Aschenstreifen zwischen Ziegelmauer und Pflasterweg herumlungerten, mehr als andere über das Leben Bescheid wußten. Sie lehnten da, rauchten, priemten und machten Bemerkungen über Leute und Ereignisse. Sie kannten sich gründlich aus in der Gegend. Sie debattierten über so typische Sachen, die sich in ihrem Dunstkreis abspielten, bis sie alles, was darüber zu sagen war, gesagt hatten. Manchmal provozierten sie kleine Raufereien mit Ortsfremden oder gutgekleideten Herren. Es war an dieser Stelle, wo Sapristi Glielmi, der Straßenhändler, Pete Brady zu Tode stach, wofür er lebenslänglich bekam. Vor seinem Eintritt in die Kneipe wurde jeder Kunde genau beäugt. Manchmal drängelten sie sich hinter einem Besucher in die Kneipe und behaupteten, er habe sie zu einer Runde eingeladen. Wenn er was dagegen hatte, erklärten sie alle einstimmig, das sei eine große Beleidigung, und machten Anstalten, ihn zu verprügeln. Wenn sie sich einen Zufallskunden oder einen ganz Fremden geschnappt hatten, blieb der Kneipenwirt streng unparteiisch, bereit ein Glas zu servieren, oder sieben; aber manchmal kriegten sie es auch mit dem Falschen zu tun. Schließlich war der Besitzer eines Morgens vor sein Lokal getreten und hatte ihnen mit der Furchtlosigkeit von Männern seiner Zunft erklärt, sie hätten ihre Lustbarkeiten einzustellen. »Eben is Schluß! Klar? – Schluß, aus! Das nächste Mal, wenn ihr's probiert, nehme ich einen Spundhammer. Und die Kerle, die ich nicht damit erwische, schmeiß ich raus. Klar? Schluß damit!« – Aber hin und wieder wurden doch noch welche eingeladen.

Der Polizist dieser Nachbarschaft bewegte sich mit vorsichtiger Würde, wenn er sich dieser Ecke näherte. Gelegentlich blieb er stehen und führte, Hände auf dem Rücken, eine behutsame Unterhaltung mit ihnen. Für beide Seiten war es ausgemacht, daß man besser höflich blieb.

Den Winter über war die kleine Bande etwas weniger zahlreich; in ihre alten Mäntel gehüllt, trampelten sie den Schnee auf ihren Standplätzen fest; die Gesichter waren dem immer wechselnden Straßenleben zugewandt. Im Sommer waren sie lebendiger. Dann traten sie manchmal zum Kantstein vor und blickten die Straße auf und ab. Drüben, auf einem niedergetretenen leeren Grundstück, gab es zwischen ein paar Feldsteinen eine Art Unterschlupf. Er war mittels eines alten Lastwagenblechs überdacht worden. Die kleinen Gauner der Umgegend mieden diesen Ort. Viele von ihnen hatten schon Prügel bezogen, wenn man sie in der Nähe ertappt hatte. Zur Sommerzeit war es ein Ort der Muße für die Bande von der Ecke.

Zum Arbeiten waren sie alle zu schlau. Einige von ihnen hatten schon mal gearbeitet, und sie benutzten ihre Erfahrungen als Vorrat von Geschichten. Sie waren wie Kriegsveteranen. Besonders einer von den Burschen erzählte gern, wie er mal seinen Arbeitgeber vermöbelt hatte, den Besitzer einer großen Futtermittelhandlung. Er beschrieb die Gesichtszüge, Gestalt und Kleidung seines Opfers mit allen Einzelheiten. Er brüstete sich mit seinem Reichtum und seiner Position. Es war ein großer Augenblick im Leben dieses Burschen gewesen. Er war wie ein Naturmensch, der einen großen Häuptling getötet hat.

Ihre Einstellung zum Leben ihrer Zeit war voller Verachtung. Der Inhalt ihrer Weltanschauung bestand vor allem darin, daß die ganze Schau zum Kotzen langweilig sei. Mit feiner Verachtung spotteten sie darüber, daß es alles keinen Sinn hatte. Arbeit wurde von Menschen geleistet, die nicht den Mut hatten, mal in Ruhe auszuharren und den Himmel einstürzen zu lassen, wenns unbedingt sein mußte.

Die gewaltige Maschinerie der allgemeinen Gesetze bedeutete für sie, daß es auf der Welt Menschen gab, die nichts als Ruhe wünschten. Sie warteten auf den Moment, wo sie ihnen beweisen konnten, daß ein tumultuarischer Aufruhr, ein Wolkenbruch der Zerstörung etwas Köstliches wäre. Sie hatten die Vorstellung, daß ihre tätigen Hände im Alltagsleben dieser Menschen verschwendet waren. Sie sehnten sich auf eine matte Weise nach einer Zeit, in der sie mit kriegerischem Brüllen und Lärmen durch die reichen Straßen laufen würden, ein Heer der Rache für die Freuden, die anderen vergönnt gewesen waren, und als wilde, allumfassende Entschädigung für alle ihre Jahre ohne Kristall und Goldglanz, ohne Wein und Weib. Dieser Gedanke schlummerte in ihnen, so wie das innere Bildnis Roms ganz klein in den Herzen der Barbaren geschlummert haben mag.

Kelcey hatte so großen Respekt vor diesen Burschen, daß er gewöhnlich auf der anderen Straßenseite ging. Er durfte ihnen nicht nahekommen, denn wenn ein Vorübergehender sich bloß um die eigenen Sachen kümmerte, so war er ein hochnäsiger Snob und hatte sie beleidigt; ließ er sie merken, daß er sie wohl im Auge hatte, so nahmen sie ihm vielleicht übel, daß er sich nicht um seine eigenen Sachen kümmerte, und provozierten eine Rauferei, wenn die Gelegenheit günstig war. Kelcey wünschte sich, daß er mit ihnen bekannt und befreundet wäre, denn das bedeutete Sicherheit und Unbefangenheit; sie wurden eben allgemein respektiert.

Einmal wurde Fidsey Corcoran von einem kleinen, vierschrötigen Mann verprügelt. Fidsey rappelte sich wieder hoch und schmiß, rasend wegen der Niederlage, mit Ziegelbrocken auf den Gegner. Der kleine Mann wich ihnen geschickt aus und verfolgte Fidsey dann bis über die nächste Straße. Manchmal kam er nahe an ihn heran und boxte auf ihn los. Fidsey raste in irrsinnigem Zorn. In dem Augenblick, wo der kurze Mann sich wieder seinen Geschäften zuwenden wollte, ging Fidsey mit Blut und Tränen im Gesicht und mit der äußersten Wut eines besiegten Tieres wieder auf ihn los. Der kurze Mann drehte sich wild fluchend wieder um und machte kleine Gegenangriffe. Jedesmal rannte Fidsey weg und drehte sich wieder um, wenn der andere von ihm abließ. Wahrscheinlich überlegte sich der kurze Mann, wie er diesem Irren endlich mal eine abschließende Tracht Prügel verpassen konnte. Ratlos schaute er die Straße auf und ab. Es waren Leute da, die Fidsey kannten und ihn zur Mäßigung ermahnten. Aber der legte sich immer aufs neue mit dem kleinen Mann an, keifte wie ein verwundeter Affe und benutzte den ganzen Sprachschatz der Straße für seine wilden Verwünschungen.

Schließlich wurde der kleine Mann so weit gebracht, daß er rot sah. Er beschloß, dem Kampf ein Ende zu machen. Mit einem tiefen, unheilschwangeren Knurren stürzte er sich auf Fidsey.

Kelcey war zufällig dort. Er griff nach der Schulter des kurzen Mannes. Mit dem typischen Falsetton eines Schlichters im Streit schrie er: »Laß das jetzt! Du mußt ihn jetzt nich mehr prügeln! Du hast ihn schon schlimm genug erwischt! Laß ihn in Ruh!«

Der kurze Mann wollte sich losreißen. Er wandte sein Gesicht um, bis er die Zähne beinahe an Kelceys Wange hatte: »Laß mich los! Laß mich los, du ...!« Der Rest des Satzes bestand aus Schreien und Flüchen.

Kelceys Gesicht wurde aschgrau vor Angst, aber irgendwie brachte er es fertig, den anderen festzuhalten. Einen Augenblick hielt Fidsey an, dann stürzte er sich aufs neue in den Kampf.

Sie schlugen den kurzen Mann. Sie drückten ihn gegen einen hohen Bretterzaun, wo ihre Hiebe einige Sekunden lang mit raschen dumpfen Geräuschen auf seinem Kopf hörbar waren. Gleich darauf schrie Fidsey, ein Polizist eile herbei; er verschwand blitzschnell, Kelcey bemerkte seine Flucht und lief ihm nach.

Drei oder vier Straßen weiter blieb er stehen. Fidsey sagte: »Noch eine Minute, dann hätt ich den erledigt gehabt, den Muskelprotz«, und er wischte sich das Blut aus den Augen.

An der Ecke, am Standplatz der Bande, fragten sie: »Wer hat dich denn erwischt, Fidsey?« Er gab eine feurige Beschreibung und alle lachten. »Wo isser'n jetzt?« – Danach fragten sie Kelcey aus. Der gab eine Geschichte zum besten, in der er sich eine hervorragende und furchterregende Rolle zuteilte. Ihren Blicken nach betrachteten sie ihn nun als ganzen Mann.

Als die kleine alte Frau einmal ausging, um etwas für das Abendessen ihres Sohnes zu besorgen, bemerkte sie ihn, wie er an der Seitentür der Kneipe stand und sehr vertraut mit Fidsey und den anderen war. Sie schlich sich davon, denn es war ihr klar, daß es für ihn schrecklich wäre, wenn sie ihm dort begegnete, und daß es seinen Stolz verletzen würde – in dieser Gesellschaft von Männern, die auf ihre Mütter herabblickten.

Als er danach nach Hause kam, legte er seinen Hut mit einem müden Seufzer ab, als hätte er lange gearbeitet; aber sie stellte ihn zur Rede, noch bevor er Zeit hatte, mit der Lügerei fortzufahren. Er hörte sich ihre Standpauke mit gekräuselten Lippen an. Zu seiner Verteidigung machte er nur eine Geste von äußerster Erbitterung. Sie begriff nichts von den fortschrittlichen Aspekten des Lebens. Er hatte keine Hoffnung, ihr das jemals klar zu machen. Seine Mutter war eben nicht auf der Höhe der Zeit.

XIV

Die kleine alte Frau stand früh auf und beschäftigte sich emsig mit der Zubereitung des Frühstücks. Manchmal schaute sie ängstlich auf die Uhr. Eine Stunde bevor ihr Sohn zur Arbeit gehen mußte, ging sie vor sein Zimmer und rief: »George! George!« mit ihrem üblichen scharfen Ton.

Ein schläfriges Brummen kam zurück.

»Komm, Zeit zum Aufstehen«, sagte sie. »Komm jetzt, steh auf!«

Später ging sie nochmal an die Tür. »George! Stehst du jetzt auf?«

»Was?«

»Stehst du auf?«

»Ja, ich steh gleich auf!« Er hatte seiner Stimme eine Markigkeit gegeben, die, wie sie bald entdeckte, nur vorgetäuscht war.

Sie trat zu ihm ans Bett und packte ihn an der Schulter. »George – George – steh doch auf!«

Aus dem dunstigen Land seines Schlafes begann er unzusammenhängend zu protestieren. »Ach laß mich in Ruh, bitte. Ich bin müd.«

Sie rüttelte ihn weiter. »Es ist aber Aufstehzeit! Los Los! Mach los jetzt!«

Ihre Stimme, die schrill vor Ärger war, bohrte sich pfeifend in seine Ohren wie ein dünner Draht. Er wälzte sich auf die andere Seite, auf das Kissen, er vergrub den Kopf in die Arme. Als er dann antwortete, kamen seine Worte halb erstickt heraus. »Ach laß mich doch, bitte! Is doch noch viel Zeit! Bloß noch zehn Minuten! Ich bin müd!«

Aber sie ließ sich nicht beirren. »Nein, du mußt jetzt aufstehen! Du hast gerade noch Zeit zum Frühstücken und zur Arbeit zu gehen.«

Schließlich erhob er sich, brummelnd und übellaunig. Später kam er, mit trockenen Lidern blinzelnd, zum Frühstück; seine verhärtete Miene hatte sich mechanisch zu einer finsteren Grimasse verzogen.

Jeden Morgen trat seine Mutter in sein Zimmer und kämpfte einen Kampf, um ihn zum Aufstehen zu bringen. Sie war wie ein Soldat. Trotz seiner Bitten und Drohungen blieb sie auf ihrem Posten, unerschütterlich und unnachgiebig. Die Szenen nahmen große Ausmaße in seinem Leben an. Er geriet manchmal außer sich vor kaltem, unaussprechlichem Zorn. Die ganze Sache war eine abgefeimte Zumutung. Er hatte das Gefühl, daß man ihn um seinen Schlaf betrog. Es war eine Ungerechtigkeit, ihn derart, Morgen für Morgen, in bitterer Monotonie zum Aufstehen zu zwingen, bevor die Götter des Schlafes ihn freigegeben hatten. Er haßte jene unbekannte Macht, die so über sein Leben bestimmte.

Eines Tages entsandte er ein wirres Bündel von Flüchen senkrecht in die Luft, als dräute das Unrecht von dort. Seine Mutter zuckte zuerst zusammen, dann preßte sie ihren Mund zu einem kleinen geraden Strich. Sie erkannte, daß nun ein schicksalsschwerer Moment gekommen war. Es war Zeit für die Entscheidungsschlacht; furchtlos trat sie auf ihn zu: »Hör auf mit deinem Fluchen, George Kelcey. Ich dulde keine solchen Reden von dir. Ich dulde das nicht! Du hörst sofort damit auf! Kein Wort mehr! Glaubst du, ich laß dich derart vor mir herumfluchen? Kein Wort mehr! Ich laß es nicht zu. Ich sage dir, daß ich das keine Minute länger dulde!«

Anfänglich waren die Worte, die sie ausstieß, von seinem Geist wie von Eis abgeglitten, dann nahm er endlich Notiz davon. Sein Gesicht wurde bitter vor Elend und Wut. Er sprach mit einem tiefen Unterton der Abneigung. »Was heißt ›dulde es nicht‹? Was willste'n dagegen machen?« Dann überlegte er sich, daß er vielleicht noch nicht den rechten Eindruck auf sie gemacht hatte; er erhob sich und trat langsam auf sie zu. »Was? Was willst'n dagegen machen?« Er starrte sie mit seinem reglos finsteren Gesicht an, drohend und geduckt, wie ein verurteilter Verbrecher.

Mit einer Geste der Machtlosigkeit warf sie ihre Hände hoch. Er war der anerkannte Sieger. Er nahm seinen Hut und ging langsam von dannen.

Drei Tage lebten sie nebeneinander im Schweigen. Er brütete über den Schmerz seiner Mutter nach und empfand daran eine himmlische Lust. Wenn sich Gelegenheiten boten, leistete er sich kleine Bosheiten. Er wollte sie jetzt erniedrigen. Er zügelte sich nicht mehr, er hatte sich nicht mehr in der Hand; er wollte einfach der Herrscher sein. Ihr Leiden war eine Art Entschädigung für seine eigenen grausigen Schmerzen.

Sie ging umher, mit ausdruckslosem, grauem Gesicht. Es war, als sei sie die Überlebende eines Massakers, in dem ihr alles, was sie liebte, durch die Grausamkeit der Wilden entrissen worden war.

Eines Abends um sechs kam er herein und beobachtete seine Mutter beim Kartoffelschälen. Sie hatte seine Ankunft teilnahmslos, ohne Gefühl wahrgenommen; sie hob ihre Augen nicht, als er eintrat.

»So«, sagte er plötzlich, »jetzt bin ich entlassen.«

Das saß wie ein tödlicher Schlag. Ihr Körper geriet auf dem Stuhl in ein krampfhaftes Zucken. Als sie endlich die Augen hob, war ihr Gesicht voller Entsetzen. Der Unterkiefer war ihr heruntergesunken. »Entlassen? Keine Arbeit mehr? Warum – George?« Er ging zum Fenster und stand mit dem Rücken zu ihr. Er fühlte ihr graues Starren.

»Jawohl! Rausgeflogen!«

Schließlich sagte sie: »Und, was willst du jetzt tun?«

Er klopfte mit dem Fingernagel auf die Scheibe. Er antwortete in einem Ton, der sich, durch gespielte Sorglosigkeit, rauh und unnatürlich ausnahm. »Och – nichts!«

Nun begann sie das erste Mal zu weinen: »Oh George – George – George!«

Er schaute sie schmollend und mißmutig an. »Was soll'n das? Is das alles, was dir einfällt, wenn ich heimkomm und arbeitslos bin? Man könnt ja denken, ich wär dran schuld. – Ich kann nix dafür.«

Sie schluchzte weiter, sie schluchzte auf eine armselige, zittrige Art. Mit ihrer Kopfhaltung drückte sie die Überzeugung aus, das Weltall könne ihren Schmerz niemals verstehen. Einen Augenblick zögerte er, dann ging er hinaus und warf die Tür hinter sich zu; seine übliche Taktik. Unbeirrt in seiner Aufgabe ergoß sich ein Strom blassen Sonnenlichts über die kleine alte Frau, die da verloren und schmerzgebeugt auf ihrem Stuhl saß.

XV

Am nächsten Tag stand Kelcey an der Ecke, als drei kleine Jungen angerannt kamen. Zwei blieben in einiger Entfernung stehen, der dritte kam näher. Er baute sich vor Kelcey auf und sagte:

»He Sie, Ihre Alte is krank.«

»Was?«

»Ihre Alte is krank!«

»Mach dich fort.«

»Aber es stimmt, wirklich!«

»Wer hat's dir denn gesagt?«

»Missis Calahan. Sie hat gesagt, ich soll zu Ihnen hin und es ausrichten. Sie solln kommen!«

Kelcey wurde von einem plötzlichen Schrecken überfallen.

Wie Lichtblitze schossen ihm kleine Szenen aus der Vergangenheit durch den Kopf. Er dachte an die strafende Hand des Himmels. Als er sich umschaute, bekam das vertraute Bild eine drohende und dunkle Bedeutung. Von der Straße, den Häusern, dem Himmel, von den Leuten ging eine Vorahnung des Unglücks aus. Seine nervöse zitternde Nase schnupperte etwas Tragisches und Schreckliches in der Luft. Mit bebender Stimme sagte er zu dem kleinen Jungen: »Is recht.«

Hinter sich spürte er, wie die Genossen seiner Clique plötzlich nachdenklich wurden. Sie beobachteten ihn. Während er schnell die Straße hinaufging, kam ihm zu Bewußtsein, daß sie zur Mitte des Trottoirs vorgegangen waren und ihm nachschauten. Er war froh, daß sie sein Gesicht nicht sehen konnten, die bebenden Lippen, die Augen, die vor Angst schwammen. Vor der Wohnungstür hielt er an und starrte das Namensschild an, als sei dort etwas angeschrieben. Im nächsten Augenblick trat er ein. Mit einem einzigen angstvollen Blick durchstreifte sein Auge das Zimmer.

Da saß seine Mutter mit dem Blick auf den Mauern und Fenstern von gegenüber. Ihr Kopf ruhte auf der Sessellehne. Eine eigenartige Blässe hatte ihr Gesicht überzogen, aber der Ausdruck in ihren Augen war stark, und die Lippen hatte sie fest zusammengepreßt.

Er fühlte eine unsagbare Dankbarkeit, als er sie so ruhig da sitzen sah. »Na Mutter – es hat geheißen, daß du krank bist«, rief er und näherte sich ihr lebhaft. »Was ist denn los?«

Sie lächelte ihn an. »Ach nix is los! Mir is nur'n bißchen schwindlich geworden, weiter nix.« Ihre Stimme klang nüchtern, sie hatte einen kräftigen Ton.

Er stellte fest, daß sie sich ganz wie üblich benahm. In ihrer Stimme war kein Schmerz, keine Beunruhigung; aber die Befürchtungen von der Straße, das unheilverkündende Zerren an seinen Nerven ließ ihn immer noch zögern. »Bist du sicher, daß nix is? – Die haben mir vielleicht einen Schrecken eingejagt!«

»Nein nein, es is nichts, bloß so schwindliches Gefühl. Ich bin hingefallen, da, am Herd. Missis Calahan is gekommen und hat mich aufgehoben. Ich hab da wohl ne Zeitlang gelegen. Der Doktor meint, in ein paar Stunden bin ich wieder in Ordnung. Spüren tu ich gar nichts.«

Kelcey stieß einen großen Seufzer der Erleichterung aus. »Mein Gott, hab ich Angst gehabt.« Er strahlte jetzt vor Freude, da er seiner Angst entkommen war. »Ich konnte mir gar nicht vorstellen, was da passiert war«, sagte er zu ihr.

»Ach was, nichts ist passiert«, sagte sie.

Er stand unbeholfen da, seine Augen waren mit einer Art Überraschung auf sie gerichtet, als hätte er mit der Entdeckung gerechnet, daß sie verschwunden sei. Nach der Panik schlug seine Stimmung um, er empfand ein köstliches Wohlgefühl von zufriedener Ruhe. Er nahm einen Stuhl und setzte sich neben sie; doch gleich sprang er wieder auf und fragte: »Is noch irgendwas, was ich für dich tun kann?« – Er blickte sie eifrig an. Seine Augen strahlten vor Liebe und Freude. Wenn er sich nicht geschämt hätte, so hätte er sie mit liebevollen Worten angesprochen.

»Nein, ich brauch nichts«, antwortete sie. Im Ton der gewöhnlichen Unterhaltung sprach sie gleich weiter. »Zu arbeiten hast du wohl noch nichts gefunden, oder?«

Der Schatten seiner Vergangenheit überfiel ihn, und plötzlich fühlte er sich verdrießlich. Schließlich brachte er einen Satz heraus, der ein Versprechen war, der eine Veränderung ankündigte: »Nein, noch nicht. Aber ich bin dahinter her, verlaß dich drauf.«

Sie entnahm seinem Ton, daß er mit ihr Frieden schloß. Sie lächelte ihn glücklich an. »Du bist ein guter Junge, George!« Ein himmlischer Glanz erleuchtete ihr Gesicht.

Gleich darauf fragte sie: »Meinst du, daß dein alter Boss dich wieder nimmt, wenn ich mal zu ihm geh?«

»Nein«, sagte Kelcey schnell. »Das würde nichts helfen. Die haben alle Leute, die sie brauchen. Da ist kein Platz mehr. Das würde nichts helfen.« Für einen Moment hörte sein Gesicht auf zu strahlen; er dachte an gewisse Dinge, die dabei herauskämen. »Ich versuche schon überall Arbeit zu kriegen. Ich nehm noch mal einen richtigen Anlauf dazu, und wenns irgendwo Arbeit gibt, dann krieg ich sie.«

Sie lächelte ihn wieder an. »So ists recht, George.«

Als die Zeit zum Abendessen kam, schob er sie in ihrem Sessel zum Tisch rüber, und machte sich eifrig daran, eine Mahlzeit für sie zu bereiten. Belustigt lachte sie über ihn. Er stellte sich ungeschickt an und kannte sich überhaupt nicht aus. Manchmal übertrieb er es auch mit seiner Hilflosigkeit, bis sie sich in ihren Sessel zurücklehnte und laut herauslachte. Danach saßen sie zusammen am Fenster. Ihre Hand lag auf seinem Haar.

XVI

Als Kelcey zum alten Bleecker, zu Jones und den anderen ging, um sich Geld zu leihen, stellte er fest, daß sein Ansehen bei ihnen gesunken war. Der alte Bleecker sagte finster, er wüßte nicht, wie er dazu käme, Geld zu verleihen. Als Jones ihn zu einem Trunk einlud, geschah es mit geringschätzigem Ton. O'Connor beschrieb langatmig einige seiner wirren Geldschwierigkeiten. Bei allen mußte er bemerken, daß sich da etwas von Grund auf verändert hatte. Bei vielen Gelegenheiten, bei denen sie früher ein zustimmendes Brummen für ihn übrig gehabt hätten, blieben sie nun schweigsam.

Als er unweit seiner Wohnung die Straße entlang ging, fiel sein Blick auf Fidsey Corcoran und noch einen von der Bande. Sie winkten ihn mit beredten Gesten zu sich. »Kommste mit?«

Er blieb stehen und schaute sie an. »Was ist denn los mit euch?«

»Kommste mit oder nich?« fragte Fidsey. »N'neuer Barkeep! Große Kanne voll! Ham se drü'm auf unserm Platz.

Riesenkanne, kann ich dir sagen! Er malte mit seinen begeisterten Händen sozusagen ein Bild davon in der Luft.

Kelcey wandte sich mißmutig ab, nach Hause zu. »Jetzt nich, glaub ich.«

»Wassen los mit dir?« fragte Fidsey. »Wirst ja n richtiger Trauerkloß! Los, komm mal rüber! du kriegst n Schluck aus der Kanne, weil du zur Bande gehörst; das wirst du doch nich einfach abschlagen oder? Sonst kriegt eben ein anderer Typ dein Anteil. Los, komm schon!«

Als die den Versammlungsplatz zwischen den Steinen auf dem leeren Grundstück erreichten, hatte einer von der Bande einen riesigen Blechkanister steil angesetzt. Seine Kehle arbeitete heftig. Scharf und gierig wurde er von fünf oder sechs anderen beobachtet. Ihre Augen verfolgten genau jedes kleine Stück, um das der Blechkanister sich hob. Sie waren schweigsam.

Als Fidsey bemerkte, was da vorging, brüllte er heftig los. »He, Tim, du Riesen-Kanalloch! Gib mal die Kanne her! Denkste dir denn! Wir sind schließlich auch dabei! Her mit der Kanne!«

Der Kerl, der da trank, machte mit seinem Schlund wütende Abwehrbewegungen. Schließlich setzte er den Kanister ab und fluchte. »Wer is hier n Kanalloch? Ich krieg nix anderes als den Fusel, der mir zusteht! Mal nich so verdammt eilig! Meinst du, du wärst der einzige Ganove, dem die Kanne gehört? Halt dein Rand solang ich mein Fusel saufe!«

Einen Augenblick lang holte er Atem, dann brachte er den Kanister wieder in Schrägstellung. Fidsey ging nah an ihn ran und jammerte und klagte. Er störte den Trinkvorgang so ernstlich, daß der andere die Kanne wieder absetzen mußte, um nicht zu ersticken.

Fidsey griff nach der Kanne und warf schnell einen Blick auf den Inhalt. »Na bitte! Genau deshalb hab ich mich gemeldet! Schau dir das an! Nicht mal genug, um die Kehle feucht zu machen! Mit euch Saufbeuteln kann man einfach nichts teilen!

Du bist vielleicht ein Loch, Tim Connigan! Jetzt schau dir an, was noch übrig ist! du bist vielleicht ein Heini! Was denkst'n du, was wir sind? Blaustrümpfler oder was? Wollen wir vielleicht kein Fusel haben? Schau dir diese Kanne an! Trockner als die Wüste! Was denkst du dir eigentlich!«

Tim schaute in das Gesöff rein. Dann sagte er: »Ach was, der Kerl, der vor mir dran war, der hat mir bloß so viel gelassen. Das hat Blue Billie ausgesoffen! Ich hab ja bloß mal probiert!«

Von seinem Sitz aus protestierte Blue Billie wütend. »Du lügst, Timmie! Ich hatte nich mehr als ein Mund voll!« Offensichtlich hatte er eine Eingebung, denn plötzlich erhellte sich seine Miene; er stand auf und ging zum Kanister. »Überhaupt – ich hatte noch gar nicht meinen Anteil! Ich bin doch vor Fidsey dran, oder nich?«

Fidsey lächelte sardonisch und hielt den Kanister hinter sich. »Glaub ich nich! Jedenfalls nich jetzt! du hast dein Fusel gehabt. Und wenn nich – jedenfalls kriegst du kein mehr. Klar?«

Blue Billie stellte sich nachdrücklich vor Fidsey auf. »Von wegen – nix!« sagte er. »Nee« sagte Fidsey.

Billie setzte sich wieder hin.

Fidsey trank seine Portion. Dann richtete er es, vor dem ganzen Mob, mit großer Geschicklichkeit so ein, daß Kelcey und der andere Junge ihre Anteile kriegten. »Ihr seid ein Haufen Saufbeutel!« sagte er zu der ganzen Bande. »Wenns nach euch ging, würd' keiner was kriegen!«

In Blue Billies Seele brodelte Haß gegen Fidsey. »Halt bloß dein Maul! Was schleppst du auch diese beiden Ganoven an! Du hast dein Fusel gehabt, oder? Du bist versorgt. Jetzt hau ab!«

»Also hör mal, ich finds sowieso nich so gut, wenn jemand ein Faß aus sich macht«, sagte Fidsey. »Auf jeden Fall motz hier nicht wegen dieser Kanne rum, Blue, sonst wirst du fertiggemacht.«

»Wer macht mich fertig?« fragte Blue Billie und schaute sich um.

»Kel macht dich fertig«, sagte Fidsey kühn.

»Von wegen!«

»Der macht dich fertig!«

Blue Billie machte eine kriegerische Geste. »Den Tag wird der nicht erleben, daß der mir ein Haar krümmt! Ich prügel den übern ganzen Platz, wenn der mir dumm kommt!«

Fidsey dröhnte zu Kelcey rüber: »He, Kel – hörst du, was der Ganove da brabbelt?«

Kelcey war augenscheinlich stark mit anderen Sachen beschäftigt. Er hatte sich abgewandt.

Kampflustig sagte Blue Billie zu Fidsey: »Hat der gesagt, er will mich fertigmachen?«

Fidsey sagte: »Na klar! Er sagt, das wär doch ne Kleinigkeit. Er wird dir n paar verpassen, sagt er, daß man bei dir durchgucken kann!«

»Wann hatter'n das gesagt?«

»Och – das sagt er immer. Kel sagt, das wär'n Kinderspiel mit dir.«

Blue Billie ging zu Kelcey hinüber. Die übrigen von der Bande folgten ihm und wechselten freudige Blicke.

»Hast du gesagt, du machst mich fertig?«

Kelcey drehte sich langsam um, aber seine Augen ruhten noch immer auf dem Boden. Er hörte, wie Fidsey von einem zum anderen wieselte und von seinem Heldentum erzählte und sie auf Billies Niederlage vorbereitete. Er trat von einem Bein aufs andere und machte nervöse Handbewegungen. Schließlich sagte er laut und grollend: »Na und? Was wär'n dann?«

Dieser Satz versetzte die ganze Bande in glückliche Erregung. Das war die Frage, auf die es ankam. Blue Billie nahm seinen ganzen Mut zusammen. Die Verantwortung für den nächsten Schritt lag nun bei ihm. Ringsum zog sich die Bande ein wenig zurück. Sie schauten erwartungsvoll auf Blue Billie.

Der trat nun in herausfordernder Haltung vorwärts, bis sein Gesicht nahe an Kelceys Gesicht war.

»Was dann wär?« sagte er und gab zwischen den Zähnen

einen Knurrlaut von sich: »Dann schlag ich dich auf der Stelle zusammen!«

Gerade da kam ein kleiner Junge, keuchend und mit brennenden Augen den Abhang heruntergerannt. Hastig, mit heller Stimme sprudelte er hervor: »Is der Kelcey hier? – Paß auf, deine Alte is wieder krank! Du sollst komm! Mach lieber schnell! Sie is furchtbar krank!«

Die Männer drehten sich grollend um. »Hau du bloß ab hier!« Fidsey warf einen Stein nach dem kleinen Jungen und scheuchte ihn ein Stück weg. Aber der Junge schrie immer weiter: »Mach lieber, daß du heimkommst, Kelcey! Sie ist furchtbar krank! Sie jammert nach dir! Sie haben dich über ne Stunde gesucht!« In seinem Eifer kam er – trotz Fidsey – noch einmal ein Stück näher heran.

Kelcey war von Blue Billie abgerückt. Er sagte: »Ich glaub, ich geh mal lieber.« – Da johlten sie. »Naja«, sagte er weiter, »ich kann doch nicht – ich will doch – ich will doch meine Mutter nicht allein – sie –«

Seine Worte gingen unter im höhnischen Chor. »Aber denkt doch mal!« fing er immer wieder an, und jedesmal steigerten sie ihr Schreien und Johlen: »Kauf ihn dir, Blue! Gib ihm Saures! Los!«

Während Sie Blue Billie bedrängten, daß er etwas unternehmen solle, entfernte sich Kelcey langsam. Billie stand da, schnaubte und hielt große Rechtfertigungsreden. Als Kelcey schon eine erhebliche Entfernung zurückgelegt hatte, lief er ein paar Schritte hinterdrein und schickte ihm einen schrecklichen Fluch nach. Kelcey warf einen finsteren Blick zurück.

XVII

Als er das Todeszimmer betrat, war er in Gedanken noch bei dem Zusammenstoß von vorher; er dachte sich ungewöhnliche Racheakte an Blue Billie und den anderen aus.

Die kleine alte Frau lag ausgestreckt auf ihrem Bett. Ihr Gesicht und ihre Hände hatten die Farbe der Laken. Ihr Haar, das wie neu aussah – wunderbar grau –, hing ihr in wirren Strähnen über die Schläfen. Sie war von einer erschreckenden Starrheit – abgesehen von den Augen, die wie besessen hin und her rollten und schweiften.

Ein junger Arzt hatte ihr gerade eine Arznei eingeflößt. »So!«, sagte er befriedigt, »das wird ihr gut tun!« Als er lebhaft zur Tür ging, stieß er auf Kelcey. »Oh«, sagte er. »Der Sohn?«

Kelcey hatte etwas Pelziges in der Kehle. Wenn er seine Stimme anstrengte, kamen seine Worte zuerst dunkel und dann mit hoher Stimme heraus, als seien sie irgendwo durchgestoßen. »Wir sie – wird sie – . . .«

Der Arzt warf einen Blick zurück aufs Bett. Die Mutter starrte auf sie, wie sie auf einen Dämonen gestarrt hätte und murmelte. Er sagte: »Weiß nicht. Sie is ne wundervolle Frau, hat mehr Kraft als Sie und ich zusammen! Schwer zu sagen. Vielleicht – vielleicht auch nicht. Guten Tag. Bin in zwei Stunden zurück.«

In der Küche war Mrs. Calahan fieberhaft beim Abstauben der Möbel; sie polierte da und dort. Sie ordnete alles hübsch der Reihe nach. Sie bereitete alles für die Ankunft des Todes vor. Sie schaute den Boden an, als sehnte sie sich danach, ihn zu scheuern.

Der Arzt blieb stehen und richtete ein paar Worte an sie, wobei er Blicke zum Bett hin warf. Als er fort war, machte sie sich wieder emsig an die Arbeit.

Kelcey näherte sich seiner Mutter. Aus einem kleinen Abstand rief er sie an: »Mutter – Mutter –«. Er bewegte sich vorsichtig, als fürchtete er, das geheimnisvolle Wesen auf dem Bett könnte sich an ihn klammern.

»Mutter – Mutter – kennst du mich nicht?« Er streckte seine angstvoll zitternden Finger vor und berührte ihre Hand.

Auf ihren Augäpfeln glänzten ein paar stählerne Punkte. Ihre Blicke waren auf etwas Furchtbares geheftet.

Plötzlich drehte sie sich mit flehentlichem Stammeln ihrem Sohn zu: »Hilf mir! Hilf mir! Oh hilf mir! Ich seh sie kommen!«

Kelcey rief sie an, wie über eine weite Entfernung. »Mutter! Mutter!« Sie schaute ihn an; und dann begann in ihr ein Kampf, als wollte sie ihn mit der Seele erreichen. Sie focht mit einer unerbittlichen Kraft, die ihr Gehirn umklammert hielt. Mit stammelnden, unzusammenhängenden Schreien rief sie Kelcey um Hilfe an.

Dann blickte sie wieder weg. »Ah, da kommen sie! Da kommen sie! Da, schau schau schau –« Ohne Zuhilfenahme ihrer Arme richtete sie sich zum Sitzen auf.

Kelcey hatte ein Gefühl, als müsse er ersticken. Als ihre Stimme sich in Schreien auflöste, bewegten sich blutrote Vorhänge vor seinen Augen. »Mutter – ach Mutter – ich kann da nichts – gar nichts –«

Auf einmal war sie mit einem Küchentuch in der Hand an der Küchentür. Von dort war gerade ein Geräusch wie von brechendem Geschirr gekommen. Unten konnte sie durch die Bäume des Obstgartens einen Mann pflügen sehen. »Bill – oh Bill – hast du Georgie nicht gesehen? – Is er da draußen bei dir? Georgie, Georgie! Komm sofort hierher! Auf der Stelle!«

Sie begann, mit einigen Leuten im Zimmer zu reden. »Ich möcht mal wissen, was Sie hier wollen! Sie sollen fortgehen. Ich will Sie hier nicht haben. Mir gehts heut nich gut, und ich will Sie hier nich haben! Ich fühl mich heut nich gut! Sie solln fortgehn!« – Ihre Stimme wurde zänkisch. »Geh weg! Geh weg!«

Kelcey lag tief in einem Sessel. Seine Arme waren fühllos, die Finger streiften den Boden. Ihm wurde so, daß er das Plappern vom Bett her nicht mehr hörte, aber das Ticken der kleinen Uhr auf dem Küchenbord blieb ihm immer bewußt.

Er fuhr zusammen, als plötzlich der blasse, dickliche junge Priester vor ihm stand.

»Mein armer Junge –« fing er an.

Die kleine alte Frau lag still mit geschlossenen Augen. Am Kopf des Bettes stand auf einem Tisch ein Glas mit einer wäßrigen Arznei. Der Lichtreflex erzeugte einen silbernen Stern an einer Seite. Die beiden Männer saßen wartend nebeneinander. Draußen in der Küche hatte sich Mrs. Calahan einen Stuhl an den Herd gezogen und wartete auch.

Kelcey starrte die Tapete an. Das Muster bestand aus Büscheln von braunen Rosen. Er spürte sie wie eklige Krebse in sein Hirn kriechen.

Durch die offene Tür sah er, daß auf der Wachstuchdecke auf dem Tisch ein Abglanz warmer Nachmittagssonne lag. In den Fenstern zeigte sich ein klarer, weicher Himmel wie blaues Emaille, mit einem gezackten Saum aus Schornsteinen und Dächern, der hier und da aufglänzte. Ein fortwährendes Dröhnen kam herein, das ewige Getrampel der Stadt auf dem Marsch, vermischt mit undeutlichen Rufen. Ab und zu regte sich die Frau draußen am Herd voller Unruhe und hustete.

Zwei Stimmen kamen durch das Oberlicht vom Flur her.

»Johnnie!«

»Was'n?«

»Komm sofort her zu mir, du solls ma für mich zum Ladn gehn!«

»Ach Mutta, schick Sally.«

»Nein, auf keinen Fall! Du kommst sofort her!«

»Na gut, gleich.«

»Johnnie!«

»Ich sag dir doch – gleich!«

»Johnnie –!« Das Geräusch schwerer Schritte wurde hörbar, dann kreischte ein Junge los. Der Priester sprang plötzlich auf. Er tat einen raschen Schritt nach vorn und warf einen prüfenden Blick. Die kleine alte Frau war tot.

Die Männer im Sturm

Der Sturm begann große Wolken von Schnee durch die Straßen zu wirbeln, ihn von den Dächern herunterzufegen oder vom Pflaster aufzurühren, bis die Gesichter der Fußgänger ziepten und brannten wie von tausend Nadelstichen. Auf dem Trottoir zurrten sie die Mantelkrägen fester um ihre Hälse und bewegten sich gebückt wie ein Volk von Greisen. Die Kutscher auf dem Wagen peitschten zornig ihre Pferde voran. Daß sie dem Wetter so ausgesetzt waren, machte sie noch grausamer. Die Straßenbahnen, die aus der Stadt herauswollten, fuhren langsam, die Pferde glitschten aus und kämpften sich durch die breiig-braune Masse, die zwischen den Schienen lag. Bis zu den Augen vermummt standen die Fahrer aufrecht gegen den Wind – als Standbilder einer trotzigen Lebenshaltung. Über den Köpfen rumpelten und kreischten die Züge, und von dem dunklen Hochbahngerüst, das über den Boulevard hinwegging, tropfte es, oder es rannen kleine Bäche auf den schmutzigen Schnee, der darunter lag.

Dieser ganze ratternde Straßenlärm wurde von den Schneemassen auf dem Pflaster gedämpft, so daß er, auch für einen, der vom Fenster aus zuschaute, zu einer tiefgründigen Musik wurde, einer Lebensmelodie, unentbehrlich dem Ohr gegen das öde, trostlose Trommeln und Brausen des Sturms. Hin und wieder konnte man schwarze Männergestalten sehen, die die weiß hingewehten Haufen emsig von den Wegen schaufelten. Ihre Arbeitsgeräusche riefen aufs neue die Erinnerung an ländliche Erfahrungen auf, die wohl jeder Mensch in gewissem Maße in sich hat. Später erglühten die riesigen Ladenfenster vom Licht, sie warfen breite, orange und gelbe Streifen auf das Pflaster. Sie machten einen unendlich fröhlichen Eindruck, und doch verstärkten sie zugleich die rauhe Kraft des Sturms und machten das Tempo der Menschen und Wagen begreiflich, der Scharen von Fußgängern und Kutschern, die mit ihren elend kalten Gesichtern, Hälsen und Füßen den vielen Dutzend unbekannten Torwegen und Türen entgegeneilten und sich in eine unendliche Vielfalt von Unterkünften verteilten; ihre Phantasie wärmte sie schon vorher mit den Farben heimatlicher Traulichkeit.

Die schnellen Schritte der Menschen verrieten ihre heftige Gier nach einem heißen Abendessen. Hätte jemand gewagt, über die Ziele derer, die sich da scharenweise bewegten, zu spekulieren, so hätte er sich in einem Labyrinth sozialer Mutmaßungen verirrt – ebensogut hätte er eine Handvoll Sand in die Luft werfen und den Flug jedes einzelnen Korns verfolgen können. Was aber die Vorstellung vom warmen Abendessen betraf, so befanden seine Gedanken sich auf festem Grund, denn sie steckte wirklich in jedem der eiligen Gesichter. Es ist eine Sache des Herkommens. Es reicht bis in die Kindheit zurück. Jeder Sturm bringt das heraus.

Aber auf einem bestimmten Straßenabschnitt im Westen drängte sich eine Ansammlung von Männern, für die diese Dinge nicht existierten. In dieser Straße gab es ein Asyl, wo die Heimatlosen der Stadt für fünf Cent ein Bett für die Nacht und am Morgen Kaffee und Brot erhielten.

An diesem stürmischen Nachmittag hatten die wirbelnden Schneestrudel etwas von Kutschern, von Männern mit Peitschen, und um halb vier war das Trottoir vor den verschlossenen Türen voll von wartenden Landstreichern. Man sah, wie sie sich beiderseits dieser Stätte, in einigem Abstand in die Torwege und hinter die Häuservorsprünge drückten, wie sie sich fest zusammendrängten, um sich zu wärmen. Ein Dutzend von ihnen fand hinter einem Planwagen Schutz, der an einem Kantstein abgestellt war. Unter dem Treppenaufgang zu einer Hochbahnstation standen sechs oder acht, die Hände tief in die Taschen gesenkt, die Schultern krumm, und stampften. Man sah immer noch weitere ankommen – eine seltsame Prozession; einige schlurften mit jenem typischen, hoffnungslosen Gang berufsmäßiger Streuner daher, andere kamen mit zögernden Schritten und hatten etwas von Männern an sich, denen dieses Leben neu ist.

Es war ein unglaublich langer Nachmittag. Der Schnee wehte in kreiselnden Wolkenstrudeln auf, er spürte die Männer in ihren kümmerlichen Unterschlupfen auf, fegte in die Ritzen zwischen ihnen und überschüttete alle diese Gestalten mit Massen feiner, stechender Flocken. Sie rückten zusammen und brummelten, wühlten sich mit den Händen in die Taschen, um ihre rot entzündeten Handgelenke zu bedecken.

Neuankömmlinge blieben gewöhnlich bei einer solchen Gruppe stehen und fragten – vielleicht nur der Form halber: »Is schon offen?«

Die, die dort schon gewartet hatten, hatten eine Neigung, die Frage ernst zu nehmen. Ihre Worte klangen verächtlich: »Ach was! Meinst du, wir würden sonst hier stehen?«

Die Ansammlung wuchs an Zahl, sie wuchs beharrlich und gleichmäßig. Man konnte immer weitere kommen sehen, die sich durch den Schnee kämpften.

Schließlich begannen die kleinen Schneeflächen in den Straßen eine bleierne Farbe anzunehmen: die Farbe der Abendschatten. Die Gebäude ragten in die Dunkelheit hinein, abgesehen von denen, in denen sich hellerleuchtete Fenster abzeichneten und auf dem Schnee einen gelben Widerschein und gelbe Flecke erzeugten. Eine Straßenlaterne am Kantstein wollte mühsam hell werden, aber ganze Sturmladungen von Schneematsch auf ihren Glasscheiben ließ sie zu blinder machtloser Mattigkeit verkümmern.

Bei diesem Halbdunkel kamen die Männer allmählich aus ihren Schlupfwinkeln und drängten sich an die Türen der Barmherzigkeit. Alle möglichen Typen waren dabei, aber meist waren es der Herkunft nach Amerikaner, Deutsche und Iren. Viele waren kräftige, gesunde Burschen mit glatter Haut, wie man sie nicht oft bei der Kundschaft der Nachtasyle sieht. Es waren Männer von unzweifelhafter Geduld dabei, fleißige und mäßige Männer, die gewöhnlich in schlechten Zeiten nicht gleich über den Zustand der Gesellschaft jammern, nicht haßerfüllt über den Hochmut der Reichen, klagend über die Feigheit der Armen reden; vielmehr Menschen, die in solchen Zeiten eher eine unerwartete Sanftmut zur Schau trugen, als beobachteten sie, wie der Fortschritt der Welt sich von ihnen abwandte, und als wollten sie nun herausfinden, wo sie versagt hatten, woran es ihnen mangelte, daß sie unter Ihresgleichen so benachteiligt wurden. Es gab aber noch andere, jene von der unsteten Art, die in Männerwohnheimen leben und sonst für einen Schlafplatz zehn Cents bezahlen mußten und die hierherkamen, weil es hier billiger war.

Aber jetzt waren sie alle ganz und gar zu einer einzigen Masse zusammengemengt, so daß niemand mehr die verschiedenen Elemente hätte auseinanderhalten können. Zumeist schweigend und teilnahmslos standen diese mit Mühsal Beladenen in diesem Sturm, wie Statuen der Geduld, und hatten die Augen auf die Fenster des Hauses geheftet.

Das Trottoir wurde von den Körpern der Männer vollständig blockiert. Sie drängten sich aneinander wie Schafe im Wintersturm und wärmten einander mit ihrer Körperwärme. Der Schnee senkte sich auf diese dichte Menschenmenge, so daß sie von oben wie ein Haufen schneebedeckter Waren ausgesehen hätten, wenn diese Masse nicht mit gleichmäßiger, rhythmischer Bewegung hin- und hergeschwankt hätte. Es sah wunderbar aus, wie der Schnee als kleine Wülste auf den Köpfen und Schultern dieser Männer lag, vielleicht drei Zentimeter dick an manchen Stellen, wobei ständig, eine nach der anderen, Flocken dazukamen, genauso unwiderstehlich, wie sie auf das Gras der Felder rieseln. Alle diese Männer hatten nasse und kalte Füße, und der Wunsch, sie zu erwärmen, erklärte ihre langsame, weiche, rhythmische Bewegung. Ab und zu zog jemand, dessen Ohren oder Nase gerade besonders stark von dem kalten Wind betroffen waren, seinen Kopf noch tiefer ein, bis er von den Schultern seiner Kameraden geschützt war.

Es war eine unablässig brummelnde Debatte darüber im

Gange, ob die Türen wohl bald geöffnet werden würden. Fortwährend hoben die Blicke sich zu den Fenstern. Man hörte kleine Meinungsverschiedenheiten.

»Da is Licht in dem Fenster.«

»Nee, das spiegelt sich bloß von drüben.«

»Aber ich hab doch gesehn, wie sie's angemacht haben.«

»Hastu?«

»Klar!«

»Na, dann iss ja gut.«

Als die Zeit näherkam, zu der sie auf Einlaß hoffen durften, drängten die Männer sich mit unbeschreiblicher Gewalt an die Pforte, sie stießen und benutzten ihre Ellbogen dermaßen, daß man meinte, die Knochen müßten davon brechen. In einer mächtigen Woge stoßender Schultern brandeten sie gegen das Gebäude. Einmal schwirrte ein Gerücht über die hochgereckten Köpfe.

»Die könn die Tür nich aufkriegen, die Kerle drücken sich ja dagegen!«

Von den Männern der äußeren Ränder kamen dumpfe zornige Rufe; aber zugleich drängelten und stießen sie immer weiter, bis es für die Vorderen unerträglich war, so daß sie schreiend protestierten, daß sie zu Mus gedrückt würden.

»He, dann geht doch von der Tür weg!«

»Aus'm Weg!«

»Schmeißt sie raus!«

»Erschlagt sie!«

»Hört mal, Kumpels, was is'n jetz, helft doch mal, daß sie die Tür aufkriegen können!«

»Verdammte Schweine, ihr sollt sie die Tür aufmachen lassen!«

Männer am Rand der Menge schrien, wenn ein rücksichtsloser Absatz von einem der stampfenden Füße schmerzhaft auf ihre verfrorenen Füße trat.

»Runter von meinen Füßen, du Tölpel!«

»He, du, steh nich auf mei'm Fuß, steh auf'm Boden!«

Ein Mann in der Nähe der Tür brüllte plötzlich los: »Oh, laßt mich raus! Laßt mich raus!« Ein anderer Mann, der ungeheuer mutig aussah, wendete seinen Kopf um, bis er denen, die hinter ihm drängelten, fast direkt ins Gesicht sah: »Hört mit der Drängelei auf, ihr!« – und er ließ eine Salve unerhört kräftiger und spezieller Schimpfworte direkt auf diese Gesichter los. Es war, als hämmerte er mit extraharter Bronze direkt auf diese Gesichter ein. Man sah sein zornrotes Gesicht, es hatte einen Ausdruck höchster Gleichgültigkeit gegen die Folgen. Aber es machte sich niemand die Mühe, auf diese Injurien zu antworten – es war zu kalt. Viele von ihnen kicherten ein bißchen und drängelten weiter.

Bei gelegentlichen Bewegungspausen der Menge hatten die Männer Zeit, Witze zu machen. Meistens waren es bösartige Witze und zweifellos waren sie äußerst schwerfällig. Bemerkenswert war es trotzdem – man vermutet ja kaum so etwas wie Humor in einem Haufen alter Kleider unter einer Schneewehe.

Mit der Zeit schienen die Windstöße heftiger zu werden. Einige der Schneeschauer, die auf diese dichtgedrängte Ansammlung von Köpfen niederfuhren, stachen wie Nadeln und Messer. Die Männer zogen ihre Köpfe ein und fluchten, aber nicht wie Mörder, nicht so finster, sondern irgendwie auf amerikanische Art, gewiß rauh und verzweifelt, aber doch mit einem sonderbaren Unterton, etwas rätselhaft, schwer zu beschreiben, als sei etwas Komisches an dieser Katastrophe, als sei das was zum Lachen an dieser Lage, in dieser Nacht der schneebeladenen Stürme.

Einmal sorgte das Fenster einer großen Kleiderhandlung auf der anderen Straßenseite für ein paar Augenblicke des Vergessens. In der strahlend hellen Fläche erschien eine Männergestalt. Der Mann war ziemlich beleibt und sehr gut gekleidet. Sein Backenbart war sehr dezent in der Art des Prinzen von Wales geschnitten. Er stand da in einer großspurigen Haltung und grübelte. Er strich seinen Schnurrbart irgendwie mit einer herrschaftlichen Gebärde und schaute auf den schneebedeckten Menschenhaufen herab. Seine überlegene Gleichgültigkeit war von unten gut zu erkennen. Es sah aus, als funktionierten seine Augen auf umgekehrte Art und gestatteten ihm, seine eigene Umgebung, die so viel gepflegter war, um so deutlicher wahrzunehmen.

Einer aus der Menge wandte zufällig den Kopf um und bemerkte die Gestalt am Fenster. »Hallo!« rief er gutgelaunt, »schaut euch mal diesen Bart an!«

Darauf wandten sich viele Männer um und einige Rufe stiegen hinauf. Sie riefen ihn auf die seltsamste Weise an. Sie widmeten ihm die verschiedensten Anreden, von familiären und herzhaften Grüßen bis zu sorgsam formulierten Ratschlägen, die eventuelle Änderungen seines Aussehens betrafen. Sofort zog sich der Mann zurück und die Menge kicherte in wildem Vergnügen, wie blutige Dämonen, die gerade irgendwas verschlungen haben.

Darauf widmeten sie sich wieder ernsteren Geschäften. Sie redeten des öfteren die gleichgültige Fassade des Hauses an.

»Mein Gott, laßt uns doch rein!«

»Laßt uns rein, sonst fallen wir tot um!«

»He, was soll denn das, uns so wie arme Hunde hier draußen in der Kälte zu lassen!«

Und immer wieder sagte jemand: »Runter von meinen Füßen!«

Das Gedränge des Haufens wurde am Ende ganz schlimm. Die Männer, gepeinigt von den fortwährenden Windstößen, waren dran, sich zu schlagen. Und während die gnadenlosen Schneestrudel sie beutelten, entschied sich die Schlacht um die Unterkunft zugunsten der Starken. Es sprach sich herum, daß es die Kellertür sein würde, am Fuß der kleinen steilen Treppe, die man öffnen wollte, und nun schoben und boxten sie sich wie besessen in diese Richtung. Man konnte sie in ihrer heftigen Anstrengung keuchen und stöhnen hören.

Meistens protestierte jemand in der vordersten Reihe gegen

die hinter ihm: »Jetzt hört doch mal, Kumpels! Macht maln bißchen langsam! Wollt ihr jemand umbringen?«

Ein Polizist traf ein und trat mitten unter sie; er schimpfte und ermahnte sie, manchmal drohte er auch, aber er wurde nicht gewaltsam, sondern stemmte sich nur mit Händen und Schultern gegen diese Männer, die aus dem Schneesturm hereindrängten. Seine Stimme war klar und entschieden zu hören. »Schluß da hinten, mit dem Drücken! Also Jungs, jetzt drückt mal nicht so! Schluß damit! Hier du, hör auf zu drängeln! Laß das sein!«

Als die untere Tür aufgemacht wurde, zwängte sich ein breiter Strom der Männer treppabwärts; die Treppe war ungewöhnlich eng und schien gerade Platz für einen zu haben. Irgendwie quetschten sie sich dennoch in Dreierreihen hinunter. Es war ein schwieriger und schmerzhafter Vorgang. Die Menge war wie ein aufgewühlter Wasserstrom, der sich durch eine enge Öffnung preßt. Die Männer im Hintergrund, erregt wegen des Erfolges der anderen, machten rasende Anstrengungen, denn es sah so aus, daß dieser große Haufen das Quartier schon bald füllen würde und daß viele draußen auf der Straße bleiben müßten. Es würde verheerend sein, wenn man der letzte wäre, und dementsprechend stießen die Männer und wanden sich, während der Schnee in ihre Gesichter biß, mit aller Kraft voran. Es war zu erwarten, daß der enge Durchgang zur Kellertür durch diesen ungeheuren Druck bald verstopft und so dicht mit menschlichen Körpern angefüllt sein würde, daß keine Bewegung mehr möglich wäre. Einmal mußte die Menge tatsächlich anhalten, und ein Schrei pflanzte sich fort, daß am Fuß der Treppe ein Mann verletzt worden war. Aber gleich setzte die langsame Bewegung von neuem ein, und der Polizist am oberen Ende der Stufen tat, was er konnte, damit der Druck auf die Absteigenden nicht zu stark wurde.

Ein rötliches Licht fiel aus einem der Fenster auf die Gesichter der Männer, die jetzt die letzten drei Stufen erreicht hatten und gerade eintreten wollten. Dabei konnte man eine Veränderung des Ausdrucks feststellen, die sich in ihren Gesichtern vollzog. Als sie nun an der Schwelle ihrer Hoffnungen standen, sahen sie plötzlich zufrieden und erschlafft aus. Aus ihren Augen war das Feuer und von ihren Lippen war die Anspannung verschwunden. Sogar der Druck der Menge von hinten, der sie vorher erbost hatte, wurde nun von einem anderen Standpunkt aus wahrgenommen, denn jetzt führte er unausweichlich dazu, daß sie durch die kleine Tür in diese Behausung gelangten, wo es so hell, freundlich und warm war.

Das Stoßen und Drängeln auf dem Fußsteig ließ immer mehr nach. Der Schnee traf beharrlich und gnadenlos auf die gebeugten Köpfe der Wartenden. Der Sturm fegte ihn als wilde Gestalten aus strudelndem Weiß vom Pflaster auf und streute ihn im Kreis um die gebeugten Menschen, die, immer drei und drei, dem Sturm entrannen und eintraten.

Ein Versuch mit dem Elend

Es war spät abends, und ein feiner Regen nieselte sanft herab, so daß das Pflaster in den Farben des Stahls und blau und gelb von den Strahlen der unzähligen Lichter zu glitzern begann. Ein junger Mensch schlurfte langsam, ohne große Begeisterung, auf jene Gegenden der Stadt zu, wo man für ein paar Cents ein Bett bekommt. Er trug einen alten, zerlumpten Anzug, sein Derbyhut war ein Wunder von staubbedeckter Rundung und zerfetztem Rand. Er war auf dem Weg, um zu essen, wie die Vagabunden essen, und zu schlafen, wie die Heimatlosen schlafen. Als er allmählich am City Hall Park angelangt war, hatte er schon so viele Zurufe wie »Bummler« und »Strolch« und alle die unanständigen Bezeichnungen einstekken müssen, die die kleinen Jungen ihm immer wieder zuriefen, daß er sich in einem äußerst niedergeschlagenen Zustand befand. Der Nieselregen tränkte den alten Samtkragen seines Mantels, und er dachte, während der nasse Stoff sich an seinen Nacken drückte, daß es in diesem Leben keine Freuden mehr gäbe. Er blickte sich um und schaute nach einem möglichst miserablen Ausgestoßenen aus, damit sie ihr Elend teilen könnten; die Lichter warfen einen zitternden Glanz auf die verlassenen, aufgereiht im Kreise stehenden Bänke, die feucht glitzerten; gleich dahinter begann der Morast. Es schien, daß ihre üblichen Kunden in dieser Nacht bessere Stätten aufgesucht hatten. Nur kleine Trupps gut gekleideter Brooklyner waren zu sehen, die zur Brücke hin schwärmten.

Eine Zeitlang lungerte der junge Mann herum, dann schlurfte er die Park Row hinunter. Hier erleichterte ihn die plötzliche Verschlechterung in Stil und Kleidung der Menge, er fühlte sich endlich im ureigenen Land. Er sah jetzt Fetzen, die seinen eigenen Fetzen glichen. Auf dem Chatham Square sah man ziellose Männer vor den Saloons und Nachtquartieren, die traurig und geduldig standen und irgendwie an Hühner vor einem Sturm erinnerten. Er reihte sich unter diese Männer ein und wandte sich gemächlich der Beobachtung des wogenden Lebens auf der großen Straße zu.

Lautlos hintereinander bewegten sich die Drahtseilbahnen durch den Dunst der kalten, stürmischen Nacht; es waren gewaltige Apparate, messingglänzend und strahlend rot, die mit ungeheuerer Kraft, ruhig und unwiderstehlich, düster und gefährlich vorwärtsglitten; nur durch ihre laut und wild tönenden Gongs durchbrachen sie die Stille der Nacht. Zwei Menschenströme bewegten sich auf den Trottoirs, die mit schwarzem Schmutz bespritzt waren; jeder Schuh ließ eine narbenartige Vertiefung darin. Hoch oben hielten die Hochbahnzüge mit schrillem Räderknirschen an einer Station, die auf ihren beinartigen Säulen einer Riesenkrabbe ähnelte, wie sie quer über der Straße hockte. Man hörte das hastige fette Puffen der Lokomotiven. Weiter vorn in einer Gasse sah man düstere, schwarzviolette Vorhänge, auf denen die Straßenlaternen wie gestickte Blumen matt glitzerten.

Eine Kneipe war an einer Ecke, die irgendwie gefräßig wirkte. Vorn am Türpfosten war ein Schild angelehnt mit der Aufschrift: »Heute abend heiße Suppe gratis!« Die Schwingtüren, die wie gierige Lippen auf- und zugingen, gaben ein befriedigtes Schmatzen von sich, wenn die Kneipe dickliche Männer einließ, die mit endlosem, erstaunlichem Appetit aßen und ein unbeschreibliches Lächeln zur Schau trugen, während von allen Seiten weitere Männer herbeikamen, wie die Opfer zu einem heidnischen Ritual.

Auch der junge Mann wurde von dem Feinschmecker-Schild angezogen und ließ sich verschlucken. Ein Barmann stellte ein großes Glas Bier auf den Tresen; es war dunkel und unheilverkündend. Es wuchs und wuchs übermächtig, bis der Schaum höher stand als die Rundung des Derbyhuts des Jungen.

»Suppe da drüben, Herrschaften«, sagte der Barmann freundlich. Ein kleiner gelber Mensch in Lumpen und ein Junger ergriffen ihre Gläser und gingen eiligst zu einer Essenstheke, wo ein Mann mit einem fettigen aber eindrucksvollen Schnurrbart wohlwollend aus seinem Kessel schöpfte, bis er jedem der beiden Bettler eine vor Hitze dampfende Suppe mit ein paar Andeutungen von Hühnerfleisch verabreicht hatte. Der junge Mann schlürfte seine Brühe und empfand die Freundlichkeit, die von der Wärme des Gebräus ausging; er warf einen strahlenden Blick auf den Mann mit dem fettigen, aber eindrucksvollen Schnurrbart, der, wie ein Priester hinter dem Altar, die Aufsicht führte. »Noch mehr, Herrschaften?« fragte er die beiden traurigen Gestalten vor ihm. Der kleine gelbe Mann nahm das Angebot eilfertig an, aber der Junge schüttelte den Kopf und ging hinaus; er folgte einem Mann, der so wundervoll verlottert war, daß er sich in bezug auf billige Nachtquartiere gewiß gut auskannte.

Auf dem Trottoir wandte er sich an den verlotterten Mann. »Sie, wissen Sie einen billigen Schlafplatz?«

Der andere zögerte ein bißchen und schaute zur Seite. Schließlich machte er eine Kopfbewegung in Richtung auf die Straße. »Ich schlaf da vorn«, sagte er, »wenn ich Geld habe.«

»Wieviel?«

»Zehn Cent.«

Der junge Mann schüttelte bekümmert den Kopf. »Zuviel Kies für mich.«

In diesem Augenblick näherte sich den beiden ein schwankender Mensch in sonderbarem Aufzug. Der ganze Kopf war ein buschiges Haar- und Bartgestrüpp, aus dem seine Augen schuldbewußt und schräg hervorspähten. Bei genauerem Hinsehen konnte man die grausamen Umrisse seines Mundes ausmachen, der aussah, als habe er sich soeben über einem beklagenswerten Happen geschlossen. Er sah aus wie ein Mörder, als sei er tief verstrickt in ein Verbrechen, das jedoch ungeschickt begangen wurde.

Aber seine Stimme war zunächst auf die schmeichlerische Tonart eines zutraulichen Hündchens eingestimmt. Mit schwimmenden Augen schaute er auf die Männer und begann sein Bettelliedlein zu singen, um einen Bettelgroschen. »Hören Sie, meine Herren, haben Sie nicht ein paar Cents für einen armen Schlucker? Ich hab fünf, und wenn ich noch zwei zusammenkriege, dann kriege ich ein Bett. Also mal geradeheraus, Ihr Herren, könntet Ihr mir bloß zwei Cents geben, damit ichn Bett kriege? Sie wissen doch, wie's einem anständigen Menschen zumute is, wenn er mal kein Glück hat, und ich –«

Der verlotterte Mann, der mit unerschütterlicher Miene einem Zug nachschaute, der über ihren Köpfen ratterte, unterbrach ihn mit ausdrucksloser Stimme: »Mensch, geh zum . . .«

Der junge Mann aber sagte zu dem frömmelnden Totschläger mit erstauntem und fragendem Ton: »Hörn Sie mal! Sie müssen nicht bei Trost sein! Warum hauen Sie nicht jemand an, der nach Geld aussieht!«

Der Totschläger schaukelte auf seinen unsicheren Beinen herum, fegte hin und wieder unsichtbare Hindernisse vor seiner Nase weg und fing mit einer langen Erklärung über die Ursachen seiner Lage an. Sie war ebenso tiefgründig wie unverständlich.

Als er das Thema erschöpft hat, sagte der junge Mann zu ihm:

»Zeig mal her, die fünf Cents!«

Auf diesen Satz reagierte der Totschläger mit einer Miene trunkenen Leids und tiefen Mißtrauens. Mit der Gestik des äußersten Schmerzes begann er mit seinen zitternden roten Händen in seinen Kleidern zu wühlen. Dann erklärte er mit schmerzlich bitterem Ton, so, als sei er verraten worden: »Ich hab nur vier.«

»Vier«, sagte der junge Mann gedankenvoll. »Paß mal auf, ich bin hier fremd; wenn du mich zu dei'm Schlafplatz bringst, dann mach ich die drei locker.«

Augenblicklich wurde die Miene des Totschlägers freudestrahlend. Im Übermaß seiner vorgeblichen Gefühle zitterte ihm der Bart. In einer Aufwallung von Beglückung und Freundschaft ergriff er die Hand des jungen Mannes.

»Bei Gott«, schrie er, »wennde das tust, bei Gott, dann sag ich du bis'n verdammt guter Kumpel, sag ich, un das vergeß ich dir mein Le'm lang nich, bestimmt, bei Gott, un wenn ich mich mal revanchiern kann« – er sprach jetzt mit betrunkener Würde – »bei Gott, dann lad ich dich groß ein, das tu ich, un ich denk immer an dich!«

Mit einem kühlen Blick auf den Totschläger rückte der junge Mann etwas ab. »Jaja, schon recht«, sagte er. »Zeigen Sie mir die Kaschemme, weiter brauchen Sie nichts zu machen.«

Der Totschläger führte den jungen Mann mit dankbaren Gebärden durch die dunkle Straße. Schließlich hielt er an, vor einer kleinen staubigen Tür. Er hob seine Hand bedeutungsvoll. »Also paß auf«, sagte er, und auf seinem Gesicht stand die Erregung einer tiefen und uralten Weisheit: »Ich hab dich hierhergeführt, und das war das, was ich tun mußte, oder? Wenns dir hier nicht paßt, brauchst du nicht sauer zu werden, stimmts? Nimmste nicht übel, oder?«

»Nein«, sagte der junge Mann.

Der Totschläger machte eine tragische Geste und ging voran, die steile Treppe hoch. Auf dem Weg übergab der junge Mann dem Totschläger drei Pennies. Oben wurden sie durch ein Loch in einem Brett von einem leutseligen Brillengesicht begutachtet. Der Mann sammelte ihr Geld ein, schrieb ein paar Namen in ein Meldebuch und führte die beiden dann eiligst durch einen düsteren Korridor.

Kurz nach Antritt dieser Reise fühlte der junge Mann, wie sein Inneres sich zusammenkrampfte, denn aus den dunklen und geheimnisvollen Winkeln dieses Gebäudes drangen seltsame, nicht zu beschreibende Gerüche an seine Nase; sie fielen ihn an wie geflügelte, bösartige Krankheiten. Sie schienen von menschlichen Körpern zu stammen, die dicht in enge Zimmer gepackt waren. Ausdünstungen von hundert Paar stinkender Lippen; Dämpfe von tausend vergangenen Ausschweifungen; Ausfluß von tausend gegenwärtigen Elendsexistenzen.

Ein Mann, der bis auf ein kurzes tabakbraunes Unterhemd

nackt war, bewegte sich schlaftrunken durch den Gang. Er rieb sich die Augen, gab ein gewaltiges Gähnen von sich und wollte wissen, wieviel Uhr es war.

»Halb zwei.«

Der Mann gähnte wieder. Er öffnete eine Tür, und einen Augenblick lang hob seine Gestalt sich vom trüben Schwarz des Inneren ab. Zu dieser Tür gingen die drei Männer; als sie noch einmal geöffnet wurde, entströmte ihr ein heilloser Gestank wie viele Dämonen, so daß der junge Mann wie gegen eine überwältigende Windbö ankämpfen mußte.

Es verging eine Zeit, bevor die Augen des jungen Mannes in der dichten Düsternis da drinnen wieder etwas wahrnahmen, aber das leutselige Brillengesicht führte ihn geschickt; einen Augenblick lang hielt es an, um den ermatteten Totschläger auf einer Bettstatt abzusetzen. Den Jungen führte er an eine Liegestatt, die still am Fenster stand, und zeigte ihm einen hohen Spind für die Kleider, der wie ein Grabstein am Kopfende stand; dann verließ er ihn.

Der Junge setzte sich auf sein Bett und schaute sich um. Am anderen Ende des Raumes war ein Gasbrenner, aus dem eine orangegelbe, flackernde Flamme kam. Sie erzeugte im ganzen Raum ungeheure, schwankende Schattenformen, außer im unmittelbaren Umkreis, wo ein bißchen grauer Dunst stand. Als die Augen des jungen Mannes sich an die Dunkelheit gewöhnt hatten, konnte er auf den Matratzen, die dicht an dicht den Boden bedeckten, die Männergestalten ausgebreitet sehen, die dort in totenähnlicher Stille lagen oder mit großer Anstrengung schnarchend, oder schwer atmend wie angestochene Fische.

Der Junge schloß seinen Derbyhut und seine Schuhe in den Mumienkasten neben seinem Bett, legte sich hin und zog seinen alten vertrauten Mantel über seine Schultern. Die Decke arrangierte er so, daß sie einen Teil des Mantels überdeckte. Das Bettgestell war mit Leder bezogen und so kalt wie schmelzender Schnee. Eine Zeitlang mußte sich der Junge auf diesem Ding warmzittern – es war wie eine Steinplatte. Doch dann schenkte ihm das kühle Lager Ruhe und Frieden, und er hatte die Muße, seinen Kopf zu seinem Freund, dem Totschläger umzuwenden, den er undeutlich auf seinem Lager hingestreckt ausmachen konnte – hingestreckt mit der Hemmungslosigkeit eines betrunkenen Mannes. Er schnarchte mit unglaublicher Heftigkeit. Sein nasses Haar und sein Bart glänzten schwach, und seine entzündete Nase schimmerte mattglänzend wie ein rotes Licht im Nebel.

Einer, in Reichweite des Jungen, lag mit gelblicher Brust und bloßen Schultern, dem kalten Zugwind ausgesetzt. Sein einer Arm hing vom Bett herunter und die Finger ruhten auf dem nassen Betonboden des Raumes. Unter den tiefschwarzen Brauen des Mannes waren die Augen unter den halboffenen Lidern halb freigelegt. Es schien dem Jungen, als ob er mit diesem leichenhaften Wesen lange Blicke tauschte und daß der andere ihm mit den Augen drohte. Er zog sich zurück und beobachtete den Nachbarn aus dem Schatten seines Deckenrandes. Der Mann bewegte sich während der ganzen Nacht nicht ein einziges Mal, er lag wie tot in seiner Ruhe, wie ein Körper in Erwartung des Messers des Chirurgen.

Überall in diesem ganzen Raum waren die braungelben Töne von nacktem Fleisch zu sehen, der in die Dunkelheit gestreckten Glieder, der Arme, die lang und dünn über die Bettränder hingen. Die meisten waren wie Statuen, wie geschnitzt, wie tot. Zusammen mit diesen sonderbaren Spinden, die wie Grabsteine herumstanden, entstand der seltsame Eindruck eines Friedhofs, über den Leichen ausgestreut waren.

Doch gelegentlich sah man sie wilde, ausfahrende Armbewegungen machen wie in phantastischen Alpträumen und hörte zugleich ihr kehliges Schreien, Grunzen und Fluchen. Abseits in einem düsteren Winkel lag ein Bursche, der in seinen Träumen von einem gräßlichen Unheil bedrückt wurde, denn plötzlich stieß er langgezogene Klagetöne aus, wie das Heulen eines Hundes; gespenstig und kummervoll hallte es durch den frostigen Raum der Grabsteine, wo Männer wie Tote lagen.

Dieser Ton, der so durchdringend hoch anfing, um dann in schmerzliche Klagen hinzuschwinden, war der Ausdruck der grausamen und blutigen Tragödie im abgründigen Labyrinth menschlicher Träume. Aber für den Jungen waren es einfach die Schreie eines von inneren Gesichten gepeinigten Mannes: Sie sagten etwas aus, über das innere Leben des Raumes und seiner Bewohner. Es war für ihn der Aufschrei jenes Elenden, der schon unabwendbar die Berührung der granitenen Räder spürt und nun mit einer ganz unpersönlichen Beredsamkeit, mit einer Kraft, die nicht die seine ist, der Klage einer Schicht, einer Klasse, eines ganzen Volkes seine Stimme gibt. Alles dies, was da im Kopf des jungen Mannes herumging und sich mit dem Eindruck der riesigen dunklen Schatten vereinigte, die wie mächtige schwarze Finger die nackten Körper umschlossen, ließ den jungen Mann nicht zum Schlafen kommen; er lag und malte sich, aufgrund seiner geringen Erfahrungen, die Lebensläufe dieser Männer aus. Von Zeit zu Zeit heulte der Kerl in der Ecke wieder auf und bäumte sich auf in seinen schmerzlichen Träumen.

Endlich schoß eine lange Lanze von grauem Licht durch die staubigen Fenstergläser. Draußen konnte der junge Mann die Dächer erkennen – als ein müdes Weiß in der Dämmerung. Der Lichtpunkt wurde heller und gelber, bis dann die goldenen Strahlen der Morgensonne stark und tapfer hereinkamen. Sie rührten mit ihrem Strahlenglanz an die Gestalt des kleinen dikken Mannes, der etwas wie ein stotterndes Schnarchen von sich gab. Sein runder, glänzender Kahlkopf erglühte plötzlich, als habe man ihn geehrt und ausgezeichnet. Er setzte sich auf, zwinkerte in die Sonne, fluchte gräßlich und zog seine Decke über die prächtige Zierde seines Kopfes.

Friedlich schaute der Junge zu, wie die Schatten von den hellen Sonnenspeeren vertilgt wurden – und nun schlief er ein. Als er wieder wach wurde, hörte er die Stimme des Totschlägers, der sich in kräftigen Flüchen erging. Er hob den Kopf und sah, wie sein Kamerad auf einer Seite seiner Bettstatt saß und damit beschäftigt war, sich mit seinen langen Fingernägeln am Hals zu kratzen; das ergab ein Raspelgeräusch wie von einer Feile.

»Heiliger Gott! Das is ja ne ganz neue Rasse! Die haben Büchsenöffner an den Füßen!« – Und weiter ging es mit wilden Tiraden.

Der junge Mann schloß eilig seinen Spind auf und holte seinen Hut und seine Schuhe heraus. Als er auf der Bettkante saß, um sich die Schuhe zuzubinden, schaute er sich um und stellte fest, daß das Tageslicht den Raum vergleichsweise banal und uninteressant gemacht hatte. Die Männer mit ihren friedlichen, steinernen oder abwesenden Gesichtern waren beim Anziehen, während sich zugleich ein großer Krakeel von scherzhaften Unterhaltungen erhob.

Einige stolzierten in sorgloser Nacktheit herum. Hie und da sah man muskulöse Männer mit sauberer und rosiger Haut; ihre Haltung war großartig, sie standen massiv und dräuend wie Häuptlinge da. Als sie sich aber dann ihre unvorteilhaften Kleider angezogen hatten, machten sie einen völlig veränderten Eindruck; plötzlich hatten sie Beulen und alle möglichen anderen Mängel.

Es gab andere, die in vielfacher Weise deformiert waren; ihre Schultern hingen herab, sie waren bucklig, nach dieser oder jener Seite verzogen. Bemerkenswert unter diesen letzteren war jener kleine Dicke, der die Sonnengloriole von sich gewiesen hatte. Seine rundliche Gestalt, die birnenförmig war, schoß hin und her, und dabei fluchte er wie ein Fischweib. Offenbar war ein Stück seiner Ausrüstung verschwunden.

Der junge Mann zog sich rasch an und ging zu seinem Freund, dem Totschläger. Der machte zunächst einen verwirrten Eindruck, als er den Jungen sah; nur langsam, durch die Nebelschichten seines Gedächtnisses, schien dieses Gesicht ihn zu erreichen. Aber schließlich grinste er, und ein breites Grinsen überzog sein Gesicht, bis es schließlich ein einziges rundes Leuchten war. »Hallo, Willie!« rief er freudig.

»Hallo«, sagte der junge Mann. »Bist du fertig? Können wir los?«

»Klar.« Der Totschläger schnürte seinen Schuh sorgsam mit einem Bindfaden zu und watschelte los.

Als er die Straße erreichte, war es keineswegs so, daß der junge Mann sich plötzlich von den grausigen Dünsten befreit fühlte. Vielmehr hatte er sie einfach vergessen, er hatte ganz natürlich darin ein- und ausgeatmet ohne eine Empfindung von Not oder Elend.

An diese Dinge dachte er, während er die Straße entlangging, da fuhr er plötzlich zusammen, als die Hand des Totschlägers ihn berührte. Die Hand zitterte aufgeregt, sie klammerte sich um seinen Arm, und als der Totschläger redete, überschlug sich seine Stimme vor Erregung.

»Ich will verdammt sein, einen Besen freß ich, wenn da oben in dem Quartier nich'n Kerl innem Nachthemd war!«

Der Junge war einen Moment lang verwirrt, aber dann ging er lächelnd auf diese Laune des Totschlägers ein.

»Ach wo, du bist ein verd. . . Lügner!« sagte er.

Der Totschläger vollführte darauf die großartigsten Gesten und schwor auf alle möglichen seltsamen Gottheiten. In seiner verrückten Stimmung wollte er die verschiedensten Strafen erdulden, wenn seine Geschichte nicht wahr sei.

»Doch, er hatte eins an! Ich will tausendmal tot umfallen!« beteuerte er, und zugleich waren seine Augen groß vor Erstaunen und sein Mund in einer unnatürlichen Heiterkeit verzogen.

»Jawohl! Ein Nachthemd! Ein verdammtes weißes Nachthemd!«

»Du lügst!«

»Nein, mein Herr! Und ich hoffe bloß, ich sterbe vor meinem nächsten Schluck, wenn da nich so ein Bauer mit einem verdammten, idiotischen Nachthemd war!«

Sein Gesicht war voll von unendlicher Verwunderung über dieses Faktum. »Ein idiotisches weißes Nachthemd«, wiederholte er fortwährend.

Der dunkle Eingang zu einem Keller-Restaurant fiel dem jungen Mann ins Auge. Da hing ein Schild mit der Aufschrift: »Unser Haschee kennt kein Geheimnis!« – und dann waren da noch andere, altersfleckige, vom Schicksal abgewetzte Inschriften, die besagten, daß das Lokal seinen Mitteln entsprach.

»Ich glaub, ich werd mal was essen.«

Aus irgendeinem Grund brachte das den Totschläger in ziemliche Verlegenheit. Er betrachtete einen Augenblick das verführerische Äußere des Eßlokals. Dann setzte er sich langsam wieder auf der Straße in Bewegung. »Na, denn, Wiedersehn, Willie«, sagte er tapfer.

Für einen Moment beobachtete der Junge die sich entfernende Gestalt. Dann rief er ihr nach: »Warte mal eben!« Als sie wieder zusammenstanden, redete er mit einem rüden Ton, als befürchte er, der andere könnte ihn für einen Wohltäter halten. »Jetz paß ma auf – wenn du frühstücken willst, dann leih ich dir die drei Cents dafür. Aber das sag ich dir: Danach mußt du dich auf die Socken machen und was tun! Aushalten werd ich dich nich, sonst bin ich heut abend bankerott! Ich bin kein Millionär!«

»Ich schwör dir, Willie«, sagte darauf der Totschläger ernsthaft, »alles was ich brauch is'n Schnaps. Meine Gurgel is so trocken wie ne Bratpfanne. Aber wenn ich keinen kriegen kann, dann nehm ich in Gottsnamen ein Frühstück; un wenn du das für mich tun kannst, bei Gott, dann sag ich, du bis der beste Kumpel, den ich je gehabt hab.«

Eine kurze Zeit verging mit flink hin und herfliegenden Sätzen, in denen jeder beteuerte, daß der andere, wie der Totschläger zu Anfang gesagt hatte, »ein ehrenwerter Mensch« sei; schließlich landeten sie bei der gegenseitigen Versicherung, daß jeder von ihnen ein Ausbund an Verstand und Tugend sei. Dann betraten sie das Restaurant.

Dort gab es eine lange Theke, die trübe von verdeckten Lampen beleuchtet wurde. Ein paar Männer in schmuddeligen weißen Schürzen eilten hin und her.

Der Junge bestellte eine Tasse Kaffee für zwei Cents und ein Brötchen für einen Cent. Der Totschläger erstand das gleiche. Die Tassen hatten braune Schmutzränder, und die Blechlöffel sahen aus, als kämen sie aus der ersten Pyramide. Sie waren mit schwarzen, moosartigen Alterskrusten bedeckt und von den Attacken längstvergessener Zähne verbogen und eingedellt. Aber die beiden Wanderer wurden heiter und warm bei ihrer Mahlzeit. Der Totschläger wurde ganz leutselig, als die heiße Mischung seine ausgedörrte Kehle besänftigt hatte, und der junge Mann spürte, wie neuer Mut durch seine Adern schoß.

Erinnerungen überkamen den Totschläger, und er verbreitete sich in langen, komplizierten und unzusammenhängenden Geschichten, die er wie ein altes Weib mit schwatzhafter Fixigkeit vorbrachte: » – n prima Job da unten in Orange – nur daß der Boss uns die ganze Zeit angetrieben hat. Ich war drei Tage da, un dann bin ich hin zu ihm und hab gefragt, ob er mir n Dollar leiht. ›Geh bloß zum Teufel‹, sagt der, un da war ich den Job los.«

»Der Süden is nix. Die verdammten Nigger arbeiten für fünfundzwanzig un dreißig Cents am Tag. Die Weißen werden ausgestochen. Aber guter Fraß dort. Gutes Leben.«

»Jaja. Ich hab ma was in Toledo gearbeit, beim Baumstamm-Flößern. Hab ich zwei oder drei Dollar am Tag gekriegt, im Frühjahr. Tolles Leben. Aber im Winter eiskalt.«

»Aufgewachsen bin ich im Norden von New York. Oh oh, da müßtest du mal leben! Nur Bier un Whisky gibts da nich, tief in den Wäldern. Dafür soviel guten Fraß, wie du reinkriegst. Bei Gott, ich bin da gebliem, solang es ging, bis der Alte mich rausgeschmissen hat. ›Mach bloß, daß du wegkommst, du elendes Stinktier‹, sagte er, ›mach daß du fortkommst und verreck!‹ – ›Du bist vielleicht ne Sau von ei'm Vater‹, sag ich, ›is doch wahr!‹ Und dann bin ich weg von ihm.«

Als sie aus ihrem trüben Speiselokal aufbrachen, stießen sie auf einen alten Mann, der versuchte, sich mit einem winzigen Päckchen mit Essen herauszustehlen; aber da stand ein Riesenmensch mit unüberwindlichem Schnurrbart wie ein Drachen und verwehrte ihm den Ausgang. Sie hörten, wie der Alte klagend protestierte. »Sie wolln bloß immer sehn, was ich mit rausnehme, aber Sie sehen nie, daß ich meistens auch was reinbringe, von mei'm Arbeitsplatz!«

Als die beiden Vagabunden langsam durch die Park Row schlenderten, fing der Totschläger an aufzublühen und munter zu werden. »Bei Gott, wir ham gelebt wie die Ferschten«, sagte er und schmatzte wohlgefällig.

»Paß bloß auf, daß wir heut abend nich dafür zahlen müssen«, sagte der junge Mann düster, mit warnendem Ton.

Der Totschläger weigerte sich jedoch, einen Blick auf die Zukunft zu richten. Er hatte eine leicht humpelnde Gangart; nun machte er daraus so etwas wie ein übermütiges Lämmerhüpfen. Über seinen Mund schlängelte sich ein rötliches Grinsen.

Im City Hall Park setzten sich die beiden Tramps auf eine der Bänke in jener Runde von Bänken, die durch die Überlieferung ihrer Klasse geheiligt waren. Sie schmiegten sich in ihre alten Kleider und ließen schläfrig die Stunden durch ihr Bewußtsein rinnen – Stunden, die keine Bedeutung für sie hatten.

Die Menschen auf der Straße, die nach beiden Richtungen vorüberhasteten, bildeten ein Ineinander von schwarzen Gestalten, immer wechselnd und doch wie ein Fries. Da promenierten sie, gut gekleidet und in wichtigen Geschäften, und hatten keinen Blick für die beiden Vagabunden übrig, die auf den Bänken saßen. Für den jungen Mann drückte sich in ihnen der unendliche Abstand zu allem aus, was ihm lieb war. Soziale Stellung, Bequemlichkeit, die Freuden des Lebens – alles unerreichbare Königreiche. Auf einmal fühlte er Angst.

Im Hintergrund, düster aufragend und mitleidlos grau, eine Vielzahl von Bauwerken; für ihn waren es die Wahrzeichen einer Nation, die ihr königliches Haupt in die Wolken steckte und keinen Blick mehr nach unten warf; in der Erhabenheit ihres Strebens mißachtete sie die Elenden, die zu ihren Füßen herumwankten. Das Donnern der Großstadt war in seinen Ohren ein Gewirr fremder, achtlos daherplappernder Zungen; es war der Klang von Münzen, des Geldes, der Stimme aller Hoffnungen in dieser Stadt, die für ihn keine waren.

Ja, er mußte es zugeben: Er war ein Ausgestoßener; seine Augen, unter dem tiefen Rand seines Hutes, bekamen einen schuldbewußten Blick, und sein Gesicht bekam den verbrecherischen Ausdruck, der mit gewissen Überzeugungen einhergeht.

Eine Episode im Krieg

Die Zeltbahn des Leutnants lag auf dem Boden, und darauf hatte er die Kaffeeration der Kompagnie geschüttet. Korporale und andere Abgesandte der schmutzigen Männer mit den ausgedörrten Kehlen, die an den Brustwehren Dienst taten, waren gekommen, um für jeden Zug seine Ration in Empfang zu nehmen.

Der Leutnant runzelte die Stirn und nahm ernsthaft die Teilung vor. Er hatte die Lippen gespitzt, während er mit seinem Degen eine Anzahl von Furchen in den Haufen machte, bis auf der Decke die braunen Kaffee-Quadrate zustande gekommen waren, die erstaunlich gleich groß aussahen. Er stand vor einem großen mathematischen Triumph; und nun stürzten die Korporale auch schon vorwärts, damit jeder sein kleines Quadrat einheimste, als der Leutnant plötzlich aufschrie und rasch einen Mann in seiner Nähe anblickte, als beschuldige er diesen eines direkten Angriffs. Die anderen schrien ebenso auf, als sie das Blut auf dem Ärmel des Leutnants sahen.

Er war zusammengefahren, wie ein Mann, der von einem Stich getroffen worden war, er hatte gefährlich hin und hergeschaukelt und hatte sich dann aufgerichtet. Das Geräusch seines rauhen Atmens war deutlich zu hören. Traurig und verwundert schaute er über die Brustwehr auf die grüne Front des Waldrandes, wo jetzt viele kleine Rauchwölkchen standen. In diesem Augenblick standen die Männer, die um ihn waren, lautlos und starrend wie Statuen, erstaunt und erschrocken über diese Katastrophe, die sich ereignete, als man keine Katastrophen erwartete; sie schauten, sofern sie die Ruhe hatten, um sich zu schauen.

Als der Leutnant zum Wald hinstarrte, wandten auch sie ihre Köpfe, so daß einen weiteren Augenblick lang alle, noch immer schweigsam, den fernen Wald betrachteten, als hingen sie in Gedanken der geheimnisvollen Reise einer Kugel nach.

Begreiflicherweise hatte der Offizier sich genötigt gesehen, seinen Degen in die linke Hand zu nehmen. Er hielt ihn nicht am Heft. Er hatte ihn ungeschickt mitten an der Klinge gepackt. Als er seine Blicke von dem feindlichen Wald abwandte und den Degen betrachtete, den er so hielt, schien er ganz unschlüssig, was er nun damit machen und wo er ihn hinstecken sollte. Kurz: Die Waffe war für ihn auf einmal zu einem fremdartigen Ding geworden. Er betrachtete sie mit einer Art Verblüffung, als habe man ihn mit einem Dreizack versehen, mit einem Szepter oder mit einem Spaten.

Schließlich versuchte er ihn in die Scheide zu stecken. Einen Degen, den man mitten an der Schneide in der linken Hand hält, in die Scheide zu stecken, die von der linken Hüfte hängt, das ist schon fast eine zirkuswürdige Leistung. Der verwundete Offizier verstrickte sich in einen verzweifelten Kampf mit dem Degen und der sich hin und her biegenden Lederscheide. Dabei schnaufte er wie ein Ringkämpfer.

Aber in diesem Augenblick erwachten die Männer und Zuschauer aus ihrer versteinerten Haltung und umdrängten ihn voll Mitgefühl. Der Sergeant vom Dienst packte den Degen und steckte ihn ordentlich in die Lederhülle. Dabei lehnte er sich nervös nach hinten und erlaubte nicht mal seinen Fingern, den Körper des Leutnants zu streifen. Eine Wunde verleiht ihrem Träger eine eigentümliche Würde, und daher schrecken die Männer vor einer solchen schrecklichen Auszeichnung zurück. Es ist, als läge die Hand des verwundeten Mannes an dem Vorhang, der vor die Offenbarung jeglicher Existenz gezogen ist – den Daseinssinn der Ameisen, Machthaber, Kriege, Städte, des Sonnenscheins, Schnees und einer Feder, die vom Flügel eines Vogels fällt; und seine Kraft wirft einen Widerschein auf die blutige Gestalt und macht, daß die anderen Männer begreifen, daß sie klein sind. Seine Kameraden betrachteten ihn nachdenklich, mit großen Augen. Übrigens hatten sie eine undeutliche Angst, es könnte schon das Gewicht eines Fingers, der auf ihm ruhte, ihn zu Fall bringen, die Tragödie auslösen und ihn augenblicklich in die graue Dämmerung des Unbekannten schleudern. Der Sergeant vom Dienst bog sich also krampfhaft nach hinten, während er den Degen in die Scheide steckte.

Einige andere boten ihre Hilfe an. Einer hielt schüchtern seine Schulter hin und fragte den Leutnant, ob er sich auf sie stützen wolle, aber der verscheuchte ihn mit einer kummervollen Handbewegung. Er machte einen Eindruck, als wisse er, daß er das Opfer einer schrecklichen Krankheit sei, und habe seine Hilflosigkeit begriffen. Noch einmal blickte er über die Brustwehr zum Wald, wandte sich dann um und ging langsam nach hinten. Vorsichtig hielt er das rechte Handgelenk in der linken Hand, als sei der verwundete Arm aus zerbrechlichem Glas.

Die Männer starrten schweigend zum Wald, dann auf den Leutnant, der sich entfernte, dann zum Wald, dann auf den Leutnant.

Als der verwundete Offizier sich aus der Kampfzone entfernte, hatte er Gelegenheit, viele Dinge zu beobachten, die ihm unbekannt blieben, solange er mitkämpfte. Er sah, wie ein General auf einem schwarzen Pferd über die blauen Linien der Infanterie zum grünen Wald hinschaute – auf diesen Schleier, der gerade das verdeckte, was ihm Kummer machte. In wilder Eile galoppierte ein Adjutant heran, riß das Pferd mit dem Zügel zum Halten, salutierte und überreichte ein Papier. Es sah fabelhaft aus, wie ein Historienbild.

Hinter dem General und seinem Stab mühte sich eine Gruppe, bestehend aus einem Stabstrompeter, ein paar Adjutanten und dem Standartenträger, mit größter Anstrengung ab, ihren Standplatz zu halten – auch die Respekts-Distanz, während ringsum die Granaten durch die Luft dröhnten und ihre Rösser ängstlich bebende Sprünge vollführten.

Eine Geschützbatterie, die nur noch eine funkelnde und wildbewegte Masse war, raste in einem Bogen nach rechts. Das wilde Hufe-Donnern, die Schreie der Reiter, die lobten oder tadelten, drohten oder antrieben, das Aufkreischen der Räder und die gleißende Schräge der Kanonen machten, daß der Leutnant angespannt stehen blieb. Die Batterie jagte in Kurven dahin, daß einem das Herz klopfte. Sie hielt plötzlich an, dramatisch, wie wenn eine Welle gegen die Felsen brandet, um dann wieder vorwärts zu fliegen – dieses Ineinander von Rädern, Hebeln und Motoren war auf eine wunderbare Weise eine Einheit, als sei sie selbst ein Geschoß. Dieses Dröhnen war ein Kriegsgesang, der bis in die Tiefe des menschlichen Gefühls hinabreichte.

Der Leutnant, der noch immer seinen Arm hielt, als ob er aus Glas sei, stand da und beobachtete die Batterie, bis von ihr keine Einzelheiten mehr auszumachen waren, bis auf die Reitergestalten, die sich auf- und abbewegten und über der schwarzen Masse ihre Peitschen schwangen.

Später wandte er seine Augen der Schlacht zu; das Schießen dort knisterte wie ein Buschfeuer, manchmal auch mit erschreckender Plötzlichkeit, oder es machte einen Widerhall wie Donner. Er sah Rauch, der sich bergan wälzte, und Massen von Männern, die stürmten und Hurra riefen oder auch ruhig dastanden und in eine undurchdringliche Ferne feuerten.

Er begegnete einigen Versprengten, und diese erklärten ihm, wie er das Feldhospital finden könne. Sie beschrieben ihm den genauen Ort. Diese Männer, die jetzt nicht mehr an der Schlacht beteiligt waren, wußten mehr darüber als andere. Sie wußten zu berichten, wie jedes einzelne Corps sich schlug, oder jede Division, und sie kannten die Ansichten eines jeden Generals. Der Leutnant, der seinen verwundeten Arm nach hinten hielt, betrachtete sie mit Erstaunen.

Am Straßenrand machte eine Brigade Kaffeepause, und es war ein Schwätzen und Herumschwirren wie in einem Mädchenpensionat. Mehrere Offiziere traten an ihn heran und fragten ihn nach Dingen, von denen er nichts wußte. Einer fing an, ihn auszuschimpfen, als er den Arm sah: »He, Mensch, so macht man das doch nicht! Du mußt die Sache verbinden!«

Der Mann untersuchte den Leutnant und die Wunde des Leutnants. Er schnitt den Ärmel auf und legte den Arm frei, wo jeder Nerv bei der Berührung ein wenig zuckte. Er knüpfte sein Taschentuch über die Wunde und schimpfte dabei weiter. Wenn man ihn hörte, schien es bei ihm üblich, jeden Tag verwundet zu werden. Der Leutnant ließ den Kopf hängen. In dieser Gesellschaft hatte er das Gefühl, daß er nicht einmal wußte, wie man sich richtig verwunden läßt.

Die niedrigen weißen Zelte des Hospitals standen um ein altes Schulhaus. Hier herrschte eine ganz besondere Betriebsamkeit. Im Vordergrund hatten sich im tiefen Schlamm die Räder zweier Krankenwagen ineinandergeschoben. Die Kutscher warfen sich gegenseitig die Schuld vor, das ging hin und her, die fuchtelten und machten Gebärden der Verachtung, während aus den Krankenwagen, die mit Verwundeten vollgestopft waren, ab und zu ein Stöhnen drang. Eine nicht endende Menge von Männern mit Verbänden kam und ging. Sehr viele saßen unter den Bäumen und befaßten sich mit ihren Köpfen, Armen oder Beinen. Auf den Stufen des Schulhauses tobte irgendein Streit. Ein Mann mit einem Gesicht, das so grau wie eine neue Armeedecke war, saß mit dem Rücken an einen Baum gelehnt und rauchte friedlich eine Maiskolbenpfeife. Der Leutnant hatte das Gefühl, er müßte zu ihm stürzen und ihm sagen, daß er im Sterben lag.

Ein geschäftiger Stabsarzt ging in der Nähe des Leutnants vorbei. »Guten Morgen«, sagte er mit freundlichem Lächeln. Dann bemerkte er den Arm des Leutnants und plötzlich veränderte sich seine Miene. »Na, das woll'n wir uns mal ansehn.« Auf einmal schien ihn eine tiefe Verachtung für den Leutnant zu ergreifen. Offensichtlich versetzte die Wunde ihn in eine sehr niedrige soziale Stellung. Der Arzt rief voll Ungeduld: »Was für ein Schafskopf hat denn das verschnürt?« – »Ach, so ein Mann«, antwortete der Leutnant.

Als die Wunde freigelegt war, betastete der Doktor sie geringschätzig. »Hmm«, sagte er. »Sie kommen mal mit mir mit, dann werde ich mich mit Ihnen befassen.« In seiner Stimme lag die gleiche Verächtlichkeit, als würde er sagen: »Sie müssen ins Gefängnis.«

Der Leutnant hatte sich bisher sehr nachgiebig verhalten, aber jetzt wurde sein Gesicht rot und er blickte dem Arzt in die Augen. »Ich hoffe doch, er wird nicht amputiert«, sagte er.

»Unsinn! Unsinn! Unsinn!« schrie der Arzt. »Sie kommen jetzt mit. Ich werde ihn nicht amputieren. Kommen Sie mit. Seien Sie doch kein Kind!«

»Lassen Sie mich los«, sagte der Leutnant und blieb wütend stehen; sein Blick war auf das Tor des alten Schulhauses geheftet, das ihm so bedrohlich schien wie das Tor des Todes.

Und das ist nun die Geschichte, wie der Leutnant seinen Arm verlor. Als er nach Hause kam, schluchzten seine Schwestern, seine Mutter und seine Frau lange vor dem Anblick dieses schlaffen Ärmels. »Ach was«, sagte er, als er so verlegen zwischen all diesen Tränen stand. »Ich glaub nicht, daß es so viel ausmacht.«

Der Veteran

Durch das niedrige Fenster sah man drei Hickorybäume unregelmäßig auf einer Wiese verteilt, die im Frühlingsgrün prangte. Weiter entfernt ragte der alte, düstere Glockenturm der Dorfkirche über die Tannen. Ein Pferd stand nachdenklich im Schatten eines der Hickorybäume und wischte träge mit dem Schwanz hin und her. Der warme Sonnenschein machte einen lebhaft gelben, ovalen Fleck auf den Fußboden der Gemischtwarenhandlung.

»Konntest du das Weiß ihrer Augen sehen?« fragte der Mann, der auf der Seifenkiste saß.

»Nichts dergleichen«, antwortete Old Henry freundlich. »Bloß einen Haufen schwankender Figuren, und ich drückte ab, als sie mir so recht wie ein ganzer Klumpen aussahen. Päng!«

»Mr. Fleming«, sagte der Ladeninhaber – und irgendwie drückte seine unterwürfige Stimme den gewichtigen sozialen Rang des alten Mannes aus – »Mr. Fleming, Sie waren wohl nie sehr furchtsam in solchen Schlachten, wie?«

Der Veteran blickte vor sich zu Boden und grinste. Die ganze Gruppe verfolgte seine Bewegungen und kicherte dazu. »Naja«, antwortete er schließlich, »ich glaube doch. Manchmal hatte ich eine ganz schöne Angst. Ich dachte, die Welt geht kaputt. Sie können mir glauben, daß ich Angst hatte.«

Alle lachten. Vielleicht kam es ihnen sonderbar vor, und ziemlich phantastisch, daß der alte Mann so etwas zugab, und im Ton ihres Gelächters lag vielleicht mehr Bewunderung, als wenn der alte Fleming erklärt hätte, er sei immer ein Löwe gewesen. Außerdem wußten sie, daß er den Rang eines Ordonnanz-Sergeanten gehabt hatte, und daraus ergab sich sein Heldentum von selbst. Natürlich wußte niemand, was der Rang eines Ordonnanz-Sergeanten bedeutete, aber es war klar, daß es etwas direkt unter den Generalssternen war. Als Old Henry also zugab, daß er sich gefürchtet hatte, wurde gelacht.

»Das Unangenehme war«, sagte der alte Mann, »daß ich dachte: Alle schießen auf mich. Jawohl, ich dachte: Jeder einzelne Mann von der anderen Armee zielt speziell auf mich, und bloß auf mich. Und, versteht ihr: das kam mir so verdammt unsinnig vor! Ich wollte ihnen erklären, was für ein mordsmäßig guter Kerl ich war, weil ich dachte, sie würden dann damit aufhören, und nicht immer nur auf mich anlegen. Aber ich konnte ihnen nichts erklären, sie blieben weiterhin unvernünftig – Zing – Bäng – Bum! Also lief ich fort.«

In seinen Augenwinkeln erschienen zwei kleine Faltendreiecke. Die Komik seiner Darstellung gefiel ihm offenbar. Aber der kleine Jim, sein Enkel, der zu seinen Füßen saß, war sichtlich erschrocken. Seine Hände waren vor Nervosität gefaltet, und seine Augen waren groß vor Entsetzen über diesen schrecklichen Skandal, daß sein Großvater, dieser großartige Mann, so etwas erzählte.

»Das war bei Chancelorsville. Natürlich hab ich mich später irgendwie dran gewöhnt. Man gewöhnt sich eben dran. Obwohl, viele Männer scheinen sich von Anfang an gut dabei zu fühlen. Bei mir kam das auch, sobald ich richtig in der Mühle drin war, wie man jetzt sagt. Aber am Anfang war ich ganz schön durcheinander. Der junge Jim Conklin, der Sohn vom alten Si Conklin, der die Gerberei hatte – von euch wird sich keiner mehr an ihn erinnern –, der ging von Anfang an hinein als ob er dafür geboren wäre. Aber bei mir war das anders. Ich mußte mich daran gewöhnen.«

Wenn der kleine Jim neben seinem Großvater wanderte, hatte er die Gewohnheit, vor den drei Läden und dem Hotel der Stadt auf den Fliesen zu hüpfen; er wettete mit sich selbst, daß er nicht auf die Ritzen trat. An diesem Tag jedoch wanderte er lustlos dahin und hielt mit seiner Hand zwei Finger des Großvaters umklammert. Manchmal kickte er gedankenverloren mit dem Fuß gegen die Löwenzahnköpfe, so daß sie über den Fußsteig rollten. Es war für jeden zu sehen, daß etwas ihm sehr zu schaffen machte.

»Da drüben ist das Fohlen von Sickles«, sagte der alte Mann. »Da drüben auf der Wiese, Jimmie. Hättst du so eins nicht auch gern?«

»Hm«, machte der Junge – merkwürdig uninteressiert. Er grübelte weiter. Schließlich riskierte er die Frage: »Opa, sag mal, stimmt denn das, was du den Männern erzählt hast?«

»Was denn?« fragte der Großvater. »Was hab ich ihnen denn erzählt?«

»Na, daß du fortgerannt bist.«

»Doch, sicher, das stimmt schon, Jimmie. Es war meine erste Schlacht, und es war ein Riesenlärm da, weißt du.«

Jimmie schien darüber verwirrt, daß dieses Idol so ins Wanken geraten konnte – und noch dazu freiwillig, aus eigenem Antrieb. Sein robuster Knaben-Idealismus hatte einen Knacks bekommen.

Der Großvater sagte: »Sickles Fohlen gehen jetzt zur Tränke. Hättest du nicht auch gern solche Fohlen, Jimmie?«

Der Junge antwortete nur: »Es is nich so hübsch wie unsres.« Dann versank er wieder in brütendes Schweigen.

Einer der Tagelöhner, ein Schwede, wollte aus persönlichen Gründen in die Kreisstadt fahren. Der alte Mann lieh ihm ein Pferd und einen ungewaschenen Einspänner. Später erwies es sich, daß einer der Gründe des Schweden darin bestand, daß er sich vollaufen ließ.

Der alte Mann hatte sich, nachdem er in den Dachunterkünften noch lärmende Farmarbeiter und Lehrburschen zur Ruhe gebracht hatte, friedlich schlafen gelegt, als er durch ein Getöse an der Küchentür geweckt wurde. Er griff nach seiner Hose – sie flatterte hinter ihm her, während er rannte. Er hörte die Stimme des Schweden, der heulte und schrie. Er drehte den hölzernen Knopf, und als die Tür aufflog, stolperte der Schwede wie besessen herein und blubberte, weinte und schrie: »Schuppen brennt! Brennt! Brennt! Schuppen brennt! Brennt!«

Eine rasche, unbeschreibliche Veränderung geschah nun mit dem alten Mann. Plötzlich war sein Gesicht kein Gesicht mehr;

es wurde etwas Graues, eine Maske, um Mund und Augen las man Entsetzen. Vom Fußende der kleinen wackligen Treppe brüllte er heiser nach oben, und augenblicklich, schien es, kam eine ganze Lawine von Männern herunter. Keiner wußte, daß zur selben Zeit die alte Dame im Nachtgewand in der Schlafzimmertür stand und rief: »Was is los? Was is los? Was is los?«

Als sie zur Scheune rannten, bot sie den Augen den üblichen Anblick, etwas Düsteres, ziemlich Geheimnisvolles in der schwarzen Nacht. Irgendwo, ein paar Meter vor dem Scheunentor, war die Laterne des Schweden umgefallen; sie brachte ihre eigene kleine Feuersbrunst hervor, und einige, die vorbeiliefen, spürten ein leises Flattern in den Sparsamkeitsregionen ihres Gefühls, als sie die umgestürzte Laterne erblickten.

Aber in der Scheune stampfte das Vieh, es stampfte und stampfte, und über diesem Lärm vernahm man ein Summen, wie das Lied unzähliger Bienen. Der alte Mann riß die großen Torflügel auf, eine gelbe Flamme sprang aus einer Ecke hervor, schoß und leckte gierig an der alten grauen Mauer hinauf. Es war eine frohe, schreckliche, vereinzelte Flamme, wie die wilde Fahne eines triumphierenden Todfeindes.

Die buntgemischte Menschenmenge aus der Mansarde war mit allen Eimern der Farm herbeigekommen. Sie stürzten sich auf den Brunnen. Es war ein gemächlicher alter Apparat, der lange der Trägheit anheimgefallen war; er hatte sich angewöhnt, das Wasser nur widerwillig herauszulassen. Die Männer bestürmten ihn, fluchten auf ihn; aber er gestattete die Füllung der Eimer auch weiterhin nur nach vielem Quietschen der Winde – einem Protest-Quietschen gegen diese wie wahnsinnig fuchtelnden Männer.

Der alte Fleming hatte sich mit seinem offenen Messer kopfüber in den Stall gestürzt, wo der erstickende Rauch von Luftstrudeln herumgewirbelt wurde und wo nun die ganze Kraft des furchtbaren Flammengesanges zu hören war, ein Gesang voll von Tönen des Hasses und des Todes, ein Gesang von wunderbarer Wildheit.

Er warf eine Decke über den Kopf einer alten Mähre, schnitt das Halfter dicht an der Krippe ab, führte das Pferd an die Tür und gab ihm einen Fußtritt – hinaus in die Sicherheit. Mit derselben Decke kam er zurück und rettete ein Arbeitspferd. Er holte fünf Pferde und kam dann selbst heraus – heldenhaft, mit brennenden Kleidern. Er hatte keinen Schnurrbart mehr und nur noch wenig Haar auf dem Kopf. Sie schleuderten fünf Eimer Wasser gegen ihn. Sein ältester Sohn verfehlte ihn mit dem Inhalt des sechsten Eimers, weil der alte Mann sich schon wieder umgewandt hatte und nun die Böschung hinunter und vorneherum zum Kellergeschoß des Stalles lief, wo die Freßgatter der Kühe waren. Jemand bemerkte zu dieser Zeit, daß er beim Laufen lahmte, als ob eines der aufgeregten Pferde ihm die Hüfte zerschlagen hätte.

Die Kühe, deren Köpfe fest in die schweren Freßgitter eingezwängt waren, hatten sich herumgeworfen, hatten sich verwickelt und stranguliert; sie hatten alles gemacht, was ihnen in der Aufgeregtheit ihrer übergroßen Angst eingefallen war.

Hier geschah mit den Männern dasselbe wie oben am Brunnen – außer bei einem. Ihre Hände wurden verrückt. Sie waren unfähig zu irgendeiner Handlung außer der, sich in gefährliche Situationen zu stürzen.

Der alte Mann ließ die Kuh frei, die dem Tor am nächsten war, und blind und trunken vor Schrecken prallte sie mit voller Wucht auf den Schweden. Der Schwede war hin und her gerannt und hatte fortwährend geschwätzt und geblubbert. Er führte mit sich eine leere Milchkanne, die er mit einer unbewußten, wilden Energie festhielt. Als er unter die Hufe der Kuh geriet, kreischte er wie ein Verlorener, und die Milchkanne, die über den Boden rollte, blitzte silbern durch die Düsternis.

Der alte Fleming nahm eine Gabel, prügelte die Kuh hinaus und zerrte den gelähmten Schweden an die frische Luft. Als sie alle Kühe gerettet hatten, bis auf eine, die sich derart festgeklemmt hatte, daß sie keinen Zoll weit fortbewegt werden konnte, kehrten sie zur Vorderseite der Scheune zurück; trübselig und schweratmend standen sie da, wie Männer, die das Äußerste an menschlicher Anstrengung aufgebracht hatten.

Inzwischen waren viele Leute angelaufen gekommen. Einige waren zur Kirche hin, und nun ertönte von dort das Sturmläuten der alten Glocke. Ein hoher rosa Fackelschein stand am Himmel und veranlaßte die Menschen, die weiter weg waren, zu allerlei Spekulationen bezüglich des Brandorts.

Die langen Flammen sangen ihr Marschlied jetzt mit tiefsten Baßstimmen. Der Wind wirbelte Rauchwolken und Asche in die Gesichter der Zuschauer. Der Umriß des alten Stallgebäudes hob sich schwarz zwischen diesen Massen orangegefärbter Flammen ab.

Da stürzte der Schwede wieder daher, und brüllte, als sei er ein Werkzeug des finstersten Schicksals. »Die Fohlen! Ihr habt die Fohlen vergessen!«

Der alte Fleming fuhr zusammen. Richtig, sie hatten wirklich die beiden Fohlen in ihren Boxen ganz hinten im Stall vergessen. »Leute«, sagte er, »wir müssen versuchen, sie rauszuholen.« Sie erhoben ein Jammergeschrei um ihn, sie fürchteten sich für ihn, sie hatten Angst vor dem, was sie nun würden mit ansehen müssen. Dann redeten sie heftig aufeinander ein. »Aber – das ist der sichere Tod!« »Der käme doch nie wieder raus!« »Das ist doch Selbstmord, wenn einer da reingeht!« Der alte Fleming blickte geistesabwesend auf das offene Tor. »Die armen kleinen Tiere«, sagte er. Dann stürzte er sich in den Stall.

Als das Dach einstürzte, stob eine große Rauchsäule zum Himmel auf, als ob sich der machtvolle Geist des alten Mannes, wie aus einer kleinen Flasche, von seinem Körper befreit hätte und, wie jener Geist aus dem Märchen, sich ausgedehnt und hinaufgefahren wäre. Durch die Flammen hatte der Rauch einen rosa Farbton, und vielleicht wird selbst die unaussprechlich tiefe Nacht des Weltalls nicht die Kraft haben, diese Farbe seiner Seele zu trüben.

Das offene Boot

Eine Geschichte, die den Tatsachen entsprechen soll: Denn sie ist die Erfahrung von vier Männern aus dem gesunkenen Dampfer Commodore

I

Keiner von ihnen wußte um die Farbe des Himmels. Ihre Augen blickten waagrecht und waren fest auf die Wellen gerichtet, auf die sie zutrieben. Die Wellen hatten die Farbe des Schiefers, abgesehen von den Wellenkämmen, die schaumig weiß waren, und alle Männer wußten um die Farbe der See. Der Horizont wurde enger und weiter, tauchte unter und tauchte auf, und immer war sein Rand von Wellen gezackt, die wie Felsen spitz nach oben standen.

Manch einer dürfte eine Badewanne besitzen, die größer als das Boot ist, das hier auf dem Meer fuhr. Die Wellen waren zumeist schlimm und barbarisch in ihrer Kürze und Steilheit, und jeder Gischtkamm bedeutete ein Problem für die Navigation des kleinen Bootes.

Der Koch kauerte auf dem Boden und schaute mit zwei Augen auf die zwanzig Zentimeter Schanzdeck, die ihn vom Ozean trennten. Seine Ärmel waren über die fetten Unterarme gerollt, und die beiden Zipfel seiner nicht zugeknöpften Weste flatterten, während er sich bückte, um das Boot auszuschöpfen. Er sagte öfter: »Mein Gott, das war haarscharf.« Und wenn er diese Bemerkung machte, schaute er jedesmal ostwärts über die zerrissene See.

Der Maschinist, der mit einem der beiden Ruder steuerte, richtete sich manchmal plötzlich auf, um dem Wasser zu entgehen, das über das Heck stäubte. Es war ein dünnes kleines Ruder, und oft sah es so aus, als müßte es jeden Augenblick abknicken.

Der Journalist, der das andere Ruder bewegte, beobachtete die Wellen und fragte sich, wieso er hier war.

Der verletzte Kapitän, der am Bug lag, war zu der Zeit tief in jene Tiefen der Gleichgültigkeit und Niedergeschlagenheit versunken, in die, mindestens zeitweilig, auch der Tapferste und Ausdauerndste verfällt, wohl oder übel, wenn die Firma bankrott macht, die Armee besiegt wird oder das Schiff untergeht. Der Geist des Herrn eines Schiffes wurzelt tief in den Schiffsplanken, ob er das Kommando nun für einen Tag hat oder zehn Jahre. Dieser Kapitän trug in sich das schlimme Bild jener Szene, als im Morgengrauen sieben Gesichter ihm zugewandt waren – dann: das Bild vom Stumpf eines abgebrochenen Hauptmastes, oben drauf mit einer weißen Kugel, der hin und her gegen die Wellen schwankte, tiefer und tiefer sank und unterging. Danach kam etwas Fremdes in seine Stimme. Wenn sie auch stetig war, so lag doch eine tiefe Klage darin, ein Ausdruck jenseits aller Reden und Tränen.

»Halt dich etwas mehr südlich, Billie«, sagte er.

»Etwas mehr südlich, Sir«, sagte der Maschinist im Heck.

Ein Platz in diesem Boot war nicht unähnlich einem Sitz auf einem scheuen Wildpferd, und wenn man es so betrachtet: ein Mustang ist auch nicht viel kleiner. Das Fahrzeug tänzelte und bäumte sich wie ein Tier. Immer wenn eine Welle kam, stieg es und benahm sich wie ein Pferd, das zu einem enorm hohen Sprung ansetzt. Die Art, wie es dann über die Wassermauern krabbelte, hatte etwas Geheimnisvolles, und dann kam obenauf auch noch das Weißwasser, die Gischt, die vom Kamm einer jeden Welle herunterfuhr, was einen weiteren Sprung erforderlich machte, und zwar einen Sprung durch die Luft. Nachdem es dann zornig auf dem Wellenkamm aufgesetzt hatte, schlidderte, raste und platschte das Boot einen langen Abhang hinunter, und erreichte hüpfend und schaukelnd den Beginn der nächsten bedrohlichen Prüfung.

Ein besonderer Nachteil des Meeres liegt darin, daß man, kaum hat man eine Welle erfolgreich überstanden, schon die nächste dahinter entdecken muß, die sich genau so wichtig nimmt und genauso erpicht darauf ist, im Geschäft der Überflutung etwas Nachhaltiges auszurichten. In einem drei Meter langen Ruderboot kriegt man eine Vorstellung von den Wellen-Reserven des Meeres; einer durchschnittlichen Erfahrung wird dies wohl kaum zugänglich, da sie nie in einem Ruderboot auf hoher See gemacht wird. Jedesmal wenn sich wieder eine solche schieferige Wasserwand näherte und den Männern jede andere Sicht verdeckte, konnte man sich leicht vorstellen, daß diese Welle nun der letzte Kraftausbruch des Meeres wäre, die letzte Anstrengung des zornigen Wassers. Es war eine schreckliche Grazie in der Bewegung der Wellen, und sie kamen schweigend, bis auf das Fauchen der Kämme.

In dem knappen Licht müssen die Gesichter der Männer grau gewesen sein. Ihre Augen müssen seltsam geglitzert haben, während sie stetig nach vorne blickten. Von einer Loge aus wäre die Sache zweifellos auf eine gespenstige Weise malerisch gewesen. Aber die Männer im Boot hatten keine Zeit, darauf zu achten, und wenn, dann hätten andere Dinge sie beschäftigt. Die Sonne stieg gleichmäßig am Himmel auf, und sie wußten, daß es mitten am Tag war, denn die Farbe des Meeres wechselte von einem Schiefergrau zu einem Smaragdgrün mit goldgelben Lichtstreifen, und der Schaum war wie stürzender Schnee. Sie konnten den Vorgang des Tagesanbruchs nicht sehen. Was sie wahrnahmen, war nur seine Wirkung auf die Farbe der Wellen, die auf sie zurollten.

Mit abgerissenen Sätzen diskutierten der Koch und der Journalist über den Unterschied zwischen einer Rettungsstation und einem Schutzhaus. Der Koch hatte gesagt: »Es gibt da ein Schutzhaus nahebei, nördlich des Feuers an der Moskitobucht, und sobald die uns sehen, werden sie mit ihrem Boot kommen und uns auflesen.«

»Sobald wer uns sieht?« fragte der Journalist.

»Die Besatzung.«

»Schutzhäuser haben keine Besatzung«, sagte der Journalist.

»Soweit mir bekannt ist, sind das einfach Unterkünfte, wo Kleider und Nahrung für Schiffbrüchige gelagert sind. Es gibt da keine Besatzung.«

»Doch, sicher haben sie eine«, sagte der Koch.

»Nein, haben sie nicht«, sagte der Korrespondent.

»Naja, wir sind ja sowieso noch nicht da«, sagte der Maschinist im Heck.

Der Koch sagte: »Vielleicht ist das ja auch kein Schutzhaus, was ich meine, was da bei dem Feuer an der Moskitobucht ist; vielleicht ist das ja eine Rettungsstation.«

»Jedenfalls sind wir noch nicht da«, sagte der Maschinist am Heck.

II

Wenn das Boot vom Kamm einer Welle sprang, blies der Wind schneidend durch die Haare der unbedeckten Männer, und wenn das Fahrzeug dann mit dem Heck wieder aufprallte, fuhr die Gischt an ihnen vorbei. Jeder Wellenkamm war ein Berg, von dessen Gipfel die Männer einen Augenblick lang eine weit ausgedehnte, aufgestörte Fläche überblickten, die windgefurcht und glänzend war. Wahrscheinlich wars ein prächtiger Anblick, wahrscheinlich wars großartig, dieses Spiel der freien See, mit ihren wild tanzenden Lichtern in Grün und Weiß und Goldgelb.

»Verdammtes Glück, daß der Wind landeinwärts geht«, sagte der Koch. »Wenn das nicht wäre, wo wärn wir dann? Wir hätten keine Chance.«

»So ist es«, sagte der Journalist.

Der Maschinist, der beschäftigt war, nickte zustimmend.

Dann kicherte der Kapitän am Bug, auf eine Art, die Humor und Verachtung und Tragödie ausdrückten. »Meint ihr, daß wir jetzt ne große Chance haben, Boys?« fragte er.

Darauf waren die drei still, bis auf so etwas wie »hmhm« und

»haha«. Zu dieser Zeit besonderen Optimismus zu zeigen wäre ihnen kindisch und dumm vorgekommen, aber doch hatten sie alle so ein Gefühl von ihrer Lage in ihren Köpfen. In solchen Zeiten läßt ein junger Mann sich nicht unterkriegen. Auf der anderen Seite wäre es in dieser Lage unangemessen gewesen, Hoffnungslosigkeit offen auszudrücken. Also waren sie still.

»Jaja«, sagte der Kapitän, um seine Kinder zu trösten. »Wir kommen schon an Land.«

Aber im Klang seiner Stimme war etwas, das sie nachdenklich machte; daher meinte der Maschinist: »Ja, wenn der Wind bleibt.«

Der Koch schöpfte Wasser. »Ja, wenn wir nicht in der Brandung gebeutelt werden.«

Flanellgraue Seemöwen flogen nah und fern. Manchmal hockten sie sich auf dem Meer nieder, in der Nähe von großen Tangplacken, die sich über die Wellen schlängelten, wie Teppiche an einer Leine im Sturm. Die Vögel saßen gemütlich und grüppchenweise; sie wurden von einigen im Boot beneidet, denn für die Möwen war der Zorn des Meeres nicht schlimmer als für einen Schwarm Präriehühner tausend Meilen tief im Landesinnern. Oft kamen sie sehr nahe heran und betrachteten die Männer mit ihren schwarzen Perlaugen. Sie wirkten dann unheimlich und bösartig mit ihrer unablässigen, lidlosen Aufmerksamkeit, und die Männer brüllten sie wütend an und schrien, sie sollten sich fortmachen. Eine kam näher und war offenbar entschlossen, auf dem Kopf des Kapitäns zu landen. Der Vogel flog neben dem Boot her, er kreiste nicht, er machte kleine Seitensprünge in der Luft, so wie Küken es machen. Seine schwarzen Augen waren hartnäckig auf den Kopf des Kapitäns gerichtet. »Ekelhaftes Mistvieh!« sagte der Maschinist zu dem Vogel. »Du siehst aus, als hätten sie dich mit einem Messer geschnitzt.« Der Koch und der Journalist stießen düstere Flüche gegen das Tier aus. Der Kapitän wollte es mit einem schweren Tauende wegscheuchen, aber er wagte es nicht, denn alles, was einer lebhaften Geste ähnlich sah, konnte das überladene Boot zum Kentern bringen; also verscheuchte der Kapitän die Möwe sanft und vorsichtig mit seiner offenen Hand. Nachdem sie nun entmutigt von der Verfolgung abließ, war der Kapitän erleichtert, weil seinem Haar nichts passiert war, und die anderen waren erleichtert, weil der Vogel auf sie zu der Zeit wie etwas Greuliches gewirkt hatte, wie ein böses Vorzeichen.

Inzwischen saßen der Maschinist und der Journalist an den Rudern. Und sie ruderten. Sie saßen nebeneinander auf demselben Sitz und jeder ruderte mit einem Ruder. Dann griff der Maschinist zu beiden Rudern; dann nahm der Journalist die beiden Ruder. Sie ruderten und ruderten. Ein besonders kitzliger Teil dieses Geschäftes kam, wenn derjenige, der zuletzt im Heck gelehnt hatte, nun mit dem Rudern an der Reihe war. Es ist die reine Wahrheit, daß es leichter ist, einer brütenden Henne die Eier wegzunehmen, als in so einem kleinen Boot die Sitze zu wechseln. Zuerst tastete der Mann vom Heck sich an der Ducht entlang und bewegte sich so vorsichtig, als wäre sie aus Porzellan. Dann ließ der Mann auf dem Sitz seine Hand entlang der anderen Ducht nach rückwärts gleiten. Dies alles wurde mit außerordentlicher Vorsicht bewerkstelligt. Wenn die beiden gerade aneinander vorbeirutschten, hatte die ganze Gesellschaft ein wachsames Auge auf die nächste Welle und der Kapitän rief: »Aufpassen! Jetzt! Ganz ruhig!«

Die braunen Seetang-Teppiche erschienen von Zeit zu Zeit wie Inseln, wie ein bißchen Erde. Sie bewegten sich offenbar weder nach der einen noch nach der anderen Richtung. Soweit erkennbar, blieben sie, wo sie waren. Die Männer im Boot konnten daran ablesen, daß sie einen langsamen Fortschritt zum Land hin machten.

Der Kapitän am Bug richtete sich vorsichtig auf, nachdem das Boot einen großen Wasserrücken erklettert hatte, und sagte, er habe den Leuchtturm am Eingang zur Moskitobucht gesehen. Sogleich erklärte auch der Koch, daß er ihn gesehen habe. Der Journalist war gerade an den Rudern; irgendwie wollte auch er einen Blick auf den Leuchtturm werfen, aber sein Rücken war der fernen Küste zugekehrt, und die Wellen waren mächtig, und so gab es für ihn eine Weile keine Gelegenheit, den Kopf umzuwenden. Schließlich aber kam eine Welle, die sanfter war als die anderen, und als sie obenauf waren, glitt sein Blick schnell über den westlichen Horizont.

»Siehst du ihn?« fragte der Kapitän.

»Nein«, sagte der Journalist langsam. »Ich habe gar nichts gesehen.«

»Schau nochmal hin«, sagte der Kapitän. Er zeigte mit dem Finger. »Genau in diese Richtung.«

Auf der Kuppe einer weiteren Welle tat der Journalist, was man ihn geheißen hatte, und diesmal erkannten seine Augen etwas Kleines, Stilles, am Rande des schwankenden Horizontes. Es war genau wie ein Stecknadelkopf. Es bedurfte schon eines angstvollen Blickes, um so ein winziges Leuchtfeuer wahrzunehmen.

»Ob wirs wohl schaffen, Kapitän?«

»Wenn der Wind so bleibt und das Boot nicht volläuft, können wir gar nicht anders«, sagte der Kapitän.

Das kleine Boot, das von jeder der turmhohen Wogen hochgehoben und von den Schaumkronen bösartig besprüht wurde, legte eine Strecke zurück, die für die Insassen, da es keine Tangfelder mehr gab, nicht mehr zu erkennen war. Es war bloß wie ein winziges Ding, den fünf Ozeanen ausgeliefert, das da wunderbarerweise, mit der richtigen Seite nach oben, herumrollte. Hin und wieder flog, wie ein weißes Feuer, ein großer Guß Wasser herein.

»Schöpf aus, Koch«, sagte der Kapitän streng.

»Wird gemacht, Käptn«, sagte der Koch fröhlich.

III

Es wäre schwierig, jene feine menschliche Brüderlichkeit zu beschreiben, die sich hier auf See ausbildete. Niemand stellte das fest. Niemand machte eine Bemerkung darüber. Aber diese Brüderlichkeit war in dem Boot eingezogen, und jeder Mann spürte ihre Wärme. Sie waren ein Kapitän, ein Maschinist, ein Koch und ein Journalist, und sie waren Freunde – Freunde, mit einem merkwürdigen Maß von eisernem Zusammenhalt, fester als üblich. Der verletzte Kapitän, der im Bug gegen das Wasserfaß gelehnt war, sprach stets mit leiser, ruhiger Stimme; aber nie befehligte er eine Mannschaft, die bereitwilliger und schneller gehorchte als diese zusammengewürfelten drei in dem Boot. Es war mehr als bloße Einsicht in das, was für ihre Sicherheit am besten war. Es war da sicher etwas ganz Persönliches, tief Gefühltes darin. Und nach dieser Hingabe an den Kommandanten des Bootes kam die Kameradschaft, so daß etwa der Journalist, der es gelernt hatte, zynisch über die Menschen zu denken, schon jetzt wußte, daß dies die beste Erfahrung seines Lebens war. Aber niemand stellte das fest. Niemand machte eine Bemerkung darüber.

»Ich wünschte, wir hätten ein Segel«, sagte der Kapitän. »Wir könnten mal meinen Mantel probieren, über dem Ende von einem Ruder, dann hättet ihr beiden Burschen mal Zeit zum Ausruhen.« Und so hielten der Koch und der Journalist den Rudermast hoch und den Mantel weit ausgespannt; der Maschinist steuerte, und das kleine Boot machte gute Fahrt mit seiner neuen Takelage. Manchmal mußte der Maschinist das Ruder hart herumreißen, damit nicht die Brecher in das Boot hineinstürzten, aber sonst war das Segeln ein Erfolg.

Inzwischen war der Leuchtturm langsam größer geworden. Er hatte fast schon Farbe bekommen; er hob sich als kleiner grauer Schatten vom Himmel ab. Die Männer am Ruder ließen nicht davon ab, ziemlich oft den Kopf umzuwenden, um einen Blick auf diesen kleinen grauen Schatten zu erhaschen.

Schließlich konnten die Männer in ihrem stampfenden Boot von jedem Wellenkamm aus das Land sehen. Während der Leuchtturm sich aufrecht gegen den Himmel abzeichnete, schien das Land nur als langer schwarzer Schatten im Meer. Gewiß war er dünner als Papier. »Wir müssen genau gegenüber von New Smyrna sein«, sagte der Koch, der schon auf Schonern die Küste entlang gesegelt war. »Übrigens, Käptn, die Rettungsstation, die dort war, haben sie, glaube ich, vor einem Jahr aufgegeben.«

»Wirklich?« fragte der Kapitän.

Der Wind flaute langsam ab. Der Koch und der Korrespondent mußten sich jetzt sehr anstrengen, um das Ruder hoch genug zu halten; aber die Wellen fegten weiterhin mit der üblichen Wildheit auf das Boot los, und das kleine Fahrzeug, das jetzt keine Fahrt mehr machte, schleppte sich weidwund über sie hinweg. Der Maschinist und der Journalist griffen wieder zu den Rudern.

Schiffbrüche ereignen sich in Hinsicht auf nichts. Wenn die Leute nur vorher üben könnten und sie dann passieren ließen, wenn es mit ihrer Kondition am besten steht, dann würde auf See viel weniger ertrunken werden. Die vier im Boot hatten zwei Tage und zwei Nächte, bevor sie sich auf dem kleinen Gefährt eingeschifft hatten, nicht nennenswert geschlafen, und während sie aufgeregt in ihrem absackenden Schiff herumgeklettert waren, hatten sie auch vergessen, ordentlich zu essen.

Aus diesen Gründen, und auch aus anderen, waren weder der Maschinist noch der Journalist zu der Zeit besonders erpicht aufs Rudern. Angestrengt überlegte sich der Journalist, wie um Himmels willen manche Leute Vergnügen am Rudern eines Bootes haben konnten. Es war kein Vergnügen. Es war eine teuflische Strafe, und selbst ein Genie der geistigen Verirrung würde wohl nie darauf verfallen, daß es etwas anderes als eine Folter für die Muskeln und ein Verbrechen gegen die Wirbelsäule sein könnte. Er gab ganz allgemein an die Bootsbesatzung die Erklärung ab, wie ihm die Begeisterung am Rudern vorkam, und der Maschinist mit seinem müden Gesicht grinste teilnahmsvoll. Vor dem Untergang hatte der Maschinist übrigens schon zwei Wochen hintereinander im Maschinenraum seines Schiffes gearbeitet.

»Machts euch leicht, Jungens«, sagte der Kapitän. »Überanstrengt euch nicht. Wir müssen noch durch die Brandung. Da braucht ihr eure ganze Kraft, denn da müssen wir bestimmt schwimmen. Laßt euch Zeit.«

Langsam stieg das Land aus dem Meer. Aus einem schwarzen Strich wurde ein schwarzer und ein weißer Strich: Bäume und Sand. Schließlich sagte der Kapitän, er könne am Ufer ein Haus erkennen. »Das ist das Schutzhaus, bestimmt«, sagte der Koch. »Dort werden sie uns über kurz oder lang bemerken, und dann kommen sie uns holen.«

Der ferne Leuchtturm ragte hoch. »Der Wächter müßte uns jetzt ausmachen können, wenn er durch ein Glas schaut«, sagte der Kapitän. »Er wird die Rettungsmannschaft benachrichtigen.«

»Von den anderen Booten kann keins an Land gekommen sein und von dem Schiffbruch berichtet haben«, sagte der Maschinist mit leiser Stimme. »Sonst wäre das Rettungsschiff ausgelaufen und hätte uns gesucht.«

Langsam und herrlich hob sich das Land aus dem Meer. Der Wind kam wieder. Er war von Nordost nach Südost umgeschlagen. Schließlich drang ein neues Geräusch an die Ohren der Männer im Boot. Es war der leise Donner der Brandung an der Küste. »Jetzt schaffen wirs nicht mehr bis zum Leuchtturm«, sagte der Kapitän. »Halt den Bug ein bißchen weiter nördlich, Billie.«

»Etwas mehr nördlich, Sir«, sagte der Maschinist.

Darauf drehte das Boot seine Nase wieder seewärts, und alle, außer dem Mann am Ruder, sahen die Küste wachsen. Und wie sie da vor ihnen aufstieg, schwanden die Zweifel und die schreckliche Furchtsamkeit aus den Seelen der Männer. Noch immer hatten sie alle Hände voll damit zu tun, mit dem Boot fertig zu werden, aber das konnte ihre stille Fröhlichkeit nicht verhindern. In einer Stunde waren sie vielleicht schon an Land.

Ihr Rückgrat war schon vollkommen daran gewöhnt, das Boot auszubalancieren, sie ritten auf diesem wilden Meeres-Pony wie die Zirkusleute. Der Journalist hatte gemeint, er sei bis auf die Haut durchnäßt, aber als er zufällig mal in der obersten Tasche seiner Jacke nachfühlte, fand er acht Zigarren darin. Vier davon waren vom Meerwasser durchweicht, vier waren völlig makellos. Nach einigem Suchen förderte einer auch noch drei trockene Streichhölzer zutage. Und nun fuhren die vier Vagabunden keck in ihrem Boot, schmauchten, wobei ihnen die Gewißheit ihrer bevorstehenden Rettung aus den Augen leuchtete, ihre großen Zigarren und verteilten Lob und Tadel auf die Menschheit. Jeder trank einen Schluck Wasser.

IV

»Koch«, bemerkte der Kapitän, »in deinem Schutzhaus sieht man keinerlei Lebenszeichen.«

»Nein«, antwortete der Koch. »Komisch, daß sie uns nicht sehen.«

Ein breiter Streifen tiefliegenden Landes lag vor den Augen der Männer. Er bestand aus niedrigen Dünen, die mit dunklem Pflanzenwuchs bedeckt waren. Das Brüllen der Brandung war deutlich zu hören, und manchmal konnten sie die weiße Zunge einer Welle sehen, die sich den Strand hinaufkräuselte. Ein kleines Haus stand klobig schwarz gegen den Himmel. Nach Süden zu ragte der kleine graue Stecken des schlanken Leuchtturms.

Die Flut, der Wind und die Wellen trieben das kleine Boot nach Norden. »Komisch, daß die uns nicht sehen«, sagten die Männer.

Das Brüllen der Brandung war hier gedämpft, aber noch

immer war sein Geräusch donnernd und machtvoll. Als das Boot über die großen Wogen glitt, saßen die Männer still und lauschten. »Wir werden sicher vollaufen«, sagten sie.

Hier muß gesagt werden, daß es nach beiden Richtungen innerhalb von zwanzig Meilen keine Rettungsstation gab; aber das wußten die Männer nicht, und sie machten daher allerlei düstere und anzügliche Bemerkungen über das Sehvermögen der nationalen Lebensretter. Vier Männer mit wütenden Mienen saßen da in ihrem kleinen Boot und überboten Rekorde im Erfinden von Schimpfworten.

»Komisch, daß die uns nicht sehen.«

Die gelöste Stimmung von vorhin war dahingeschwunden. Für ihre geschärfte Einbildungskraft war es leicht, sich vieles vorzustellen – Blindheit, Unfähigkeit – ja sogar Feigheit. Vor ihnen lag die Küste eines volkreichen Landes, und es war bitter für sie, so bitter, daß gar kein Zeichen von dort herüberkam.

»Tja«, sagte der Kapitän schließlich, »wir werden es wohl auf eigene Faust versuchen müssen. Wenn wir hier draußen zu lange warten, wird keiner von uns mehr die Kraft zum Schwimmen haben, wenn das Boot volläuft.«

Also drehte der Maschinist, der jetzt an den Rudern saß, das Boot direkt auf die Küste zu. Auf einmal strafften sich alle Muskeln. Es wurde nachgedacht.

»Wenn nicht alle von uns an Land kommen«, sagte der Kapitän, »wenn nicht alle von uns an Land kommen, dann werdet ihr Burschen wohl wissen, wohin ihr die Nachricht von meinem Ende schicken müßt?«

Sie tauschten rasch ein paar Adressen und Ermahnungen aus. Was die Gedanken der Männer anging, so herrschte in ihnen ein großer Zorn. Man könnte ihn vielleicht so in Worte fassen: »Wenn ich ertrinke – und ertrinken werde ich bestimmt – wenn ich also ertrinke, warum, im Namen der sieben Wahnsinnsgötter, die über das Meer herrschen, warum ließ man mich so weit herankommen, daß ich noch den Sand und die Bäume sehen konnte? Warum hat man mich bis hierher gebracht, bloß damit ich an der Nase fortgeschleift werde, wenn ich gerade anfange, den heiligen Käse des Lebens zu knabbern? Es ist unerhört! Wenn dieses alte trottelige Weib, das Schicksal, nichts Besseres als das fertigbringt, dann sollte man ihm die Verwaltung des menschlichen Glücks entziehen. Sie ist ein altes Huhn, das nicht weiß, was es will. Wenn sie beschlossen hat, mich zu ertränken, warum tut sie's dann nicht gleich von Anfang an und erspart mir den ganzen Ärger? Das Ganze ist absurd ... Aber nein; sie kann nicht wollen, daß ich ertrinke. Sie wird nicht wagen, mich zu ertränken! Sie kann es nicht! Nicht nach diesem ganzen Aufwand!« Danach spürte der Mann vielleicht einen plötzlichen Drang, die Faust gegen den Himmel zu recken und zu schütteln. »Ertränke mich nur! Tu's doch – du wirst ja sehen, wie ich dich dann heiße!«

Die Wogen, die um diese Zeit herankamen, waren schrecklicher. Sie schienen jedesmal fast über das kleine Boot hereinzubrechen, darüber hinwegzurollen – mit einem großen Schaumtumult dahinter. Bevor sie zu ihren langen Volksreden anhuben, kam ein langes, ein leitendes Grollen. Niemand, der das Meer nicht kennt, hätte es für möglich gehalten, daß das kleine Boot diese enormen Steilhänge noch erklimmen konnte. Noch immer war die Küste weit. Der Maschinist hatte große Bedenken angesichts der Brandung. »Leute«, sagte er schnell, »wir leben keine drei Minuten mehr, und wir sind noch zu weit draußen, um zu schwimmen. Soll ich wieder seewärts steuern, Käptn?«

»Ja, tu das!« sagte der Kapitän.

Durch eine Reihe kleiner Wunder und schneller, fester Ruderarbeit brachte der Maschinist es fertig, das Boot mitten in der Brandung zu wenden und es wieder sicher auf See zu bringen.

Im Boot herrschte eine tiefe Stille, während das Boot über das gefurchte Wasser wieder zur tieferen See hin hoppelte. Dann sprach jemand aus der Düsternis: »Aber jetzt müssen sie uns wirklich vom Land her gesehen haben.«

Die Möwen flogen schräg in den Wind, auf den grauen, verlassenen Osten zu. Im Südwesten war ein Sturmwirbel zu sehen; man erkannte ihn an den kleinen Wölkchen, dem ziegelroten Wolkenring, der wie der Rauch eines brennenden Hauses aussah.

»Was sagt ihr zu diesem Rettungstrupp! Das sind vielleicht Flaschen!«

»Komisch, daß die uns nicht gesehen haben!«

»Vielleicht meinen die, wir sind zum Sport hier draußen! Vielleicht denken sie, daß wir fischen. Vielleicht meinen sie auch, wir sind verdammte Narren.«

Es war ein langer Nachmittag. Eine andere Tide versuchte sie nach Süden zu drücken, aber der Wind und die Wellen sagten: Nord. Weit weg, wo die Küstenlinie und der Himmel ihren großmächtigen Winkel bildeten, sah man kleine Punkte, die auf eine Stadt an der Küste hindeuteten.

»St. Augustine?«

Der Kapitän schüttelte den Kopf; zu nahe an der Moskitobucht.

Und der Maschinist ruderte, und dann ruderte der Journalist; und dann ruderte der Maschinist. Es war ein mühseliges Geschäft. Mehr Schmerzen und Leiden können sich in einem menschlichen Rücken niederlassen als in der gesamten Anatomie eines Regiments. Es ist nur ein begrenztes Gebiet, aber es kann zum Schauplatz unzähliger Gefechte, Verwicklungen, Verzerrungen und Verknotungen der Muskeln und aller möglichen anderen Annehmlichkeiten werden.

»Hast du schon mal gern gerudert, Billie?« fragte der Journalist.

»Nee«, sagte der andere. »Der Teufel solls holen.«

Wenn einer den Rudersitz gegen den Platz am Boden des Bootes vertauschte, dann war er körperlich so zerschlagen, daß ihm alles andere egal war; er konnte vielleicht gerade noch mit den Fingern wackeln. Kaltes Meerwasser gurgelte im Boot hin und her, und er lag drin. Sein Kopf, dem eine Ducht als Kissen diente, lag ein paar Zentimeter neben einem wirbelnden Schaumkamm, und manchmal schlug eine besonders ungebärdige Welle ins Boot und durchnäßte ihn ein weiteres Mal. Aber das alles machte ihm nichts aus. Man kann fast sicher sein: Auch wenn das Boot umgeschlagen wäre – er hätte sich gemächlich hinausrollen lassen, hinaus auf die Fläche des Ozeans, als sei er ganz sicher, daß er eine einzige große weiche Matratze war.

»Guck mal! Da ist ein Mann am Ufer!«

»Wo?«

»Da! Siehst du ihn? Siehst du ihn?«

»Ja, wirklich! Er geht da entlang!«

»Jetzt ist er stehen geblieben. Guckmal! Er schaut zu uns her!«

»Er winkt uns!«

»Ja, er winkt, tatsächlich!«

»Ah, jetzt ist alles in Ordnung! Jetzt ist alles in Ordnung! In einer halben Stunde wird ein Boot für uns da sein!«

»Er geht weiter. Er rennt. Er läuft zu diesem Haus da!«

Der ferne Strand schien tiefer als das Meer zu liegen, und man mußte schon genau suchen, um die kleine schwarze Gestalt da auszumachen. Der Kapitän sah einen treibenden Holzpflock, und sie ruderten an ihn heran. Durch irgendeinen absonderlichen Zufall war ein Handtuch im Boot, und der Kapitän knotete es um den Pflock und winkte damit. Der Mann am Ruder wagte nicht, den Kopf umzuwenden, also mußte er fragen.

»Was macht er jetzt?«

»Er ist wieder stehen geblieben. Er schaut, glaube ich. Jetzt geht er wieder, auf das Haus zu . . . jetzt hat er wieder angehalten.«

»Winkt er uns zu?«

»Nein, jetzt nicht. Aber vorher hat er gewinkt.«

»Schau mal! Da kommt noch ein Mann!«

»Er rennt!«

»Schau mal, wie der geht, schau!«

»Der fährt doch auf einem Fahrrad! Jetzt hat er den anderen getroffen. Sie winken uns beide zu. Schaut!«

»Jetzt kommt etwas am Ufer rauf.«

»Was ist denn das, zum Teufel?«

»Das sieht aus wie ein Boot.«

»Aber sicher ist das ein Boot!«

»Nein; es hat Räder.«

»Ja, so ist es. Also, das muß das Rettungsboot sein. Sie ziehn es auf einem Wagen ans Ufer.«

»Das ist das Rettungsboot, jawohl.«

»Nein; verd... – es ist ein Omnibus!«

»Ich sage dir, es ist ein Rettungsboot!«

»Ist es nicht! Es ist ein Omnibus. Ich kann ihn genau sehen. Seht ihr? Einer von diesen großen Hotel-Omnibussen.«

»Herrgott, du hast recht. Sicher, es ist ein Omnibus – so sicher wie das Grab. Was meinst du denn, was die mit einem Omnibus da wollen? Vielleicht fahren sie herum und sammeln die Rettungsmannschaft auf?«

»Das könnte sein. Schau mal! Ein Kerl winkt da mit einer schwarzen Fahne. Er steht auf den Stufen vor dem Omnibus. Da kommen die anderen beiden Kerle. Jetzt reden sie miteinander. Schau dir mal den Kerl mit der Fahne an. Vielleicht winkt der ja auch gar nicht damit?«

»Das ist doch keine Fahne, oder? Das ist sein Mantel. Ja, sicher, das ist sein Mantel!«

»Jawohl, so ist es. Es ist sein Mantel. Er hat ihn ausgezogen und wedelt mit ihm um seinen Kopf. Schau mal, wie er den schwingt!«

»Hört mal, das ist überhaupt keine Rettungsstation! Das ist bloß der Omnibus von einem Winterkurort! Der hat ein paar Gäste hergefahren, damit sie uns beim Ertrinken zuschauen können!«

»Was meint denn der Idiot mit dem Mantel? Was will er uns denn mitteilen?«

»Sieht aus, als ob er sagen will, wir sollen uns nördlich halten. Da oben muß wohl eine Rettungsstation sein.«

»Nein, er denkt wir fischen. Er winkt uns fröhlich zu! Seht ihr? Oh, da, Billie!«

»Also, ich wünschte, ich könnte was mit diesem Zeichen da anfangen. Was meint denn ihr, was der meint?«

»Der meint gar nichts; der spielt bloß so rum.«

»Wenn er uns doch bloß ein Zeichen geben würde, daß wir es nochmal durch die Brandung versuchen sollen, oder nach Norden rudern, oder nach Süden, oder zum Teufel gehen, dann hätt's wenigstens einen Sinn. Aber schaut ihn an! Er steht einfach da, und schwingt dauernd seinen Mantel um seinen Kopf rum wie ein Rad. So ein Rindvieh!«

»Da kommen noch mehr Leute.«

»Jetzt kommt da ein ganzer Haufen. Schaut mal! Ist das nicht ein Boot?«

»Wo denn? Ach, ich seh, was du meinst. Nein, das ist kein Boot.«

»Der Kerl wedelt immer noch mit dem Mantel.«

»Der denkt wohl, wir finden das toll, was er da macht. Warum hört er denn nicht auf damit? Es bedeutet doch nichts.«

»Ich weiß nicht. Ich glaube, er will, daß wir nach Norden fahren. Da muß wohl irgendwo eine Rettungsstation sein.«

»Bitte – er ist noch immer nicht müde! Schaut mal, wie er winkt!«

»Möcht wissen, wie lang der das noch macht. Er hat diesen Mantel geschwungen, seit er uns in Sicht hat. Er ist ein Idiot. Warum holen sie denn keine Leute, die mit einem Boot hier rauskommen. Ein Fischerboot, so einer von den großen Besankuttern – der käme hier schon raus. Warum tut er nicht mal was!«

»Oh, jetzt ist schon alles in Ordnung.«

»Die werden in Null Komma nichts ein Boot für uns rausschicken, wo sie uns jetzt gesehen haben.«

Der Himmel über dem Landesinneren nahm jetzt einen blaßgelben Ton an. Die Schatten auf dem Meer wurden langsam tiefer. Der Wind brachte Kälte mit, und die Männer begannen zu zittern.

»Lieber Himmel!« sagte einer und legte in seine Stimme einen lästerlichen Unterton. »Wenn wir hier noch weiter herumgurken! Wenn wir womöglich die ganze Nacht hier herumschippern!«

»Oh, wir müssen auf keinen Fall hier die Nacht über bleiben. Die haben uns jetzt gesehen, und sie werden bald rauskommen und uns holen.«

Die Küste wurde dämmerig. Der Mann, der seinen Mantel schwang, verschmolz allmählich mit der Düsternis, und zugleich verschluckte sie auch den Omnibus und die Menschengruppe. Die Gischt, wenn sie aufmüpfig über die Bordwand sprang, ließ die Reisenden zusammensinken und fluchen, wie gebrandmarkte Menschen.

»Am liebsten würde ich mir ja den Typ mal schnappen, der da mit dem Mantel winkt. Ich würde ihn gern mal untertauchen, bloß so zum Spaß.«

»Warum, was hat er denn gemacht?«

»Ach nichts, er sah bloß so verdammt lustig aus.«

Inzwischen ruderte der Maschinist, und dann ruderte der Journalist, und dann ruderte der Maschinist. Mit grauen Gesichtern, die Körper vornübergebeugt, bewegten sie mechanisch, Schlag um Schlag, die bleiernen Ruder. Der Umriß des Leuchtturms war vom südlichen Horizont verschwunden, aber schließlich erschien ein blasser Stern, der gerade über dem Meer aufgestiegen war. Der safrangelbe Streifen im Westen wich der alles verschmelzenden Dunkelheit, und im Osten war das Meer schwarz. Das Land war verschwunden und machte sich nur durch das tiefe und träge Donnern der Brandung bemerkbar.

»Wenn ich ertrinken soll – wenn ich ertrinken soll – wenn ich ertrinken soll, warum, im Namen der sieben wahnsinnigen

Götter, die das Meer beherrschen, warum ließ man mich so weit herankommen, daß ich noch den Sand und die Bäume sehen konnte? Warum hat man mich bis hierher gebracht, bloß damit ich an der Nase fortgeschleift werde, wenn ich gerade an dem heiligen Käse des Lebens zu knabbern anfange?«

Der geduldige Kapitän, der über dem Wasserfaß kauerte, mußte hin und wieder mit dem Mann am Ruder reden.

»Halt den Bug hoch! Halt den Bug hoch!«

»Den Bug hochhalten, Sir!« Die Stimmen waren müde und leise.

Es war wirklich ein stiller Abend. Alle außer dem Mann am Ruder lagen schwer und voller Gleichgültigkeit am Boden des Bootes. Was den Rudergast anging, so konnten seine Augen gerade noch die hohen schwarzen Wellen ausmachen, die mit einer tief bedrohlichen Stille vorwärts glitten – bis auf ein gelegentliches, unterdrücktes Grollen eines Schaumkammes.

Der Kopf des Kochs lag auf einer Ducht, und er blickte interesselos auf das Wasser vor seiner Nase. Er war tief in andere Bilder versunken. Schließlich redete er. »Billie«, murmelte er träumerisch, »was für einen Kuchen magst du am liebsten?«

V

»Kuchen!« riefen der Maschinist und der Journalist aufgebracht. »Red bloß nicht von so etwas, verdammt nochmal!«

»Naja«, sagte der Koch, »ich dachte nur gerade an Schinkenbrote, und –«

Eine Nacht auf See in einem offenen Boot ist eine lange Nacht. Als die Dunkelheit schließlich herabgesunken war, verwandelte sich der Lichtschein, der über der südlichen See aufstieg, ganz in Gold. Am nördlichen Horizont erschien ein neues Licht, ein schwacher bläulicher Glanz am Rande des Wassers. Aus diesen beiden Lichtern bestand nun die Welt. Sonst gab es nichts als Wellen.

Zwei Männer kauerten sich ins Heck; die Entfernungen in dem kleinen Boot waren so wundervoll eingerichtet, daß der Ruderer seine Füße teilweise dadurch warm halten konnte, daß er sie unter seine Gefährten schob. Deren Beine reichten weit unter dem Rudersitz durch, bis sie schließlich vorne die Füße des Kapitäns berührten. Manchmal stürzte sich, trotz der Mühen des erschöpften Ruderers, eine Welle ins Boot, eine eisige Welle der Nacht, und das kalte Wasser durchtränkte sie von neuem. Einen Augenblick lang wanden und drehten sich ihre Körper und sie stöhnten; dann schliefen sie weiter ihren totenähnlichen Schlaf, während um sie herum das Wasser im Boot gluckerte und das Boot schaukelte.

Die Einteilung des Maschinisten und des Journalisten sah vor, daß einer ruderte, bis er nicht mehr konnte, und dann den anderen auf seinem weichen Seewasser-Sofa auf dem Bootsboden weckte.

Der Maschinist bewegte die Ruder, bis sein Kopf vornüberfiel und der übermächtige Schlaf ihn blind machte; und doch ruderte er noch weiter. Dann berührte er den Mann am Boden des Bootes und rief ihn beim Namen. »Löst du mich mal eine Weile ab?« fragte er sanft.

»Klar, Billie«, sagte der Journalist, während er zu sich kam und sich mühselig aufrichtete. Vorsichtig wechselten sie ihre Plätze; der Maschinist kuschelte sich in das Meerwasser neben den Koch und schien augenblicklich eingeschlafen.

Die übergroße Wildheit der See hatte nachgelassen. Die Wellen kamen ohne Fauchen daher. Was der Mann an den Rudern zu tun hatte, war nur, das Boot so auszurichten, daß die heranrollende Welle es nicht umkippte und daß es nicht vollief, wenn die Wellenkämme vorüberschossen. Die schwarzen Wellen waren lautlos und in der Dunkelheit schwer zu erkennen. Oft hing so eine Welle schon fast über dem Boot, wenn der Ruderer sie bemerkte.

Der Journalist sprach leise den Kapitän an. Er war nicht sicher, ob der Kapitän wach war, aber dieser eiserne Mann war wohl immer wach. »Käptn, soll ich auf die Helligkeit im Norden zuhalten, Sir?«

Wie stets antwortete die ruhige Stimme: »Ja. Halt dich ungefähr zwei Strich vor dem Hafeneingang.«

Der Koch hatte sich einen Rettungsgürtel umgebunden, um sich wenigstens das bißchen mehr Wärme zu verschaffen, das dieser plumpe Kork-Apparat spenden konnte. Beim Rudern war er fast wie ein Ofen, aber seine Zähne fingen unweigerlich wieder zu klappern an, wenn er damit aufhörte und in Schlaf sank.

Beim Rudern schaute der Journalist auf die beiden Männer herab, die ihm zu Füßen schliefen. Der Arm des Kochs lag um die Schultern des Maschinisten, und sie waren, mit ihren auf See zerfetzten Kleidern und verhärmten Gesichtern, die auf See verlassenen Kinder – eine ins Groteske verkehrte Vorstellung der im Walde verirrten Kinder aus dem Märchen.

Später muß er bei seiner Arbeit wohl stumpfsinnig geworden sein, denn plötzlich war da ein Grollen des Wassers, und dann schwappte ein Wellenkamm brüllend und mit einem Guß ins Boot hinein, und es war ein Wunder, daß sie aus dem Koch mit seinem Rettungsgürtel nicht gleich einen Schwimmer machte. Der Koch schlief weiter, aber der Maschinist setzte sich auf, blinzelte und zitterte von neuem in der Kälte.

»Oh, tut mir furchtbar leid, Billie«, sagte der Journalist zerknirscht.

»Is schon gut, alter Junge«, sagte der Maschinist, legte sich hin und schlief schon wieder.

Jetzt schien sogar der Kapitän eingenickt zu sein, und der Journalist dachte bei sich, nun sei er der einzige auf den Ozeanen treibende Mensch. Und die Stimme des Windes ging über die Wellen, und sie war trauriger als das Ende.

Das Boot zog eine lange, laute Heckwelle hinter sich her, eine schimmernde Spur, die wie eine blaue Flamme leuchtete, war in das schwarze Wasser eingefurcht. Sie sah aus, wie von einem Riesenmesser gezogen.

Es folgte eine Stille, während der der Journalist mit offenem Munde atmete und über das Meer blickte.

Auf einmal war da noch ein anderes Zischen und ein langer bläulicher Lichtblitz, und er ging so dicht am Boot vorbei, daß man ihn fast mit dem Ruder hätte berühren können. Der Journalist sah eine enorme Flosse schattenhaft durch das Wasser rasen; sie ließ einen kristallenen Sprühregen aufsteigen und hinter sich eine lange, leuchtende Spur.

Der Journalist blickte über die Schulter nach dem Kapitän. Das Gesicht des Kapitäns war verdeckt, er schien zu schlafen. Er blickte auf die auf See verirrten Kinder. Sie lagen sicher in ihrem Schlaf. Da er nun auf keinerlei Mitgefühl rechnen konnte, beugte er sich ein wenig zur Seite und fluchte leise auf das Meer hinaus.

Aber das Ding verschwand nicht aus der Umgebung des Bootes. Vorn oder hinten, an der einen oder an der anderen Seite, nach längeren oder kurzen Zwischenzeiten, flog der lange, funkelnde Streif vorbei, und man hörte das Sirren der dunklen Flosse. Die Kraft und die Geschwindigkeit dieses Dings waren sehr bewundernswert. Es durchschnitt das Wasser wie ein riesiges scharfes Geschoß.

Aber auch angesichts dieses Dings, das da hartnäckig auf seine Zeit wartete, entsetzte sich der Mann nicht, wie sich ein Ausflügler entsetzt hätte. Er schaute nur dumpf aufs Meer und fluchte halblaut.

Trotzdem, er mußte es sich eingestehen: Er wollte mit dem Ding nicht allein bleiben. Er wünschte sich, einer seiner Gefährten würde aufwachen und ihm dabei Gesellschaft leisten. Doch der Kapitän hing bewegungslos über dem Wasserfaß, und der Maschinist und der Koch lagen tief im Schlaf am Boden des Bootes.

VI

»Wenn ich ertrinken soll – wenn ich ertrinken soll – wenn ich schon ertrinken soll, warum, im Namen der sieben wahnsinnigen Götter, die das Meer beherrschen, warum ließ man mich so weit herankommen, daß ich noch den Sand und die Bäume sehen konnte?«

In dieser trostlosen Nacht konnte ein Mann wirklich den Schluß ziehen, daß es die Absicht der sieben wahnsinnigen Götter war, ihn ertrinken zu lassen, obwohl das so ungeheuer ungerecht war. Denn es war doch gewiß eine ungeheure Ungerechtigkeit, einen Menschen ertrinken zu lassen, der so hart gearbeitet hatte. Zwar waren schon andere Menschen im Meer ertrunken, seit die Galeeren mit ihren buntbemalten Segeln ausschwärmten, doch . . .

Wenn ein Mann feststellen muß, daß die Natur ihn nicht für so wichtig und daß sie das Universum nicht gerade für verstümmelt hält, wenn sie sich seiner entledigt, dann würde dieser Mann zunächst am liebsten Backsteine gegen die Tempel schmeißen, und Haß erfüllt ihn um so mehr, als weder Backsteine noch Tempel zur Hand sind. Er würde gewiß jede sichtbare Manifestation der Natur mit Schmährufen bedenken.

Wenn aber nichts Handgreifliches da ist, gegen das man losbrüllen kann, dann spürt er vielleicht das Verlangen, sich an eine der Verkörperungen zu wenden und sie kniefällig, mit bittenden Händen, anzuflehen: »Aber ich liebe mein Leben!«

Ein ferner, kalter Stern in einer Winternacht, spürt er, ist die ganze Antwort darauf. Und nun ist er sich bewußt, wie abgründig seine Lage ist.

Die Männer im Boot hatten sich über solche Fragen nicht unterhalten, aber zweifellos hatte jeder, seinem Naturell entsprechend, in der Stille darüber nachgedacht. In den Gesichtern allerdings gab es selten einen anderen Ausdruck als den der vollkommenen Erschöpfung. Und was geredet wurde, bezog sich auf die Notwendigkeiten des Bootes.

Wie eine Begleitmelodie zu seinen Gefühlen kam dem Journalisten ein Vers in den Sinn. Er hatte sogar vergessen, daß er ihn vergessen hatte, aber plötzlich fiel er ihm ein.

Ein Soldat der Legion biß in Algier ins Gras
Es gab keine Pflege von Frauen und kein Augennaß
Ein Kamerad stand bei ihm und nahm des Kameraden Hand
Er sagte: Nie seh ich mehr mein Vater- und Mutterland

In seiner Kindheit hatte man den Journalisten mit der Tatsache bekanntgemacht, daß da ein Soldat der Legion in Algier ins Gras biß, aber er hatte das nie für wichtig gehalten. Zahllose seiner Schulkameraden hatten ihn über das Geschick dieses Soldaten unterrichtet, aber das ganze Geschrei bewirkte naturgemäß nur vollkommene Gleichgültigkeit. Er hatte es nie als seine Sache angesehen, daß da ein Soldat in Algier ins Gras biß, noch war ihm dies als eine traurige Sache erschienen. Sie hatte für ihn weniger Wichtigkeit als eine abgebrochene Bleistiftspitze.

Aber jetzt berührte es ihn sonderbar, wie etwas Lebendes und Menschliches. Es war jetzt nicht mehr bloß die blasse Vorstellung von den Schmerzen in einer Dichterbrust, während der Dichter seinen Tee trank und seine Füße am Kamin wärmte; jetzt hatte es etwas unmittelbar Gültiges, und war streng, traurig und schön.

Der Journalist sah diesen Soldaten klar vor sich. Er lag auf dem Sand und seine Füße waren gerade ausgestreckt und bewegungslos. Seine bleiche linke Hand lag auf seiner Brust und versuchte, das verrinnende Leben aufzuhalten, aber das Blut quoll zwischen seinen Fingern hervor. In der fernen algerischen Weite hob sich eine Stadt mit niedrigen quadratischen Formen vom Himmel ab, einem Himmel, der blaß war und die letzten Farben des Sonnenuntergangs hatte. Während der Journalist seine Ruder bewegte und von den langsamen, immer langsameren Lippenbewegungen des Soldaten träumte, durchdrang ihn ein tiefes und unpersönliches Begreifen. Der sterbende Legionär in Algier hatte sein Mitgefühl.

Das Ding, das dem Boot gefolgt war, hatte infolge der Verzögerung offenbar die Geduld verloren. Man hörte das Zischen des zerschnittenen Wassers nicht mehr, und die blaue Flamme der langen Spur war nicht mehr zu sehen. Das Licht im Norden schimmerte noch, aber es war anscheinend nicht näher herangekommen. Manchmal drang das Donnern der Brandung an das Ohr des Journalisten, und dann drehte er das Fahrzeug meerauswärts und ruderte stärker. Nach Süden zu hatte offenbar jemand ein Wachtfeuer an der Küste entzündet. Es war zu weit weg und zu niedrig, um direkt sichtbar zu sein, aber es warf einen blaß rosa Widerschein auf die Klippe dahinter, und der war vom Boot aus zu sehen. Der Wind blies jetzt stärker; manchmal fauchte eine Welle zornig wie eine Bergkatze, und man sah das Schimmern und Blitzen eines zerstiebenden Wellenkamms.

Im Bug rührte sich der Kapitän auf seinem Wasserfaß und setzte sich aufrecht. »Ziemlich lange Nacht«, bemerkte er zu dem Journalisten. Er blickte zur Küste hin. »Diese Rettungsleute lassen sich Zeit.«

»Haben Sie den Hai gesehen, wie er da rumspielte?«

»Ja, ich hab ihn gesehen. War ein großer Bursche, was?«

»Hätte ich bloß gewußt, daß Sie wach waren.«

Später sprach der Journalist zum Boden des Bootes. »Billie!« Langsam und allmählich begann die Entwirrung der Glieder. »Billie! – Löst du mich ab?«

»Klar«, sagte der Maschinist.

Kaum hatte der Journalist den kalten bequemen Meerwasserboden im Boot berührt und sich an den Rettungsgürtel des Kochs geschmiegt, da war er auch schon in den Schlaf gefallen, obgleich seine Zähne dabei alle möglichen populären Schlager klapperten. Der Schlaf war so gut zu ihm, daß nur ein Augenblick verging, bis er eine Stimme seinen Namen rufen hörte – eine Stimme in den letzten Stadien der Erschöpfung.

»Löst du mich ab?«

»Klar, Billie.«

Das Licht im Norden war auf geheimnisvolle Weise verschwunden, aber der Journalist bekam seinen Kurs vom Kapitän, der hellwach war.

Später in der Nacht brachten sie das Boot weiter aufs Meer hinaus, und der Kapitän ordnete an, daß der Koch ein Ruder ans Heck nehmen und das Boot meerauswärts steuern sollte. Er sollte sich melden, wenn er Brandungsdonner hörte. Auf diese Weise konnten der Maschinist und der Journalist gemeinsam ausruhen. »Man muß zusehen, daß die Jungen wieder in Form kommen«, sagte der Kapitän. Sie legten sich zusammengekrümmt nieder, und nach einem Vorspiel von Zähneklappern und Zittern schliefen sie wieder ihren totenähnlichen Schlaf. Keiner von ihnen wußte, daß sie dem Koch die Gesellschaft eines anderen Hais hinterlassen hatten – oder vielleicht auch desselben Hais.

Wenn das Boot auf den Wellen schaukelte, sprühte hin und wieder die Gischt von der Seite herein und durchweichte sie von neuem, aber das konnte sie in ihrer Ruhe nicht stören. Der wütende Anprall des Windes und des Wassers berührte sie nicht mehr, als er Mumien berührt hätte.

»Leute«, sagte der Koch mit einem Ton äußersten Widerstrebens, »wir sind ziemlich nah herangetrieben. Ich glaube, einer von euch bringt sie besser wieder meerauswärts.« Der Journalist, der aufgeschreckt worden war, hörte das Krachen der zusammenstürzenden Brecher.

Während er ruderte, gab der Kapitän ihm etwas verdünnten Whisky; das beruhigte sein Kältezittern. »Wenn ich je wieder an Land komm, und es zeigt mir einer bloß ein Foto von einem Ruder . . .«

Schließlich eine kleine Unterhaltung.

»Billie! – Billie, löst du mich ab?«

»Klar«, sagte der Maschinist.

VII

Als der Journalist seine Augen wieder öffnete, waren Meer und Himmel von grauer Dämmerung überzogen. Später wurde in Hellrot und Gold auf das Wasser gemalt. Schließlich erschien der Morgen mit seiner Pracht. Der Himmel war von reinstem Blau und das Sonnenlicht brannte auf den Wellenköpfen.

Auf den fernen Dünen hoben sich viele schwarze Häuschen ab, eine große weiße Windmühle überragte sie. Kein Mensch, kein Hund und kein Fahrrad ließ sich am Strand blicken. Die Häuschen sahen aus wie ein verlassenes Dorf.

Die Reisenden ließen die Blicke über die Küste schweifen. Im Boot wurde eine Konferenz abgehalten. »Wenn eben keine Hilfe kommt«, sagte der Kapitän, »dann sollten wir lieber sofort versuchen durch die Brandung durchzukommen. Wenn wir noch länger hier draußen bleiben, werden wir schließlich zu schwach sein, um uns überhaupt zu helfen.« Die anderen fanden sich schweigend mit dieser Überlegung ab. Das Boot hielt auf die Küste zu. Der Journalist fragte sich, ob denn nie jemand mal auf den Turm der Windmühle stieg, und wenn, ob er denn nie mal aufs Meer hinausschaute. Wie riesig dieser Turm da stand und der Not dieser Ameisen den Rücken zukehrte! Auf gewisse Weise stand er in den Augen des Journalisten für die Gleichgültigkeit der Natur gegenüber den Kämpfen der Einzelnen – Natur im Wind, Natur im Auge des Menschen. Sie erschien im jetzt weder grausam noch wohlwollend, weder verräterisch noch weise. Sie war gleichgültig, nichts als gleichgültig. Man könnte sich vorstellen, daß ein Mensch in dieser Lage, unter dem Eindruck des teilnahmslosen Universums, der zahllosen Fehler in seinem Leben gewahr wird, daß er ihnen in seinem Geist nachspürt, und sich wünscht, noch einmal eine Chance zu bekommen. Auf eine absurde Weise wird ihm der Unterschied zwischen Recht und Unrecht klar, und nun, in seiner neuen Unschuld am Grabesrand weiß er es: Würde er noch einmal eine Gelegenheit bekommen, so würde er sein Verhalten und seine Worte bessern, er wäre besser und klüger, wenn er Menschen kennenlernte oder zum Tee eingeladen würde.

»Also, Jungs«, sagte der Kapitän, »jetzt wird es bestimmt vollaufen. Wir können das Boot jetzt nur noch so weit wie möglich durchbringen, und dann, wenn es volläuft, heißt es nichts wie raus und zum Ufer gestrampelt. Bleibt jetzt ganz ruhig und springt nicht raus, bevor es nicht wirklich volläuft.«

Der Maschinist nahm die Ruder. Er prüfte die Brandung mit einem Blick über die Schulter. »Käptn«, sagte er, »ich glaube, ich dreh lieber um, halte das Boot mit dem Bug meerauswärts und fahre rückwärts zum Ufer.«

»Ist gut, Billie«, sagte der Kapitän. »Rückwärts rein.« Der Maschinist drehte das Boot, und dann mußten der Koch und der Journalist, die am Heck saßen, die einsame und teilnahmslose Küste über ihre Schultern ansehen.

Die ungeheuren landeinwärts rollenden Wellen hoben das Boot hoch, bis die Männer die weißen Bahnen des Wassers sehen konnten, die den schrägen Strand hinaufeilten. »Sehr weit kommen wir nicht ran«, sagte der Kapitän. Jedesmal, wenn einer der Männer seinen Blick von den herankommenden Wellen lösen konnte, wandte er die Augen zur Küste, und es war, während dieser Betrachtung, etwas Einzigartiges im Ausdruck seiner Augen. Der Journalist, der die anderen beobachtete, sah wohl, daß sie keine Angst hatten, aber die volle Bedeutung ihres Ausdrucks blieb ihm verborgen.

Doch er war zu müde, um sich irgendwie grundsätzlich mit diesen Feststellungen auseinanderzusetzen. Er versuchte seine Gedanken dazu zu zwingen, aber sein Kopf war zu dieser Zeit von den Muskeln beherrscht, und die Muskeln sagten, es sei ihnen egal. Nur das eine kam ihm in den Sinn, daß es eine Schande wäre, wenn er jetzt ertränke.

Es gab keine hastigen Worte, keine Blässe, keine sichtbare Aufregung. Die Männer schauten einfach die Küste an. »Denkt daran, daß ihr euch immer schön weit weg vom Boot haltet, nachdem ihr gesprungen seid«, sagte der Kapitän.

Weiter draußen überschlug sich plötzlich mit Donnergetöse ein Wellenkamm, und eine Sturzsee schoß brüllend auf das Boot los.

»Jetzt ruhig«, sagte der Kapitän. Die Männer waren still. Sie wandten ihre Augen von der Küste ab auf die Brandungswelle und warteten. Das Boot glitt auf ihrer schrägen Vorderseite hinauf, machte einen Satz auf dem wildschäumenden Kamm, sprang drüber weg und glitt auf dem langen Wellenabhang hinunter. Es war etwas Wasser übergekommen, und der Koch schöpfte es aus.

Doch schon näherte sich mit Getöse der nächste Wellenkamm. Die kochende, brodelnde Flut des weißen Wassers packte das Boot und wirbelte es fast senkrecht hoch. Von allen Seiten strömte Wasser hinein. Diesmal hatte der Journalist seine Hände am Schanzdeck, als das Wasser überkam; schnell zog er die Finger weg, als hätte er etwas dagegen, daß sie naß wurden.

Das kleine Boot war trunken vom Gewicht des Wassers, es drehte sich und schmiegte sich tiefer ins Meer.

»Schöpf aus, Koch! Schöpf es aus!« sagte der Kapitän.

»In Ordnung, Käptn«, sagte der Koch.

»So, Jungs, die nächste wird uns bestimmt drankriegen«, sagte der Maschinist. »Paßt auf, daß ihr weit vom Boot wegspringt.«

Die dritte Welle bewegte sich heran, rasend, riesenhaft, undurchdringlich. Sie verschluckte so ziemlich das kleine Boot, und fast zur gleichen Zeit stürzten sich die Männer in die See. Auf dem Boden des Bootes hatte ein Stück eines Rettungsgürtels gelegen, das der Journalist nun mit der linken Hand an seine Brust drückte, während er über Bord ging.

Das Januar-Wasser war eisig, und er dachte in diesem Moment, daß es kälter war, als er das vor der Küste von Florida erwartet hätte. Das erschien seinem umnebelten Geist wichtig genug, festgehalten zu werden. Die Kälte des Wassers hatte etwas Trauriges an sich, etwas Tragisches. Diese Feststellung vermischte sich und verquirlte sich mit der Einschätzung seiner Lage, und er mußte Tränen darüber vergießen. Es war kalt, das Wasser.

Als er wieder an die Oberfläche kam, war ihm kaum etwas anderes bewußt als das lärmende Wasser. Danach sah er seine Gefährten in der See. Der Maschinist führte das Rennen an. Er schwamm kräftig und schnell. Links von dem Journalisten wölbte sich der große weiße, mit Kork bedeckte Rücken des Kochs aus dem Wasser, und hinter ihm hielt sich der Kapitän mit seiner heilen Hand am Kiel des umgeschlagenen Bootes fest.

Es ist etwas Unbewegtes, etwas Ungerührtes an einer Küste, und der Journalist war sich dieser Ruhe mit Verwunderung bewußt, mitten im Tumult der See.

Es war, als würde er von ihr angezogen; aber zugleich wußte der Journalist, daß es ein langer Weg war, und er ruderte gemächlich mit den Armen. Das Stück vom Rettungsgürtel lag unter ihm, und manchmal fuhr er einen Wellenabhang hinunter, als läge er auf einem Schlitten.

Schließlich erreichte er einen Wasserbereich, in dem man sich nur mit Schwierigkeiten fortbewegen konnte. Zwar schwamm er unentwegt weiter und fragte sich nicht, in was für eine Art von Strömung er da geraten war, aber er kam nicht mehr vom Fleck. Vor ihm war die Küste wie eine Kulisse auf einer Bühne aufgebaut, er schaute sie an, und mit den Augen verstand er jede ihrer Einzelheiten.

Als, viel weiter links, der Koch vorbeischwamm, rief der Kapitän ihm zu: »Leg dich auf den Rücken, Koch! Leg dich auf den Rücken und nimm das Ruder!«

»Jawohl, Sir.« Der Koch legte sich auf den Rücken und paddelte mit dem Ruder, als sei er ein Kanoe.

Jetzt kam links vom Journalisten auch das Boot vorbei, an dessen Kiel der Kapitän sich mit einer Hand festklammerte. Es hätte ausgesehen wie ein Mann, der sich an einem Zaun hochzieht, um darüber hinwegzuschauen, wenn nicht die außerordentlichen gymnastischen Übungen des Bootes dagegen gesprochen hätten. Der Journalist bewunderte den Kapitän, daß er sich immer noch halten konnte.

Sie bewegten sich weiter, sie näherten sich der Küste – der Maschinist, der Koch, der Kapitän –, und ihnen folgte das Wasserfaß, das fröhlich auf den Wellen tanzte.

Aber der Journalist wurde weiterhin von der Strömung, diesem seltsamen Feind, festgehalten. Die Küste mit ihrem weißen sandigen Abhang und ihren grünen Klippen, mit ihren stillen kleinen Häusern, war vor ihm wie ein Bild ausgebreitet. Es war jetzt ganz nahe, aber es machte einen Eindruck auf ihn, als säße er auf einer Galerie und hätte vor sich eine Szene aus der Bretagne oder aus Algier.

Er dachte: »Werde ich ertrinken? Kann das möglich sein? Ist das möglich? Ist das möglich?« Es ist vielleicht unvermeidlich, daß jedes Individuum seinen eigenen Tod als das Ende der Welt betrachtet.

Vielleicht trug ihn dann eine Welle aus diesem kleinen tödlichen Strudel heraus; auf einmal stellte er fest, daß er wieder vorwärts kam, auf die Küste zu. Noch später nahm er wahr, daß der Kapitän, der mit einer Hand am Bootskiel hing, sein Gesicht von der Küste weg und zu ihm hingedreht hatte und seinen Namen rief. »Komm zum Boot! Komm zum Boot!«

Während er sich anstrengte, den Kapitän und das Boot zu erreichen, ging es ihm durch den Kopf, daß das Ertrinken, wenn man einmal richtig müde geworden ist, wirklich eine bequeme Lösung ist – ein Ende der Feindseligkeiten, wobei man eine große Erleichterung empfindet; und er war froh darüber, denn das, was ihn einige Augenblicke vor allem beschäftigt hatte, war die schreckliche Angst vor einem schmerzhaften Ende gewesen; eine Verletzung wollte er nicht ertragen müssen.

Jetzt sah er einen Mann am Ufer entlangrennen. Er zog sich mit außerordentlichem Tempo aus. Jacke, Hose, Hemd – alles flog auf zaubrische Art von ihm fort.

»Komm zum Boot!« rief der Kapitän.

»Jawohl, Käptn.« Während der Journalist mit den Händen ruderte, sah er, daß der Kapitän sich vom Boot herabgleiten ließ und sich vom Boot entfernte. Dann vollbrachte der Journalist sein kleines Wunder auf dieser Reise. Eine große Welle packte ihn und warf ihn mit Leichtigkeit und mit hoher Geschwindigkeit über das Boot und weit darüber hinaus. Sogar zu dieser Zeit kam ihm dieses Turnerkunststück wie ein wirkliches Mirakel des Meeres vor. Ein umgeschlagenes Boot in der Brandung ist kein Spielzeug für einen schwimmenden Menschen.

Der Journalist erreichte schließlich eine Stelle, wo das Wasser ihm nur noch bis zur Hüfte ging, aber sein Zustand erlaubte ihm nicht, länger als einen Augenblick stehen zu bleiben. Jede Welle warf ihn wieder um, und die Unterströmung zerrte an ihm.

Dann sah er den Mann, der rannte und sich auszog, der sich auszog und rannte, sich ins Wasser stürzen. Er zog den Koch ans Ufer, dann watete er, um den Kapitän zu holen; aber der Kapitän winkte ihn weiter und schickte ihn zu dem Journalisten. Der Mann war nackt – nackt wie ein Winterbaum; aber um seinen Kopf war ein Lichtschein, und er leuchtete wie ein Heiliger. Erst zog er hart an der Hand des Journalisten, dann kam ein längeres Zerren, und dann hob er sie kräftig empor. Mit seinen anerzogenen Floskeln sagte der Journalist: »Danke, alter Junge.« Aber plötzlich schrie der Mann: »Was ist das?« Er zeigte mit schneller Fingerbewegung. Der Journalist sagte: »Los!«

Der Maschinist lag mit dem Gesicht nach unten im flachen Wasser. In Abständen, zwischen jeder Welle, wurde seine Stirn, die auf dem Sand lag, freigelegt.

Danach war dem Journalisten nicht mehr alles, was vorfiel, bewußt. Als er sicheren Grund erreichte, fiel er, fiel wuchtig mit der ganzen Länge seines Körpers in den Sand. Es war, als sei er vom Dach gefallen, aber der Aufprall war sanft.

Es machte den Eindruck, als ob die Küste sich augenblicklich mit Männern bevölkerte, die Decken, Tücher, Flaschen mit sich führten, und mit Frauen, die Kaffeekannen hatten, und jegliche Arznei, die ihnen wertvoll erschien. Der Willkommensgruß an die Männer aus dem Meer war warm und großzügig. Aber es wurde etwas Stilles und Tropfendes langsam den Strand hinaufgetragen, und für dieses Stille und Tropfende gab es keine andere Begrüßung als die fremde und finstere Gastfreundschaft des Grabes.

Als die Nacht kam, stiegen im Mondlicht die Wellen auf und ab; zu den Männern an Land trug der Wind die geräuschvolle Sprache des Meeres; und sie dachten, jetzt könnten sie ihre Übersetzer sein.

Das Monster

I

An diesem Abend war der kleine Jim die Lokomotive Nr. 36 und machte Dienst auf der Strecke Rochester–Syracuse. Er hatte vierzehn Minuten Verspätung, und das Dampfventil war weit offen. Das hatte zur Folge, daß er, als er durch die Kurve am Blumenbeet fuhr, mit einem Rad seines Anhängers eine Päonie kaputtfuhr. Sofort ließ der Sechsunddreißiger es langsamer angehen; er warf einen schuldbewußten Blick auf den Vater, der den Rasen mähte. Der Doktor wandte dem Unglück den Rücken zu; er ging weiter langsam auf und ab und schob seine Mähmaschine.

Jim ließ die Deichsel seines Wägelchens sinken. Er schaute zu seinem Vater hinüber und schaute auf die geknickte Blume. Schließlich ging er zu der Päonie und versuchte sie mit ihrem Stengel wieder aufzurichten, als sei sie wieder in Ordnung; aber der Stengel war beschädigt, und die Blume hing nur schlaff über seine Hand. Jim konnte sie nicht wieder in Ordnung bringen. Wieder schaute er zum Vater hin.

Er ging langsam auf den Rasen und trat mißmutig gegen die Grasbüschel. Der Vater kam jetzt näher heran mit seiner surrenden Maschine, die süßen, frischen Grasblättchen spritzten von ihren Messern weg. Jim sagte mit leiser Stimme: »Papa!«

Der Doktor rasierte seinen Rasen, als sei er das Kinn eines Priesters. Den ganzen Sommer über hatte er daran gearbeitet – nach dem Essen, im Frieden und in der Kühle des Abends. Sogar im Schatten der Kirschbäume war das Gras fest und gesund. Jim erhob seine Stimme ein wenig. »Papa!«

Der Doktor hielt an; da nun das Dröhnen der Maschine seine Ohren nicht mehr betäubte, hörte er die Lerchen, die in den Kirschbäumen ihrer Beschäftigung nachgingen. Jims Hände lagen auf dem Rücken, seine Finger verschränkten sich und lösten sich. Wieder sagte er »Papa!« Die frische rosige Lippe des Kindes hing herab.

Der Doktor blickte zu seinem Sohn herunter, wobei er den Kopf vorstreckte und die Stirn in aufmerksame Falten legte. »Was ist denn los, Jimmie?«

»Papa«, wiederholte das Kind noch einmal mit gedehnter Stimme. Es hob den Finger und zeigte auf das Beet. »Da!«

»Was?« fragte der Doktor und runzelte die Stirn. »Was ist denn da, Jim?«

Nach einem Augenblick des Schweigens, in dem das Kind wohl unter schweren inneren Kämpfen litt, hob es den Finger und sagte noch einmal wie vorher: »Da!«. Der Vater hatte das Schweigen mit vollkommener Höflichkeit beachtet. Danach folgte sein Blick sorgsam der Richtung, in die der Kinderfinger zeigte, aber er konnte nichts sehen, er fand keine Erklärung. »Ich verstehe nicht, was du meinst, Jimmie«, sagte er.

Es schien, als ob die Gewichtigkeit der ganzen Angelegenheit den Jungen seines ganzen Wortschatzes beraubt hatte. Er konnte nur wiederholen: »Da!«

Der Doktor überdachte die Lage, konnte sich aber keinen Reim darauf machen. Schließlich sagte er: »Komm, zeigs mir.«

Sie überquerten zusammen den Rasen bis zum Blumenbeet. Einige Meter vor der geknickten Päonie blieb der Junge zurück. »Da!« Das Wort kam fast atemlos.

»Wo?« fragte der Doktor.

Jimmie trat heftig gegen das Gras. »Da!« sagte er.

Der Doktor mußte allein hingehen. Nach einigem Suchen fand er das Unfallopfer, die geknickte Blume. Er drehte sich um und sah, wie das Kind hinter ihm lauerte und seinen Gesichtsausdruck prüfte.

Der Vater überlegte. Nach einiger Zeit sagte er: »Jimmie, komm mal her.« Mit einer unendlich demütigen Haltung kam das Kind zu ihm. »Jimmie, wie ist das passiert?«

Das Kind antwortete. »Na – ich hab Eisenbahn gespielt – und da – bin ich drüber gerennt.«

»*Was* hast du gemacht?«

»Eisenbahn hab ich gespielt.«

Der Vater grübelte wieder. »Also, Jimmie«, sagte er langsam, »ich glaube, heute spielst du am liebsten nicht mehr Eisenbahn. Was meinst du?«

»Nicht mehr spielen, Sir«, sagte Jimmie.

Während der Urteilsverkündung hatte das Kind seinen Vater nicht angeschaut, und danach entfernte es sich, schlurfend, und mit gesenktem Kopf.

II

Aus Jimmies Benehmen war schon ersichtlich, daß er nichts weiter wollte als sich verdrücken. Er ging nach hinten zum Stall. Henry Johnson, ein Neger, der die Pferde des Doktors versorgte, wusch mit dem Schwamm den Einspänner ab. Als er Jimmie ankommen sah, grinste er brüderlich. Die beiden waren Spießgesellen. Sie schienen in fast allen Dingen des Lebens genau die gleichen Ansichten zu haben. Natürlich gab es Punkte, wo ihre Ansichten heftig auseinandergingen. Zum Beispiel ging aus Henrys Reden klar hervor, daß er ein sehr hübscher Schwarzer war – hellhäutig, gewichtig, und eine besonders angesehene Persönlichkeit in dem städtischen Vorort, wo die Mehrzahl der Neger lebte. Dieser Ruhmesglanz war offenbar jenseits von Jimmies Horizont; doch respektierte er ihn irgendwie und erwies Henry seine Ehrerbietung, zumal er sich respektgebietend fand und sich selbst ehrerbietig behandelte. Aber in allen Punkten, die sich auf den Doktor bezogen – das Zentralgestirn, um das sich alles drehte –, waren sie in vollständiger, wenn auch unausgesprochener Übereinstimmung. Immer wenn Jimmie auf irgendeine Weise in Ungnade fiel, ging er zum Stall, um sich dort durch den Vergleich mit Henrys Vergehen zu trösten. Mit der Beweglichkeit seiner Rasse hatte Henry gewöhnlich irgend eine Missetat anzubieten, um sich so auf eine Stufe mit dem Opfer der Ungnade zu stellen. Vielleicht fiel ihm ein, daß er kürzlich mal vergessen hatte, den Halteriemen hinten am Wagen anzubringen, und daß der Doktor ihm das vorgehalten hatte. Feinfühlig und wortlos kommunizierten diese beiden dann bezüglich des Zentralgestirns und fühlten sich als Schicksalsgenossen, wie Leute, die vergleichbare Verrätereien begangen haben. Andererseits aber konnte es geschehen, daß Henry eine solche Idee weit von sich wies, wenn Jimmie in seiner Schande bei ihm auftauchte. Er machte ihm dann tugendhafte Vorhaltungen, predigte mit großer Selbstsicherheit über die Regeln, die bei dem Doktor galten, und stieß Jimmie mit der Nase auf alle seine Schlechtigkeiten. Jimmie sah darin durchaus keinen bösartigen Zug seines Freundes. Er nahm das hin und nahm dieses Leben in der Finsternis demütig auf sich, wobei er nur versuchte, den heiligenmäßigen Henry durch Unterwürfigkeit zu versöhnen. Betört durch diese zerknirschte Haltung, ließ Henry das Kind zuweilen die Glückseligkeit spüren, die das Ausdrücken eines Schwammes über einem Wagenrad verursacht, während sein Inneres von seinen unbeschreiblichen Missetaten noch eine offene Wunde war.

Wenn dagegen Henry einmal in Sack und Asche ging, verhielt Jimmie sich durchaus nicht herablassend. So gerecht ist man in seinem Alter. Das war sein Wesenszug: Er kannte es nicht anders. Außerdem war Henry fähig, ein Pferd zu lenken, und Jimmie hatte diese feine Begabung stets vor Augen. Henry begleitete das Zentralgestirn auf seinen großartigen Reisen über die Landstraßen, wo ringsum das Farmland sich ausbreitete mit Schafen, Kühen und einer großen Zahl von anderen Wundern.

»Hallo, Jim!« sagte Henry und unterbrach seine Arbeit mit dem Schwamm. Das Wasser tropfte von dem Wagen. Manchmal stampften in ihren Boxen die Pferde donnernd auf den Fichtenholzboden. Ein Geruch von Heu und Zaumzeug hing in der Luft.

Einen Augenblick lang wollte Jimmie nichts sehen und nichts hören. Er war sehr niedergeschlagen. Nicht einmal das Wunder des Wagenwaschens wollte er in sich aufnehmen. Henry, der nun weiterarbeitete, beobachtete ihn mit verkniffenen Augen.

»Hatta Pappi dich richtig durchgehauen, was?« fragte er schließlich.

»Nein«, sagte Jimmie abweisend. »Hat er nich.«

Nach seiner Bemerkung am Rande arbeitete Henry heftig weiter. Er schob die Lippen vor und machte eine beschäftigte Miene. Dann sagte er: »Chab dir schon dauernd immer gesagt, du solls nich an den Blumen rumspieln un rumfummeln. Dein Pappa mags nu mal nich leidn.« In Wirklichkeit hatte Henry niemals eine Bemerkung über Blumen zu dem Jungen gemacht.

Jimmie verharrte in düsterem Schweigen. Also machte Henry sich an die verführerischen Kunststücke seiner Wagenwasch-Prozedur. Aber erst, als er anfing, das Rad auf einer Achse kreisen zu lassen, so daß die Wassertröpfchen an allen Seiten sprühten, wurde der Junge sichtlich mitgerissen. Er hatte sich auf die Schwelle der Wagenremise gehockt, aber als diese Festlichkeit begann, erhob er sich und umkreiste den Wagen mit einer Anteilnahme, die die Erinnerung an seine kürzliche Demütigung allmählich verdrängte.

Nun pflegte Johnson die ganze Würde eines Mannes an den Tag zu legen, dessen Pflicht es ist, Jimmie vor dem Naßgespritztwerden zu bewahren. »Paß auf, Junge, paß auf! Gleich wirste deine Hosen versaut haben. Ich schätz deine Mutter wird so'n Unsinn nich haben wollen, bestimmt nich. Ich kann dich hier nich deine Hosen einsau'n lassen, sons hab ich gleich Missis Trescott aufm Hals. Nee, das geht nich.«

Er redete mit einem Ton von starker Gereiztheit, aber er war überhaupt nicht gereizt. Der Ton gehörte einfach zu seiner Wichtigkeit. In Wirklichkeit war er immer hocherfreut, wenn das Kind da war und damit ein Zuschauer seiner Arbeit im Stall. Jimmie war jedesmal wie überwältigt vor Ehrerbietung, wenn er erfuhr, wie fabelhaft das Zaumzeug poliert und das Pferd gestriegelt wurde. Mit salbungsvoller Stimme erklärte Henry jede Einzelheit, und die Bewunderung des Kindes machte ihm große Freude.

III

Nachdem Johnson in der Küche sein Abendessen zu sich genommen hatte, stieg er in seine Bodenkammer über der Wagenremise und zog sich mit großer Sorgfalt um. Keine Schönheit einer höfischen Gesellschaft konnte sich mehr Gedanken über ihre Toilette machen als Johnson über seine. Zum anderen wirkte es auch, als ob sich ein Priester für eine kirchliche Prozession ausstaffierte. Wenn er dann wieder aus seiner Kammer hervortrat und den Kutschenweg entlang stolzierte, würde keiner vermuten, daß er je einen Wagen gewaschen hätte.

Der Eindruck entstand nicht nur durch die lavendelfarbenen Hosen, und auch nicht durch den Strohhut mit dem leuchtenden Seidenband. Die Veränderung war irgendwo tief im Inneren von Henry vor sich gegangen. Aber es war nichts Übertriebenes daran, nichts von einem pfauenhaften Cakewalk-Tänzer. Er war nun einfach ein stiller, wohlerzogener Herr von Ansehen, Reichtum und anderen erforderlichen Errungenschaften, der sich auf seinen Abendspaziergang begab und der in seinem Leben nie ein Fahrzeug gewaschen hatte.

Morgens, als er in seiner Arbeitskleidung war, hatte er einen Freund getroffen: »Hallo, Pete!« – »Hallo, Henry!« Nun begegnete er, in seiner glänzenden Ausstattung, demselben Freund, und seine Verneigung war überhaupt nicht hochmütig, sie drückte allenfalls eine maßvolle Großzügigkeit aus: »Guten Abend, Mista Washington.« Pete, der sehr schmutzig war, da er noch in einem Kartoffelfeld arbeitete, antwortete in einem Ton zwischen Erniedrigung und Wohlgefallen: »Gutn Abend, Mista Johnson.«

Das gleißende Blau der elektrischen Lichtbogenlampen beherrschte die Hauptstraße der Stadt. An vielen Stellen wurde es jedoch noch von dem orangenen Schein der Gaslampen überstrahlt, von denen es in den Ladenfenstern eine noch größere Anzahl gab. Durch diese strahlend helle Straße bewegte sich eine Menschenmenge, die am dichtesten vor dem Postamt wurde, wo man auf die Herausgabe der Abendpost wartete. Gelegentlich fuhr eine kreischende elektrische Straßenbahn dazwischen, deren Motor ein hohes Summen von sich gab wie ein Käfig voll Heuschrecken; die Bahn hatte auch einen großen Gong, der fortwährend dröhnte, um zu warnen, oder einfach, um Lärm zu machen. In einem kleinen Theater, einer Miniaturkopie in Lack und Plüsch von einem der berühmten New Yorker Theater, sollte die Wandertruppe »East Lynne« spielen. Vor allem an den Ecken waren die jungen Männer der Stadt in deutlich abgegrenzten Gruppen versammelt, aus denen die verschiedenen Abstufungen der Kameradschaft hervorgingen; mit der Zugehörigkeit zu sozialen Schichten hatte es wenig zu tun. Sie diskutierten alles aus einem kritischen Blickwinkel und hechelten die ganze Stadt durch, während sie an ihnen vorbei die Straße hinunterschwärmte. Wenn das Gongdröhnen der Straßenbahn für einen Moment aussetzte, konnte man das Geräusch der Füße der gemächlichen Menschenmenge auf dem Kopfsteinpflaster hören; es klang wie der friedliche Wellenschlag an einem Seeufer am Abend. Am Fuße eines Hügels, wo zwei Reihen von Ahornbäumen wie Schildwachen die Straße säumten, glühte eine elektrische Lampe hoch im Dach der Zweige und brachte auf der Straße darunter die herrlichsten Schattenfiligranbilder hervor.

Als Johnson in der Menge auftauchte, gab einer aus dem Lästergrüppchen an einer Straßenecke die Nachricht von dieser außerordentlichen Ankunft sogleich an seine Genossen weiter. Sie begrüßten Johnson mit Hochrufen. »Hallo, Henry! Willst du heut abend ein Tänzchen schwingen?«

»Ist er nicht schick?«

»Du hast den ersten Preis schon in der Tasche, Henry!«

»Ein bißchen mehr die Brust heraus!«

Henry wurde von diesen stillen Ermahnungen und Komplimenten in keiner Weise beeindruckt. Als Antwort brachte er nur ein äußerst wohlwollendes, kicherndes Lachen hervor, welches gleichwohl den ruhigen Gleichmut eines edleren Metalles zum Ausdruck brachte.

Der junge Anwalt Griscom verließ soeben Reifsnyders Barbierladen, wobei er sich selbstzufrieden über das Kinn strich. Auf den Stufen ließ er die Hand sinken und schaute mit weit offenen Augen auf die Menschenmenge. Plötzlich machte er einen Satz in den Laden zurück. »Oi!« rief er der Versammlung im Laden zu, »den Dandy müßtet ihr mal sehen, der jetzt daherkommt!«

Reifsnyder und seine Gehilfen nahmen sogleich die Rasiermesser hoch und wandten sich dem Fenster zu. In den Sesseln reckten sich zwei schaumbedeckte Köpfe. Der elektrische Glanz auf der Straße machte auf die Männer, die aus dem gelben Schein in Reifsnyders Laden durch das Fenster schauten, einen Eindruck wie Wasser. Die Menschen da draußen erinnerten geradezu an die Bewohner eines großen Aquariums, mit einer quadratischen Scheibe davor. Und nun ruderte die elegante Gestalt Henry Johnsons durch dieses Bild.

»Hehe!« sagte Reifsnyder. Wie auf Befehl schrieben die Barbiere alle ihre Pflichten in den Wind, verließen ihre hilflosen Opfer und eilten zum Fenster. »Ist er nicht ein Hübscher?« sagte Reifsnyder staunend.

Aber der Mann im ersten Barbierstuhl, dem eher nach einer Beschwerde zu Mute war, hatte schon das rechte Wort gefunden. »Aber das ist doch bloß Henry Johnson, ihr verdammten Idioten! Los jetzt, Reif, rasier mich! Was denkst du denn, was ich bin – ne Mumie?«

Reifsnyder wandte sich in großer Erregung um: »Ich wett mit dir jede Summe, daß das nicht Henry Johnson war! Henry Johnson! Ihr Dummköpfe!« Er legte eine solche Verachtung in dies letzte Wort, daß es wie eine Explosion klang. »Das war so'n Schaffner von einem Pullman-Wagen oder was. Wie kann das Henry Johnson sein?« In seinem wilden Ärger kam sein deutscher Akzent wieder durch. »Bei dir piept es wohl!«

Der Mann im ersten Barbiersessel schaute den Barbier in lebhafter Verärgerung an. »Hab ich ihm diese lavendelfarbigen Hosen gegeben oder nicht?« schrie er.

Der junge Griscom, der aufmerksam am Fenster stehen geblieben war, sagte: »Ja, ich glaube auch, daß es Henry war. Sah genau wie Henry aus.«

»In Gottsnamen«, sagte Reifsnyder und machte sich wieder an seine Arbeit. »Wenn Ihr das meint – was solls?« Er deutete an, daß er nur aus Gründen der Freundschaft nachgab.

Schließlich sagte der Mann im zweiten Stuhl, der wegen des Rasierschaums um seinen Mund vorsichtig murmelte: »Klar war das Henry Johnson. Der zieht sich immer so an, wenn er Eindruck machen will. Der ist doch der größte Geck in der Stadt, das weiß doch jeder.«

»Ein Affe«, sagte Reifsnyder.

Es war nicht so, daß Henry die Woge von Ausrufen des Staunens, die sich hinter ihm erhob, nicht wahrnahm. Er hatte dieses Vergnügen auch bei anderen Gelegenheiten schon genossen, und er hatte immer eine Vorliebe für theatralische Vorstellungen gehabt. Mit glückselig strahlendem Gesicht wandte er sich vom Schauplatz seines Sieges ab und bog in eine schmale Seitenstraße, wo das elektrische Licht ebenfalls hoch hing, aber nur um eine Reihe heruntergekommener Häuser zu beleuchten, die sich wie gelähmt gegeneinander neigten.

Miss Bella Farragut hatte in einem safrangelben Calicokleid auf der Hausschwelle gehockt und über eine gewisse Entfernung ein Schwätzchen gehalten, aber dann sah sie von weitem ihren Besucher kommen. Sie jagte im Pferdegalopp um die Hausecke; Henry sah es genau, aber er bewahrte die höfliche Haltung eines Gastes, dem der Kellner Weißwein auf den Ärmel gegossen hat. In dieser Lage verhielt er sich tadellos.

Die Pflicht, Mr. Johnson zu empfangen, mußte von Mrs. Farragut wahrgenommen werden, denn Bella zwängte sich im Nebenzimmer mit großer Anstrengung in ihr bestes Kleid. Die fette alte Frau hatte ihr breites Elfenbeingrinsen aufgesetzt, als sie die Tür aufriß und sich tief dabei verbeugte. »Immer rein, Mista Johnson, immer rein. Wie gehts Ihnen heut Abend, Mista Johnson – wie gehts Ihnen?«

Henrys Gesicht glänzte wie ein Spiegel, während er mehrere Bücklinge machte, wobei er sich von Kopf bis Fuß durchbog. »Gutenabend Missis Farragut, gutenabend! Wie gehts Ihnen heut Abend, gehts der Familie gut, Missis Farragut?«

Nach vielerlei gegenseitigen Komplimenten hatten sie im Wohnzimmer auf zwei gegenüberstehenden Sesseln Platz genommen. Hier tauschten sie die ausgesuchtesten Komplimente aus, bis Miss Bella ins Zimmer segelte, worauf es erneute Komplimente von allen Seiten gab und ein lächelndes Zähnezeigen, das sich ausnahm wie eine Festbeleuchtung.

Natürlich stand auch der Kochherd in diesem Wohnzimmer, und auf dem Kochherd stand eine Art Irish-Stew mit besonders langer Kochzeit. Hin und wieder mußte Missis Farragut sich erheben und es begutachten. Außerdem kam der kleine Sim herein und legte sich in der Ecke auf seinem Strohsack schlafen. Aber von allen diesen Vorgängen nahmen die drei keinerlei Notiz. Sie verbeugten sich, lächelten, ignorierten oder imitierten bis spät in die Nacht, und sie hätten sich nicht salonlöwenhafter benehmen können, wenn sie im üppigsten Salon der Welt gesessen hätten.

Nachdem Henry gegangen war, sagte Bella, die sich gern mit angelernten Ausdrücken hervortat: »Oh, Mamma, ist er nicht himmlisch?«

IV

Samstagabend war immer der Anlaß für eine größere Menschenmenge, auf der Hauptstraße zu promenieren. Im Sommer spielte die Kapelle bis zehn Uhr im Park. Die meisten jungen Männer der Stadt taten so, als blickten sie auf diese Kapelle herab, ja als verabscheuten sie sie; aber an diesen windstillen und dufterfüllten Abenden erschienen sie dann doch in voller Stärke, denn auch die Mädchen kamen bestimmt zu dem Konzert und schlenderten langsam über den Rasen, paarweise, eng eingehakt, oder noch lieber zu dritt, mit dieser sonderbaren, althergebrachten Anhänglichkeit, die sie zeigten, sobald sie gesehen wurden. Die Menschenansammlung hatte keine besondere gesellschaftliche Bedeutung, es sei denn, daß jede Clique die andere mit Interesse beobachtete – wenn auch meist schweigend. Vielleicht, daß mal eines der kleinen Mädchen ein anderes anstieß und plötzlich sagte: »Sieh mal, da geht Gertie Johnson und ihre Schwester.« So etwas schienen sie als ein wichtiges Ereignis zu betrachten.

Eines Abends war eine ziemlich große Gesellschaft junger Männer auf dem Trottoir versammelt, das an den Park angrenzte. Auf diese Weise hielten sie sich noch außerhalb der Grenzen der Festlichkeit, entsprechend ihrer Würde, die es ihnen nicht erlaubte, bei einer Gelegenheit aufzutreten, die den kleineren Jungen so viel Spaß machte. Diese schossen mit irrer Ausgelassenheit durch die Menschenmenge, wobei sie von Zeit zu Zeit kleinere Unfälle verursachten; doch flüchteten sie gewöhnlich wie ein vom Wind verwehter Nebelhauch, bevor noch eine strafende Hand sie erreichen konnte.

Die Kapelle spielte einen Walzer, für den ein ausgezeichnetes Baßhorn gebraucht wurde, und einer der jungen Männer auf dem Trottoir sagte, die Musik erinnere ihn an die neuen Maschinen oben auf dem Berg, die das Wasser in das Reservoir pumpten. Eine Ähnlichkeit dieser Art war nicht von der Hand zu weisen, aber der junge Mann sagte das nicht, weil er das

Spiel der Kapelle geringschätzte. Er sagte es, weil es eben schick war, solche Sachen über die Kapelle zu sagen. Drüben auf der Tribüne jedoch war Billie Harris, der die kleine Trommel schlug, ständig von einem Haufen von Burschen umlagert, die jeden Schlag von ihm bewunderten.

Nachdem schließlich die Postschaften aus New York und Rochester verteilt waren, wurde die Menschenmenge, die schon im Park war, durch die Menge vom Postamt verstärkt. Der Wind wehte die Blätter von den Ahornbäumen, und hoch in der Luft hingen die blau-brennenden Kugeln der Bogenlampen und brachten auf dem Boden ein wunderbares Spitzenwerk von Blätterschatten hervor. Als das Licht auf das Gesicht eines Mädchens fiel, das schräg nach oben gerichtet war, begann es mit wunderbar blassem Schimmer zu leuchten. Aus der Dunkelheit kam plötzlich ein Polizist und verscheuchte eine Bande von frechen kleinen Jungen. Sie buhten ihn aus einem Abstand aus. Der Kapellmeister hatte sich einige der Manieriertheiten großer Musiker zugelegt, in den weniger geräuschvollen Augenblicken lächelte die Menge, wenn sie ihn seine Hand zur Stirne heben sah und sah, wie er sie gefühlvoll streichelte und einen Blick voll poetischen Schmerzes nach oben warf. In dem flimmernden Licht, das aus dem Park eine große gewölbte Halle machte, bewegte sich die zerstreute Menge mit dem sanft murmelnden Geräusch der Kleider, die über den Boden streiften, und mit dem gleichmäßigen Summen der Stimmen.

Plötzlich erhob sich, ohne einleitendes Taktschlagen, in der Ferne das starke, heisere Gebrüll einer Sirene. Sie stieg an und schwoll zu einem düsteren Ton, und dann ließ sie mit dem Abendwind einen langen Schrei herüberschallen, vor dem die Menge erstarrte und sprachlos wurde. Der Kapellmeister wollte gerade mit Vehemenz seine Hand abwärts schlagen, um die Kapelle zu einem donnernden Sturmlauf durch einen populären Marsch anzufeuern, aber, erschüttert von dieser nächtlichen Riesenstimme, sank die Hand langsam zum Knie herunter und der Kapellmeister blickte schweigend und mit offenem

Mund auf seine Männer. Der Sirenenschrei verklang zu einem Jammern, dann schwieg er. Nun entspannte sich die Gesellschaft auf dem Trottoir, sie nahm eine leichte und emsige Haltung an, und alle hatten ihre Ohren nach dort gerichtet. Und nun wandten sie sich einander zu und riefen alle zugleich: »Nummer eins!«

Wieder schwoll der Ton in der Nacht, stieß seinen langen dunklen Schrei hervor, und als er verhallte, wandten sich die jungen Leute einander zu und riefen im Chor: »Nummer zwei!«

Danach kam ein Augenblick atemlosen Wartens. Dann brüllten sie: »Zweiter Bezirk!« Und dann war diese Gesellschaft lässiger und spöttischer junger Männer von der Bildfläche verschwunden, wie ein von Dynamit zerrissener Schneeball.

V

Jake Rogers war der erste, der das Gebäude des Tuscarora-Schlauch-Trupps Nr. 6 erreichte. Während er die Straße entlang rannte, hatte er schon den Schlüssel aus seiner Tasche gewühlt, und nun stürzte er wie rasend auf das Federschloß los. Vor seinen Händen sprangen die Tore zur Seite, er war mit einem Satz drinnen, stieß die Keile von einem Paar Räder weg, lockerte einen Hebel, und nun erblickten die nächsten Ankömmlinge im Schein des elektrischen Lichtes, das die Stadt vor jeder Schlauchstation aufgestellt hatte, das Schauspiel, wie Jake Rogers, krumm wie ein Walnußbaum, mit ganzer Manneskraft an dem schweren Gefährt zog, bis es sich langsam auf das Tor zu bewegte. Vier Männer kamen ihm nun zu Hilfe, und als sie dann das Fahrzeug auf die Straße hinausrollen ließen, traten aus den mächtigen Schatten hinter den Laternen ein paar dunkle Gestalten dazu. Und einige stellten die unausweichliche Frage: »Welcher Bezirk?«

»Zweiter!« wurde ihnen mit einem einstimmigen Schrei geantwortet. Der Tuscarora-Schlauchtrupp Nr. 6 bog mit kühnem Schwung in die Niagara Avenue ein, und während die Männer, die das Gefährt mittels eines Seiles vorwärtsbrachten, das unter dem Hebel von einer Winde abgerollt wurde, sich mit wahnsinnigem Eifer und Hingebung ins Zeug legten, ertönte unter der Achse die aufgeregte Glocke. Und immer wieder hörte man den gleichen Ruf: »Welcher Bezirk?«

»Nummer zwei!«

An einer abschüssigen Stelle stürzte Johnnie Thorpe; gerade noch rechtzeitig ließ er sich aus der Bahn des näherkommenden Rades rollen, wobei er seine Muskeln in einzigartiger Weise unter Kontrolle hatte, und erhob sich dann wieder, angeschlagen und mürrisch, und warf einen Blick voll melancholischen Mißmutes auf die schwärzliche Menschenmenge, die dem Fahrzeug nachdrängte. Der Schlauchwagen nahm sich aus wie der Kamm einer dunklen Woge, die strudelte, als sei ein Damm gebrochen. Hinter dieser jungen Begleitmannschaft lagen Grünflächen und dahinter wurden Haustüren von Männern zugeschlagen, die mit heiserer Stimme auf die lärmerfüllte Straße hinausriefen: »Welcher Bezirk?«

Zur Tür eines dieser Häuser kam eine Frau, die eine Lampe hielt und ihr Gesicht gegen die Strahlen abschirmte. Auf der anderen Seite der kurzgeschorenen Wiese bildete der Boulevard eine Art schwarzen Strom, auf dem aber dennoch, wie durch ein Wunder, viele Gestalten auf ihren Fahrrädern dahinflogen. Es war ihnen nicht bewußt, daß die hochaufragende Laterne an der Ecke eine Fortsetzung ihres nächtlichen Surrens veranstaltete.

Plötzlich kam ein kleiner Junge um eine Hausecke herumgerollt; er machte Purzelbäume, als sei er von einem Stiefel, wie von einer Schleuder über eine Haustreppe heruntergestoßen worden. Vor dem Haus brachte er sich mittels einer recht außergewöhnlichen Beinbewegung zum Halten. »Oh, Mama«, keuchte er. »Darf ich hin, Mama? Darf ich, Mama?«

Steif und kalt stand sie da und fällte ihr – nach außen hin strenges – Mutterurteil, obgleich die Hand, die die Lampe hielt, ein wenig zitterte. »Nein, Willie, du gehst besser zu Bett.«

Sogleich begann er sich aufzubäumen und zu schäumen wie ein junges Pferd. »Oh, Mamma«, rief er und wand sich wie in Krämpfen. »Oh, Mama, darf ich nicht hin? Bitte, Mama, warum darf ich nicht? Kann ich hin, Mama?«

»Es ist schon halb zehn jetzt, Willie.«

Er ließ sich schließlich auf einen Kompromiß ein und jammerte: »Darf ich wenigstens bis zur Ecke, Mama? Bloß bis zur Ecke?«

Von der Hauptstraße her drangen die Geräusche laufender Männer, die wilde Rufe ausstießen. Jemand hatte in der Methodistenkirche das Glockenseil ergriffen, und nun tönte eine ernste und schreckliche Stimme über der Stadt, die aus den Wolken sprach. Aufgestört aus ihrem friedlichen Geschäft, gewann die Glocke in dieser bedeutsamen Nacht eine neue Kraft, die mit jedem ihrer Schläge die Herzen bewegte – auf und ab, und hin und her.

»Bloß bis zur Ecke, Mama?«

»Es ist schon halb zehn, Willie!«

VI

Die Umrisse von Dr. Trescotts Haus hatten sich still im Abendgrau aufgelöst, das nun dieses Gebäude – man kann es als Queen-Anne-Stil bezeichnen – im Bahrtuch des verdunkelten Himmels verbarg. Zu dieser Zeit herrschte eine solche Stille in dieser Nachbarschaft und weit und breit keinerlei Störung, daß Hannigans Hund die gute Gelegenheit benutzte, um in verbotenen Bezirken herumzustöbern. Er erschien auf Trescotts Wiese, trottete da herum, knurrte und hielt sich für ein fürchterliches Untier. Später trödelte Peter Washington am Haus vorbei und pfiff, aber von Henrys Dachstübchen schimmerte kein mattes Licht heraus, und so ging Peter seiner Wege. Die Lichtstrahlen von der Straße krochen in silbrigen Wellen über das Gras, so daß die Buschreihen am Wegrand einen scharfen Schatten warfen.

Ein Rauchwölkchen drang aus einem der Fenster am Ende des Hauses und trieb gemächlich in die Äste eines Kirschbaums. Nach ihm kamen seine Rauchgenossen in allmählich wachsender Zahl, und schließlich war da ein ganzer Strom, zwischen unsichtbaren Ufern, der in das früchtebeladene Geäst des Kirschbaums floß. Das war alles kaum einer Beachtung wert, jedenfalls nicht mehr, als wenn ein Rudel von blassen, lautlos-grauen Affen auf einer Weinrebe zu den Wolken hinaufgeklettert wären.

Einen Augenblick später erhellte sich das Fenster, als habe man die vier Scheiben mit Blut befleckt; ein aufmerksames Ohr hätte sich jetzt leicht einbilden können, daß dort die Feuerteufelchen schrien und schrien, sich zusammenrotteten, sich zu der Farbe hindrängten. Zur Straße hin bewahrte das Haus eine finstere Ruhe, als wollte es den Vorübergehenden versichern, daß es eine sichere Wohnstatt von Leuten sei, die sich früh in ihre geruhsamen Träume versenken wollten. Das tiefe Summen des Dämonen-Clans hätte niemand wahrgenommen.

Plötzlich gaben die Scheiben des roten Fensters einen hellen Ton von sich und klirrten zu Boden, und nun erhoben sich hinter den anderen Fenstern plötzlich weitere Flammen wie blutige Gespenster in den Höhlungen eines Geisterhauses. Der Ausfall war gut geplant, wie von berufsmäßigen Umstürzlern.

Plötzlich schrie eine Männerstimme: »Feuer! Feuer! Feuer!« Mr. Hannigan hatte heftig seine Pfeife von sich geschleudert, denn seine Lungen brauchten jetzt Platz. Er ließ sich von seinem Sitz herunterfallen, schwang sich über den Zaun und lief rufend zur Haustür der Trescotts. Er hämmerte mit seinen beiden Fäusten gegen die Tür, als wären sie Paukenschlegel. Sofort kam Mrs. Trescott an eines der Fenster im zweiten Stock. Später wurde ihr bewußt, daß sie hatte sagen wollen: »Der

Doktor ist nicht zu Hause, aber wenn Sie mir Ihren Namen hinterlassen, dann verständige ich ihn, sobald er kommt.«

Eine Minute lang gab Hannigan ein unzusammenhängendes Geheul von sich, dann erst wurde ihr klar, daß es jetzt nicht um ein Pferd mit Krupp ging.

»Was?« fragte sie, und machte schnell das Fenster auf.

»Ihr Haus brennt! Ihr steht ganz in Flammen! Macht schnell, wenn . . .« Seine Rufe hallten in der Straße wider, wie in einer Echo-Grotte. Viele Füße trappelten eilig auf dem Pflaster. Einer der Männer lief mit einem beinahe phantastischen Tempo. Er trug lavendelfarbige Hosen und hielt einen Strohhut mit hellem Seidenband halb zerdrückt in der Hand.

Als Henry die Haustür erreichte, hatte Hannigan eben das Schloß mit einem Fußtritt aufgebrochen. Eine dichte Rauchwolke drang über ihnen ins Freie, und Henry stürzte sich mit gebeugtem Kopf hinein. Er hatte nur das eine aus Hannigans Geschrei verstanden, aber das machte ihn blau vor Schrecken. Im Flur hatte eine Flammenzunge eine Schnur ergriffen, an dem das Bild »Die Unabhängigkeitserklärung wird unterschrieben« hing. Die Unabhängigkeitserklärung sank plötzlich an einer Seite herunter und fiel dann krachend, mit dem Knall einer Bombe, zu Boden. Das Feuer heulte schon wie der Wintersturm in den Tannen.

Am oberen Ende der Treppe wedelte Mrs. Trescott mit den Armen, als wären es Schilfrohre. »Jimmie! Rettet Jimmie!« kreischte sie Henry ins Gesicht. Er stürzte sich an ihr vorbei und verschwand; er lief die lange vertrauten Wege in diesen Zimmern im Oberstock, wo er früher einmal so etwas wie das zweite Hausmädchen gewesen war.

Hannigan war ihm die Treppe hinauf gefolgt und hatte die sich irrsinnig gebärdende Frau am Arm gepackt. Sein Gesicht war schwarz vor Zorn. »Sie müssen runter kommen!« bellte er.

Zur Antwort konnte sie nur kreischen: »Jimmie! Jimmie! Rettet Jimmie!« Aber er schleppte sie fort, während sie noch in sein Ohr hineinlärmte.

Als sie hinaus in die frische Luft stürzten, sahen sie einen Mann über die Wiese laufen; er packte einen Fensterladen, hob ihn aus den Angeln und warf ihn weit weg auf die Wiese. Dann attackierte er einen Fensterladen nach dem anderen mit der gleichen Raserei. Es war eine Art von zeitweiligem Irrsinn.

»Hier, du!« schrie Hannigan, »Halt mal Mrs. Trescott fest und hör auf . . .«

Die Nachricht war von einem Nachbarn durch ein Handumdrehen verbreitet worden – durch ein Handumdrehen am Feuermelder an der Ecke, zu dem er gelaufen war; und eben in dem Augenblick, als sich Hannigan mit seinem strampelnden Schützling aus dem Haus herauskämpfte, stieß die Sirene ihr heiseres Nachtgebrüll aus und traf die Menge im Park wie vom Schlag gerührt; und der Kapellmeister, der gerade den triumphalen Auftakt zu seinem Militärmarsch geben wollte, ließ langsam die Hand zu den Knien sinken.

VII

Mühsam tastete sich Henry durch den Qualm in den Gängen des Oberstocks. Er hatte versucht, sich an den Wänden zu orientieren, aber die waren zu heiß. Das Papier schnurrte schon zusammen, und er erwartete jeden Augenblick, daß unter seinen Händen eine Flamme hervorschoß.

»Jimmie!«

Er rief nicht sehr laut, als fürchte er, daß die summenden Flammen auf ihn aufmerksam werden könnten.

»Jimmie! Oh Jimmie!«

Stolpernd und keuchend erreichte er den Eingang zu Jimmies Zimmer und stieß die Tür auf. In der kleinen Kammer war überhaupt kein Rauch. Das Zimmer war schwach von einem rosigen Licht erleuchtet – vom Widerschein der Flammen, die das Haus verzehrten. Offenbar war der Junge eben erst von dem Lärm aufgewacht. Er saß im Bett, die Lippen geöffnet, mit weit offenen Augen, während auf seiner kleinen weißgewandeten Gestalt das Licht des Feuers zärtlich spielte. Als die Türe aufflog, hatte Jimmie die Erscheinung seines Kameraden vor sich, eines vom Entsetzen gepackten Negers mit wirrem, angesengten Kraushaar, der auf ihn zusprang und ihn in seiner Decke hochhob, als handele es sich um einen Fall von Kidnapping durch einen furchterregenden Räuberhauptmann. Ohne wie gewöhnlich zuerst das komplette Programm eines vorbereitenden Mienenspiels vorzuführen, gab Jimmie ein gewaltiges Blöken von sich, wie ein Kalb, das seinen tiefsten Schrecken ausdrückt. Während Johnson mit seiner Last in den Qualm des Korridors hinausschwankte, warf der Junge seine Arme um seinen Hals und verbarg sein Gesicht in der Decke. Zweimal rief er mit erstickter Stimme: »Mamma! Mamma!«

Als Johnson mit seiner Last das obere Ende der Treppe erreichte, tat er schnell einen Schritt zurück. Durch den Rauch, der sich zu ihm hinwälzte, sah er, daß die untere Diele vollkommen in Flammen stand. Das Geheul, das er nun ausstieß, ähnelte dem, das Jimmie vorher von sich gegeben hatte. Seine Beine hatten plötzlich eine furchtbare Neigung, sich nach außen zu biegen. Indem er sich auf diesen halmartigen Beinen behutsam drehte, bewegte er sich langsam durch den oberen Korridor zurück. Er verhielt und bewegte sich fast so, als habe er es aufgegeben, dem brennenden Haus zu entkommen, ja, als wünsche er es nicht einmal mehr. Er unterwarf sich; er unterwarf sich, weil seine Vorväter es auch getan hatten, er krümmte seinen Geist fast wie ein richtiger Sklave unter dieser Geißel.

Unbewußt umklammerte er Jimmie, so wie er vorher, als er auf das Haus zugerannt war, seinen Hut mit dem hellen Seidenband umklammert hatte.

Auf einmal erinnerte er sich an ein kleines, separates Treppenhaus, das von einem Schlafzimmer in ein kleines Apartment führte, das der Doktor als Laboratorium und Arbeitszimmer ausgestattet hatte, wo er einige seiner Mußestunden verbrachte, auch Stunden, in denen er hätte schlafen sollen; er widmete sich dort den Experimenten, die sich aus seinen Studien und seinen Interessen ergaben.

Als Johnson dieses Treppenhaus in den Sinn kam, verschwand sofort seine fatalistische Unterwerfung unter die Feuersbrunst. Es war ihm an sich durchaus vertraut gewesen, nur die Verwirrung hatte seine Erinnerung daran gelöscht.

Während seiner plötzlichen und vorübergehenden Apathie hatte er kaum so etwas wie Furcht verspürt, aber nun, da er sich eines Weges in die Sicherheit bewußt wurde, packte ihn wieder der alte wilde Schrecken. Er war nicht mehr ein für die Flammen bestimmtes Stück Leben, er ängstigte sich nun vor dem Kampf mit ihnen. Es war eine rasche und einzigartige Kette von inneren Veränderungen, wobei er sich zweimal ohne Unterwerfung fürchtete und sich einmal ohne Furcht unterwarf.

»Jimmie!« heulte er, während er vorwärtsstolperte. Er wünschte sich, der kleine, leblose Körper an seiner Brust möchte an seiner bebenden Angst teilnehmen. Aber das Kind hatte während dieser kopflosen Vorstöße und Gegenangriffe nur schlaff in seinem Arm gelegen und es kam kein Lebenszeichen von ihm.

Johnson gelangte durch zwei Zimmer und dann zum oberen Ende einer Treppe. Als er die Tür öffnete, quollen große Rauchwolken daraus hervor, aber er drückte Jimmie fester an sich und stürzte sich hinunter. Während dieses Fluges drangen alle möglichen Arten von Gerüchen auf ihn ein. Sie schienen vor Neid, Haß und Bosheit zu strotzen. Am Eingang zum Laboratorium sah er sich einem seltsamen Schauspiel gegenüber. Der Raum war wie ein Garten in einem Land, in dem es Blumen aus Feuer gab. Flammen in Violett, Rosa, Grün, Orange und Lila waren überall erblüht. An einer Stelle flammte es ganz genau im Ton einer zarten Koralle. An anderer Stelle war eine feurige Masse, die nichts als ein passives Leuchten von sich gab, wie ein Haufen Juwelen. Man konnte alle diese Wunder jedoch nur undeutlich durch die Wolken von atmendem, tödlichem Rauch erkennen.

Für einen Augenblick blieb Johnson auf der Schwelle stehen. Wieder stieß er den Klageruf eines Negers aus, in dem die Melancholie der Sümpfe lag. Dann stürzte er sich quer durch den Raum. Eine orangene Flamme sprang wie ein Panther seine lavendelfarbene Hose an. Das Tier verbiß sich tief in Johnsons Körper. Von der Seite her explodierte etwas, und plötzlich erhob sich eine feine, bebende, saphirgrüne Gestalt vor ihm wie ein Feenmädchen. Mit einem stillen Lächeln versperrte sie ihm und Jimmie den Weg; sie sollten beide zugrundegehen. Johnson schrie auf und duckte sich, wie es bei Kämpfen die Art seiner Rasse war. Er wollte unter dem linken bewaffneten Arm der Saphirdame hindurchtauchen, aber sie war schneller als ein Adler, und ihre Klauen schlugen nach ihm, als er vorbeistürmte. Johnson zog den Kopf ein, als sei er getroffen worden, und wieder hechtete er vorwärts, wobei er sich hin und her wendete. Er fiel auf den Rücken. Die leblose Gestalt in der Decke flog ihm aus den Armen und rollte zum Bodenrand unter dem Fenster.

Johnson war mit dem Kopf gegen den Untersatz eines altmodischen Schreibpultes gefallen. Auf dem Pult stand eine Reihe von Gefäßen. Sie waren zum größten Teil ganz still inmitten des Tumults, aber eines war darunter, in dem eine funkelnde Schlange sich zu krümmen schien.

Plötzlich splitterte das Glas, und ein rubinrotes schlangenhaftes Ding ergoß sich in ganzer Länge und Dicke auf die Platte des alten Pultes. Das Ding rollte sich zusammen und zögerte, dann begann es, sich über die Schräge aus Mahagoni herunterzuschlängeln. An der Kante bog es seinen glühend flüssigen Kopf über die geschlossenen Augen des Mannes, der darunter lag. Einen Augenblick später bewegte es sich wieder auf zauberhafte Weise, die rote Schlange fuhr direkt abwärts auf Johnsons Gesicht los, das nach oben gerichtet war.

Danach hinterließ das Wesen eine Spur aus Dampf und Gestank, und zwischen den Flammen und kleinen Tröpfchen-Explosionen klatschten in gemächlichen Abständen rotglühende Juwelen nieder.

VIII

Plötzlich führten alle Wege zu Dr. Trescott. Die ganze Stadt strömte in dieser Richtung. Der Chippeway-Feuerwehr-Trupp Nr. 1 kämpfte sich verzweifelt die bergige Bridge Street hinauf, während die Tuscaroras schon mit ungestümem Schwung die Niagara Street herunterkamen. Inzwischen rollte auch das Fahrzeug der Leiter-und-Haken-Spezialisten von jenseits des Tales heran. Der Chef der städtischen Feuerwehr hatte im Hinterzimmer von Whiteleys Zigarrenladen Poker gespielt, aber beim ersten Alarmton sprang er zur Tür hinaus, wie jemand sich mit einem Kätzchen fortstiehlt.

In Whilomville gab es bei solchen Gelegenheiten immer einige Leute, die ihre Aufmerksamkeit sogleich den Glocken der Kirchen und Schulen zuwandten. Nicht nur daß die Glokken die Alarmsignale verstärkten; es war eben eine alte Sitte, diese erregenden bronzenen Töne des Aufruhrs über den Himmel rollen zu lassen, bis die Flammen praktisch besiegt waren. Auch gab es da eine Art von Rivalität, mit welcher Glocke man den größten Lärm erzeugen könnte. Sogar die Valley-Kirche, die in vier Meilen Entfernung im Farmland gelegen war, hatte die Stimmen ihrer Schwestern gehört und ergänzte sie alsbald durch ihr kurioses kleines Wimmern.

Dr. Trescott war auf der Heimfahrt gewesen, wobei er langsam eine Zigarre schmauchte und ein frohes Gefühl hatte, weil er nun auch den letzten Fall ganz und gar unter seiner Fuchtel hatte wie ein unterworfenes wildes Tier; da hörte er den langen Sirenenton und schnalzte seinem Pferd zu, denn er hatte den unberechtigten, aber deutlichen Eindruck, daß ein Feuer in Oakhurst ausgebrochen war, einem neuen und ziemlich hochgestochenen Vorort der Stadt, der mindestens zwei Meilen von seinem eigenen Haus entfernt lag. Aber beim zweiten schrillen Ton und der nachfolgenden Stille erkannte er, daß sein eigenes Wohngebiet gemeint war. Zu der Zeit war er noch zwei Straßen von seinem Haus entfernt. Er nahm die Peitsche aus dem Halter und berührte seine Stute leicht. Überrascht und erschreckt von dieser ungewohnten Handlung machte sie einen Satz; während die Zügel sich wie stählerne Bänder strafften, lehnte sich der Doktor ein wenig zurück. Während das Pferd ihn wie fliegend zum verschlossenen Gartentor hinzog, überlegte er noch, wessen Haus es wohl war, das in Flammen stand. Der Mann, der den Feuermelder betätigt hatte, schrie ihm etwas zu – aber nun wußte er es schon. Er überließ das Pferd sich selbst.

Vor seiner Haustür stieß er auf eine wahnsinnige Frau mit einem Tuch. »Ned!« schrie sie, als sie ihn erblickte. »Jimmie! Rette Jimmie!«

Trescott war kühl und hart geworden. »Wo?« fragte er. »Wo?«

Trescott lief um die Ecke des Hauses und kam außer Sicht. Nachdem er den Haupteingang gesehen hatte, war er sich darüber klar, daß er von dort unmöglich hinaufgelangen konnte. Nun richtete sich seine Hoffnung auf die Treppe, die vom Laboratorium aus hinaufführte. Die Tür, die von diesem Raum aus zur Wiese ging, war mit Schloß und Riegel versperrt, aber er trat gegen den Riegel und gegen das Schloß. Mit lautem Krachen flog die Tür auf. Der Doktor fuhr zurück, als eine dichte Rauchwolke herausrollte; dann bückte er sich tief und betrat den Garten der Feuerblumen. Mit beißenden Augen entdeckte er am Boden nahe dem Fenster eine Gestalt in einer qualmenden Decke. Dann, als er seinen Sohn zur Tür hinaustrug, sah er, daß die ganze Wiese von Männern und Burschen wimmelte, der Vorhut des großen Vorstoßes, die die ganze Stadt unternahm. Sie ergriffen ihn und seine Last, und bedeckten ihn überreichlich mit nassen Decken und Wasser.

Aber dann heulte Hannigan: »Johnson ist noch drin! Da ist noch Henry Johnson drin!«

Der Ruf drang zu den betäubten Sinnen Trescotts, er suchte sich loszumachen von denen, die ihn hielten, bedachte sie, ihm und ihnen unbewußt, mit allen Lästerreden seiner Medizinstudentenzeit. Er strampelte sich auf die Füße und ging wieder zur Tür des Laboratoriums. Sie wagten es, sich ihm in den Weg zu stellen, obgleich sie sich sehr vor ihm fürchteten.

Aber ein junger Mann, der Bremser bei der Eisenbahn war und in einer der Nebenstraßen in Trescotts Nähe wohnte, war ins Laboratorium gegangen und holte dort ein Ding heraus und legte es aufs Gras.

IX

Vor dem Haus ertönten heisere Befehle. »Wasser! Marsch, Nummer fünf!«. »Legt los, Nummer eins!«. Die Menge, die sich dort ansammelte, wurde hin- und hergetrieben. Die Flammen, die turmhoch standen, warfen ein wildes, rotes Licht auf ihre Gesichter. Der metallene Klang eines Feuerwehrgongs wurde entlang einer Seitenstraße hörbar. Die Menge begrüßte ihn mit Ausrufen »Da kommt Nummer drei!« »Das ist die Drei, die da kommt!« Ein keuchendes, regelloses Menschenknäuel kam rasend in Sicht, und mit ihm ein Feuerwehrwagen. Ein überschwenglicher Schrei schrie von den Lippen der kleinen Jungen. »Da ist die Drei!« Die Burschen begrüßten die unverwüstliche Feuerwehrmannschaft Nummer drei, als bestände sie aus einem Himmelswagen, der von den Händen eines Gottes gezogen wurde. Die schwitzenden Bürger legten sich ins Geschirr. Die jungen Burschen tanzten in koboldhafter Freude über diese Schaustellung männlicher Kraft. Sie riefen, daß auch die Nummer zwei sich näherte. Sie empfingen die Nummer vier mit Hochrufen. Diese ganzen Vorgänge bewegten sie so tief, daß sie die späte Ankunft des Leiter-und-Haken-Trupps mit bitteren Vorwürfen begleiteten; der schwere Apparat war auf der steilen Bridge Street fast nicht zu bewegen gewesen. Natürlich haßten die jungen Burschen das Feuer, sie fürchteten es. Sie wollten nicht unbedingt ein Haus – wessen auch immer – brennen sehen; aber es war doch großartig zu sehen, wie die Wehren sich versammelten und wie ihre Helden, inmitten dieses großen Lärms, alle möglichen Heldentaten vollbrachten.

Was die Qualitäten der verschiedenen Mannschaften anging, waren sie durchaus gegensätzlicher Meinung, und sie kämpften mit nicht geringer Heftigkeit für ihre Überzeugungen. In dem Teil der kleinen Stadt zum Beispiel, wo die Mannschaft Nummer vier beheimatet war, wäre es ein großes Risiko für einen Jungen gewesen, die Überlegenheit irgendeiner anderen Mannschaft zu verfechten. In einem anderen Viertel wiederum hatte ein Junge, der gefragt wurde, welche Feuerwehrmannschaft die beste in Whilomville sei, zu antworten: »Nummer eins.« Es gab überall in der Stadt damit zusammenhängende Kriegszüge, die die Jungen lange in der Erinnerung behielten, oder vergaßen, je nach Zufall oder Bedeutung der neueren Ereignisse.

Für John Shipley, den Chef der städtischen Wehren, hatten sie nicht viel übrig. Zwar stimmte es, daß er mit der Geschwindigkeit eines fallenden Engels zu einem Feuer rannte, wenn er aber dort war, verfiel er unweigerlich in eine gewisse Leblosigkeit, fast eine Art Versenkung, wobei er gemächlich um das brennende Gebäude herumging, es genau betrachtete und an einer Zigarre paffte. Dieser stille Mann, der nur selten seine Stimme erhob, sogar wenn sein Leben in Gefahr war, war nicht nach ihrem Geschmack. Als der alte Sykes Huntington noch der Hauptmann war, da brüllte der fortwährend wie ein Stier herum und fuchtelte in einer Art Delirium. Er bot ein viel besseres Schauspiel als Shipley, der ein Feuer mit dem selben Gleichmut betrachtete, wie die Erhöhung des Einsatzes in einer gut gefüllten Spielbank. Die meisten Jungen konnten einfach nicht begreifen, warum die Mannschaften Shipley beharrlich immer wieder wählten, obgleich sie des öfteren so taten, als verständen sie es. »Mein Vater sagt«, das war immer ein gewichtiges Argument in einem Streit, und die Väter schienen in der Unterstützung Shipleys einmütig zu sein.

Während der ganzen Zeit wurde mächtig diskutiert, welche der Mannschaften den ersten Wasserstrahl auf das Feuer gerichtet hatte. Die meisten Jungen behaupteten, es sei die Nummer Fünf, der diese Ehre gebühre, aber es gab eine entschlossene Minderheit, die sich für die Nummer eins stark machte. Jungen, die aufgrund von Blutsbanden Anhänger von anderen Mannschaften gewesen wären, sahen sich gezwungen, zwischen diesen beiden zu wählen; es fielen hitzige Worte.

Aber nun ging ein großes Gerücht durch die Menge. Es wurde mit gedämpften Stimmen erzählt; danach fielen sogar die Jungen in ein ehrfürchtiges Schweigen. Es hieß, Jimmie Trescott und Henry Johnson seien tödlich verbrannt und Dr. Trescott selbst sei furchtbar verletzt. Die Menge merkte nicht einmal, wie die Polizei sie fortdrängte. Sie hoben die Augen, die nun einen ehrfürchtigen Glanz hatten, und schauten in die hohen Flammen.

Der Mann, der Bescheid wußte, war in seinem Element. Halblaut beschrieb er die ganze Sache. »Es war in dem Zimmer von dem Kind – da drüben, in der Ecke. Es hatte die Masern oder was, und dieser Nigger – Johnson –, der sollte ihn bewachen, und der Johnson wurde müde oder was, und er schmiß die Lampe um, und der Doktor war unten in seinem Büro, und er kam raufgerannt, und sie sind alle zusammen in das Feuer geraten, bis sie sie rausgezogen haben.«

Ein anderer Mann, von dem man schließlich immer ein endgültiges Urteil erwartete, sagte: »Oh, die werden sicher sterben. Die sind zu Flugasche verbrannt. Nix zu machen. N ganzer Haufen. Kann jeder sehen.« Die Menge konzentrierte ihre Blicke noch stärker auf diese Feuerfahnen, die fröhlich zum schwarzen Himmel hinaufwinkten. Unaufhörlich hämmerten die Glocken der Stadt.

Über die Wiese bewegte sich ein kleiner Zug auf die Straße

zu. Es waren drei Bahren, die von zwölf Feuerwehrmännern getragen wurden. Die Polizei ging mit strenger Miene voran, aber sie brauchte sich nicht zu bemühen, einen Weg für diesen Trauerzug zu eröffnen. Die Männer, die die Bahren trugen, waren der Menge wohlbekannt, aber in dieser würdevollen Trauerformation, beim Geläut der Glocken und dem Lärm der Stimmen, und unter dem roten Schein am Himmel machten sie einen Eindruck von äußerster Fremdheit, und Whilomville erwies ihnen tiefe Ehrerbietung. In diesem majestätischen Widerschein flößte jeder Mann der Trägerkolonne Achtung ein. Sie waren die Schildknappen des Todes, und die Menge machte feine Gebärden der Demut vor dieser strengen Würde, die aus drei künftigen Gräbern erwuchs. Eine Frau wandte sich mit einem hellen Schrei ab, als sie den zugedeckten Körper auf der ersten Bahre erblickte; die Leute warfen ihr Blicke von trauernder Mißbilligung zu. Ansonsten hörte man kaum einen Laut, während die zwölf gewichtigen Männer ihre Lasten mit gemessenen Schritten durch das Gedränge trugen.

Die kleinen Jungen debattierten nicht mehr über die Verdienste der verschiedenen Feuerwehrtrupps. Man hatte sie zum größten Teil vertrieben. Nur die Mutigeren betrachteten noch aus der Nähe die drei Gestalten, die mit gelben Decken verhüllt waren.

X

Der alte Richter Denning Hagenthorpe, der schräg gegenüber von Trescotts lebte, hatte seine Türen weit geöffnet, um die betroffene Familie bei sich aufzunehmen. Als es in der Öffentlichkeit bekannt wurde, daß der Doktor, sein Sohn und der Schwarze noch am Leben waren, mußte extra ein Polizist angestellt werden, um die Leute daran zu hindern, die Vorderveranda zu erklimmen und die Schwerverletzten auszufragen. Eine alte Frau erschien mit einem wunderwirkenden Brei-Umschlag, und als der Beamte ihr sagte, sie könne nicht hinein, bedachte sie ihn mit dem niederschmetterndsten Bibelspruch. Die ganze Nacht über standen ein paar Burschen, die alt genug für solche Vorrechte waren oder sie ihren Müttern abringen konnten, auf Wache, in der Voraussicht eines Todes oder eines entsprechenden Ereignisses. Stündlich, bis drei Uhr nachts, fuhr der Reporter der »Morning Tribune« auf seinem Fahrrad vorbei.

Sechs der zehn örtlichen Ärzte hatten sich in Richter Hagenthorpes Haus eingefunden.

Beinahe augenblicklich stellten sie fest, daß Trescotts Verletzungen nicht lebensgefährlich waren. Das Kind würde wahrscheinlich böse Narben davontragen, aber sein Leben war unzweifelhaft gerettet. Was den Neger Henry Johnson anging, so konnte er nicht weiterleben. Sein ganzer Körper war fürchterlich zugerichtet, aber schlimmer als das: Er hatte kein Gesicht mehr. Sein Gesicht war ganz einfach weggebrannt.

Trescott fragte immer wieder nach dem Ergehen der beiden anderen Patienten. Morgens schien er frisch und stark, also erzählten sie ihm, daß Johnson zum Sterben verurteilt war. Dann bemerkten sie, daß er sich in seinem Bett regte, und gingen schnell hin, um nachzusehen, ob die Verbände wieder in Ordnung gebracht werden mußten. Als er plötzlich einen Blick von einem zum anderen gehen ließ, machte er einen Eindruck wie etwas Löwenhaftes, aber auch etwas Ungefüges.

Die Morgenzeitung gab Henry Johnsons Tod bekannt. Sie enthielt ein langes Interview mit Edward J. Hannigan, worin der letztere ausführlich die Leistung beschrieb, die Johnson bei dem Brand vollbracht hatte. Auch ein Leitartikel erschien, in dem durchweg nur das Allerbeste aus dem Wortschatz der Redaktion vorkam. Die Stadt hielt auf den gewöhnlichen Bahnen ihres Denkens inne und gedachte dieses Stallknechts mit achtungsvoller Aufmerksamkeit. In der Brust vieler Menschen war nun ein Bedauern, daß sie ihn nicht gut genug gekannt hatten, um ihm die Hand geschüttelt, ihn aufgemuntert zu haben, als er noch lebte, und sie schalten sich selbst wegen dieses Versagens als dumm und engherzig.

Für die kleinen Jungen wurde der Name Henry Johnson plötzlich der Titel eines Heiligen. Derjenige, der zuerst darauf verfallen war, konnte, indem er diese Waffe in einem Streit benutzte, den Gegner sofort erledigen, ob es nun zum Streitpunkt paßte oder nicht.

»Nigger, Nigger, stirbt nie ganz
Schwarzgesicht und Augenglanz«

– die Jungen, die dieses bösartige Verslein ganz hinten in Johnsons Leichenzug geträllert hatten, verscharrten diese Erinnerung in der Tiefe ihres Herzens.

Später an diesem Tag erklärte Miss Bella Farragut, wohnhaft Watermelon Alley 7, daß sie mit Mr. Henry Johnson verlobt gewesen war.

XI

Der alte Richter besaß einen Spazierstock mit einem Elfenbeinknopf. Er konnte nie richtig nachdenken, wenn er sich dabei nicht ein wenig auf diesen Stock lehnte und seinen weißen Knopf mit langsamen Handbewegungen polierte. Es war eine Art Beruhigungsmittel für ihn. Hatte er den Stock zufällig verlegt, so wurde er sogleich sehr reizbar und konnte scharfe Worte gegen seine Schwester gebrauchen, deren geistige Unzurechnungsfähigkeit er in dem alten Haus in der Ontario Street nun dreißig Jahre lang erduldet hatte. Ihr war die Ansicht ihres Bruders über ihre Fähigkeiten keineswegs bewußt, und man könnte also sagen, daß der Richter ihr ein Vierteljahrhundert lang etwas vorgemacht hatte und die Wahrheit nur dann riskierte, wenn sein Stock verschwunden war.

Eines Tages saß der Richter in seinem Lehnsessel auf der

Veranda. In feine Lichttröpfchen zerteilt gelangte der Sonnenschein durch die Fliederbüsche und warf große goldene Taler auf den Holzboden. Die Spatzen disputierten in den Bäumen zu beiden Seiten der Straße. Der Richter war tief in Gedanken versunken, während seine Finger sanft über den Elfenbeinknopf seines Stockes streichelten.

Schließlich erhob er sich und trat ins Haus. Seine Stirn war noch immer gedankenvoll kraus gezogen. Sein Stock gab in regelmäßigem Rhythmus ein würdevolles Pochen von sich. Er betrat ein Zimmer im zweiten Stock, in dem Dr. Trescott am Bett von Henry Johnson beschäftigt war. Der Verband um den Schädel des Schwarzen ließ nur ein Ding frei – ein Auge, das den Richter unverwandt anstarrte. Später unterhielt sich der Richter mit Trescott über den Zustand des Patienten. Er hatte danach offenbar noch mehr zu besprechen, aber offenbar wurde er von dem prüfenden, unverwandt auf ihn gerichteten Auge, dem er von Zeit zu Zeit einen kurzen Blick zuwarf, davon abgehalten.

Als Jimmie Trescott ausreichend wiederhergestellt war, hatte seine Mutter ihn zu einem Besuch seiner Großeltern nach Connecticut mitgenommen. Der Doktor war zurückgeblieben, um für seine Patienten zu sorgen, verbrachte jedoch, um die Wahrheit zu sagen, die meiste Zeit in Richter Hagenthorpes Haus, wo Henry Johnson lag. Während der langen Nächte und Tage seiner Krankenwache schlief er hier und nahm fast alle seine Mahlzeiten ein.

Einmal, beim Essen, als der Bann des lidlosen Auges nicht gegenwärtig war, sagte der Richter plötzlich: »Trescott, glauben Sie, es ist –«; als Trescott erwartungsvoll zu essen aufhörte, rieb der Richter an seinem Messer herum. Grüblerisch sagte er: »Niemand läßt solche Ideen gern heraus, aber irgendwie glaube ich, daß der arme Kerl besser sterben sollte.«

In Trescotts Gesicht erschien sofort ein Ausdruck des Wiedererkennens, als ob er in dieser Andeutung des Richters einem alten Problem begegnete. Er seufzte nur und antwortete: »Wer weiß?« Die Worte wurden mit einem dunklen Ton gesprochen und erhielten dadurch eine ungreifbare Bedeutsamkeit.

Der Richter lehnte sich mit einer kühlen Haltung in seiner Bank zurück. »Vielleicht sind wir nicht berechtigt, über solche Handlungen zu sprechen, aber ich bin nahe daran zu sagen, daß es eine fragwürdige Wohltat ist, wenn Sie das Leben dieses Schwarzen erhalten. Soweit ich es verstehe, wird er danach ein Monstrum sein, ganz und gar ein Monstrum, auch sein Gehirn wird vermutlich in Mitleidenschaft gezogen sein. Niemand kann Sie so beobachten, wie ich Sie beobachtet habe, ohne zu merken, daß das hier eine Gewissensfrage für Sie ist; aber ich fürchte, mein Freund, daß diese Tugend hier fehlgeleitet ist.« Der Richter hatte seine Ansichten mit seiner üblichen rednerischen Kunst vorgetragen. Die letzten Worte sprach er mit besonderer Betonung aus, als sei dieser Satz seine Entdeckung.

Der Doktor machte eine müde Geste. »Er hat das Leben meines Jungen gerettet.«

»Ja«, sagte der Richter schnell; »ja, ich weiß.«

»Und was soll ich jetzt tun?« fragte Trescott, wobei seine Augen sich plötzlich erhellten, wie beim Aufflammen von glimmendem Torf. »Was soll ich tun? Er hat sich für Jimmie aufgeopfert. Was soll ich nun für ihn tun?«

Der Richter sank bei diesen Worten in sich zusammen. Einen Augenblick lang senkte er die Augen. Er stocherte in seinen Gurken herum.

Aber dann setzte er sich stramm und steif in seinem Sessel auf. »Er wird ein Geschöpf von Ihrer Hand sein, verstehen Sie. Er ist *Ihr* Geschöpf. Die Natur hatte ihn augenscheinlich aufgegeben. Er ist tot. Sie holen ihn ins Leben zurück. Sie erschaffen ihn, und er wird ein hirnloses Monstrum sein.«

»Er wird sein, was Sie wollen, Herr Richter«, rief Trescott in einem plötzlichen, höflichen Zornausbruch. »Er wird alles mögliche sein, aber, bei Gott, der hat meinen Jungen gerettet!«

Der Richter unterbrach ihn mit einer Stimme, die vor Gefühl zitterte: »Trescott! Trescott! Das weiß ich doch!«

Trescott versank in eine mürrische Stimmung. »Jaja, Sie wissen es«, antwortete er beißend; »aber Sie wissen nicht alles. Sie wissen nicht, wie es ist, wenn Ihr eigener Sohn vom Tod gerettet wird.« Es war dies eine durchaus kindische Anspielung auf das Junggesellenleben des Richters. Trescott wußte, daß die Bemerkung kindisch war, aber er schien ein verzweifeltes Vergnügen daran zu finden.

Aber das ließ den Richter ganz kalt. Er war da nicht empfindlich.

»Ich bin verwirrt«, sagte er, tief in Gedanken. »Ich weiß nicht, was ich sagen soll.«

Trescott fühlte Reue. »Glauben Sie nicht, daß ich Ihre Worte nicht zu würdigen weiß. Aber –«

»Gewiß!« antwortete der Richter schnell. »Gewiß!«

»Es –«, fing Trescott an.

»Gewiß«, sagte der Richter.

Schweigend wandten sie sich wieder dem Essen zu.

»Tja«, sagte der Richter schließlich, »der Mensch hat es schwer, wenn er das Richtige tun will.«

»Ja, wirklich«, sagte der Doktor.

Wieder war Stille. Sie wurde vom Richter unterbrochen.

»Jetzt passen Sie mal auf, Trescott; Sie sollen nicht denken –«

»Nein, natürlich nicht«, antwortete der Doktor ernsthaft.

»Wirklich, Sie sollen nicht denken, daß ich irgendetwas sagen würde – nur, ich dachte eben, ich könnte Ihnen das irgendwie beibringen, daß die Sache doch zweifelhaft ist.«

Plötzlich schien es, als träte die innere Verstörtheit des Doktors unverhüllt zutage; er sagte: »Und – was würden Sie tun? Würden Sie ihn ermorden?« Er fragte abrupt und streng.

»Trescott – du Narr«, sagte der alte Mann milde.

»Jaja, Herr Richter – ich weiß schon; aber andererseits –« Er wurde rot, und sprach nun mit erneuter Heftigkeit. »Jetzt passen Sie mal auf: Er hat meinen Jungen gerettet – verstehen Sie? Er hat meinen Jungen gerettet!«

»Na sicher hat er das!« rief der Richter voller Nachdruck. »Sicher hat er das!« Eine Weile blieben sie so, sie schauten einander an, und ihre Gesichter waren erhellt von den Erinnerungen an etwas Bestimmtes, was sie getan hatten.

Nach einer weiteren Stille sagte der Richter: »Der Mensch hat es schwer, wenn er das Richtige tun will.«

XII

Eines Abends hielt Trescott, auf dem Rückweg von einem Krankenbesuch, seinen Einspänner an Hagenthorpes Pforte an. Er band sein Pferd an den alten blechverkleideten Pfosten und trat ins Haus. Schließlich kehrte er mit einem Begleiter zurück – einem Menschen, der langsam und vorsichtig ging, als lernte er noch gehen. Sie bestiegen den Wagen und fuhren fort.

Nach einem Schweigen, das nur von dem raschen und musikalischen Summen der Räder auf der glatten Straße erfüllt wurde, redete Trescott. »Henry«, sagte er, »ich habe für dich ein Zuhause gefunden, bei dem alten Alek Williams. Du wirst zu essen kriegen, was du willst, und einen guten Schlafplatz, und ich hoffe, du kommst da gut zurecht. Ich werde alle Ausgaben für dich bezahlen, und ich besuche dich, so oft ich kann. Wenn du nicht zurechtkommst, dann laß es mich baldmöglichst wissen; wir werden dann tun, was wir können, um etwas Besseres zu finden.«

Die dunkle Gestalt neben dem Doktor antwortete mit einem fröhlichen Lachen. »Diese Buggy-Räder, die schaun nich so aus wie früher, wo ich sie gewaschen hab, Dokter«, sagte er.

Trescott zögerte einen Augenblick, dann sprach er beharrlich weiter. »Ich bring dich jetzt zu Alek Williams, und ich –«

Die Gestalt kicherte wieder. »Nee, bestimmt nich! Nee, mein Herr, der Alek Williams, der kennt keine Pfeede nich. Bestimmt nich. Der weiß nich, obsn Pfeed is odern Schwein.« Das Lachen, das darauf folgte, war, als ob man Kiesel schüttelt.

Trescott wandte sich um und schaute von dem Buggy-Sitz aus ernst und kalt auf die undeutliche Gestalt im Dunklen herab. »Henry«, sagte er, »ich hab nichts über Pferde gesagt. Ich hab gesagt –«

»Pfeed? Pfeed?« sagte die zittrige Stimme aus dem dichten Schatten. »Pfeed? – So is recht, daß ich nix von Pfeeden weiß. Ich nix von Pfeeden!« Man hörte ein ironisches Kichern.

Nach drei Meilen fing das Pferd an langsamer zu gehen, und der Doktor beugte sich vor – mit angespanntem Blick – wobei er die Zügel fest anzog. Die Räder des Wagens sprangen über hochstehende Steine. Ein Fenster warf einen Lichtschein, ein einfaches topasfarbenes Quadrat in einem großen schwarzen Berg. Vier Hunde stürmten wild gegen das Wägelchen vor, und als es sich nicht gleich zurückzog, umkreisten sie es wagemutig von allen Seiten und bellten. Neben dem Fenster öffnete sich eine Tür im Berg, ein Mann trat heraus und stand am Rand eines gelben Lichtscheins.

»Hier hier! Rover, Susie, hierher! Kommt sofort her!«

Trescott rief über die dunkle Wiese wie über ein dunkles Meer: »Hallo, Alek!«

»Hallo!«

»Komm mal her und zeig mir, wo man hier fahren kann.«

Der Mann glitt von seinem erleuchteten Ufer in das dunkle Wiesenmeer, und Trescott konnte nur aufgrund der lebhaften, höflichen Ausrufe den Weg seines Gastgebers verfolgen, der irgendwo näherkam. Dann packte Williams das Pferd am Kopf; er stieß Willkommensrufe aus, schimpfte auf die herumjachternden Hunde und führte das Gefährt ins Helle. Als sie vor der Tür anhielten und Trescott herauskletterte, rief Williams: »Steht es auch ruhig, Dokter?«

»Es steht schon ruhig, aber halte es trotzdem mal für eine Minute. So, Henry.« Der Doktor drehte sich um und streckte beide Arme nach der dunklen Gestalt aus. Williams führte das Pferd weg und band es an einen kleinen Baum im Halbdunkel, abseits vom Schein der erleuchteten Tür.

Dann brach es aus ihm hervor, wie aus einem Siphon, auf den ein zitternder Daumen drückt: »Hennery! Hennery! Mein alter Freund! Was freu ich mich, was freu ich mich!«

Trescott hatte die schweigsame Gestalt am Arm genommen und führte sie vorwärts in das enthüllende Licht. »So, Alek, du kannst Henry jetzt mitnehmen und ihn zu Bett bringen; und am Morgen wirst du –«

Am Ende dieser Worte stand Williams Johnson direkt gegenüber. Für eine Sekunde blieb ihm die Luft weg, dann brüllte er wie ein Mann, der von einem Stich ins Herz getroffen wird.

Für einen Bruchteil eines Augenblicks schien Trescott nach Worten zu suchen. Dann schrie er: »Du alter schwarzer Affe! Du alter schwarzer – hör auf! Hör bloß auf! Hörst du?«

Williams gehorchte sofort, jedenfalls was das Schreien betraf; aber mit leiserer Stimme sprach er weiter: »Mein Gott – Gott sei mir gnädig! Wer hätte das gedacht! Gott sei mir gnädig!« – Und wieder rief Trescott im Ton eines Bataillonskommandeurs: »Alek!«

Wieder gab der alte Neger nach, aber noch immer flüsterte er bei sich: »Oh Gott!« Er zitterte vor Entsetzen.

Als die drei wachsenden Schatten sich dem goldgelb erleuchteten Eingang näherten, erschien dort eine hagere alte Schwarze und verbeugte sich.

»Gutenabend, Dokter! Gutenabend, Dokter! Kommense rein, kommense rein!« Sie war offensichtlich gerade eben erst, nach einem heftigen Anlauf, das Zimmer in Ordnung zu bringen, zur Ruhe gekommen; sie machte viele schnelle Bücklinge und strengte sich dabei an wie eine Schwimmerin.

»Keine Umstände, Mary«, sagte Trescott, »ich habe euch Henry mitgebracht, damit ihr für ihn sorgt, und alles, was du tun sollst, ist alles genau ausführen, was ich dir sage.« Er bemerkte, daß hinter ihm keine Schritte zu hören waren, und drehte sich um: »Komm rein, Henry!«

Johnson trat ein. »Huuuuh!« kreischte Mrs. Williams. Sie

purzelte fast nach hinten über. Zugleich sprangen sechs junge Ableger der Williams-Sippe nach einem sicheren Platz hinter dem Ofen und drängten sich dort jammernd zusammen.

XIII

»Du weißt genau, daß du und deine Familie bisher gewöhnlich von weniger als drei Dollar in der Woche gelebt habt, und jetzt, wo Dr. Trescott dir wöchentlich 5 Dollar Unterhaltsgeld für Johnson zahlt, lebt ihr wie die Millionäre. Seit Johnson bei euch einquartiert ist, habt ihr keinen Handschlag mehr gearbeitet – jeder weiß das – also, worüber beklagst du dich?«

Der Richter saß in seinem Sessel auf der Veranda, spielte mit seinem Stock und schaute zu Williams herunter, der unter den Fliederbüschen stand. »Weiß ich, Herr Richta«, sagte der Schwarze, und wiegte auf eine ratlose Weise seinen Kopf. »Nicht, daß ich nich dankbar bin, für was der Dokter getan hat, aber schaun Sie mal, Herr Richta –« fügte er mit erneuter Dringlichkeit hinzu: »Es – es is harte Arbeit. Dieser alte Mann hat nie so hart gearbeitet. Bei Gott nich!«

»Red nich so'n Unsinn, Alek«, sagte der Richter mit scharfem Ton. »Du hast nie in deinem Leben richtig gearbeitet – jedenfalls nicht genug, um ne Familie von Spatzen zu ernähren, und jetzt, wo du mal viel besser dran bist als jemals, da kommst du an und redst wie ein Narr!«

Der Schwarze fing an, sich den Kopf zu kratzen. »Schaun Sie mal, Herr Richta«, sagte er schließlich, »meine Alte kann überhaupt kein Damenbesuch mehr empfangen, überhaupt nich mehr!«

»Zum Teufel mit dem Damenbesuch!« sagte der Richter gereizt. »Wenn du Mehl in der Tonne hast und Fleisch im Topf, wird deine Frau wohl noch ohne Damenbesuch auskommen, oder?«

»Aber die kommen sowieso nich, Herr Richta!« antwortete

Williams, mit einem Ausdruck von immer tieferer Verstörung; »keine von den Freundinnen meiner Frau un keiner von mein Freunden kommt überhaupt noch an mein Haus ran!«

»Dann laß sie doch zu Hause bleiben, wenn sie so blöd sind!«

Der alte Neger suchte offensichtlich nach einem Ausweg aus dieser Logik, fand jedoch offenbar keinen und wollte schon kleinlaut davonschlurfen. Dann blieb er aber noch einmal stehen. »Herrrichta«, sagte er, »meine Alte – die dreht ja fast durch!«

»Deine Alte is eine Idiotin«, antwortete der Richter.

Williams kam ganz nahe heran und lugte ernsthaft durch einen Fliederzweig. »Herrichta!« flüsterte er, »die Kinder!«

»Was ist mit ihnen?«

Williams senkte seine Stimme zu einem tiefen Begräbniston und sagte: »Sie – sie essen nix mehr.«

»Essen nichts mehr!« machte der Richter laut. »Essen nicht! Du meinst wohl, ich bin genauso ein alter Narr, wie du einer bist. Essen nicht – die kleinen Lauser! Was hält sie denn ab – vom Essen?«

Williams antwortete mit kummervollem Nachdruck: »Hennery!« Zu seiner eigenen Befriedigung wurde er selbst durch den tragischen Ton, mit dem der Name genannt wurde, bewegt; er starrte weiterhin den Richter an und suchte nach Anzeichen einer Wirkung.

Der Richter machte eine verärgerte Handbewegung. »Also, nun komm schon, alter Gauner – red nich immer um den heißen Brei rum. Worauf willst du hinaus? Was willst du? Red deutlich wie ein Mann und speis mich nicht dauernd mit diesem langweiligen Gefasel ab!«

»Ich red um gar nix rum, Herr Richta«, antwortete Williams beleidigt. »Überhaupt nich. Ich sag genau, was ich zu sagen hab. Jawoll.«

»Na los, dann sag es.«

»Herr Richta«, fing der Schwarze an, nahm seinen Hut ab

und rieb sich damit am Knie, »Gott weiß, daß ich für fünf Doller so viel mach wie irgendeiner; aber dieses Geschäft hier, das is scheußlich, Herr Richter. Ich glaub, ich hab keinen Schlaf mehr gehabt in meim Haus, seitdem der Dokter ihn bei uns reingesetzt hat.«

»Und? Was schlägst du vor sollen wir dagegen machen?«

Williams hob seine Augen vom Boden und blickte durch die Bäume. »Ich hab n guten Appetit, un schlafen tu ich genau so wie ein Hund – aber der – der hat mich ganz kaputt gemacht. So is das nix, nee. Ich wach auf in der Nacht und hör ihn, vielleicht wie er wimmert und wimmert, un ich schleich mich rauf un schleich mich hin, un kuck, ob er eingeschlossen is. Un er hält mich am Grübeln un brabbelt die ganze Nacht. Ich weiß nich, wie das im Winter sein soll. Ich kann ihn nich rauslassen, wo die Kinder sinn. Und wo er jetz is, wird er erfrieren.« Williams sprach diese Sätze, als redete er mit sich selbst. Nach einem tief nachdenklichen Schweigen setzte er hinzu: »Die Leute gehn schon rum un sagen, das is überhaupt nich Hennery, das is der Teufel.«

»Was?« schrie der Richter.

»Jawohl«, wiederholte Williams mit gekränktem Ton, als hätte man seine Wahrhaftigkeit in Zweifel gezogen. »Jawohl! Ich sags Ihn wie's is, Herr Richta. Viele farbige Leute da oben bei uns sagen, es is der Teufel.«

»Aber du – du glaubst das doch nicht, oder?«

»Nee, das is kein Teufel. Das is Henry Johnson.«

»Na also! Und was is dann los mit dir? Dir kanns doch egal sein, was die blöden Leute reden. Kümmer dich um deine Sachen und achte nicht auf so einen läppischen Unsinn.«

»Es isn Unsinn, Herr Richta. Aber aussehen tut er eben doch wie der Teufel.«

»Was kümmerst du dich darum, wie er aussieht?« fragte der Richter.

»Ich hab ne Miete von zweieinhalb Doller im Monat«, sagte Williams langsam.

»Es könnten ebensogut zehntausend Dollar sein, im Monat«, entgegnete der Richter. »Zahlen tust du sie sowieso nicht.«

»Und dann – noch was«, sagte Williams nachdenklich weiter: »Wenn er im Kopf richtig wär, dann könnt ich's ja noch aushalten. Aber Herr Richta, der is verrückter als wie'n Irrer. Un wenn er nun ausschaut wie der Teufel, un dann verscheucht er mir alle Freunde weg, un meine Kinder könn nich essen, un meine Alte redet von Mord un Totschlag die ganze Zeit, un meine Miete is zweieinhalb Doller die Woche, un dann is er nicht mal richtig im Kopf – dann kommen mir fünf Doller die Woche vor wie –«

Der Stock des Richters knallte plötzlich heftig auf den Boden der Veranda. »Na also«, sagte er, »ich habs mir doch gedacht, daß du da drauf hinaus willst!«

Williams fing an, auf eine sonderbar manierierte Weise mit dem Kopf hin und herzuschaukeln. »Jetz warten Sie mal einen Moment, Herr Richta«, sagte er aufsässig. »Es is nich so, daß ich das nich gut find, was der Dokter gemacht hat – das nich. Dokter Trescott is n lieber Mann, un es is nich, daß ich das nich gut find, was er gemacht hat, aber – aber –«

»Aber *was*? Du fällst mir auf die Nerven, Alek. Jetzt sag mir mal: Hast du jemals in dei'm Leben regelmäßig fünf Dollar die Woche gehabt?«

Williams nahm sogleich eine würdevolle Haltung ein; dann aber, während des Schweigens, das nach dieser Frage blieb, sank er allmählich in sich zusammen. Schließlich straffte er sich und sagte: »Nein, Herr Richter, das hab ich nich. Es is nich so, daß ich sage, daß fünf Doller nich ein Haufen Geld is, für jemand wie mich. Aber, Herr Richta, was ein Mensch für diese Art von Arbeit kriegen müßte, das isn Gehalt. Jawohl Herr Richta«, wiederholte er mit einer großartigen Geste: »Für so ne Art von Arbeit, da müßt er schon ein Gehalt kriegen!« Er betonte das Wort »Gehalt« auf eine furchtbare Weise.

Der Richter lachte. »Ich kenne Dr. Trescotts Ideen, was

diese Sache betrifft, Alek; und wenn du mit deinem Untermieter so unzufrieden bist, dann wird er ihn ohne weiteres irgendwo anders hinschaffen; also, wenn du willst, daß ich ihm was ausrichten soll, daß du der Sache müde bist und es anders haben willst, dann kommt er eben und nimmt Johnson wieder mit.«

Wieder kratzte sich Williams in seiner großen inneren Not den Kopf. »Fünf Doller is'n schönes Geld für einen Unterhalt, aber s'is nich zuviel Geld für den Unterhalt von einem Irren«, sagte er schließlich.

»Was meinst du denn, was du haben müßtest?« fragte der Richter.

»Naja«, sagte Alek, wie einer, der mit großer Mühe zwei Waagschalen im Gleichgewicht zu halten versucht, »er sieht aus wie der Teufel, un er erschreckt alle Leute, un meine Kinder tun nich essen, un ich kann nich schlafen, un er is nich richtig im Kopf, un –«

»Das hast du mir alles schon gesagt.«

Williams kratzte sich erneut seinen Wollkopf, schlug mit dem Hut auf sein Knie, stierte durch die Büsche und blickte zu Boden; dann sagte er, indem er nervös mit dem Fuß im Kies wühlte: »Naja, Herr Richta, ich find, dafür müßt ich –«; er stotterte.

»Müßtest du wieviel?«

»Sechs Dollers«, antwortete Williams mit einem verzweifelten Ausbruch.

Der Richter lehnte sich in seinen großen Lehnstuhl zurück und absolvierte alle Stadien eines herzhaften Gelächters, doch gab er dabei, bis auf ein leises Hüsteln, keinerlei Geräusch von sich. Williams hatte ihn gespannt beobachtet.

»Und«, sagte der Richter, »findest du sechs Dollar ein Gehalt?«

»Nee, Herr«, erwiderte Williams sofort. »N Gehalt is das nich. Nee nee. Das is kein Gehalt.« Mit einigem Ärger schaute er auf den Mann, der auf diese Art seine Intelligenz auf die Probe stellen wollte.

»Und wie ist es, wenn deine Kinder nicht essen?«

»Ich –«

»Und wenn wir annehmen, daß er wie der Teufel aussieht? Und wenn man annimmt, daß das alles so weitergeht? Wärst du dann zufrieden mit sechs Dollar die Woche?«

Bilder der Erinnerung schienen während dieses Verhörs auf Williams einzustürmen, und er antwortete unentschieden. »Natürlich, wenn ein Mann nich richtig im Kopf is, un wenn er wie der Teufel aussieht – aber sechs Doller.« Nachdem er nun zweimal einen Anlauf zu einem Satz genommen hatte, entwikkelte sich Williams urplötzlich zu einem Redner, der mit seiner großen glänzenden Hand in der Luft gestikulierte. »Ich sag Ihnen, Herr Richta, sechs Doller sin sechs Doller, aber wenn ich sechs Doller für den Unterhalt von Henry Johnson krieg, dann hab ich sie verdient! Verdient hab ich sie!«

»Ich zweifle nicht, daß du sechs Dollar verdienst, für jede Woche, die du arbeitest«, sagte der Richter.

»Wenn ich Henry Johnson verpfleg, für sechs Doller, dann verdien ich sie! Dann verdien ich sie!« rief Williams heftig.

XIV

Reifsnyders Gehilfe war zum Essen gegangen, und der Ladeninhaber versuchte vier Männer zu beschwichtigen, die unverzüglich rasiert werden wollten. Reifsnyder war sehr gesprächig, was ihn zu einem Sonderfall unter den Barbieren machte, die ja bekanntlich durchaus ein schweigender Berufsstand sind, streng und schweigsam, da immer neue Lektionen der Überlieferung sie das Schweigen gelehrt haben. Gewöhnlich sind es die Kunden, die reden.

Während Reifsnyder sein Messer über die Wange des Mannes im Stuhl gleiten ließ, drehte er sich des öfteren um, um die Ungeduld der anderen durch freundliche Reden zu besänftigen, auf die sie jedoch nicht besonders achteten.

»Ach was, er hätte ihn sterben lassen sollen«, sagte Bainbridge, ein Eisenbahn-Ingenieur, der schließlich auf den Redeschwall des Barbiers einging. »Hör endlich auf, Reif, und kümmer dich um dein Job!«

Aber nun hörte Reifsnyder ganz mit dem Rasieren auf und wandte sich direkt dem Sprechenden zu. »Ihn sterben lassen?« fragte er. »Was soll das heißen? Wie kannst du einen Mann einfach sterben lassen?«

»Indem du ihn sterben läßt, du Dämlack«, sagte der Ingenieur. Die anderen lachten ein bißchen, und gleich wandte sich Reifsnyder wieder seiner Arbeit zu – mißmutig, weil er durch eine Mehrheit der Lächerlichkeit preisgegeben worden war.

»Was soll das?« brummelte er später. »Wie kannst du einen Mann sterben lassen, wenn er so viel für dich getan hat?«

»Wenn er so viel für *dich* getan hat?« äffte Bainbridge ihn nach. »Rasier du mal lieber ein paar Leute. Was soll'n das! Vielleicht ist ja dies hier gar kein Barbierladen?«

Ein Mann, der bis dahin geschwiegen hatte, sagte: »Wenn ich der Doktor gewesen wär, ich hätt das gleiche getan.«

»Na klar«, sagte Reifsnyder. »Jeder Mensch würd das tun. Jeder Mensch, der nich so einer wie du ist, du alter Fisch mit dem Steinherz.« Er hatte seine abschließenden Worte mit großer Sorgfalt ausgesucht, und nun servierte er seine Kollektion dem Bainbridge triumphierend. Der Ingenieur lachte.

Der Mann im Stuhl hievte sich nun höher, während Reifsnyder mit der raffinierten Zeremonie des Haarölens und Haarkämmens begann. Da er sich nun unbehindert in die Unterhaltung mischen konnte, sagte der Mann: »Es heißt, er ist das gräßlichste Ding von der Welt. Der junge Johnnie Bernard mit dem Lebensmittelwagen hat ihn oben bei Alek Williams' Hütte gesehen und sagt, er konnte zwei Tage nichts mehr essen.«

»Tse!« sagte Reifsnyder.

»Und? Weswegen isser denn so gräßlich?« fragte ein anderer.

»Weil er kein Gesicht mehr hat«, antworteten der Barbier und der Ingenieur unisono.

»Kein Gesicht mehr?« wiederholte der Mann. »Wie kann er ohne Gesicht auskommen?«

»– hat kein Gesicht am Kopf vorn dran
Wo's Gesicht doch dran sein soll«

Bainbridge sang diese Verszeilen mit Nachdruck, während er sich erhob und seinen Hut an einen Haken hängte. Der Mann auf dem Stuhl war gerade dabei, zu seinen Gunsten abzudanken. »Mach jetzt ein bißchen Tempo«, sagte er zu Reifsnyder. »Ich muß um 7.31 weg.«

Während der Barbier den Schaum auf die Wangen des Ingenieurs rieb, schien er tief in Gedanken versunken. Dann brach es plötzlich aus ihm heraus. »Wie würds euch denn gefallen – ohne Gesicht?« rief er der Versammlung zu.

»Och – wenn ich so'n Gesicht wie deins haben müßte –«, antwortete ein Kunde.

Die Stimme von Bainbridge kam aus einem Meer von Schaum. »Du regst dich bloß auf, weil, wenn es Mode würde, daß Leute ihr Gesicht verlieren, wärst du bankrott.«

»Ich glaub nicht, daß es besonders Mode wird«, sagte Reifsnyder.

»Nicht, wenn es auf die Art abhanden kommt, wie es hier abhanden gekommen ist«, sagte ein anderer Mann. »Ich behalt meins lieber, wenns recht ist.«

»Das will ich meinen!« rief der Barbier. »Überleg bloß mal!«

Bainbridges Rasur war nun an einem Punkt angekommen, wo sie etwas weniger Aufmerksamkeit beanspruchte. »Ich möcht bloß mal wissen, was der Doktor so redet, wenn er allein is«, bemerkte er. »Vielleicht tuts ihm leid, daß er ihn zurückgebracht hat, ins Leben.«

»Es war das einzige, was er machen konnte«, antwortete ein Mann. Die anderen schienen ihm beizupflichten.

»Überleg mal, wenn du an seiner Stelle wärst«, sagte einer, »und Johnson hätte dein Kind gerettet. Was würdest du tun?«

»Sicher.«

»Na klar! Man würde alles Menschenmögliche tun für ihn. Alle Mühe der Welt würde man auf sich nehmen. Den letzten Dollar würde man für ihn ausgeben. Ja, und nun?«

»Ich möchte wissen, wie man sich fühlt, ohne Gesicht«, sagte Reifsnyder nachdenklich.

Der Mann, der vor ihm gesprochen hatte fand, daß er sich gut ausgedrückt hatte, und wiederholte die ganze Sache. »Man würde alles Menschenmögliche für ihn tun. Alle Mühe der Welt würde man auf sich nehmen. Den letzten Dollar würde man für ihn ausgeben. Ja, und nun?«

»Aber sieh doch mal«, sagte Reifsnyder, »denk doch mal, du hättest kein Gesicht!«

XV

Sobald Williams sich den Blicken des alten Richters entzogen hatte, fing er an zu gestikulieren und Selbstgespräche zu führen. Offensichtlich hatte das Hochgefühl ihn bis ins Innerste durchdrungen, und das hatte zur Folge, daß er sich aufblies, als sei er mit Gas gefüllt. Er schnippte mit den Fingern in der Luft und pfiff kleine Stückchen einer triumphalen Musik. Während er sich seiner Hütte näherte, überließ er sich manchmal einer schleifenden Gangart, die eigentlich ein Tanz war. Zugleich war seinem Monolog zu entnehmen, daß er stolz und ruhmbedeckt aus seiner schweren Prüfung hervorgegangen war. Er war der unbesiegbare Alexander Williams. Das kühne Selbstvertrauen, das er an den Tag legte, war nicht zu überbieten. Sein königlicher Gang, seine heldenhaften Liedchen, der Schwung seiner Hand, der voll Hohn war – alles bezeichnete einen Mann, der der Welt erfolgreich die Stirn geboten hatte. Auf seinem Weg sah er Zeke Paterson, der in die Stadt ging. Schon auf fünfzig Meter Entfernung begrüßten sie einander aufs lebhafteste.

»Wie gehts, Bruder Paterson?«

»Wie gehts, Bruder Williams?«

Beide waren sie Aushilfsgeistliche.

»Gehts deinen Leuten gut, Bruder Paterson?«

»S geht so, s geht so. Wie gehts deinen Leuten, Bruder Williams?«

Keiner von ihnen verlangsamte im mindesten seine Gangart. Sie hatten das Gespräch begonnen, als noch ein erheblicher Abstand zwischen ihnen war, setzten es fort, während sie aneinander vorbeigingen, und fuhren weiter fort, einander höfliche Fragen zu stellen, als sie sich allmählich voneinander entfernten. Williams' Geist war wie ein Ballon. Er hatte einen solchen Auftrieb, daß er nicht mal bemerkt hatte, daß Paterson an der Stelle, wo sie hätten zusammentreffen müssen, in einen trockenen Graben auswich.

Danach, als er seinen einsamen Weg fortsetzte, brach er wieder in Gesang und festliches Gehabe im Hinblick auf seine Verhältnisse aus. Seine Füße bewegten sich tänzelnd.

Als seine Hütte in Sicht kam, lagen die Felder im blauen Abenddunst, und das Licht im Fenster sah blaß aus. Er hüpfte und gestikulierte und starrte einige Augenblicke freudig auf dieses Licht. Dann schien ein anderer Gedanke auf ihn einzustürmen, er sah aus wie einer, der plötzlich einen Dämpfer bekommen hat. Schließlich näherte er sich seinem Haus, als sei es eine feindliche Festung.

Einen lärmenden Augenblick lang machten die Hunde Einwände gegen seine Annäherung, dann erkannten sie ihren Herrn und krochen verlegen davon. Er machte ihnen nur gedämpfte Vorwürfe.

Als er die Tür erreichte, drückte er sie so schüchtern auf wie ein frischgebackener Dieb. Vorsichtig verdrehte er den Kopf; seine Augen trafen auf die Augen seiner Frau, die am Tisch saß; ihre eine Gesichtshälfte zeichnete sich im Lampenlicht ab. »Sh!« machte er überflüssigerweise. Rasch wanderten seine Blicke zu der inneren Tür, hinter der sich das einzige Schlafzimmer verbarg. Die schwarzen Winzlinge, die sanft auf dem Boden des Wohnzimmers ausgestreckt lagen, schnarchten leise. Nach einer herzhaften Mahlzeit hatten sie sich sofort im Raum zerstreut und schlafen gelegt. »Sh!« sagte Williams noch einmal zu seiner schweigenden und unbewegten Frau. Er hatte nur seinen Kopf hereingestreckt. Seine Frau, die eine Hand auf der Tischkante und die andere auf ihrem Knie liegen hatte, betrachtete ihn mit geweiteten Augen und geöffneten Lippen, als ob er ein Gespenst sei. Sie wirkte wie jemand, der in unablässigem Schrecken lebt, sogar das vertraute Gesicht in der Tür, da es so plötzlich erschienen war, hatte sie aufgeregt.

Williams brach das gespannte Schweigen. »Is er in Ordnung?« flüsterte er und machte eine Augenbewegung zur inneren Tür hin. Seine Frau folgte scheu seinem Blick, nickte und antwortete mit leiser Stimme.

»Ich glaub er is eingeschlafen.«

Williams schlurfte lautlos über die Schwelle.

Er nahm einen Stuhl und stellte ihn so hin, daß er der gefürchteten Innentür gegenüber stand. Seine Frau bewegte sich ein wenig, so daß sie sie genau im Auge hatte. Eine Stille senkte sich über sie wie in Erwartung eines tödlichen Schicksalschlags.

Schließlich hüstelte Williams hinter seiner Hand. Seine Frau fuhr zusammen und schaute ihn erschrocken an. »Sieht so aus, wie wenn er heut nacht ruhig is«, hauchte er. Ständig wandten sie sich mit ihren Äußerungen und Blicken an diese Innentür und erwiesen ihr die Ehrerbietung, die einem Leichnam oder einem Dämon zustand. Ein weiteres langes Schweigen folgte diesem Satz. Ihre Augen glänzten weit und weiß. Auf einer entfernten Straße ratterte ein Wagen stadteinwärts. Sie schauten von ihren Stühlen zum Fenster, das Licht in der Hütte machte die Nacht, die im Fenster war, schwarz und finster. Die alte Frau nahm eine Haltung ein, die sie in der Kirche immer bei einem Begräbnis einnahm. Manchmal schien sie geradezu in Gebete ausbrechen zu wollen.

»Er is mordmäßig still heut nacht«, flüsterte Williams. »War er gut heut über Tag?« Statt einer Antwort hob seine Frau ihre Augen zur Decke; sie spielte den Hiob. Williams bewegte sich unruhig. Schließlich trat er auf Zehenspitzen zur Tür hin. Langsam und ohne einen Laut kniete er nieder und legte sein Ohr ans Schlüsselloch. Als er hinter sich ein Geräusch hörte, wandte er sich schnell um. Seine Frau starrte ihn schreckensvoll an. Sie stand vor dem Ofen; ihre Arme waren ausgebreitet – als natürliche Geste des Schutzes für alle ihre Küken.

Aber Williams erhob sich ohne den Boden zu berühren. »Ich glaub er schläft«, sagte er und bewegte seine Finger in seinem Kraushaar. Er redete eine Weile mit sich selbst. Während dieser Zeit blieb seine Frau, wo sie war – das große fette Standbild einer Mutter, die ihre Kinder beschützt.

Es war überdeutlich, daß sein Inneres plötzlich von einer Welle der Angst überschwemmt wurde. Er ging mit schallenden Schritten zur Tür. Seine Finger lagen schon fast auf dem Türknopf, als er sich plötzlich duckte und zur Seite wich, wobei er seine Hände auf den Hinterkopf schlug. Es war, als ob die Türöffnung ihn bedrohte. In der Nähe des Ofens entstand ein kleiner Tumult; Mrs. Williams verzweifelter Rückzug hatte ihre Füße ins Gehege der ausgestreckten Kinder gebracht.

Nach seiner Panik zeigte Williams Anzeichen von Beschämung. Er kehrte zu seiner Pflicht zurück. Er packte den Türknopf fest mit seiner linken Hand und drehte mit der anderen Hand den Schlüssel im Schloß. Er stieß die Tür auf, und als sie sich gravitätisch öffnete, sprang er behende beiseite wie ein furchtsamer Sklave, der einen Löwen freiläßt. In der Nähe des Ofens hatte sich ein Grüppchen gebildet; die schreckensvolle Mutter stand dort mit ausgestreckten Armen und die aufgestörten Kinder klammerten sich ängstlich an ihren Rock.

Durch die aufgehende Tür strömte Licht in einen Raum von sechs Fuß in der einen und sechs Fuß in der andern Richtung. Er war so klein, daß der Lichtschein ihn zur Gänze sichtbar machte. Vorsichtig lugte Williams um die Ecke des Türpfostens.

Plötzlich ging er hinein, zog sich zurück, ging wieder hinein und heulte auf. Seine angstgelähmte Familie hatte erwartet, daß er zurückfahren würde, und sie drängten sich bei diesem Geheul sonderbar eng zusammen. Aber Williams stand nur in dem kleinen Zimmer und stieß durch ein offenes Fenster sein Geheul aus. »Er is fort! Er is fort! Er is fort!« Rasch vergewisserte er sich mit Augen und Händen. Sogar ein kleines Wandschränkchen hatte er aufgemacht.

Gleich darauf kam er in fliegender Eile heraus. Er griff nach dem Hut und riß fast die Außentür aus den Angeln. Dann stürzte er sich kopfüber in die Nacht. Er schrie: »Doktor Trescott! Doktor Trescott!« Er rannte wirr durch die Felder, er galoppierte in die Stadt. Dabei rief er immer weiter nach Trescott, als sei dieser in Hörweite. Es war, als säße Trescott über dem laufenden Schwarzen in einem brütenden Himmel und könnte der Stimme, die zu ihm aufstieg, entgegenkommen – »Doktor Trescott!«

In der Hütte stand Mrs. Williams, unterstützt von einer Kindertruppe, die sich ablöste, bebend auf Wache, bis als Verstärkung das Tageslicht kam und sie in eine hochmütig herumstolzierende, schwadronierende Kinderschar verwandelte und in eine Mutter, die ihren grenzenlosen Mut hinausposaunte.

XVI

Theresa Page gab eine Party. Das war das Ergebnis einer Reihe von Auseinandersetzungen mit ihrer Mutter, die teilweise auch ihr Vater mit angehört hatte; und er hatte schließlich die fünf Worte ausgesprochen: »Gut, sie soll sie haben.« Darauf hatte die Mutter freudig nachgegeben.

Theresa hatte neunzehn Einladungskärtchen geschrieben und hatte sie in der Pause an ihre Schulkameraden verteilt. Später hatte ihre Mutter fünf große Kuchen hergestellt, und noch später eine Riesenportion Limonade.

So saßen also nun neun kleine Mädchen und zehn kleine Jungen steif im Eßzimmer, während Theresa und ihre Mutter sie mit Kuchen und Limonade versorgte, und schließlich auch noch mit Eis. Diese Steifheit, die sie jetzt gefangenhielt, paßte gar nicht zu ihnen. Sie entstand nur durch die Gegenwart von Mrs. Page. Als sie zuvor unbeaufsichtigt im Wohnzimmer gespielt hatten, hatten sie einen Stuhl umgeschmissen, und die Jungen hatten sich mehr oder weniger wie die Banditen benommen. Aber wenn sie sich wichtig genug machen konnten und wenn die Umstände es erlaubten, dann ließen die Mädchen einen unerträglichen Hochmut an den Jungen aus; sie ließen sie gnadenlos stehen. Im Eßzimmer aber taten sie wie in der Sonntagsschule, wenn da nicht dieses halb verdeckte Lächeln, die Gesten, die Püffe und Schnuten gewesen wären, die der ganzen Situation den Stempel einer Kinderparty aufdrückten.

In dieser gedämpften Versammlung waren zwei kleine Mädchen mit dem Rücken zu dem breiten Fenster auf eine Sitzbank plaziert worden. Sie strahlten einander liebevoll an und bezeugten dadurch zugleich ihre Verachtung gegen die Jungen.

Als es hinter sich am Fenster ein Geräusch hörte, wandte sich eines der Mädchen um. Augenblicklich kreischte es auf und sprang davon, wobei es sein Gesicht mit den Händen bedeckte. »Was war denn da? Was war denn da?« schrien nun alle auf einmal. Einer kleinen Bewegung in den Augen des weinenden und sich vor Abscheu schüttelnden Mädchens konnte die Gesellschaft entnehmen, daß es von einer Erscheinung am Fenster erschreckt worden war; einen Augenblick lang herrschte Stille. Ein schlauer Bursche machte sich ans Zählen der Jungen; die Lausbüberei, sich hinauszuschleichen und als Gespenst am Fenster aufzutauchen, war doch altbewährt. Aber es waren alle Jungen da, und sie waren alle verblüfft.

Als sie sich wieder gefangen hatten, stießen sie eine Art Kriegsruf aus und stürmten eilig durch eine Seitentür ins Freie, um gegen das Schreckbild anzutreten. Jeder wollte den anderen mit seiner Tollkühnheit ausstechen.

Zwar hatte keiner große Lust, in der Dunkelheit des Gartens einem Drachen zu begegnen, aber wenn das schöne Geschlecht dort im Eßzimmer wartete, gab es kein Auskneifen. Sie tauschten Zurufe mit mannhaften Stimmen, liefen auf gewundenen Bahnen über den Rasen, gingen heftig auf die schattigen Stellen los – aber doch mit der Vorsicht vernünftiger Wesen. Sie fanden aber nichts, was im Widerspruch zum Abendfrieden stand. Natürlich war ein Bursche dabei, der eine Lügengeschichte zu erzählen hatte. Er beschrieb eine bösartige Gestalt, die gebückt am Zaun entlang schlich. Er schilderte eine Anzahl von Einzelheiten und polierte seine Märchen etwas auf, indem sie mit gewissen Gestalten vermengte, an die er sich aus unheimlichen Geschichten erinnerte. Zum Beispiel beharrte er darauf, gehört zu haben, wie das Wesen ein hohles Lachen ausgestoßen habe.

Im Inneren des Hauses hatte sich das Mädchen, das die Aufregung ausgelöst hatte, noch immer nicht erholt; es weinte und zitterte. Mit größter Mühe konnte es von Mrs. Page so halbwegs beruhigt werden. Dann wollte es sofort nach Hause gehen.

Zu der Zeit kam Mr. Page in das Haus zurück. Er hatte sich entfernt, bis er glaubte, daß die Kinderparty vorbei sein müßte. Nun mußte er das kleine Mädchen nach Hause bringen, dann, als die Tür geöffnet wurde und es die Nacht erblickte, schrie es erneut auf.

Auch ihrer Mutter konnte die Kleine nichts Zusammenhängendes berichten. War es ein Mann? Sie wußte es nicht. Es war einfach ein Ding, ein grausiges Ding.

XVII

In der Watermelon Alley verbrachten die Farraguts den Abend wie gewöhnlich auf ihrer kleinen baufälligen Veranda. Manchmal riefen sie irgendwelchen Klatsch hinüber zu anderen Leuten auf anderen baufälligen Veranden. Die dünne Klagestimme eines Babys erhob sich aus einem Haus in der Nähe. Ein Mann hatte eine schreckliche Auseinandersetzung mit seiner Frau, ohne daß die Straße davon irgendeine Notiz nahm.

Da tauchte vor den Farraguts plötzlich eine monströse Gestalt auf, die eine tiefe, weit ausholende Verbeugung machte. Einen Augenblick lang geschah nichts, dann geschah etwas, was irgendwie an einen großen Aufruhr der Erdoberfläche erinnerte. Die alte Frau warf sich nach rückwärts und stieß einen furchtbaren Schrei aus. Der junge Sim hatte gerade noch elegant auf dem Geländer gethront; er gab keinen Ton, seine Augen traten vor, er versuchte mit schwächlichen Handbewegungen nach dem Geländer zu greifen, um einen Absturz zu vermeiden, dann war er verschwunden. Bella stammelte plusterig, ihr Haar war ganz plötzlich auf geheimnisvolle Weise zerwühlt, sie krabbelte auf Knien und Händen die Stufen hinauf.

Das Monstrum stand vor den Trümmern dieses familiären Zusammenseins und machte immer weiter seine Verbeugungen. Es reckte sogar geringschätzig eine Klaue. »Machense nur keine Umständlichkeit nich, Miss Farragut«, sagte es höflich. »Ich komm eben mal vorbei heut am'd, Miss Farragut, nur keine Umständlichkeit nich. Wirklich nich. Ich frag sie nur, ob sie mit mir tanzen wolln, Miss Farragut. Ich frag Sie mal ob ich die außerordntliche Knuchtuung von Ihrer Gesellschaft bei der Gelegenheit haben kann.«

Das Mädchen warf einen Elendsblick nach hinten. Es war noch immer dabei fortzukriechen. Am Boden neben der Veranda gab der junge Sim einen sonderbaren Laut von sich, der zugleich Angst und Atemlosigkeit ausdrückte. Das Monstrum erstieg nun in dandyhafter Gangart die Stufen und war dem Mädchen auf den Fersen.

Sie kauerte in einer Ecke des Zimmers, während das Wesen sich auf einen Stuhl setzte. Es nahm zierlich auf der Stuhlkante Platz. Es hielt eine alte Mütze in beiden Händen. »Machense keine Umständlichkeiten nich, Miss Farragut. Keine Umständlichkeit. Wirklich nich. Ich frag bloß mal so an, ob Sie mir die

Ehre antun wolln un nehmen meine demütige Einladung an – zum Tanzen, Miss Farragut.«

Sie verdeckte ihre Augen mit ihren Armen und versuchte, an ihm vorbeizukrabbeln, aber das joviale Monster verlegte ihr den Weg. »Ich komm ja bloß ma rein un frag Sie wegn dem Tanz, Miss Farragut. Ich frag Sie, ob ich die großmütige Knuchtuung von Ihrer Gesellschaft hab bei dieser Gelegenheit, Miss Farragut.«

In einem äußersten Ausbruch der Verzweiflung warf sich das Mädchen, das jammerte und sich schüttelte, mit dem Gesicht zu Boden, während das Monster weiterhin auf dem Stuhlrand saß und die höflichsten Einladungen brabbelte, wobei es den alten Hut geziert vor dem Bauch hielt.

Hinter dem Haus hatte Mrs. Farragut, die ein enormes Gewicht besaß und in den letzten acht Jahren fast nur noch im Lehnsessel gesessen und ihre diversen Leiden beschrieben hatte, mit Schwung und Geschicklichkeit einen hohen Bretterzaun überklettert.

XVIII

Der schwarze Haufen in der Mitte von Trescotts Grundstück hatte kaum abkühlen können, da waren die Handwerker schon an der Arbeit, um ein neues Haus zu bauen. Es war mit fabelhafter Geschwindigkeit aufgeschossen. Es war wie ein Zauberwerk, aus Asche geboren. Das Zimmer der Arztpraxis war der erste Teil, der fertiggestellt wurde, und er hatte schon seine neuen Bücher, Instrumente und Arzneien hineingestellt.

Trescott saß an seinem Schreibtisch, als der Polizeichef eintraf. »So«, sagte dieser, »jetzt haben wir ihn.«

»Wirklich?« rief der Doktor. »Wo?«

»Schlurfte heut morgen bei Tageslicht auf den Straßen rum. Ich will verdammt sein, wenn ich weiß, wo er die Nacht über war.«

»Wo ist er jetzt?«

»Na, wir haben ihn eingelocht. Ich wußte nicht, was ich sonst mit ihm machen sollte. Das müssen Sie mir jetzt sagen. Wir können ihn natürlich nicht behalten. Es liegt ja nichts gegen ihn vor, wissen Sie.«

»Ich komme runter und hole ihn.«

Der Beamte grinste im nachhinein. »Man muß sagen, er hat ein paar nette Dinger gedreht, solange er frei war. Das erste, was er machte, war, daß er bei Pages eine Kinderparty auseinanderscheuchte. Dann ging er in die Watermelon Alley. Mann! Der versetzte die ganze Gegend in Panik. Männer, Frauen und Kinder rannten kreuz und quer und brüllten. Es heißt, daß eine alte Frau sich ein Bein oder was brach, als sie über den Zaun krabbelte. Er ging danach direkt auf die Hauptstraße, ein irisches Mädel kriegte einen Anfall, und es gab ne Art Aufruhr. Er fing dann an zu rennen, und eine große Menge Leute jagte hinterher und warf Steine. Aber irgendwie entwischte er ihnen da unten bei der Gießerei und am Eisenbahndepot. Die ganze Nacht haben wir ihn gesucht, aber wir konnten ihn nicht finden.«

»War er irgendwie verletzt? Hat ihn jemand mit einem Stein getroffen?«

»Ich glaub, da is nich viel an ihm, was man verletzen kann, oder? Ich glaub, der is verletzt bis oben hin. Nein. Sie haben ihn nich berührt. Natürlich wollte ihn niemand wirklich treffen, aber Sie wissen, wie so Menschenmassen sein können. Es ist wie, es ist wie –«

»Ja, ich weiß.«

Für einen Augenblick schaute der Polizeichef nachdenklich zu Boden. Dann sprach er zögernd. »Wissen Sie, es war das kleine Mädchen von Jake Winter, das er da auf der Party erschreckt hat. Es soll ziemlich krank sein.«

»So? Na, mich haben sie nicht geholt. Ich war immer der Hausarzt in der Familie Winter.«

»Nein? Nicht gerufen?« fragte der Polizeichef langsam.

»Naja, wissen Sie, Winter – tja, also der Winter ist bei der Geschichte fast übergeschnappt. Er wollte, daß Sie ... daß Sie eingesperrt werden.«

»Eingesperrt? Dieser Idiot! Wofür um Himmelswillen wollte er mich denn einsperren lassen?«

»Natürlich. Er ist schon ein Narr. Ich habe ihm gesagt, er soll die Klappe halten. Aber andererseits – Sie wissen ja, wie er in der ganzen Stadt herumziehen wird und sich über die Sache auslassen. Ich dachte, ich bring Ihnen das lieber bei.«

»Ach was, der hat doch nichts zu sagen; aber natürlich bin ich Ihnen sehr dankbar, Sam.«

»Schon recht. Also, Sie kommen heut abend runter und holen ihn raus, ja? Der Gefängniswärter wird sich freuen. Der hat aber auch gar nichts übrig für diesen Job. Er sagt, Sie können den Mann jederzeit haben, wann Sie wollen. Er kann ihn nicht brauchen.«

»Aber was soll das bedeuten, daß der Winter mich verhaften lassen will?«

»Ach, da wird ein Mordslärm gemacht, daß Sie kein Recht hätten, daß Sie diesen – diesen – Menschen frei rumlaufen lassen. Ich hab ihm gesagt, er soll sich um seine eigenen Sachen kümmern. Ich dachte bloß, es ist besser, Sie wissen's. Und ich glaub, ich sags Ihnen besser gleich, Doktor, daß über die Sache jetzt viel geredet wird. An Ihrer Stelle würde ich ziemlich spät zum Gefängnis gehen, denn wahrscheinlich wird da ein Haufen Leute am Tor sein; und dann nehmen Sie am besten – äh – ne – Maske oder ein Tuch oder was mit.«

XIX

Martha Goodwin war ledig, und sie war schon gut in den Jahren. Sie lebte bei ihrer verheirateten Schwester in Whilomville. Für die Vergünstigung, da leben zu können, erledigte sie fast die ganze Hausarbeit. Im stillen betrachtete jedermann ihre

Mühsal als eine Art Buße für das frühe Ende ihres Verlobten, der an den Pocken gestorben war, obgleich er sie nicht von ihr hatte.

Trotz ihres angestrengten und ruhelosen Lebens war sie eine Frau mit einem großen Herzen. Sie hatte resolute Ansichten über die Lage in Armenien, die Lage der Frauen in China, über das Techtelmechtel von Mrs. Minster in der Niagara Avenue mit dem jungen Griscom, über den Streit in der Bibelstunde der Baptisten-Sonntagsschule, die Pflicht der Vereinigten Staaten gegenüber den kubanischen Rebellen und über viele andere gewichtige Angelegenheiten. Ihre umfassenden Erfahrungen mit der Gewalt hatte sie bei einer Gelegenheit gemacht, als sie die Verprügelung eines Hundes mitangesehen hatte, aber in dem Plan, den sie zur Verbesserung der Welt entworfen hatte, befürwortete sie drastische Maßnahmen. Zum Beispiel forderte sie, daß alle Türken ins Meer zu stoßen und zu ertränken seien und daß Mrs. Minster und der junge Griscom nebeneinander an Zwillingsgalgen aufgehängt werden müßten. Es war so, daß diese Frau des Friedens, die auch immer nur Frieden erlebt hatte, fortwährend für Prinzipien von grenzenloser Grausamkeit eintrat. Für zweifelnde Fragen war sie unempfindlich, da sie schließlich alle ihre Gegner mit einem Naserümpfen übertrumpfte. Dieses Naserümpfen war eine starke Waffe. Auf ihre Gegner wirkte es wie ein Hieb über den Kopf, und man kannte niemanden, der sich von diesem Ausdruck der äußersten Verachtung wieder erholt hätte. Das überrumpelte die Leute und machte sie sprachlos. Sie riskierten es nicht, sich noch einmal niederschmettern zu lassen. Und Martha schritt mit strenger Miene in ihrer Küche auf und ab, unbesiegbar wie Napoleon.

Ihre Bekannten aber hatten nach ihren schmerzhaften Niederlagen im stillen den Aufstand geschürt. Es war keineswegs eine Verschwörung, da sie ihre Verfassung nicht durch einen offenen Aufstand kundtaten, dennoch war klar, daß jede Frau, die eine von Marthas Ansichten nicht teilte, das Recht zur Unterstützung der anderen in diesem kleinen Zirkel hatte. Es ergab sich daraus eine Übereinkunft, nach der keine von ihnen irgendeiner Theorie glauben durfte, die von Martha vertreten wurde. Dies hinderte sie jedoch nicht daran, mit großem Respekt von ihrer Intelligenz zu reden.

Vor allem zwei Menschen hatten unter ihren Fähigkeiten zu leiden. Ihre Schwester Kate hatte sichtlich Angst vor ihr, während Carrie Dungen von ihrer Küche herübergesegelt kam, um achtungsvoll zu Marthas Füßen zu sitzen und etwas von den Geschäften dieser Welt zu lernen. Später allerdings, in einem anderen Licht, lachte sie über Martha und tat so, als fände sie ihre Ideen lächerlich; aber in Gegenwart der Monarchin verhielt sie sich immer still oder voller Bewunderung. Schwester Kate war ein unbedeutender Mensch. Ihre hauptsächliche Illusion bestand darin, daß sie meinte, sie mache die ganze Arbeit in den Zimmern im oberen Stock des Hauses, während Martha sie unten täte. Die Wahrheit erkannte nur ihr Gatte, der Martha mit einer Freundlichkeit zwischen Scherz und Ehrerbietung behandelte. Martha selbst ahnte nicht, daß sie die Hauptsäule der häuslichen Ordnung war. Die Situation war nicht deutlich abgegrenzt. Martha zog schon Grenzen und machte Definitionen, aber das tat sie ausschließlich bei den Armeniern, dem Griscom, den Chinesen und anderen Gegenständen. Ihre Träume, in ihrer Jugend vor allem die Liebe zu Wiesen und schattigen Bäumen und zum Gesicht eines Mannes, beschäftigten sich nun mit anderen Sachen; das ergab schon eine sonderbare Gesellschaft in der Küche, Kuba und der Heißwasserkessel, Armenien und das Geschirrwaschen und das ganze dann durcheinandergequirlt. Was gesellschaftliche Vergehen betraf, so war sie – die nichts als das Grab einer toten Leidenschaft war – vermutlich der bösartigste Kritiker der Stadt. Diese unbekannte Frau, die da in ihrer Küche wie in einem Brunnen versteckt war, hatte bestimmt einen beträchtlichen Einfluß auf das eine oder das andere Leben in der Stadt. Jedesmal, wenn es sich um einen Meter bewegte, hatte sie selbst ein paar Zentimeter dazu beigetragen. Sie konnte auf eine Meinung wie auf eine Tür einhämmern, bis sie aus den Angeln brach und vor ihr niederfiel; auf jeden Fall geriet sie in Bewegung. Sie war eine Maschine, und daß sie gar nicht wußte, daß sie eine Maschine war, trug stark zu ihrer Wirkung bei. Ein Grund dafür, daß sie soviel Furcht einflößte, war, daß sie nicht wußte, daß sie furchteinflößend war. Sie blieb ein schwächliches, harmloses, schweinsköpfiges Wesen, das ganz allein das Universum in die Schranken fordern konnte, wenn sie der Ansicht war, daß das Universum dieses Vorgehen verdiente.

Eines Tages kam Carrie Dungen in großer Eile von ihrer Küche herüber. Sie war voller Neuigkeiten. »Oh«, rief sie, »Henry Johnson ist da ausgebrochen, wo sie ihn verwahrt haben, und er ist gestern in die Stadt gekommen und hat alle Leute zu Tode erschreckt.«

Martha rieb eine Menü-Platte glänzend, sie polierte sie mit heftigen Handbewegungen. Kein vernünftiger Mensch konnte den Grund für diese Beschäftigung einsehen, denn die Platte hatte schon vorher wie Silber geglänzt. »Naja!« stieß sie hervor. Sie verlieh dem Wort eine tiefe Bedeutsamkeit. »Also, dann ist meine Vorhersage eingetroffen.« Das war so ihre Gewohnheit.

Das Übermaß der Nachrichten drückte Carrie die Luft ab. Bevor sie weitermachen konnte, mußte sie einen Augenblick mit sich ringen. »Und die kleine Sadie Winter ist furchtbar krank, es heißt, daß Jake Winter heut morgen rumlief und versucht hat, Doktor Trescott einsperren zu lassen, und die arme alte Mrs. Farragut hat sich ihren Knöchel verstaucht, als sie versucht hat, über einen Zaun zu klettern. Und die ganze Zeit steht ein Haufen Menschen um das Gefängnis herum. Sie haben Henry ins Gefängnis gesteckt, weil sie nicht wußten, was sie sonst mit ihm machen sollen, glaub ich. Sie sagen, er ist etwas ganz Entsetzliches.«

Martha ließ von ihrer Platte ab und blickte der kopflosen Rednerin geradewegs ins Auge. »Naja!« sagte sie wieder und hielt ihren großen braunen Putzlumpen in der Hand. Kate hatte die aufgeregte Besucherin gehört, hatte sich in ihrem Zimmer von ihrem Roman getrennt und nach unten begeben. Sie war eine zittrige kleine Frau. Ihre Schulterblätter waren wie zwei Platten Eis, denn andauernd schüttelte sie sie und schüttelte sie. »Recht geschieht's ihm, wenn er alle seine Patienten verliert«, sagte sie plötzlich mit blutdürstigem Ton. Sie schnippte die Worte hervor, als seien ihre Lippen eine Schere.

»So wirds auch wohl kommen«, rief Carrie Dungen. »Viele Leute sagen schon, daß sie sich nicht mehr von ihm behandeln lassen. Wenn du krank und nervös bist, dann wird Dr. Trescott dir obendrein das ganze Leben vergraulen, stimmts? Jedenfalls bei mir. Ich würd mir's überlegen.«

Martha ging auf und ab; manchmal beobachtete sie die beiden Frauen mit einem nachdenklichen Stirnrunzeln.

XX

Nach seiner Rückkehr aus Connecticut hatte der kleine Jimmie anfangs große Angst vor dem Monster, das in der Kammer über der Wagenremise lebte. Er konnte in keiner Weise erkennen, wer das war. Aber allmählich ging seine Angst zurück; eine seltsame Faszination hatte ihn ergriffen. Ganz allmählich rückte er ihm näher, er nahm Kontakt mit ihm auf.

Einmal saß das Monster auf einer Kiste hinter dem Stall und wärmte sich in der Nachmittagssonne. Ein schwerer Crêpe-Schleier war um seinen Kopf gewickelt.

Der kleine Jimmie kam mit ein paar Genossen um die Ecke des Stalls. Sie waren in der – wie man sie allgemein nannte – »Baby-Klasse«, und waren der Schule deshalb eine halbe Stunde vor den anderen Kindern entkommen. Beim Anblick der Gestalt auf der Kiste blieben sie plötzlich stehen. Jimmie machte eine Handbewegung in der Art eines Eigentümers.

»Da isser«, sagte er.

»Ouuuu-uu-uu«, murmelten die kleinen Jungen. »Ouuuuu!« Sie wichen zurück und gruppierten sich je nach Mut und Erfahrung, als das Monster, auf das Geräusch hin, langsam seinen Kopf umwandte. Jimmie war ganz allein in der Nähe geblieben. »Habt keine Angst!« sagte er mit Genuß. »Ich paß schon auf, daß er euch nix tut.«

»Huuuh!« antworteten sie verächtlich. »Wir ham keine Angst.«

Jimmie schien alle Freuden des Besitzers und Ausstellers eines Weltwunders zu genießen, während sein Publikum Abstand hielt – ehrfürchtig und fasziniert, furchtsam und neidisch.

Einer von ihnen sagte in düsterem Ton zu Jimmie: »Wetten, daß du nich zu ihm hingehst?« Es war ein Junge, der älter als Jimmie war und der ihn ständig ein bißchen drangsalierte. Dieser neue gesellschaftliche Aufstieg eines kleineren Jungen war eine kleine Revolution für ihn.

»Bah!« sagte Jimmie voll tiefer Verachtung. »Was mach ich nich? Was mach ich nich?«

Die Clique war ungeheuer aufgeregt. Sie richtete ihre Blicke auf den Jungen, den Jimmie angeredet hatte. »Nee, machst du nich«, sagte er gleichgültig; er stand vor einer moralischen Niederlage: Er konnte doch sehen, daß Jimmie entschlossen war. »Nee, das machst du nicht!« wiederholte er stur.

»Hoho!« rief Jimmie, »dann schau mal her – schau her!«

Inmitten eines großen Schweigens drehte er sich um und ging auf das Monster zu. Aber vielleicht hatte die ausstrahlende Ängstlichkeit seiner Genossen doch ihre Wirkung, die schwerer wog als seine bisherige Erfahrung, denn plötzlich hielt er zweifelnd in der Nähe des Monsters an. Sofort stießen die Genossen einen höhnischen Schrei aus, der ihn vorwärtszuschieben schien. Er trat an das Monster heran und legte ihm sanft die Hand auf die Schulter. »Tag, Henry!« sagte er mit etwas zittriger Stimme. Das Monster summte eine seltsame Negermelodie, die kaum mehr als ein fadendünnes Geräusch war; es achtete nicht auf den Jungen.

Jimmie stolzierte zu seinen Kameraden zurück. Sie begrüßten ihn stürmisch und verlachten seinen Gegner. Inmitten dieses Tumultes konnte der größere Junge seine Würde nur mühsam bewahren.

»Mach ich nich? Mach ich nich?« sagte Jimmie zu ihm. »Also, wenn du so schlau bist, wolln wir mal sehn, ob du es machst.«

Diese Herausforderung veranlaßte die anderen zu neuen Frozzeleien. Der größere Junge blies die Backen auf. »Ach was, ich hab keine Angst«, erklärte er mürrisch. Er hatte einen taktischen Fehler gemacht, und jetzt trieben seine Gegner ihr Gespött mit seinem Ansehen. Sie krähten wie die Hähne und blökten wie die Lämmer und gaben noch andere Laute von sich, die ihn unter seiner Lächerlichkeit und Ehrlosigkeit begraben sollten. »Ach was, ich hab keine Angst«, erklärte er weiterhin in all dem Lärm.

Aber Jimmie, der Held der Bande, kannte keine Gnade. »Du hast doch keine Angst, oder?« sagte er höhnisch; »wenn du keine Angst hast – na dann machs doch!«

»Ich würds machen, wenn ich wollte«, erwiderte der andere. Ein Ausdruck von tiefem Elend lag in seinen Augen, aber noch immer bewahrte er sich einen Rest seines hochnäsigen Gehabes. Unvermittelt pflanzte er sich vor einem seiner Verfolger auf: »Wenn du so toll bist, warum machst du's nicht selber?« – Sofort verdrückte sich der in den Hintergrund. Der Vorfall gab dem Belagerten eine Atempause, und einen Augenblick lang richtete sich der Hohn auf ein anderes Ziel. Er nutzte die Zwischenzeit aus. »Ich machs, wenn alle anderen es auch machen«, verkündete er und stolzierte auf und ab.

Aber es traten keine Kandidaten für das Abenteuer nach vorne. Um sich gegen diesen Ausfall zu verteidigen, begannen die anderen Burschen wieder mit ihrem Krähen und Blöken. Eine Zeitlang hörte man nichts von ihm. Jedesmal, wenn er seinen Mund öffnete, wurde seine Ansprache von dem lärmenden Chor vereitelt. Schließlich gelang es ihm doch einmal zu erklären, er sei bereit, in diese Sache ebensoviel zu riskieren wie jeder andere Junge.

»Na, dann geh mal zuerst!« schrien sie.

Jimmie trat noch einmal unter sie und stachelte den Pöbel gegen den großen Jungen auf. »Du bist unheimlich tapfer – stimmts?« sagte er zu ihm. »Du hast mich dazu gebracht, daß ichs mache – und ich habs gemacht, oder nicht? Also, wer hat hier jetzt Angst?« Die anderen bejubelten diese Darstellung lauthals, und sogleich begannen sie wieder auf dem großen Jungen herumzuhacken.

Der kratzte sich voller Scham seine linke Wade mit dem rechten Fuß. »Ach was, ich hab keine Angst!« Er warf ein Auge auf das Monster. »Ach was, ich hab keine Angst.« Mit einem haßerfüllten Blick auf seine grölenden Quälgeister verkündete er schließlich seine finstere Entschlossenheit. »Also gut, wenn ihr so stur seid – dann mach ichs eben. Jetzt!«

In der Clique trat Ruhe ein, als er sich nun mit eindrucksvoller Miene zu der bewegungslosen Gestalt auf der Kiste umdrehte. Sein Vormarsch war ein schrittweiser Übergang von hohem Mut zu einem niedergedrückten Zögern. Schließlich, ein paar Meter von dem Monster entfernt, kam der Bursche zu vollständigem Stillstand, als sei er auf eine Steinmauer gestoßen. Die kleinen Burschen, die aus ihrer Entfernung alles genau verfolgten, begannen natürlich gleich zu buhen. Von diesen Rufen angestachelt, tastete sich der Junge noch weitere zwei Meter vorwärts. Er krümmte sich wie eine junge Katze – bereit zum Sprung nach hinten. Die Horde in seinem Rücken, die doch allmählich Hochachtung vor diesem Schauspiel bekam, stieß ermutigende Rufe aus. Plötzlich raffte der Junge sich auf, machte einen verzweifelten, entsetzensbleichen Sprung nach vorn, berührte mit weit vorgestrecktem Finger die Schulter des Monsters, und rannte sofort weg, wobei sich sein Gelächter zu einem wilden, schrillen Diskant erhob.

Sogleich erwiesen ihm die Jungen ihre Ehrerbietung; sie gingen wieder in sein Lager über und schauten ihn voll Bewunderung an. Einen Augenblick lang empfand Jimmie ein Mißbehagen, aber dann schienen sie, ohne ein Wort oder irgendeine Abmachung, einen Waffenstillstand zu schließen; sie taten sich rasch zusammen und begannen, vor den anderen auf- und abzustolzieren.

»Na, das ist doch so einfach wie nur was«, verkündete der größere Junge. »Stimmts nicht, Jimmie?«

»Na klar«, sagte Jimmie. »Mann, das is so leicht!«

Sie waren jetzt Menschen von höherer Art. Sie waren für ihre Tapferkeit auf zwölf Schlachtfeldern dekoriert worden und hätten die anderen Jungen nicht stärker beschämen können.

Sie ließen sich nun dazu herab, ihre Gefühle während ihres Ausflugs zu beschreiben, wobei sie für alle, die sich drückten, ihre namenlose Verachtung zu erkennen gaben. »Ach, das ist doch eine Kleinigkeit. Der tut ja auch gar nichts«, sagten sie in einem Ton des Überdrusses zu den anderen.

Einer der kleinsten Jungen in der Clique ließ erkennen, daß auch er in der Stimmung war, sich auszuzeichnen, und nun richteten sie ihre Aufmerksamkeit auf ihn und stießen ihn an den Schultern vorwärts, während er sich unter ihren Händen wegdrehte und wie in einer Betäubung zögerte. Schließlich trieben sie ihn dazu, einen hastigen kleinen Ausflug zu unternehmen – aber nur ein paar Meter weit. Dann blieb er bewegungslos stehen und starrte mit offenem Mund. Auch die stimmgewaltigen Aufmunterungen von Jimmie und den anderen Jungen hatten keine Macht über ihn.

Mrs. Hannigan trat mit einem Eimer Wasser auf ihre rückwärtige Veranda. Von diesem Punkt aus hatte sie die Aussicht auf den verborgenen Teil von Trescotts Grundstück, der hinter dem Stall lag. Sie beobachtete die Horde der Jungen und das Monster auf der Kiste. Sie hielt ihre Hand über die Augen, um besser sehen zu können. Dann kreischte sie auf, als würde sie ermordet. »Eddie! Eddie! Komm sofort nach Hause!«

Ihr Sohn fragte störrisch: »Aber warum denn?«

»Du kommst augenblicklich heim! Hörst du!«

Offenbar dachten die anderen Jungen, diese Heimrufung von einem von ihnen müsse zur Folge haben, daß sie eine Weile mit hängenden Köpfen wie arme Sünder herumstanden; sie verharrten in schuldbewußtem Schweigen, bis der kleine Hannigan, der wütende Widerreden führte, zur Tür seines Hauses hineingestoßen wurde. Mrs. Hannigan warf einen stechenden Blick auf das Häuflein und starrte mit böser Miene auf das Trescottsche Haus, als ob dieses neue und hübsche Gebäude eine Beleidigung für sie sei, und folgte dann ihrem Sohn.

Die Knabenhorde war schwankend geworden. Das Eingreifen einer Mutter veranlaßte sie dazu, sorgfältig den Horizont zu prüfen, ob vielleicht noch weitere Mütter unterwegs waren.

»Das ist mein Grund hier«, erklärte Jimmie stolz. »Wir müssen nicht heimgehen.«

Aber nun wandte das Ungeheuer auf der Kiste sein schwarzes Crêpe-Gesicht dem Himmel zu und schwenkte seine Arme zu einem religiösen Singsang. »Schaut ihn jetzt an!« rief ein kleiner Junge. Sie wandten sich um und waren wie gebannt vom Ernst und vom Geheimnis dieser unbeschreiblichen Gesten. Die klagende Melodie war langsam und voller Trauer. Sie rückten ab. Das Wesen schien sie mit tödlicher Gewalt an den Ort zu bannen. Sie waren so gefesselt, daß sie nicht hörten, wie das Wägelchen des Doktors zum Stall fuhr. Trescott stieg ab, band das Pferd fest und näherte sich dem Grüppchen. Jimmie bemerkte ihn zuerst; auf seinen kleinlauten Gesichtsausdruck hin drehten sich auch die anderen um.

»Jimmie«, fragte der Doktor überrascht, »was soll das alles heißen?«

Der Junge stellte sich vor seine Genossen und blieb da stehen, ohne ein Wort zu sagen. Trescotts Gesicht verdüsterte sich ein wenig, als er die Szene betrachtete.

»Was macht ihr hier, Jimmie?«

»Wir ham hier gespielt«, sagte Jimmie mit heiserer Stimme.

»Was gespielt?«

»Bloß gespielt.«

Trescott blickte ernst auf die anderen Jungen und sagte, sie sollten bitte nach Hause gehen. Sie setzten sich fast in der Art von entlarvten und verzweifelten Mördern in Richtung Straße in Bewegung. Das Verbrechen, das Gelände eines anderen Jungen zu betreten, blieb immer noch ein Verbrechen, auch wenn sie bloß der Einladung des Jungen gefolgt waren; sie waren es gewohnt, aus allen möglichen Gärten beim plötzlichen Erscheinen eines Vaters oder einer Mutter fortgeschickt zu werden. Voll Niedergeschlagenheit hatte Jimmie beobachtet, wie seine Kameraden sich entfernten. Es schadete seiner Stellung: Er hatte nichts mehr von dem Jungen, der auf dem Boden seines Vaters alle Vorrechte in Anspruch nahm; aber es war ihm auch klar, daß er von Anfang an nicht das Recht hatte, so viele Jungen zu sich einzuladen.

Als sie auf dem Trottoir angekommen waren, vergaßen sie schnell wieder ihre Schande als Eindringlinge, und der große Junge begann nun wieder mit der Beschreibung seiner kürzlich bestandenen Mutprobe. Und während sie die Straße entlangrannten, rief der kleine Junge, der den blitzartigen Vorstoß unternommen hatte, selbstbewußt von hinten: »Jawohl, und ich bin auch fast bis zu ihm hin – stimmts, Willie?«

Der große Junge zermalmte ihn mit wenigen Worten. »Ach was«, sagte er verächtlich. »Du bist doch bloß ein stückweit auf ihn zu, aber ich war direkt an ihm dran!«

Die Gangart der anderen Jungen war von so mannhaftem Tempo, daß der Kleine sich sehr anstrengen mußte; er blieb jedoch hinten, geriet immer wieder zwischen die Beine der anderen, wenn er versuchte, die Spitze zu erreichen und anerkannt zu werden; er versuchte, links und rechts durchzutauchen, und immer wieder verkündete er mit dünnem Stimmchen seinen kleinen Anspruch auf Ruhm.

XXI

»Ach übrigens, Grace«, sagte Trescott und schaute aus seinem Büro in das Eßzimmer hinein, »schick doch bitte Jimmie zu mir, bevor er in die Schule geht.«

Als Jimmie kam, näherte er sich so leise, daß Trescott ihn anfangs nicht bemerkte. »Oh«, sagte er und drehte sich plötzlich, vor einem Bord, zu ihm um. »Da bist du ja, junger Mann.«

»Ja, Sir.«

Trescott ließ sich in seinen Sessel fallen und trommelte nachdenklich mit einem Finger auf dem Schreibtisch. »Jimmie, was hast du gestern da hinten im Garten gemacht, mit den anderen Jungen; was hast du mit Henry gemacht?«

»Wir haben gar nichts gemacht, Pa.«

Trescott schaute streng in die weit offenen Augen seines Sohnes. »Bist du sicher, daß ihr ihn nicht irgendwie geärgert habt? Also, was genau habt ihr gemacht?«

»Na – na wir – also – Willie Dalzel hat gesagt, ich würde mich nicht zu ihm hintrauen, und ich habs doch gemacht; und dann hat ers auch gemacht; und dann – hatten die anderen Angst, und dann bist du gekommen.«

Trescott seufzte tief auf. Seine Miene war vom Kummer so verdüstert, daß der Junge, verwirrt durch dieses geheimnisvolle Verhalten, plötzlich in jämmerliche Klagen ausbrach. »Na na – heul doch nicht, Jim«, sagte Trescott und ging um den Schreibtisch herum zu ihm. »Nur –«, er setzte sich in den großen ledernen Lesesessel und zog den Jungen auf seine Knie. »Ich will dir doch nur erklären –«

Nachdem Jimmie zur Schule gegangen war und Trescott zu der Runde seiner Morgenvisiten aufbrechen wollte, kam eine Nachricht von Doktor Moser. Er schrieb, seine Schwester, in einem Altenheim, etwa zwanzig Meilen talaufwärts, läge im Sterben, und er bat Trescott, zum mindesten an diesem Tag für seine Patienten zu sorgen. In dem Umschlag war auch eine

Vorgeschichte jedes einzelnen Falles, und was jeweils unternommen worden war. Trescott gab dem Boten die Antwort mit, daß er mit dem Arrangement gerne einverstanden sei. Der erste Name auf Mosers Liste, so stellte er fest, hieß Winter, aber das erschien ihm nicht von Wichtigkeit. Als die Familie an der Reihe war, läutete er an Winters Glocke. »Guten Morgen, Mrs. Winter«, sagte er heiter, als die Tür geöffnet wurde. »Doktor Moser mußte heute aus der Stadt, und er hat mich gebeten, für ihn herzukommen. Wie geht's der Kleinen heute morgen?«

Mrs. Winter betrachtete ihn überrascht und wie versteinert. Schließlich sagte sie: »Kommen Sie herein. Ich sags meinem Mann.« Sie schoß ins Haus hinein. Trescott trat in den Flur und ging nach links ins Wohnzimmer.

Dann schlurfte Winter zur Tür herein. Seine Augen blitzten Trescott an. Er schien nicht sehr weit in das Zimmer kommen zu wollen. »Was wollen Sie?« fragte er.

»Was ich will? Was ich will?« wiederholte Trescott und hob plötzlich den Kopf. Er hatte eine ganz neue Herausforderung in diesem nächtlichen Dschungel gehört.

»Ja, das will ich wissen«, fuhr Winter ihn an. »Was wollen Sie hier?«

Trescott schwieg einen Augenblick. Er zog Mosers Merkzettel zu Rate. »Wie ich sehe, liegt der Fall bei Ihrem kleinen Mädchen ziemlich ernst«, bemerkte er. »Ich möchte Ihnen raten, schnell einen Arzt zu holen. Ich lasse Ihnen eine Abschrift von Dr. Mosers Krankenprotokoll hier; Sie können sie dann demjenigen geben, der eventuell kommt.« Er schwieg und schrieb den Text des Protokolls auf eine Seite seines Notizblocks ab. Er riß das Blatt heraus und reichte es Winter, als er sich zur Tür hin bewegte. Dieser wich zur Wand zurück. Mit gesenktem Kopf streckte er die Hand nach dem Zettel aus. Er mußte daher erst nach Luft schnappen, und Trescott ließ das Papier also auf den Boden, dem anderen zu Füßen, flattern.

»Guten Morgen«, sagte Trescott vom Flur her. Dieser stille

Rückzug schien plötzlich Winters Zorn herauszufordern. Es war, als erinnerte er sich jetzt an die Vorhaltungen, die er sich ausgedacht hatte, um sie Trescott an den Kopf zu werfen. Er folgte ihm also in den Flur, und den Flur entlang zur Tür und durch die Tür auf die Vorderveranda und stieß dabei, aus respektvollem Abstand, heftige Zornesworte aus. Als Trescott ungerührt das Pferd nach der Straße zu drehte, stand Winter noch immer auf der Veranda und schrie immer noch in den höchsten Tönen. Er klang wie ein kleiner Hund.

XXII

»Hast du das Neueste gehört?« rief Carrie Dungen, als sie in Marthas Küche stürzte. »Hast du das Neueste gehört?« Ihre Augen leuchteten vor Vergnügen.

»Nein«, antwortete Marthas Schwester Kate und beugte sich eifrig vor. »Was war denn? Was war denn?«

Carrie erschien triumphierend in der offenen Tür. »Oh, es hat einen furchtbaren Auftritt zwischen Doktor Trescott und Jake Winter gegeben. Ich hab nie gedacht, daß Jake Winter überhaupt Mumm hat, aber heute morgen hat er dem Doktor mal gesagt, was er von ihm hält.«

»Und, was hält er denn von ihm?« fragte Martha.

»Oh, er hat ihn alles mögliche geheißen. Mrs. Howarth hörte es durch ihre Jalousien durch. Sie sagt, es sei schrecklich gewesen. Die ganze Stadt weiß es schon. Jeder weiß es.«

»Hat der Doktor denn gar nichts entgegnet?«

»Nein. Mrs. Howarth – sie sagt, der hat kein Wort gesagt. Er ging bloß zu seinem Buggy, stieg ein und fuhr los – eiskalt. Aber Jake hat ihm die Meinung gesagt, und zwar richtig!«

»Aber *was* hat er denn gesagt?« rief Kate, schrill und aufgeregt. Es war offensichtlich ein Festtag für sie.

»Oh, er hat zu ihm gesagt, daß Sadie nicht mehr gesund geworden sei seit dem Abend, als Henry Johnson ihr auf Theresas Party Angst eingejagt hat, und daß er verantwortlich sei und wie er es wagen könne, über seine Schwelle zu treten – und und –«

»Und was?« fragte Martha.

»Hat er auf ihn geflucht?« fragte Kate, in freudiger Angst.

»Nein – nicht sehr. Ein bißchen hat er schon geflucht, aber nicht mehr, als eben ein Mann flucht, wenn er wütend ist, sagt Mrs. Howarth.«

»Oh!« seufzte Kate. »Und hat er ihm Schimpfnamen zugerufen?«

Martha war die ganze Zeit, während sie weiter gearbeitet hatte, in tiefes Nachdenken versunken gewesen. Nun unterbrach sie die anderen. »Mir kommts nicht so vor, als ob Sadie krank gewesen ist, seitdem Henry Johnson abgehauen ist. Sie ist seitdem fast immer zur Schule gewesen, stimmts nicht?«

Sogleich ließen die beiden sie ihren vereinten Unwillen spüren. »Schule? Schule? – Ich glaub nicht. Ich müßte überlegen. Schule?«

Martha fuhr vor ihrem Abwaschbecken herum. Sie hielt einen Eisenlöffel, und es sah aus, als wollte sie auf die beiden losgehen. »Sadie Winter ist hier sehr oft morgens vorbeigekommen und hatte ihren Schulbeutel dabei. Wohin ging sie dann wohl? Zu einer Hochzeit?«

Die beiden anderen, da sie seit langem an diese Art von geistiger Tyrannei gewöhnt waren, gaben rasch nach.

»So«, stammelte Kate. »Ich – ich hab sie nie gesehen.«

Carrie Dungen machte eine schwächliche Handbewegung.

»Wenn ich Dr. Trescott gewesen wär«, rief Martha in voller Lautstärke, »ich hätte diesem elenden Jake Winter eins über die Rübe gegeben!«

Kate und Carrie warfen einander Blicke zu und schlossen ein Bündnis durch die Luft. »Ich versteh nicht, warum du das sagst, Martha«, antwortete Carrie mit erheblicher Kühnheit, da sie aus Kates Lächeln Unterstützung und Zustimmung schöpfte. »Ich sehe nicht, wieso man es jemandem übelnehmen kann, wenn einem sein kleines Mädchen zu Tod erschreckt worden ist und davon krank geworden ist und alles. Außerdem sagt ja jeder –«

»Ach was, mir ist egal, was jeder sagt!« sagte Martha.

»Nun, du kannst wohl nicht gegen die ganze Stadt angehen«, antwortete Carrie plötzlich in scharf abwehrendem Ton.

»Nein, Martha, du kannst dich nicht gegen die ganze Stadt stellen«, flötete Kate, die sich beeilte, ihrer Vorrednerin zu folgen.

»Die ganze Stadt!« rief Martha. »Ich möcht mal sehn, was ihr die ›ganze Stadt‹ nennt. Wollt ihr behaupten, die blöden Kerle, die vor Henry Johnson Angst haben, seien ›die ganze Stadt‹?«

»Na hör mal, Martha«, sagte Carrie, im Ton einer bedächtigen Auseinandersetzung, »du redest so, als ob du keine Angst vor ihm hättest!«

»Hätt ich auch nicht«, erwiderte Martha.

»Oh, Martha, was redest du da!« sagte Kate. »So was zu sagen! Jeder hat Angst vor ihm!«

Carrie grinste. »Du hast ihn doch nie gesehen, oder?« fragte sie, mit lockender Stimme.

»Nein«, gab Martha zu.

»Na also, woher weißt du dann, daß du keine Angst hättest?«

Martha schaute sie scharf an. »Hast *du* ihn jemals gesehen? Nein? Also dann, woher weißt du denn, daß *du* Angst hättest?«

Die vereinigten Heere riefen im Unisono: »Aber Martha, das sagt doch jeder! Jeder sagt das!«

»*Was* sagt jeder?«

»Jeder, der ihn gesehen hat, war fast zu Tode erschrocken. Und es sind nicht nur Frauen – auch Männer sind dabei. Es ist gräßlich.«

Martha wiegte würdevoll den Kopf. »Ich würde ja wenigstens versuchen, keine Angst vor ihm zu haben.«

»Aber angenommen, du kannst nichts dagegen machen?« fragte Kate.

»Eben«, rief Carrie, »und außerdem – paß auf, ich sag dir noch was anderes. Die Hannigans wollen ausziehen – aus dem Nachbarhaus.«

»Wegen ihm?« fragte Martha.

Carrie nickte. »Mrs. Hannigan hat es selbst gesagt.«

»Du lieber Gott!« rief Martha aus. »Sie wollen umziehen, was? Was du nicht sagst! Wohin wollen sie denn umziehen?«

»Runter, zur Orchard Avenue.«

»Ausgerechnet! Und, nettes Haus?«

»Weiß ich nichts von. Hab nix gehört. Aber in der Orchard gibts viele hübsche Häuser.«

»Ja, aber die sind alle bewohnt«, sagte Kate. »Es gibt kein leeres Haus in der Orchard Avenue.«

»Doch, es gibt eins«, sagte Martha. »Das alte Hampstead Haus ist leer.«

»Ja, natürlich«, sagte Kate. »Aber ich glaub nicht, daß es Mrs. Hannigan da gefällt. Ich möcht wissen, wo die wohl hinziehen werden.«

»Ich weiß es bestimmt nicht«, seufzte Martha. »Irgendwohin, wovon wir nichts wissen.«

»Naja«, sagte Carrie Dungen nach einer allgemeinen Atempause. »Man kann es ja leicht rauskriegen.«

»Wer weiß denn sowas hier?« fragte Kate.

»Na, Mrs. Smith – und sie ist da, in ihrem Garten«, sagte Carrie und sprang auf. Während sie aus der Tür stürmte, drängten sich Kate und Martha ans Fenster. Man hörte Carries Stimme deutlich, als sie noch nahe an der Treppe war. »Mrs. Smith! Mrs. Smith! Wissen Sie, wo Hannigans hinziehen?«

XXIII

Der Herbst stürzte sich auf die Blätter, die Bäume von Whilomville waren mit einer rosa und gelben Pracht überschüttet. Die Winde wurden kräftiger, und in der violetten Melancholie der Nächte verschönte sich der häusliche Lichtschein der Fenster. Als die gezeichneten Blätter traurig von den Ahornbäumen sanken, träumten die kleinen Jungen von der nahen Zeit, wenn sie sie auf den Straßen zu Haufen zusammenschieben und sie an einem jener plötzlich einfallenden Abende verbrennen würden.

Drei Männer wanderten die Niagara Avenue hinunter. Als sie sich Richter Hagenthorpes Haus näherten, trat er auf seinen Gartenweg hinaus, um sie zu treffen, als hätte er schon auf sie gewartet. »Sind Sie bereit, Herr Richter?« fragte einer.

»Bin bereit«, antwortete er.

Dann gingen die vier zu Trescotts Haus. Er empfing sie in seinem Praxisraum, wo er gelesen hatte. Er schien über den Besuch von vier aktiven und einflußreichen Bürgern überrascht zu sein, hatte aber weiter nichts dazu zu sagen.

Nachdem sie sich alle gesetzt hatten, schaute Trescott erwartungsvoll von einem Gesicht zum anderen. Es entstand eine kleine Stille. Sie wurde von John Twelve, dem Lebensmittelgroßhändler, gebrochen, der 400 000 Dollar besaß und von dem es hieß, er besitze eine Million.

»Tja, Doktor«, sagte er und lachte kurz auf, »am besten gestehen wir Ihnen gleich, daß wir uns um etwas kümmern wollen, was uns eigentlich nichts angeht.«

»Und? Worum handelt es sich?« fragte Trescott. Er schien sich vor allem an Richter Hagenthorpe zu wenden, aber der alte Mann hatte sein Kinn nachdenklich auf seinen Stock sinken lassen und wollte ihn nicht ansehen.

»Es handelt sich um etwas, wovon hier keiner so recht reden will«, sagte Twelve. »Es handelt sich um Henry Johnson.«

Trescott richtete sich steif in seinem Sessel auf: »Und?«

Nachdem er erstmal die Überschrift über die Lippen gebracht hatte, schien Twelve etwas gelockerter zu werden. »Und«, antwortete er nüchtern, »wir wollten darüber mal mit Ihnen reden.«

»Ja?« sagte Trescott.

Unvermittelt ging Twelve zum eigentlichen Angriff über. »Jetzt passen Sie mal auf, Trescott: Wir mögen Sie, und wir sind gekommen, um über diese Sache ganz offen zu reden. Vielleicht gehts uns nichts an und so weiter – was mich betrifft, so können Sie das auch ruhig sagen; trotzdem werde ich nicht ruhig zusehen, wie Sie sich ruinieren. Und so denken wir alle.«

»Ich ruiniere mich nicht«, antwortete Trescott.

»Nein, vielleicht ruinieren Sie sich nicht direkt«, sagte Twelve bedächtig; »aber Sie schaden sich ganz erheblich. Sie waren hier mal der erste Arzt, und jetzt sind sie der letzte. Das kommt hauptsächlich daher, daß es immer eine Menge Leute gibt, die ziemlich hirnlose Narren sind, aber natürlich ändert das nichts an der Sache.«

Ein Mann, der bis dahin noch nicht geredet hatte, sagte ernst: »Die Frauen sind es.«

»Naja, jedenfalls wollte ich das folgende sagen«, fuhr Twelve fort: »Auch wenn es auf der Welt eine Menge Narren gibt, so sehe ich darum noch nicht ein, weshalb Sie sich dadurch ruinieren sollen, daß Sie gegen sie angehen. Die sind nämlich unbelehrbar, wissen Sie.«

»Ich versuche sie ja gar nicht irgendwie zu belehren.« Trescott lächelte müde. »Ich – es ist eine Sache der – tja –«

»– Und es gibt ziemlich viele von uns, die Sie deshalb sehr bewundern«, unterbrach ihn Twelve, »aber die Meinung dieser Gimpel ändert sich dadurch nicht im geringsten.«

»Es sind die Frauen«, erklärte der Vertreter dieser Ansicht noch einmal.

»Gut, also, was ich sagen wollte, ist folgendes«, sagte Twelve. »Wir wollen, daß Sie aus dieser Misere rauskommen und wieder die Stellung einnehmen wie früher. Sie machen durch ihre verdammte Dickköpfigkeit einfach Ihre Praxis kaputt. Nun ist das hier eine ungewöhnliche Situation, aber trotzdem muß es Möglichkeiten geben, wie man da rauskommt, verstehen Sie; und deshalb haben wir, so etwa ein Dutzend von uns, deshalb haben wir uns drüber unterhalten – und wenn Sie uns sagen wollen, wir sollten uns um unsere Angelegenheiten kümmern, dann sagen Sie's ruhig; aber wir haben über die ganze Sache geredet, und wir sind zu dem Schluß gekommen, daß es nur die Möglichkeit gibt, Johnson irgendwo weiter oben im Tal unterzubringen, und –«

Trescott machte eine müde Handbewegung. »Sie haben keine Ahnung, mein Freund. Die haben alle so eine Angst vor ihm, daß sie ihn nicht mal richtig verpflegen können. Niemand kann sich so um ihn kümmern wie ich.«

»Aber ich habe da oben, auf der anderen Seite vom Clarence Mountain, so eine kleine gammelige Farm, die wollte ich Henry geben«, rief Twelve verstimmt. »Und wenn Sie – und wenn Sie – wenn Sie – wegen dem Brand von Ihrem Haus oder was – also, die Jungs wollten Ihnen das einfach abnehmen und –«

Trescott stand auf und ging zum Fenster. Er drehte ihnen den Rücken zu. Sie saßen da und schwiegen. Als er zurückkam blieb sein Gesicht im Schatten. »Nein, John Twelve«, sagte er. »Es geht nicht.«

Es folgte wieder ein Schweigen. Plötzlich regte sich ein Mann auf seinem Stuhl.

»Naja, dann eben ein öffentliches Heim –« fing er an.

»Nein«, sagte Trescott; »öffentliche Heime sind gut und schön, aber er kommt da nicht rein.«

Ganz hinten unter den Sitzenden rieb der alte Richter Hagenthorpe gedankenvoll den Elfenbeinknopf seines Stockes.

Trescott stampfte laut den Schnee von seinen Füßen und klopfte sich die Schneeflocken von den Schultern. Nachdem er ins Haus getreten war, ging er sofort ins Eßzimmer, und dann ins Wohnzimmer. Da saß Jimmie und las angestrengt in einem großen Buch über Giraffen, Tiger und Krokodile.

»Wo ist deine Mutter, Jimmie?« fragte Trescott.

»Weiß nicht, Pa«, antwortete der Junge. »Ich glaube oben.«

Trescott ging zum Fuße der Treppe und rief hinauf, aber es kam keine Antwort. Als er bemerkte, daß die Tür zum kleinen Salon offenstand, trat er ein. Der Raum war von einem Zwielicht erfüllt, das von den trüben Marienglasscheiben vorne am Ofen herkam. Als seine Augen sich an das Halbdunkel gewöhnt hatten, sah er seine Frau, die im Lehnsessel kauerte. Er ging zu ihr hin. »Aber Grace«, sagte er, »hast du mich nicht rufen gehört?«

Sie gab keine Antwort, aber als er sich über den Sessel beugte, hörte er, daß sie versuchte, ein Schluchzen in einem Kissen zu ersticken.

»Grace!« rief er. »Du weinst ja!«

Sie hob ihr Gesicht. »Ich habe Kopfweh, so schreckliches Kopfweh, Ned.«

»Kopfweh?« wiederholte er, überrascht und ungläubig.

Er zog einen Stuhl nah an sie heran. Später, als er seinen Blick über den von trüben roten Scheiben erhellten Teil des Raumes schweifen ließ, bemerkte er, daß ein niedriger Tisch nahe an den Ofen gerückt worden war und daß er mit vielen kleinen Tassen und Tellern mit unaufgeschnittenem Teekuchen bedeckt war. Es fiel ihm ein, daß es Mittwoch war und daß seine Frau mittwochs immer Gäste empfing.

»Wer war denn heute da, Gracie?« fragte er.

Von seiner Schulter her wurde gemurmelt: »Mrs. Twelve.«

»War sie – eh –«, sagte er; »ist denn Anna Hagenthorpe gar nicht rüber gekommen?«

Es wurde weiter an seiner Schulter gemurmelt. »Sie fühlte sich nicht sehr wohl.«

Trescott schaute auf die Tassen und zählte sie mechanisch. Es waren fünfzehn. »Aber aber«, sagte er. »Wein doch nicht, Grace. Nicht weinen.«

Der Wind heulte um das Haus, und der Schnee fiel schräg gegen die Fenster. Manchmal sackte die Kohle im Ofen mit einem zusammenschnurrenden Geräusch, und dann färbten sich die vier Marienglasfenster plötzlich mit einem neu aufflammenden Rot. Er saß und drückte ihren Kopf an seine Schulter. Ab und zu entdeckte er sich dabei, wie er versuchte, die Tassen zu zählen. Es waren fünfzehn.

Stephen Crane
oder
Die Kunst der Selbstzerstörung

Sein bekanntestes Buch, *The Red Badge of Courage*, der Roman der Feigheit vor dem Feinde, ist eine vehemente Anklageschrift gegen den Krieg – er selbst aber war vom Krieg fasziniert, und als aktiver Kriegsreporter kaltblütig bis zur Tollkühnheit. Er war ein neu-englischer Patrizier mit einem Flair für herrschaftlichen Lebensstil, zugleich aber, aus eigener Erfahrung, ein genauer Kenner der städtischen Slums und ihrer Bewohner. In seinen wichtigen Büchern war er ein sorgfältiger, zu seiner Zeit unübertroffener Stilist – und doch hat er, zeit seines Lebens von immer wachsenden Schulden bedrängt, viel hastige journalistische Konsumware produziert: Von welcher Seite man ihn auch betrachtet, Stephen Crane war ein Bündel von Widersprüchen, und man wundert sich nicht, daß sein erster Biograph, Willis Clarke, davor die Waffen streckte und aufgab. Zwei spätere Biographen, Thomas Beer und John Berryman haben, aus verschiedenen Gründen, nur stark vereinfachte Darstellungen geboten. Eine präzise und ungeschminkte Lebensbeschreibung gelang erst R. W. Stallman 70 Jahre nach Cranes Tod; und dabei ging es um ein Leben von kaum 29 Jahren.

Stephens Vater Jonathan Crane war Geistlicher, wie viele seiner Vorväter. Als Stephens Geburt – er kam am 1. November 1871 zur Welt – sich ankündigte, war die Gemeinde von Newark im Staat New Jersey erstaunt: Nach neun Kindern des Reverend Crane, und noch weiteren vier, die schon im ersten Lebensjahr gestorben waren, nun dieser Spätling! Stephen war das Kind alter Eltern, und dennoch nicht, wie die Konvention es will, der verwöhnte Liebling; die Eltern, und die ganze weitläufige Sippschaft von beiden Seiten, waren strenge Methodisten. Müßiggang und Alkohol, Tabak, Frauen, ja selbst das Romane-Lesen, das waren alles Sünden. Der junge Crane allerdings, je mehr er heranwuchs, tat sein möglichstes, um keine dieser Sünden auszulassen. Er rauchte zwanghaft, trank gern über den Durst und liebte vor allem Frauen, die seine Mutter als »Verworfene« bezeichnet hätte. Und Romane, natürlich, die las er nicht nur, sondern verfaßte auch selber welche. Ostentativ brachte er sich in Gegensatz zu allen Werten und Tugenden seiner puritanischen Familie.

Wie groß der Abstand zwischen Cranes wirklichem Leben und dem Bild war, das die Familie noch zu tolerieren gewillt war, geht sehr deutlich aus der ersten Crane-Biographie von Thomas Beer hervor, die 1923, fast ein Vierteljahrhundert nach Cranes Tod erschien. Sie bietet ein lückenhaftes, ja, in vieler Hinsicht völlig verfälschtes Bild des Autors, und zwar, wie Beer eingesteht, auf nachdrücklichen Wunsch der Familie. Die »Korrekturen« gingen so weit, daß ein Teil der verfänglichen Dokumente, vor allem sämtliche von Beer benutzte Briefe vernichtet wurden. Zum Glück war damals erst ein kleiner Teil der umfangreichen Korrespondenz ans Licht gekommen.

Er war ein schlanker, fast zerbrechlich wirkender Jüngling, braunhaarig, mit weichem Mund und grauen, langwimperigen Augen; sie waren, wie ein Freund sagte, groß wie Pferdeaugen. Das jungenhafte Aussehen behielt er sein Leben lang; seine Nichten und Neffen, die Kinder von Stephens Brüdern, liebten ihn als Spielkameraden; seine Nichte Edith schrieb später, sie hätten »das Gerede von Onkel Stevies Berühmtheit für einen Witz gehalten«. Die literarischen Zeitgenossen, die ihren Platz in der literarischen Welt meist in viel reiferem Alter erschrieben hatten, Mark Twain, Henry James, Joseph Conrad, waren erstaunt, wenn sie ihm begegneten. – Crane hatte bereits mit 16 Jahren begonnen, professionell zu schreiben, als Reporter, für eine kleine von Bruder Townley betriebene Agentur der New Yorker ›Tribune‹. Mit dem Fahrrad fuhr er meilenweit die Küste ab, um Namen und Stoff für seine Artikel zu sammeln. Er besuchte zu dieser Zeit die Militärschule »Claverack

College«, die seine Mutter, nach Vater Jonathans Tod, für ihn ausgesucht hatte – seiner Vorliebe für alles Militärische entsprechend, vor allem aber, weil sie sich einen günstigen Einfluß auf seine Moral und Disziplin erhoffte. Stattdessen erwies sich das College, wie ein Mitschüler schrieb, »als irdisches Paradies«, in dem die Knaben und Mädchen »sich rudelweise wie Wölfe herumtrieben, ohne Aufsicht, Zeitplan, und außer Rand und Band«. Hier war Crane glücklich. Eine sonderbare Kreuzung aus »all-American sportsboy«, Landsknechtgestalt und bohèmehaftem Dichter war das Resultat dieser Schule.

Er verließ sie mit 18 Jahren, ohne Abschluß, wie er danach auch das Lafayette College und die Universität von Syracuse nach wenigen Monaten ohne Abschluß verließ. Seine eigentliche Schule, sagte er später, sei die Bowery gewesen, das legendäre Elendsviertel von New York. Eine kleinere Ausgabe dieses Milieus hatte er schon in Syracuse studiert – anstelle der »Science« und »Belletristik«-Kurse, für die ihn seine Mutter eingeschrieben hatte.

Cranes erstes Buch *Maggie, A Girl in the Streets*, das aus seinen »Feldstudien« im Lumpenproletariat hervorging, erschien 1893 unter dem Pseudonym Johnston Smith im Selbstverlag. Kein namhafter Verlag hatte sich mit dem strähnigen jungen Genie und seinem anrüchigen Thema einlassen wollen. Inzwischen war Stephens Mutter gestorben, und er bezahlte diese Publikation mit einem Teil der kleinen Erbschaft, die sie hinterlassen hatte. Den Rest der Erbschaft verspielte er; selbstverständlich war auch das Spiel eine Todsünde für einen Methodisten; das schlechte Gewissen, das er gleichzeitig spürte, ist deutlich an seiner Kurzgeschichte *Georges Mutter* abzulesen, die er zu dieser Zeit schrieb. In ihrer Naivität und Verklemmtheit wirkt sie wie eine pubertäre Tagebuchnotiz.

Das Buch vom Straßenmädchen Maggie war kommerziell ein Reinfall, außer 12 Exemplaren von der Buchhandlung Brentano's wurde kein einziges Stück verkauft; dafür erwarb sich Crane damit die Anerkennung des einflußreichen Autors

William Dean Howells, der so weit ging, Crane mit Tolstoi zu vergleichen; ein anderer realistischer Autor der Zeit, Hamlin Garland, wurde sein lebenslanger Freund und Förderer; er machte die Bekanntschaft mit Zeitungsredakteuren wie Willis Fletcher, von der ›Tribune‹ und S. S. McClure von ›McClure's Magazin‹, die von da an seine Hauptverdienstquellen wurden. Es begann die typische Laufbahn des Schriftstellers in Amerika, die Laufbahn eines Ambrose Bierce, Sinclair Lewis, Hemingway, Ring Lardner: Über Journalismus und Sport zur Literatur. Stephen Crane war 22 Jahre alt, er war Reporter, Vagabund und ein literarischer Geheimtip. Sein Durchbruch zur Öffentlichkeit stand bevor. Es war ein auf vielen Nägeln brennendes Thema, und ein Schreib-Stil, den man als »surrealistisch«, im eigentlichen Sinn »überrealistisch« bezeichnen kann, die diesen Durchbruch herbeiführten.

»Der Junge hatte das Gefühl, er sehe so deutlich wie nie zuvor. Jeder Grashalm trat scharf und klar hervor, er glaubte selbst die kleinste Verschiebung der trägen, durchsichtigen Dampfwolken in der Luft zu erkennen. Er sah jeden Riß in der grauen und braunen Borke der Bäume. Auch die Männer des Regiments, die mit verdrehten Augen und verschwitzten Gesichtern wild vorwärts stürmten oder hinschlugen, wie aufs Geratewohl zu absonderlichen Leichenbergen aufgetürmt – alles sah er.« So geht Henry Fleming, der feige Held des *Red Badge* – des *Roten Siegels des Mutes* mit den großen Pferdeaugen seines Autors über das Schlachtfeld. Es ist eine Prosa mit einem Hang zur Verrenkung, oder zum leicht überzogenen Bild, das aber gerade deshalb für die kollektive Psychose, die ein Krieg doch ist, so angemessen wirkt. Die Metapher von der molochhaft roten Sonne, die über einem schrecklich verstümmelten Gefallenen »an den Himmel geklebt war wie eine Oblate« war schon zu seiner Zeit umstritten. Oft ist beim Lesen kaum zu entscheiden, ob es sich um eine höchst präzise Beschreibung oder um eine Art »rasender Beliebtheit« handelt, eine Anhäufung divergenter, und daher immer zutreffender

Vokabeln, etwas wie das verzweifelte Gestikulieren vor einem Tatbestand, der sich einer rationalen Benennung verweigert.

Doppelt bemerkenswert und merkwürdig wird dieser literarische Parforceritt, hält man sich vor Augen, daß Crane, als er das Buch schrieb, keinerlei persönliche Erfahrungen mit dem Krieg hatte. Den Hergang der Schlacht von Chancelorsville im amerikanischen Bürgerkrieg, die die historische Vorlage darstellte, hatte er schon während seiner Schülerzeit im Claverack College von dem früheren General van Petten erfahren, der dort Lehrer geworden war. Dennoch werden in Cranes Roman äußere Eindrücke und innere Abläufe der Schlacht so genau wiedergegeben, daß später mehrere Veteranen behaupteten, sie hätten Crane dort gesehen. Chancelorsville aber ereignete sich acht Jahre vor Stephen Cranes Geburt. Vor diesem Tatbestand wird der Terminologiestreit inhaltslos, ob der Autor ein Realist, Impressionist oder gar Imaginist gewesen sei.

Daß er es fertigbrachte, aus seinem Kopf heraus gewissermaßen *deduktiv* ein Bild des Krieges herzustellen, das sich dann als zutreffend erwies, bedeutet nun allerdings nicht, daß seine realistische Prosa oder seine Reportagen eine Art wirklichkeitsgetreuer Erfindungen waren. Wir befinden uns in der Zeit Emile Zolas – wenn Crane ihn auch kaum kannte und wenig schätzte. Wie Zola konnte Crane seine Gegenstände mit durchaus wissenschaftlicher Präzision erforschen. Titel wie *Ein Versuch mit dem Elend* oder *Ein Experiment mit dem Luxus* zeigen, daß er die naturwissenschaftliche Verfahrensweise, die von einem naturalistischen Autor gefordert wurde, ernst nahm. Will er ein Nachtasyl beschreiben, so schläft er auch wirklich vorher in einem Nachtasyl, schreibt er über die Zustände unter Bergarbeitern, so studiert er sie gründlich vor Ort, will er zeigen, wie das Leben der damals 25 000 New Yorker Opiumraucher ist, so kauft er sich alles, was ein Opiumraucher braucht, und probiert es aus. Seine Zeitgenossen hatten dafür wenig Verständnis, immer wieder gab er Stoff für Skandalgerüchte, zeitweise zu seinem boshaften Vergnügen.

Aufträge von Zeitungen, die dunklen Regionen der großen Städte oder auch fernere Gegenden für ihre Leser zu erkunden, erhielt Crane nun regelmäßig. 1896, nachdem das Buch von Maggie, dem Straßenmädchen, inzwischen bei dem respektablen Verlag Appleton neu erschienen war, bekam Crane für Randolph Hearsts Massenblatt ›Journal‹ den Auftrag zu neuen Erkundungen der Bowery und des New Yorker ›Tenderloin‹, des Vergnügungsviertels im Lower Eastend. Wie er es immer getan hatte, schließt er Bekanntschaften mit Gaunern und Apachen, von denen jeder mindestens einen Mord auf dem Konto haben mußte, um anerkannt zu sein, und mit den Animierdamen und Nachtklubtänzerinnen. Eine dieser Bekanntschaften, das »chorusgirl« Dora Clark, wurde einmal in Cranes Gegenwart von der Straße weg unter einem Vorwand verhaftet. In dem anschließenden Gerichtsverfahren erschien Crane als Zeuge, und setzte sich auch publizistisch für sie ein, was zugleich bedeutete, daß er die Korruptheit und Willkür-Herrschaft der New Yorker Polizei bloßstellte; der Distrikts-Kommissar Becker und der oberste New Yorker Polizei-Offizier, der nachmals berühmte Theodore Roosevelt, haben ihm das nie verziehen.

Für das Bachelor-Nachrichten-Syndikat reiste Crane in die amerikanischen Weststaaten, und entdeckte dort, wie er glaubte, den unverdorbenen Naturmenschen: »Ich verliebte mich«, schrieb er, »in die offenen, manchmal gräßlichen, oft bramarbasierenden Westler ... Wenn sie auf die Welt kommen, nehmen sie einen großen Schluck voll Wind und dann *leben* sie.« Er reiste nach Süden und nach Mexiko und notierte das Crescendo der Farben auf dem Weg: Farben und Farb-Kontraste spielen in vielen seiner Erzählungen eine große Rolle. In einem literarischen Bestiarium der Zeit charakterisiert ihn Carolyn Wells mit einem Limerick, das sich etwa so übertragen läßt:

»C heißt ›Chromatischer Crane‹
Er hat ein enormes Gehirn

Seine Worte sind rauh
Er schreibt zischend blau
Seine Verse sind die eines Irr'n«

»In Mexiko«, schreibt er, »wird durch die Atmosphäre kaum etwas sanfter gestimmt. Sie widmet alle ihre Energie den Glanzlichtern, sie macht, daß alles nach vorne springt, und macht die Farben so richtig vulkanisch.« In einer Skizze erzählt er von einer Amerikanerin, die in einer Tierhandlung zwei pflaumenblaue Vögel erwarb. Als sie danach in ihrem Hotelzimmer einen der Vögel dazu bringen wollte, auf ihrer Hand zu sitzen, »fiel er zu Boden wie ein Sack voll nasser Bohnen. Der reizende Verkäufer hatte seine Vögel Bleischrot fressen lassen. Das erklärte ihre glückliche, ruhige Haltung und ihre offenbare Entschlossenheit, niemals den geliebten Finger ihres Herrn zu verlassen. Nach einer Stunde waren die Vögelchen tot.« – Wieder selektiert Cranes Auge und seine schreibende Hand aus dem üblichen Reise-Kaleidoskop Bilder von greller, oft erschreckender Dichte. Man denkt an Bretons spätere Forderung: »Die Schönheit wird konvulsivisch sein, oder sie wird nicht sein.« Das jagende Leben dieses Reporter-Dichters verlangt unaufhörlich nach scharfen Gewürzen. Ahnte er, daß er nur wenig Zeit hatte?

Wir sind heute mißtrauisch gegen diese Art von Übersinnlichkeit, gegen Vokabeln der raunenden Vorahnung, weil sie die Aura des Künstlers ideologisch überhöhen. Dennoch gibt es im Falle Cranes, von ihm selbst und auch von denen, die ihn kannten, so viele Äußerungen dieser Art, daß man sie nicht übergehen kann. Während seiner Reise in den Westen lernte er die junge Willa Cather kennen – damals noch Redakteurin des ›Nebraska State Journal‹. Sie schrieb darüber: »Er saß auf dem Schreibtisch des Chefredakteurs, hatte seinen weichen Filzhut tief ins Gesicht gezogen, seine Schultern waren nach vorn gekrümmt, er trommelte mit den Fingern auf den Manuskripten herum, er wirkte so nervös wie ein Rennpferd in der Startbox.

Er war wie ein Mann, der mit einer plötzlichen Abreise rechnet ... Nie habe ich einen Mann mit so bitterem Herzen gekannt, wie er es mir in dieser Nacht enthüllte. Es war eine Abrechnung mit dem Leben, eine Anrufung des Hasses.« Sie war überzeugt, daß er eine vage Voraussicht hatte, daß seine Arbeitszeit kurz sein werde, und eine Stimme in ihm sei, die sagte: »Was du tun mußt, das tu schnell.« Als sie meinte, in zehn Jahren würde er wahrscheinlich über seine jetzige Bitterkeit lachen, rief er aus »Ich kann nicht zehn Jahre warten. Ich habe die Zeit nicht.« – Sein Tempo hatte etwas Mörderisches, und jeder, der ihn am Werk sah, mußte feststellen, daß dieser ausgemergelte Jüngling das nicht lange durchhalten konnte. Sein Wesen hatte eine Rigorosität, eine Aggressivität, die eigentlich gegen sich selbst gerichtet war. In wirklich lebensgefährlichen Lagen dagegen versank er in eine Ruhe, die etwas von Zufriedenheit an sich hatte. Augenzeugen schildern ihn in der Zeit des spanisch-amerikanischen Krieges, dessen kubanische und puertoricanische Kampagnen er als Reporter mitmachte: »Plötzlich stieg Crane, dem jegliche Hastigkeit fern lag, ruhig über den Erdwall, zündete sich eine Zigarette an, und stand eine Weile, die Hände in die Seiten gestemmt, während neben ihm die Kugeln vorbeipfiffen und sich in die Erde gruben; dann kletterte er ruhig wieder über den Wall zurück und schlenderte davon. An der Sorglosigkeit seines Verhaltens war nicht zu zweifeln: Cranes Benehmen war das eines Schlafwandlers. Er machte den Eindruck, als sei er gewissermaßen von sich selbst abgelöst, und von einem unwiderstehlichen Impuls getrieben, seinen Körper, ohne Rücksicht auf die Unversehrtheit dieses Körpers, gewisse Empfindungen fühlen zu lassen.«

Dieser Krieg, der Amerika damals gegen eine weitgehend demoralisierte spanische Besatzungsarmee wirklich auf der Seite eines Befreiungskampfes sah, war in mancher Hinsicht so etwas wie ein großes Sportereignis; die Reporter, die die umkämpften Inseln auf den zeitungseigenen Motorschiffen umschwärmten, um jeweils an interessanten Punkten zu landen, verhielten sich oft wie Gentlemen auf dem Golfplatz. Crane jedoch war kein Gentleman; er blieb auch in schwierigen Lagen, wenn die Kollegen sich längst zurückgezogen hatten, bei den Soldaten, verdreckt, zerlumpt, in einen sonderbaren überlangen Mantel gehüllt durchschritt er die Kriegslandschaft, meistens ein wenig fiebernd – das sogenannte kubanische Fieber, das große Opfer unter den Truppen forderte, blieb ihm anfallsweise bis zum Lebensende treu. Er besetzte ganz allein, auf einem Morgenspaziergang, die noch von Spaniern beherrschte Stadt Juan Diaz, ließ sich vom Alcalden den Schlüssel aushändigen, und setzte sich dann einen Tag lang ins Café, um auf die amerikanischen Truppen zu warten. Er nistete sich illegal in Havanna ein, das von den Amerikanern nie besetzt wurde und nun, am Ende des für die Spanier verlorenen Krieges, zu einem irrealen Zwischenland, chaotischen Sammelpunkt von Flüchtlingen, Spionen, Dieben und Deserteuren geworden war. Die Faszination des Ortes war groß, Crane verschwand zeitweilig ganz von der Bildfläche. Es hätte wohl seinem pathetischen Traum entsprochen, an einem solchen Ort der schillernden Dekadenz sozusagen zu Tode vergessen zu werden. Aber Freunde und Verwandte, die Zeitungen und das Militär setzten Himmel und Hölle in Bewegung, um ihn aufzuspüren, bis er schließlich zögernd und widerwillig in die bürgerliche Umwelt zurückkehrte.

Während einer der verschiedenen Phasen des Kuba-Krieges, der sich ganz allmählich von einer halblegalen Aktion von Freischärlern zu einer staatlichen Intervention steigerte, lernte er Cora Taylor kennen, die in Jacksonville in Florida das Vergnügungsetablissement Hotel de Dreams besaß. Jacksonville war damals – 1896 – einer der Hauptlagerplätze in diesem seltsamen Krieg, wo Soldaten und Journalisten Wochen und Monate auf Befehle, auf Entscheidungen, auf irgendeine Art von Aktion warteten. Die Gestalt des amerikanischen Befehlshabers Shafter, der mit seinem 4-Zentner-Gewicht unfähig war, ein Pferd zu besteigen, und durch Verbände über seine unmilitärische Behinderung hinwegzutäuschen suchte, war allein schon symptomatisch für die groteske Situation. In dieser Zeit war nichts Besseres zu tun, als sich zu amüsieren. Aus einer Verliebtheit wurde eine feste Verbindung, Cora wurde von nun an mehr und mehr zum ruhenden Punkt in Cranes Leben. Sie opferte sich für ihn auf, unterstützte zum anderen aber auch seinen nervösen Hang zu spektakelhafter Geselligkeit und Betrieb. Sie war naiv und großzügig, brachte aber auch irritierende Gewohnheiten aus dem Milieu mit, in dem sie bis dahin gelebt hatte, so die Neigung zu operettenhafter Ausstaffierung und zur sentimentalen Kolportage.

Um die Jahreswende 1896/97 reiste Crane mit Cora, die ihr Etablissement in Jacksonville verkauft hatte, für die »World‹, und dann für das Hearstblatt ›Journal‹ nach Griechenland, um den griechisch-türkischen Krieg zu beobachten. Auch hier handelte es sich, wie in Kuba, um eine Kampagne voller Absurditäten, deren Verlauf von der Unfähigkeit der beiderseitigen Heerführer gekennzeichnet war: Die Feldlager, die Desorganisation, das Warten, die Nöte der Entschlußlosigkeit in staubiger Karstlandschaft – Crane hatte eine Begabung, stets auf die wüstenhaft zerfahrenen Schauplätze der Machtpolitik zu gelangen. Fast schien es, als gehorchte die Welt seinen verborgenen desolaten Wünschen.

Als der griechische Feldzug keine Nachrichten mehr einbrachte, reiste Crane mit Cora nach England, um sich fortan dort niederzulassen. Zwar hatte er seine Reserven gegenüber England und den Engländern, die von der patriotischen Familientradition herrührten, und fand sie auch in mancher Bekanntschaft mit unsensiblen John-Bull-Gestalten bestätigt, aber er hatte auch Grund zur Dankbarkeit. Schon bei Erscheinen des *Red Badge of Courage* hatte sich das englische Publikum als besonders aufmerksam und wohlwollend erwiesen; in den heimischen Staaten wurde ihm dies, vor allem im Hinblick auf seine Kritik an der amerikanischen Armee, übel angekreidet: Wenn schon Nestbeschmutzung, dann sollten nicht ausgerechnet die Engländer ihr Vergnügen daran haben. Angesichts solcher Borniertheit schien England das kleinere Übel; Crane wurde Wahl-Engländer, wie so viele seiner Landsleute, wie Henry James, wie später T. S. Eliot und Ezra Pound. Mit den jüngeren Schriftstellern, die in England lebten, machte Crane bald Bekanntschaft, er verkehrte mit H. G. Wells, Ford Madox Ford, Rider Haggard und natürlich mit James. Eine besonders enge Freundschaft entstand mit Joseph Conrad, der kurz zuvor mit seinem ersten Roman *Almayer's Folly* hervorgetreten war. Conrad war 14 Jahre älter als Crane, er hatte die abenteuerlichen Zeiten als Schiffahrts-Kapitän hinter sich, dennoch bestand zwischen den beiden ein kurioses, den äußeren Anschein umkehrendes Lehrer-Schüler-Verhältnis. Conrad wurde nie müde, Crane mit Lobeshymnen zu bedenken: »Du bist für mich eine fortwährende Überraschung. Du schockierst – und im nächsten Moment gibst du die vollkommene artistische Befriedigung. Dein Verfahren fasziniert. Du bist der vollkommene Impressionist. Der Widerschein des Lebens springt fleckenlos aus deiner Hand. Es ist nicht ›Leben‹ – kein Mensch will das – es ist Kunst – die Kunst, nach der jeder – sei er groß oder elend – sich verzehrt, meistens ohne es selbst zu wissen.« Zweifellos gab es Beeinflussung in beiden Richtungen. Conrad stellte fest, es gäbe »tiefe Ähnlichkeiten in unseren Temperamenten«. Die Kritik vermutete meistens Crane als den Anreger, so sah der ›Daily Telegraph‹ in Conrads Roman *The Nigger of the ›Narcissus‹* »ein würdiges Gegenstück zu Cranes *Red Badge of Courage*«, worüber Conrad denn doch äußerst aufgebracht war; dennoch sind Einflüsse Stephen Cranes in mehreren Büchern Conrads nachzuweisen.

Stephen Crane unterbrach sein Leben in England, für das ihm noch drei Jahre Zeit blieb, nur noch für einige Monate während der kubanischen Kampagne des Jahres 1898. Auch abgesehen von diesem Abenteuer, das seine Gesundheit schwer erschütterte, bedeuteten die Jahre für ihn, und auch für Cora, eine einzige Not und Mühsal. Ständig von Gläubigern bedrängt, und selbst wieder seine Agenten und Verleger bedrängend, war Crane gezwungen, fast pausenlos zu schreiben. War er auf Reisen, so schrieb er Berichte und Kurzgeschichten im Hotel, um sich postwendend das Geld für die täglichen Auslagen drahten zu lassen. Kamen er und Cora zurück zum Wohnort, so warteten dort schon der Metzger, der Bäcker, der Holzhändler mit ihren aufgelaufenen Rechnungen. Unter diesen Bedingungen entstand eine Flut von hastigen, belanglosen Prosatexten, aber es entstanden auch Erzählungen wie *The Monster* und *The Blue Hotel*, in denen Crane auf der Höhe seiner Kunst war. Sie zeigen ihn als den Autor der schrillen Dissonanz, der plötzlichen Ausbrüche, der ausweglosen, quälenden Situation – was nun freilich unter solchen Lebensumständen nicht überraschend ist. So etwas wie ein dunkler Orgelton der Bedrohung – ein Bild, das Crane mit Variationen öfters benutzt – ist in seiner Prosa immer wieder herauszuhören.

»Das Palace Hotel in Fort Romper ist hellblau gestrichen, in einem Farbton, wie ihn die Beine einer bestimmten Reiherart haben, wodurch sich dieser Vogel von jedem Hintergrund abhebt. So auch das Palace Hotel, das immerzu brüllte und schrie, wogegen die blendende Winterlandschaft von Nebraska nur noch als dumpfe graue Stille erschien.«

So beginnt die Erzählung *The Blue Hotel*, deren Handlung auf ein Erlebnis zurückgeht, das Crane während seiner westlichen Reporter-Reisen gehabt hatte; er hatte damals in Lincoln, Nebraska, in eine Schlägerei eingegriffen und versucht, die Streitenden zu trennen. In der Erzählung wird daraus die Situation des grundlos geängstigten Schweden in dem winterlichen Hotel, der in seiner Panik aggressiv wird, während die kleine Runde der übrigen Hotelgäste ratlos und fatalistisch zuschaut.

»Er näherte sich den Männern voller Nervosität, als erwarte er einen Angriff. Schließlich nahm er Platz, starrte der Reihe nach die Gesichter an, und lachte schrill. Dieses Lachen war so seltsam, daß der Mann aus dem Osten schnell aufblickte, der Cowboy angespannt, mit offenem Mund dasaß, und Johnnie, mit den Karten in den Fingern, erstarrte.«

»Als ein neues Spiel gegeben wurde, und eine kleine Pause eintrat, redete der Schwede plötzlich Johnnie an: ›Ich nehme an, in diesem Raum sind schon viele getötet worden.‹ Den anderen blieben die Münder offen stehen. ›Wovon reden Sie denn, zum Teufel?‹ fragte Johnnie. – Wieder lachte der Schwede sein brüllendes Lachen, ein Lachen voll gespieltem Mut und Verachtung. ›Oh, Sie wissen genau, was ich meine!‹

›Oh, ich weiß‹, brach es aus dem Schweden hervor, ›ich weiß, was passiert. Jaja, ich bin verrückt. Ja, natürlich, ich bin verrückt. Aber eines weiß ich –‹ Auf seinem Gesicht stand sowas wie der Schweiß des Elends und des Schreckens. ›Ich weiß, daß ich hier nicht lebend rauskomme.‹«

Eine tiefe Beunruhigung geht von dieser Prosa aus; die Grundlosigkeit der sich steigernden Angst, zugleich das Stakkato der Textgliederung, worin Zeiten der Heftigkeit und der Starrheit sich abwechseln; die Ratlosigkeit der Umwelt, die Unmöglichkeit zur Kommunikation, die sich schon daran zeigt, daß auf die sich steigernden Anfälligkeiten des Schweden immer auf die gleiche Weise geantwortet wird. Und schließlich, die eigenartige Inkonsequenz und Asymmetrie des Ablaufs: Denn der Schwede ist siegreich in der Schlägerei, und kommt danach aus geringfügigem Anlaß in einer anderen Kneipe des Ortes um. Die Beschreibung seines Endes ist charakteristisch für Cranes Schreibkunst, wenn er die Bestürzung in Form eines jähen Tonfallwechsels sozusagen in den Text einbaut:

»Der Barmann schoß um die Ecke der Bar. Ein großer Tumult entstand und dann erblickte man ein langes Messer in der Hand des Spielers. Es schoß nach vorne – und ein menschlicher Körper, diese Festung der Tugend, der Weisheit und der Kraft, wurde so leicht durchbohrt, als sei es eine Melone gewesen.«

Sein letztes Lebensjahr verbrachte Crane in Brede Mansion

an der englischen Kanalküste, einem Herrenhaus, das schon Wilhelm dem Eroberer als Unterkunft vor der Schlacht bei Hastings gedient haben soll. Dem entsprach die Ausstattung mit Wasser, Gas, Elektrizität, d. h. sie war nicht vorhanden. Es war ein Palast vor allem für den Wind, und das Schreibzimmer Cranes war in dieser Hinsicht das schlimmste. Allen diesen Unbilden zum Trotz, und unbekümmert um Schulden und drohende Pfändungen, führten Cora und Stephen das Haus wie gastfreie Landadlige. Es waren zeitweise bis zu 30, oftmals uneingeladene Gäste im Haus, außerdem die mittellose Witwe des Schriftstellers Harold Frederic und ihre Kinder, für die die Cranes sich verantwortlich fühlten. Zu Silvester auf das Jahr 1900 fand in Brede die Aufführung eines Theaterstückes *The Ghost* statt, das von Crane mit 9 anderen Autoren verfaßt worden war. Danach wurde in der Eiseskälte des zugigen Herrenhauses, zwischen flackernden Kaminfeuern und dem Massennachtlager für die vielen Gäste, Cranes letztes Fest gefeiert. Am nächsten Morgen, während man ringsum auf den verschneiten Flächen die Gäste wandern sah, auf der Suche nach einem Versteck für ihre Bedürfnisse, fieberte Crane sich schon in seine letzte, tödliche Krankheit hinein. Zu dem kubanischen Fieber kam nun die Tuberkulose. Die treue Cora erschöpfte alle nur denkbaren Kreditmöglichkeiten, um ihm die Hilfe von Spezialärzten, und einen heilsamen Aufenthaltsort zu verschaffen. Nach einer wochenlangen Odyssee des sterbenden Mannes erreichte er Badenweiler, durchlebte dort, im Dachzimmer der Villa Eberhardt, in Fieberphantasien noch einmal die Abenteuer seines Lebens, und starb am 6. Juli 1900 – ein ausgebrannter Fall.

Joseph Conrad im Diogenes Verlag

Lord Jim
Roman. Deutsch von Fritz Lorch.
detebe 66/1

Der Geheimagent
Roman. Deutsch von Günther Danehl.
detebe 66/2

Herz der Finsternis
Erzählung. Deutsch von Fritz Lorch.
detebe 66/3

Ein Vorposten des Fortschritts
Erzählung. Deutsch von Fritz Lorch. In:
Das Diogenes Lesebuch englischer Erzähler.
detebe 118

Herman Melville

Moby-Dick

Roman. Deutsch von Thesi Mutzenbecher und Ernst Schnabel. detebe 142

Billy Budd

Erzählung. Deutsch von Richard Moering. detebe 226

Molière

Komödien

Neuübersetzung von Hans Weigel. detebe 95/1–7

Edgar Allan Poe

Der Untergang des Hauses Usher

Ausgewählte Erzählungen und sämtliche Detektivgeschichten. Deutsch von Gisela Etzel. detebe 105

Arthur Schopenhauer

Zürcher Ausgabe

in 10 Bänden nach der historisch-kritischen Ausgabe von Arthur Hübscher. Editorische Materialien von Angelika Hübscher. detebe 140/1–10

William Shakespeare

Dramatische Werke

in 10 Bänden. Übersetzung von Schlegel/Tieck. Edition von Hans Matter. Illustrationen von Heinrich Füßli. detebe 200/1–10

R. L. Stevenson

Werke

in 12 Bänden. Edition und Übersetzung von Curt und Marguerite Thesing. detebe 199/1–2

Teresa von Avila

Die innere Burg

Edition und Übersetzung von Fritz Vogelsang. detebe 203

Henri David Thoreau

Walden
oder Leben in den Wäldern

Deutsch von Emma Emmerich und Tatjana Fischer. detebe 19/1

Über die Pflicht zum Ungehorsam gegen den Staat

Ausgewählte Essays. Deutsch von Walter E. Richartz. detebe 19/2

Jules Verne

Die Hauptwerke

ungekürzt, originalgetreu, mit allen Stichen der französischen Erstausgabe. Bisher liegen vor: detebe 64/1–19

Oscar Wilde

Der Sozialismus und die Seele des Menschen

Ein Essay. Deutsch von Gustav Landauer und Hedwig Lachmann. detebe 3